KB153940

사랑을 묻다

사랑을 묻다 - 슈테판 츠바이크 소설걸작선

초판 1쇄 인쇄 | 2020년 10월 5일
초판 1쇄 발행 | 2020년 10월 10일

지은이·슈테판 츠바이크
엮은이·박찬기
펴낸이·박현숙

기 획·피뢰침
책임편집·맹한승
디자인·안광욱, 이은주

펴낸곳·도서출판 깊은샘
등 록·1980년 2월6일(제2-69)
주 소·서울특별시 용산구 원효로80길 5-15 2층
전 화·02-764-3018~9 | 팩 스·02-764-3011
이메일·kpsm80@hanmail.net

ISBN 978-89-7416-254-2 03850
값 18,000원

이 도서의 국립중앙도서관 출판예정도서목록(CIP)은 서지정보유통지원시스템 홈페이지(http://seoji.nl.go.kr)와 국가자료종합목록 구축시스템(http://kolis-net.nl.go.kr)에서 이용하실 수 있습니다. (CIP제어번호 : CIP2020040871)

사랑을 묻다

슈테판 츠바이크
소설걸작선

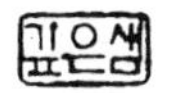

S. 츠바이크 소설로 가는 문

사랑할 때 느끼는 인간의 4가지 '감정의 혼란'

S. 츠바이크가 그리는 '사랑'의 정체는 사랑하는 사람만이 느낄 수 있는, 자신도 어쩌지 못하는 복잡한 '감정의 혼란' 상태에 관한 소설적 판타지이다. 인간의 역사는 다양한 주제로 논의될 수 있는 각양각색의 인간의 모습의 총체겠지만, 그중에서도 지금까지 수수께끼로 남은 '사랑의 역사'만큼 개인적이면서 사회적인 복잡한 층위를 가진 역사도 드물다. 그 숱한 고전작품 중에서 우리가 그래도 공감할 수 있고, 애정할 수 있는 인구에 회자되는 작품엔 사랑할 때와 사랑받을 때의 감정과 느낌을 담은 작품들이 다수이다. 괴테의 《젊은 베르테르의 슬픔》도, 헤세의 《데미안》도, 스탕달의 《적과 흑》도, 톨스토이의 《전쟁과 평화》도 다 역사의 도저한 벼랑 앞에 선 인간의 사랑의 히스토리임에는 틀림이 없다.

그런데 이 숱한 러브로망엔 사실 사랑하는 사람의 사랑하는 순간의 감정이나 사랑 그 자체의 복잡한 느낌을 정면에서 그대로 직시하는 작품은 그리 흔치가 않다. 바로 이 지점에서 유럽 현대문학의 신선한 충격이랄 수 있는 S. 츠바이크의 독특한 에로티시즘 사랑 미학이 진면목을 발휘한다.

슈테판 츠바이크는 독일의 전통적인 소설문학가인 토마스 만이나 카로사 등의 심각한 내면추구에 비추어 보면 그의 감정 표현은 어딘가 이단적으로 보이기까지 한다.

하지만 츠바이크는 전통적인 독일 소설가들과는 선이 다른 오스트리아의 슈니츨러와 호프만슈탈의 계통을 이어받아, 빈의 정서를 토대로 한 프로이드적 심리분석의 방법으로 자기의 독자적인 작품세계를 만들어 나갔다. 그는 주로 인간의 내면적인 감정의 움직임과 대인관계에 기초를 두고, 정서적이면서 유미적으로 사랑과 정열을 교묘하게 그려내기 때문에, 독자들로 하여금 넋을 잃고 그의 작품 속으로 이끌려 들어가게 하는 독특한 매력을 지니고 있다.

이처럼 흥미진진한 그의 작풍(作風)이 그를 대중적으로 만든 것은 사실이지만, 그의 특색은 오히려 조그마한 일에 담겨진 특수한 인간성의 국면을 해부하면서 그 속에서 그의 본질적인 인류애를 발휘하고, 세련된 지성과 숭고한 정신을 엿보여 주는 데 있다.

특이하고 병적인 것, 심지어 정신의 광적인 현상을 관찰하면서 그 속에서 인간의 보편적인 성정으로 이해하고, 순간적이며 특수한 경우를 그리면서 영원하고 고귀한 인간정신을 추구하고 있는 것이다. 그가 쓴 대부분의 작품들도 그 주제 자체부터 지극히 특수하다. 그것은 그 속에서 벌어지는 정열의 폭풍, 기이하고 병적인 인간의 불안과 혼란 등, 인간생활의 한 국면을 예리하게 드러내 놓고 있기 때문이다. 바로 이러한 점이 작품에 대한 츠바이크의 근본적인 태도이며, 그의 소설을 이해하는 데 있어서 매우 밀접한 관계가 있는 것이다. 그가 전기에서 시도했던 '정신의 유형학'과 마찬가지로 소설에서의 그것은 '감정의 유형학'이라 할 수 있을 것이다. 츠바이크는 그것을 '사슬(Die Kette)'라고 이름 붙였다.

병적이고 변태적인 심리, 그 속에서 인간의 내적인 움직임을 지배하는 정열이 외적인 특수한 환경과 교차되는 단면에서 일어나는 가지가지의 사건을 섬세하고 교묘하게 그려 내는 츠바이크의 특색은 대학교수와 제자의 충격적인 사랑의 감정을 다룬 〈감정의 혼란〉에서 극단적인 면모를 보여주고 있다.

<감정의 혼란>은 어느 유명한 대학교수의 동성애를 다룬 작품이다.

문학의 드높은 정신세계에 살며, 젊은 학도들에게 지적인 양식을 마련해주는 고상한 대학교수도 한 꺼풀 벗기기만 하면 그 속에는 정열의 포로, 육욕의 화신이 들어 있었다. 자기를 한없이 존경하고 따르는 미소년의 학생들 앞에서, 그는 이를 악물고 자신의 욕정을 억누르지 않으면 안 되었던 것이다. 끊임없이 닥쳐오는 유혹과 싸우며, 끝내 자신의 가면 뒤에 있는 애욕의 얼굴을 나타내지 않는 노력이야말로 그에게는 고통스러운 투쟁이었다. 그는 반짝이는 학생들의 눈앞에서 영문학의 본질을 설파함으로써 자신의 정열을 내쏟는다. 하지만 불덩어리와 같은 연설로도, 냉철한 이성의 힘으로도 도저히 억제하지 못한 정욕을, 그는 치욕과 방탕의 사창굴 속에서 발산하곤 했다. 순진하고 깨끗한 청년들을 더럽히지 않기 위한 최후의 수단이었던 것이다. 그러나 파탄의 날이 찾아오고, 결국 그의 평생의 대작인 <셰익스피어 연구>는 끝내 발간을 보지 못하고 만다.

이 작품에서 츠바이크가 다른 작품들과 달리 고도로 지성적인 인물을 주인공으로 등장시킨 것은 저자 자신의 경우를 많이 참작한 것 같다. 뛰어난 이성의 힘으로도 마음속에서 우러나오는 감정의 혼란을 억제하지 못하고 마침내 파멸의 길을 걷게 되는 주인공의 모습은 어딘가 극도의 내면 충동에 못 이기는 클라이스트나 휠덜린과 일맥상통하는 점이 있다.

〈모르는 여인의 편지〉에서는 인간 심정의 극단적인 면과 정열의 과격함을 보여준다. 그것이 끝끝내 보답되지 않는 여인의 마조히스틱한 애정으로 표현된다. 한 여성의 연정이 처음으로 잠을 깨고, 자라나서 마침내 극도로 타오른 다음, 아무런 보답도 없이 혼자서 절망한 가운데 죽어가는 이야기이다. 그 여자의 연정의 대상이 문학가인 것으로 보아 여기서는 작가 자신의 신변을 모델로 한 것 같다. 여기서 문제가 되는 여인의 정열은 끝끝내 자기의 사랑을 고백하지 않는 고집과 결백성에 있다.

하나의 격정이 살인을 범할 만큼 격심한 것을 '포지티브'로 본다면, 그에 못지 않는 격정이 '네가티브'로 표현된 것이 여기 〈모르는 여인의 편지〉의 여주인공의 경우라고 볼 수 있다.

그 여자는 어려서 사모한 멋있는 작가를 끝끝내 잊지 못하고 혼자서 애태운다. 처녀의 수줍음은 단 한 번의 애정 표현도 못한 채 문구멍으로만 그를 몰래 관찰하고 가슴 설레며, 그의 뒷모습을 보고 혼자 감격해 한다. 혹시 피우다 버린 담배 꽁초라도 있으면 무슨 보물처럼 그것을 주워 간직한다. 사랑하는 사람의 입술에 닿았었다는 이유에서이다. 그가 지은 작품은 물론 모조리 사다가 몇 번이고 반복하여 읽어서 나중에는 잠자다가 잠꼬대를 할 정도였다. 그러나 그 여자는 한마디 말도 하지 않는다. 심지어 어느 날은 거리에서 그 작가에게 밤의 여인으로 오인받아서 정조까지 바치고, 그의 아이를 갖게 되지만 그것조차 알리지 않는다.

갖은 고초를 겪으면서도 사랑하는 사람을 생각하는 즐거움과 그의 분신인 어린아이를 유일한 희망으로 하루하루를 살아나가며 언젠가는 그에게 인식되기만을 기다린다. 그러나 결코 자기 스스로 이야기하려 하지는 않는다. 그 남자가 무엇보다도 자유를 좋아하고 어떠한 형태로든 의무감을 갖는 것을 싫어한다는 것을 잘 알고 있기 때문이었다.

그 후 그 여자는 다시 한 번 그 남자와 하룻밤을 같이 지내는 기회를 가졌지만, 끝내 그는 그 여자를 그 옛날의 소녀로 알아주지 못함은 물론 지난 날의 거리의 여자로서도 인식하지 못한다.

이처럼 사모하는 사람으로부터 끝내 인식되지 못하는 안타까움과 그것을 스스로 이야기하지 못하는 고집(정열)을 안고, 그 여자는 하나뿐인 귀여운 아들을 잃은 그날, 스스로 죽어가면서 유서 형식으로 자기의 일생을 고백했던 것이다.

〈달밤의 뒷골목〉은 하나의 특이한 상황을 배경으로 한 인상적인 소품이다. 프랑스의 어느 조그마한 항구 도시, 으슴프레한 달밤의 뒷골목의 술집에서는 감상적인 멜로디가 흘러나오고 있다. 거기에 등장하는 것이 선원들을 상대하는 접대부들과 그들의 조롱거리가 되어 있는 한 사람의 텁수룩한 중년 남자이다. 그 남자는 이상하게도 창녀의 갖은 욕설과 학대와 모욕에도 불구하고, 비굴하게 그 여자의 곁에 머무르기를 애원한다. 그러나 끝끝내 받아들여 주지 않는 그 여자를 살해하려 한다.

〈황혼이야기〉는 작가가 어느 날 저녁 황혼 무렵에 환상적으로 본 어느 소년의 '첫사랑의 체험'에 대한 기록이다. 정적이고 조용한 소년시절의 회고와 최초의 사랑에 눈뜨는 동심의 경이, 불안, 그리고 그 안에서의 섬세한 감각, 감미로운 육감을 그리고 있다. 조용한 가운데 어둑어둑 저물어가는 주위를 배경으로 이야기하는 작가의 기분과 이야기 자체의 내용이 어슴프레하게 혼합되는 분위기는, 츠바이크의 세련되고 매력적인 문장력과 더불어 읽는 사람으로 하여금 자기도 모르게 황홀경 속으로 빠져 들어가게 한다.

자연 묘사와 심리 묘사가 서로 유기적으로 연관되어 고도의 예술품을 이룬 듯한 이 작품은 황홀한 첫사랑의 체험을 제대로 표현하고 있다.

스코트랜드의 친척 집에서 여름을 지내게 된 소년은 어느 날 저녁, 어두컴컴한 황혼의 정원 숲 속에서 누군지 모르는 한 여성으로부터 기습적인 포옹과 키스를 당한다. 다음 날도, 또 그 다음 날도 그와 똑같은 사건을 계속해서 같은 시간, 같은 장소에서 겪게 된 소년은 여태껏 알지 못했던 이상한 불덩어리가 가슴 속에서 솟구쳐 오름을 느낀다.

'그 여자는 누구일까?' 하는 호기심은 그 마음을 한층 더 부채질하여 병적인 지경에까지 이르게 된다. 고심 끝에 소년이 알아낸 것은 정작 그 여자가 아니라 그녀의 언니였다. 그러나 그 무서운 착오를 알았을 때는 소년의 불타는 정열이 그 언니에게로 쏟아져 가고 있어서 이미 돌이킬 수 없는 상태가 되어 있었다.

모든 정성과 사랑을 바치며 다가오는 그녀에게는 그저 쓸쓸한 동정의 마음만 있을 뿐, 소년의 열정은 외곬으로 언니에게로만 향한다. 소년은 동시에 '사랑하는 고통'과 '사랑받는 고통'을 맛보고, 모든 정열을 한꺼번에 불태워 버린다. 소년기에 환상적으로 겪었던 강열한 인상은 소년의 일생을 통해 진정한 정열에 다시는 몰두할 수 없게 만든 것이다.

츠바이크의 소설들 속에서 우리가 엿볼 수 있는 것은 그가 추구하는 인간성, 즉 개인의 내면을 움직여서 세계를 창조하는 충동을 일으키고야 마는 인간의 본질이다. 츠바이크는 그것을 인간의 본성 속에 내재하여 있는 데모니쉬(demonisch, 마술적) 특성으로 보고, 그것이 어떤 극단적인 단면에서 나타나게 되는가를 관찰한다. 츠바이크는 그 힘은 원만한 조화를 유지하여 작용할 때는 적극적이고 건설적인 인력으로서 아름답고 거룩한 것을 만들어 내는 작용을 하게 되지만, 그것이 일단 궤도를 벗어나게 되면 격정과 혼란으로 변하여 파멸로 이끌리기 일쑤라고 말한다. 그래서 츠바이크는 어떠한 비정상적인 인간이나 성정에 대해서도 동정과 동감을 가지고 대하게 되는 것이다. 그것은 또한 도덕적이고 순결한 부녀자들에게는 유혹이라는 형태로 나타난다.

그리하여 츠바이크는 이성이라든지, 도덕이라든지, 의지라든지 하는 것보다 더 한층 근원적인 것으로서 자기 내면의 마술성을 파고든다. 그리고 그것이 평범하고 건실한 사람에 있어서보다 병적이고 특수한 사람에 있어서, 일반적인 상태에 있어서보다 어느 특별한 찰나에 나타나는 경우를 분석하는 것이다.

이러한 마술적인 힘은 주로 인간의 애욕의 면에서 파악하려고 한다. 그가 에로틱한 제목을 많이 사용하고, 모든 사상을 에로틱한 면에서 분석 표현하는 경향도 이것으로서 이해할 수 있을 것이다. 슈테판 츠바이크는 지금까지 이야기한 것처럼 애욕이 난무하고 마귀가 날뛰는 세계, 이성보다는 정열, 질서보다는 혼돈이 지배하는 경지, 인간심리의 위기, 범죄, 초조함 등이 불꽃처럼 타오르는 순간을 즐거이 묘사하였지만, 츠바이크 자신으로 말하면 그 성정이 지극히 온순하고, 세계와 인류를 무한히 사랑하며, 어디까지나 평화를 갈망하는 사람이었다는 것을 말하지 않을 수 없다.

박찬기(독어독문학자, 번역가)

Contents

Verwirrung der Gefühle

감정의 혼란

남자가 남자에게 바치는,
끝끝내 충만할 수 없는 정신의 정열은
대체 어떻게 해야 완전한 실현을 이룰 수 있을까요?
그런 정열은 정신이 그러하듯이,
항상 흐르고는 있지만 영원히 만족될 수 없으며,
완전히 흘러 버릴 수도 없는 그런 것입니다.

숨겨진 비밀의 책장을 넘기며

동료 교수들 및 학부 학생 여러분의 진심 어린 호의에 깊은 감사의 말씀을 드립니다.

언어학자들께서 내 60번째 생일과 30년 교수생활을 기념하여 마련해 주신 축하 기념논문집 첫 책이 지금 이 자리에 영광스럽게 증정되었습니다. 값비싼 장정에 아담한 외양을 갖춘 책입니다. 이것으로 내 일생을 빠짐없이 기록한 진정한 전기傳記가 완성된 것입니다. 책에는 내 조그마한 논문이나 짧은 축하 연설까지 다 들어 있으며, 학술지에 게재된 보잘것없는 사소한 비평까지 하나도 빠짐없이 수록되어 있습니다. 문헌적인 열성을 종이의 무덤으로부터 다 뽑아 내온 것입니다. 내가 살아온 일생의 경로가 깨끗하고 세밀하게 잘 청소된 계단처럼 한 계단 한 계단 올라와서 현재에 도달하기까지 자세히 표현되어 있습니다.

정말로 이처럼 열성적으로 만들어주신 데 대해 기뻐하지 않는다면 나는 은혜를 모르는 사람일 것입니다. 내가 모두 잊어버렸다고 생각했던 과거의 일들을, 이 전기가 되찾아 주었습니다. 진정으로 예전 대학생일 때, 교수님에게서 학문의 능력과 의지를 최초로 증명 받은 성적표를 받았을 때와 똑같은 기분으로 지금 이 책의 구석구석을 훑어보았음을 고백합니다.

여기 열정이 숨어 있는 이백 여 페이지의 책을 펴들고 내 정신 상태를 세밀하게 들여다보고는, 슬며시 미소를 지었습니다. 이것이 과연 내 진실한 일생이었을까? 과연 내 일생이 처음부터 지금까지 그렇게 기분 좋은 포물선을 그리며 하나의 목표를 향해 상승해 온 것일까? 녹음기를 통해 최초로 내 목소리를 들었을 때와 같은 기분이 들었습니다. 처음에는 전혀 자기 소리라는 것을 인식할 수가 없지요. 녹음기에서 흘러나오는 소리가 내 소리이기는 하지만 다른 사람들이 듣는 나의 소리에 지나지 않기 때문입니다. 말하자면 내 피를 통해 존재의 내부에서 듣게 되는 내 목소리가 아니기 때문입니다.

나는 인간을 하나의 작품으로 표현합니다. 그래서 인간의 정신적인 구조를 본질적으로 표현하는 데 일생을 바쳐왔습니다. 이번의 경험을 통해 어느 사람의 운명이나 그 사람의 독자적인 핵심체를 이해한다는 것이 얼마나 어려운 일인가, 다시 말하면 모든 성장의 원천을 파악하기가 얼마나 어려운 것인지 새삼스럽게 느꼈습니다. 우리들 인간은 수많은 시간을 경험하지만, 모든 진수가 담겨 있는 내적인 정화가 한꺼번에 모여서 번개처럼 불꽃을 틔우는 순간은 단 한 번에 불과합니다. 그것은 창조의 순간처럼 마술적이며, 눈에 보이지 않고, 손으로 만져볼 수 없으며, 가슴으로 느낄 수도 없습니다. 다만 체험된 비밀로서만 자기 몸 안의 내밀한 구석에 숨겨져 있는 것입니다.

한 순간은 어떠한 수학적 계산으로도 계산해 낼 수가 없고, 어떠한 예감의 연금술로도 추측해 낼 수가 없습니다. 심지어 어떠한 감정을 가지고도 그 순간을 포착하기가 매우 어렵습니다.

이 책은 내 정신적인 성장 과정의 가장 깊숙한 비밀에 대해서 어떠한 얘기도 해주지 않습니다. 그런 이유로 웃음을 참을 수 없었습니다. 물론 이 책 속에 쓰여 있는 내용들은 모두가 진실입니다. 다만 본질적인 것이 빠져 있다는 것입니다. 한마디로 나를 묘사했을 뿐이지 나를 완전히 표현해 낸 것은 아닙니다. 나에 관해 이야기를 했을 뿐이지 내 마음 자체를 나타내지는 못했습니다.

자세한 목차에는 이백 명이나 되는 사람들의 이름이 포함되어 있습니다. 그러나 단 한 사람의 이름, 모든 창조적 충동의 원천인 단 한 사람의 이름이 빠져 있습니다. 내 운명을 결정하고, 지금 이 순간에도 나를 두 배의 힘으로 청춘 시대로 불러들이는 그 사람의 이름이 들어 있지 않습니다. 모든 사람에 대해서 이야기하고 있으나 내게 언어를 부여한 사람, 내게 호흡을 불어넣어줘서 비로소 나의 말을 할 수 있게 해준 바로 그 사람에 대해서만은 이야기가 되고 있지 않습니다.

그에 대한 사실을 숨긴다는 것이 갑자기 비겁하고 죄를 짓는 것처럼 느껴집니다. 나는 일생을 두고 여러 사람들의 모습을 묘사해 왔습니다. 몇 세기에 거쳐서 여러 유형의 인물들을 오늘의 감각으로 받아들여질 수 있도록 불러들였습니다. 그러나 나에게 가장 생생한 그 사람만 불러오지 않고 잊어버리고 있었습니다. 그래서 나는 마치 예전 호머의 시대처럼 사랑스러운 그의 모습에 나의 피를 주려고 합니다. 벌써 오래 전에 늙어 간 그 사람이 지금 늙어 가는 내게 다시 나타나 이야기하기를 바라고 있습니다. 그 사람을 존중하는 뜻에서 학술적인 이 책에 숨겨진 비밀의 페이지에 감정의 고백을 첨부하겠습니다. 그리하여 내 청춘의 진실을 여기에 토로하고자 합니다.

베를린, 내 청춘의 자유로운 해방구

나는 다시 한 번 이 책을 들춰봤습니다. 내 일생을 표현했다는 바로 이 책 말입니다. 들춰보면서 다시금 미소를 짓지 않을 수 없습니다. 잘못 들어서는 입구를 통해서 책을 읽은 독자가 어떻게 나의 참된 내면을 발견할 수 있겠습니까? 그들은 벌써 첫걸음부터 잘못된 길을 밟아 들어간 것입니다.

내게 호의를 가지고 있는 동창생이[지금은 군사 고문관이 되어 있는 사람입니다만] 나에 대해서 말하기를, 내가 일찍이 고등학교 시절부터 정신과학에 대한 정열적인 사랑이 다른 학생들보다 더 뛰어났다고 터무니없는 이야기를 했습니다.

친애하는 고문관이여! 그대는 착각을 한 것입니다. 내게 있어 모든 고전적인 학문은 참기 어렵고 이가 갈렸으며, 입에서 거품이 나올 만큼 싫은 강요였으니까요.

나는 독일 북쪽 어느 소도시 대학 학장의 아들로 태어났습니다. 어렸을 때부터 식탁에서나 방 안에서 항상 교양이 떠나지 않는 일들이 일과처럼 행해지는 것을 보고 자랐기 때문에, 가식적인 언어의 유희를 몸서리치게 싫어했습니다. 이러한 것들은 어린 나에게 아버지의 취미를 비웃게 하고 가시 돋친 시선으로 바라보게 했습니다. 속박 받지 않는 자유는 언제나 신비롭고 창조적인 힘을 느끼게 했습니다. 나는 안이하고 무력한 상속이나 무의미한 부자간의 계승을 원하지 않았습니다. 자유는 항상 같은 성질의 물건 사이에 대립을 낳게 하지만, 멀더라도 제대로의 길을 택하여 비로소 후손에게 올바른 길을 갈 수 있도록 허용했습니다.

요컨대 아버지께서는 학문을 신성시했으나, 일찌감치 나는 학문을 개념의 장난에 불과한 것이라고 여겨 왔습니다. 아버지가 고전 작가를 모범이라고 칭찬하시는 바람에 나에게 고전 작가는 일찌감치 교훈적이고 싫증을 일으키는 존재였습니다. 나는 집안이 많은 책들에 둘러싸여 있는 것을 싫어했습니다. 아버지로부터 끊임없이 정신적인 방향을 강요받고 이끌려서 오히려 나는 글자로 전해지는 모든 형태의 교양에 반기를 들게 되었습니다. 고등학교 졸업 시험까지는 그런대로 해나갔지만, 그 이상의 지속적인 연구 활동에 대해서는 강력히 거역하게 된 것은 어쩌면 당연한 일이었는지도 모릅니다.

나는 장교나 선원이나 기술자가 되려고 생각했습니다. 그 중 어느 직업에 대해서도, 뭐 그리 절실하게 바랄만한 이유가 있었던 것은 아니었지만 종이에 쓰인 교훈적인 학문에 대한 반감이 대학에 가는 대신에 실무적인 교육을 배우도록 자극했습니다. 반면 아버지는 대학에 대한 절대적인 믿음을 가지고 계셔서, 내게 대학 교육을 시키려고 고집하셨습니다. 그래서 오랜 설득과 타협 끝에 간신히 고전어학 대신에 영어학을 선택해도 된다는 허락을 받는 데 성공했습니다. 그러한 타협 속에서 결국 내가 아버지의 기대에 약간은 부응할 수 있었던 데는 바다의 지식을 얻어 간절하게 바라던 선원생활에 쉽게 들어갈 수 있으리라는 마음속 생각이 있었기 때문입니다.

그러니까 앞의 내 이력에 베를린 대학 첫 학기를 유명한 교수들의 지도로 언어학의 기초를 닦았다고 쓰인 호의적인 주장은 전혀 가당치 않은 허위입니다. 격렬하게 폭발하는 자유를 향한 정열로 가득 찼던 내가 교수나 강사들에 대해서 무엇을 알고 있었겠습니까!

처음 강당에 들어섰을 때 곰팡이 낀 공기와 예배당과 같은 단조로움과 교수들의 지루한 강의에 대학생활이 단번에 싫증이 났습니다. 곧이어 졸음이 몰려와 책상에 부딪치지 않게 머리를 잘 가누는 것이 여간 곤욕스럽지 않을 정도였으니까요. 그것은 내가 겨우 빠져나올 수 있었던 이전의 학교와 조금도 다를 바 없었습니다. 높다란 교단과 글의 형식주의에 사로잡혀 있던 예전 교실의 연장에 지나지 않았습니다.

마치 그들의 언어가 고문관의 좁다란 입술 틈에서 흘러나오는 모래알 같았습니다. 그 당시 대학의 모든 언어들은 진부하고 단조롭고 텁텁했습니다. 이미 어린 학생 시절에 느꼈던 것처럼 다시 그때의 지루함이 살아 나오는 것을 느꼈습니다. 여기 골동품 같은 죽은 문자의 연구소에서, 죽어버린 정신을 해부하러 들어온 것이 아닌가 하는 생각이 새삼스럽게 들었습니다.

간신히 강의에서 벗어나 베를린 거리를 산책하게 되었을 때, 제 반항적인 본능이 얼마나 강하게 발동했겠습니까! 그때 베를린 시는 놀랄 정도로 성장하고, 성숙미가 넘쳐흐르고 있었지요. 거리에 나뒹구는 돌멩이 하나에도 불꽃이 튀어오르고, 뜨겁게 요동하는 도시의 물결은 모든 사물 속으로 힘차게 파고들었습니다.

이처럼 강력하고 탐욕스러운 물결은 비로소 깨어나기 시작한 나의 남성으로서의 흥분과 매우 닮은 점이 있었습니다. 이 도시에 들어서면서 나는 프로테스탄트적인 질서로 속박된 소시민성에서 갑자기 뛰쳐나와서, 힘과 가능성이라는 새로운 도취 속으로 빠르게 잠식돼 갔습니다. 이 도시와 젊은 나는 불안과 초조의 발동기처럼 흔들렸습니다. 그때처럼 내가 베를린을 이해하고 사랑했던 적은 없었습니다. 그것은 따뜻함이 가득한 보금자리처럼, 내 몸 속 모든 세포가 갑작스러운 확장을 요구하고 있었습니다. 아마도 내 강렬한 청춘의 초조는 뜨거운 여인의 체취와도 같은 힘이 복받치는 베를린에서 비로소 격렬하게 발산될 수 있었을 겁니다.

베를린은 한 번에 나를 끌어당겼습니다. 나는 그 속에 몸을 내던지고 그 혈관 속으로 가라앉아 버린 것입니다. 내 호기심은 도시의 따뜻한 몸뚱이 속을 부지런히 뛰어다녔습니다. 아침부터 저녁 늦게까지 길거리를 왔다 갔다 하고, 호수 있는 곳까지 가보기도 하고, 감춰진 장소를 빼놓지 않고 찾아다녔습니다. 정말로 나는 학문에 종사하는 대신에 마치 귀신에 홀린 것처럼, 모험적인 탐색에 몰두하고 있었습니다. 그러나 그런 그릇된 길을 가면서도 내 특별한 성향에 따라서만 행동했습니다.

어렸을 적부터 나는 한 가지 일에는 열중해도 동시에 여러 가지 일에는 흥미를 느끼지 못했습니다. 언제 어디서나 내 직선적인 격정에 사로잡혀서 행동을 해 왔습니다. 오늘날에도 학문 연구를 하는 데 있어서, 나는 대개 하나의 문제를 가지고 미친 듯이 물고 늘어져, 그것의 궁극적인 골수까지 규명하지 않고는 배기지를 못합니다.

베를린에서의 내 자유로움은, 그야말로 도취경에까지 이르렀습니다. 강의 중에도 약간의 지루한 생각만 들면 참지 못했고, 심지어 내 방 안에 있는 것조차 견디지를 못했습니다. 무엇이건 모험이 따르지 않는 것은 지루하고 갑갑한 것으로 생각되었던 것도 그 당시의 일입니다. 말하자면 시골서 갓 올라온 나이 어린 청년이 어른 행세를 하느라고, 격에 맞지 않는 고삐를 쥐고 흔드는 것과 같았습니다. 어느 학생 그룹에 가입해 겁이 많던 내 성격을 대담하고, 서글서글하고, 덜렁덜렁한 것처럼 드러내 보였으며, 베를린에 온 지 일 주일도 채 되지 않아 마치 대도시 사람인 양 뻗대고 잘난 독일인 행세를 했습니다.

멋지게 차려 입고 거리를 활보했으며, 카페 같은 데서는 눈치 빠르게 구석에 앉아, 번개처럼 약삭빠른 행동을 했습니다. 물론 이러한 행동에는 늘 여자들이 관련되어 있었지요. 여자들이라기보다는 학생들의 건방진 말버릇을 빌자면 계집애들이라고 하는 게 더 맞겠지만, 내가 마침 눈에 띄는 미소년이었다는 것도 한몫을 했던 것 같습니다.

나는 키가 크고 호리호리한데다가, 뺨은 잘 닦인 청동같이 신선한 윤택이 났고, 하나하나의 동작이 무용가처럼 경쾌했습니다. 그래서 우리들은 일요일마다 먼 교외의 할렌제나 훈데켈의 댄스홀에 춤을 추러 갔습니다. 봉을 잡으러 달려드는 점원들은[그들은 밀폐된 공기 때문에 바싹 말라 있었습니다] 우리의 상대가 되지 않았습니다. 우유같이 하얀 피부에 금발의 머리를 한 멕렌불크 하녀를 상대하여 춤에 미친 나머지, 그 여자가 휴가를 얻어 자기 집으로 가려고 할 때 내 하숙방으로 끌어들인 적도 있었습니다. 또 티쯔백화점에서 양말을 팔고 있는 포젠 출신의 신경질적인 작은 유대 처녀를 농락한 일도 있었습니다. 대개는 쉽게 얻은 상대들이었고, 선뜻 동료 학생들에게 양보하였습니다. 어쨌든 어제까지는 어리숙한 신입생이던 내가 그렇게 쉽사리 여자들을 마음대로 할 수 있다는 것이 하나의 황홀한 놀라움이었습니다.

값싼 성공은 나의 대담성을 한층 높여 주었습니다. 차츰 거리를 돌아다니며, 그저 아무렇지도 않게 여자들을 장난삼아 사냥하는 장소로만 보게 되었습니다. 언젠가 아름다운 아가씨의 뒤꽁무니를 쫓다 우연히 린덴 거리의 우리 대학 앞을 지나게 되었습니다. 그 순간 나는 위엄 있는 대학의 현관을 얼마나 오래도록 지나가 보지 못했는가 하는 생각에, 웃음을 참을 수가 없었습니다.

우쭐한 기분이 들어 나랑 비슷한 친구와 더불어 학교 안으로 걸어 들어가 보았습니다. 우리 두 사람은 문을 살짝 열고 강의실 안을 들여다보았습니다. 내 눈에 들어온, 책상에 몸을 구부리고 필기를 하고 있는 백오십 명가량의 잔등이 마치 백발노인의 단조로운 기도 소리에 맞춰 함께 기도드리고 있는 것처럼 보였습니다. 그 꼴은 말할 수 없이 우스운 광경이었지요. 그래서 나는 문을 도로 닫아 버리고, 그 재미없고 음침한 웅변이 학생들 어깨 위를 흘러가는 대로 내버려 두고, 햇볕 내리 쬐는 가로수 길을 다시 어슬렁거리며 걸어갔습니다.

가끔은 그때의 나처럼 어리석게 하루를 헛되게 보낸 청년은 두 번 다시는 없을 거라고 생각해 봅니다. 그때는 책도 읽지 않고, 이치에 닿는 말 한마디 하는 법 없이, 어떠한 사상도 생각해 보려고 하지 않았으니까요. 본능적으로 세련된 사교를 일체 회피하고, 다만 잠 깬 육체를 가지고 새로운 것, 지금까지 금지되었던 것만을 만끽하려고 했습니다. 이처럼 자기 자신의 욕망에 도취되고, 시간을 낭비하는 '자기 파괴의 행위'에 잠기는 것은, 구속으로부터 갑자기 해방된 모든 청춘들의 공통된 성격일는지도 모릅니다. 그러나 나의 특별한 광기는 이미 위험 수위를 넘어섰으며, 이러한 타락의 심연으로부터 빠져나올 가능성은 전혀 없어 보였습니다. 어떠한 우연이 갑자기 내 내면적인 타락을 막아 주지 않았더라면 말입니다.

 단 한 번의 진실한 대화

우연은[내가 오늘 감사의 마음을 가지고, 행복한 우연이라고 이름 부르지만] 뜻하지 않게 아버지께서 학장회의 때문에 베를린에 있는 문교부로 소환되시면서 시작되었습니다. 직업적인 교육자인 아버지는 그 기회를 이용하여, 미리 알리지 않으시고 불시에 내 숙소를 방문하셨습니다. 그래서 아무것도 모르고 있던 나를 대단히 놀라게 하셨습니다. 그 불시의 습격은 아버지로서는 대성공이었지요.

여느 때처럼 그날 저녁에도 북쪽 동네에 있는 하숙집에서[통로는 커튼으로 가려진 안집 부엌으로 통하고 있었습니다] 어느 처녀의 지극히 친밀한 방문을 받고 있었습니다.

그때 마침 문을 두드리는 소리가 들렸습니다. 나는 친구가 온 줄 알고 무뚝뚝하게 "지금 못 만나겠는 걸" 하고 말했습니다. 그러나 짧은 간격을 두고 노크는 되풀이 되었습니다. 한 번, 두 번 그리고 듣기에도 초조한 세 번째의 노크. 그래서 화가 불끈 치밀어 오른 나는 그 말썽꾸러기를 단단히 해치워서 내쫓으려고 급히 바지를 주워 입고, 셔츠는 반쯤 걸치고, 바지 멜빵을 덜렁덜렁 늘어뜨린 채 맨발로 나가서 문을 활짝 열어젖혔습니다.

그 순간 나는 마치 뒤통수를 한 대 얻어맞은 것 같은 충격을 받았습니다. 현관의 한쪽 구석으로 늘어진 아버지의 그림자를 발견한 것입니다. 광선이 반사되어 반짝이는 안경 유리로 그림자 속의 얼굴이 아버지라는 것을 직감했습니다. 아버지의 그림자만으로도, 내가 준비했던 톡 쏘는 말이 가시처럼 목구멍에 걸려 나오지 않았습니다. 순간적으로 나는 그 자리에 멈춰 서 버렸지요. 그러고 나서 나는 공손하게 요청했습니다. 아버지께 잠시 내가 방 안을 정리할 때까지 부엌에서 기다려 주십사 하고 말입니다.

앞에서 말한 것처럼, 나는 아버지의 얼굴을 직접 보지는 못했습니다. 그러나 아버지가 내 요청을 승낙하신 것을 알았습니다. 아무 말도 없이, 내게 아는 척도 안 하시고, 불쾌한 태도로 커튼 건너 부엌으로 가시는 태연한 모습으로 아버지는 하시고 싶으신 반응을 다 표출하셨습니다. 뜨거운 커피와 반찬 냄새로 찌든 쇠로 된 솥들이 있는 앞에서, 노인은 십 분을 서서 기다려야 했습니다. 침대에 누워 있던 처녀를 재촉하여 옷을 입히고 아버지의 곁을 가까스로 지나서 그 애를 집 밖으로 내보낼 때까지, 내게 있어서나 아버지에게 있어서도, 지극히 창피하고 굴욕적인 십 분 간이었습니다.

아버지는 처녀의 발걸음 소리와, 그 아이가 뛰어나가는 바람에 커튼이 흔들리는 소리를 틀림없이 들으셨을 것입니다. 그 처녀가 간 뒤에도 나는 아버지를, 그 굴욕적인 장소로부터 바로 내 방으로 모시고 올 수가 없었습니다. 그 전에 우선 침대의 노골적인 어지러움을 정리하지 않으면 안 되었기 때문입니다. 정리가 끝나자 비로소 아버지 옆으로 걸어갔습니다. 일평생 동안 그때처럼 깊이 부끄러웠던 적은 없었지요.

아버지는 그 어떤 당혹스런 상황을 당하셔도 전혀 이성을 잃지 않으시는 분입니다. 나는 오늘날에도 그 점에 대해서 진심으로 감사하고 있습니다. 이미 오래 전에 돌아가신 아버지를 생각할 때마다, 아버지를 그저 잔소리나 하는 잔소리꾼이나 항상 흠을 찾아내서 바로잡는 훈육선생 같은 인간으로 여기는, 학생들의 관점에서 벗어나는 그런 분이었습니다. 나는 아직도 그때 극도로 불쾌한 감정을 숨기시고, 말없이 내 방 안으로 따라오셨을 때의 가장 인간적인 순간의 아버지를 생각합니다.

아버지는 그때 모자를 쓰고 장갑을 끼고 계셨지요. 무의식적으로 장갑을 벗으려다가 멈추었습니다. 몸의 한 부분이라도 물건에 닿는 것을 거부하는 듯한 몸짓이었습니다. 아버지께 의자를 권했지만 아무런 반응도 없었습니다. 다만 거절하는 몸짓으로 이 방 안의 모든 물건과 관계를 갖지 않으려는 표시를 하셨습니다.

잠시 동안 외면하고 계시던 아버지는 얼음같이 차가운 눈초리를 한 채, 안경을 벗어 들고 찬찬히 닦으셨습니다. 그것이 아버지의 당황함을 표시하는 태도라는 것은 잘 알고 있었습니다. 안경을 다시 쓰고 눈 위를 손등으로 문지른 것도 빼놓지 않고 보았습니다. 아버지는 나에 대해서 부끄러워하신 것이고, 나도 아버지를 향해 부끄러워했기 때문에, 두 사람이 다 말을 못했습니다. 내가 학교에 다닌 이래로 싫어하고 비웃던 아버지의 설교가 또다시 장황하게 흘러나오게 될까 마음속으로 두려워하고 있었습니다. 그러나 아버지는 아무 말 없이 시선을 다른 곳에 두고 나를 바라보지 않았습니다. 그 점은 오늘날까지 아버지께 고맙게 생각하는 부분입니다.

마침내 아버지는 내 책들이 꽂혀 있는, 흔들거리는 책장 옆으로 가서 책을 들춰 보셨습니다. 첫눈에 그 책들이 전혀 더럽혀져 있지 않고, 대개는 책장마저 접힌 자국 없이 깨끗하다는 것을 확인하셨을 겁니다.

"강의 노트를 꺼내 보아라."

아버지가 하신 최초의 말씀이셨습니다. 나는 떨면서 노트를 내 보였습니다. 그 속에는 속기로 쓴 단 한 시간의 강의만 기록되어 있었지요. 아버지는 노트의 두 페이지를 대충 훑어보시고는, 조금도 흥분된 빛을 보이시지 않았습니다. 노트를 다시 책상 위에 올려놓고, 의자를 당겨 걸터앉으면서 나를 똑바로 쳐다보셨습니다. 그러나 거기에는 조금도 비난하는 기색은 보이지 않고, 다음과 같이 물어보시는 것이었습니다.

"넌 대체 여기에 대해서 어떻게 생각하느냐? 이래서 뭐가 되려는 거지?"

아버지의 냉정하고 절제된 질문이 나를 방바닥에 때려눕히듯 무너뜨렸습니다. 온몸에 경련이 일어나는 것 같았습니다. 만일 나를 조금이라도 꾸짖으셨더라면, 버릇없이 대들었을 겁니다. 눈물 어린 설교를 하셨더라면, 아버지를 비웃었겠지요. 그러나 이러한 물음은 나의 반항심을 단숨에 꺾어놓아 버렸습니다. 그 진지함은 내게도 역시 진지함을 요구했으며, 절제된 침착성은 아버지에 대한 존경심과 마음속의 각오를 다지게 했습니다.

지금에 와서 그때 내가 뭐라고 대답을 했는지 기억할 용기가 나지 않습니다. 그 후에 또한 어떠한 대화가 있었는지조차, 써내려갈 용기도 없습니다. 그것은 갑작스러운 충격, 되풀이해서 말하면, 필시 감상적인 것으로 이해될 내 안에서 우러나오는 뜨거운 감동이었습니다. 둘 사이에 갑작스러운 감정의 폭발로 일어나는 진실된 이야기 말입니다. 그렇습니다. 그것은 내가 아버지와 나눈 단 한 번의 진실한 대화였습니다.

나는 아무 주저함도 없이 머리를 숙이고 모든 결정을 아버지의 손에 맡겼습니다. 그러나 아버지는 담담하게 다음 학기에 베를린을 떠나 조그만 도시에서 공부를 하라고 충고하실 뿐이었습니다. 다음 학기부터는 열심히 노력하여 그동안 하지 못했던 공부에 전념해보라고 나를 격려해 주셨습니다. 나를 향한 아버지의 믿음은 내 마음을 움직였습니다. 아버지의 이런 모습은, 내가 소년 시절부터 아버지를 차가운 형식주의에 사로잡힌 어른으로 오해한, 아버지에 대한 모든 부당한 굴레를 벗어내기에 충분했습니다.

나는 주체할 수 없이 흘러내리는 뜨거운 눈물을 막기 위해 입술을 심하게 깨물지 않을 수 없었습니다. 아버지께서도 감정이 복받치신 듯, 갑자기 떨리는 손을 내밀어 내게 악수를 해주시고, 황급히 나가 버리셨습니다. 내 마음은 불안함과 혼란한 상태에서 아버지를 쫓아갈 용기도 못 내고, 그저 입술에서 흐르는 피만 손수건으로 닦았습니다. 감정을 억제하기 위해 그렇게 심하게 입술을 깨물고 있었던 것입니다.

이것은 열아홉 살 철부지 소년이 경험한 최초의 충격이었습니다. 삼 개월 동안 쌓아온 남성다움이라든지, 학생 기질이라든지, 독립 정신이라든지 하는 과장된 소꿉장난이 아버지의 그 덤덤한 한마디에 맥없이 나를 넘어뜨리고 만 것입니다. 이제는 새롭게 치솟는 내 의지에, 모든 저속한 향락을 내던져버릴 만한 힘을 느꼈습니다. 지금까지 낭비했던 힘을 정신적인 것에 시도해 보려는 조바심과 진지함, 각성과 훈련, 엄격함에 대한 욕망, 이런 것이 나를 엄습했습니다. 그때 나는 수사들이 수도원에서 봉사를 하듯이, 학문 연구에 내 몸을 바쳐 보리라 맹세했습니다. 물론 학문 속에서 기대할 수 있는 드높은 도취 같은 것을 알지도 못하면서 말입니다. 높아진 정신의 세계 속에도 모험과 위험이 이 정열가에게 준비되어 있다는 것을 상상도 못했던 것입니다.

랍투스, 내면과 정열이 터져 나오는 황홀한 순간

아버지의 뜻에 따라, 다음 학기에 공부하러 가게 된 작은 도시는 중부 독일에 위치하고 있었습니다. 널리 알려진 대학의 명성과는 어울리지 않게, 대학 주변에 있는 집들은 대단히 초라했습니다. 기차역에다 짐을 맡겨놓고, 물어서 대학까지 찾아가는 데는 그리 오랜 시간이 걸리지 않았습니다.

널따란 옛날식 건물들은, 사람들의 출입이 많은 베를린의 대학에서보다 훨씬 더 빨리 친숙해진다는 것을 금방 느낄 수 있었습니다. 대학 등록을 마치는 데는 두 시간이 채 걸리지 않았습니다. 등록을 끝내고 대학의 거의 모든 교수들을 방문했지만, 우리 과의 정교수인 영어학과 교수만은 만나지 못했습니다. 그러나 그 분도 오후 네 시에는 연구실에서 만날 수 있다는 것을 알았습니다.

이전에는 공부를 피할 구실을 찾느라 열중했다면, 지금은 공부할 시간을 잃어버리기가 싫다는 초조함에 사로잡혀서 학문을 향해 정열적으로 달려들고 싶었습니다. 번화한 베를린에 비해 고요에 마취된 것 같은 조용한 소도시를 바쁘게 한 바퀵 돌아보고는 네 시 정각에 지정된 장소로 갔습니다. 수위가 연구실의 문을 가르쳐 주었습니다. 노크를 하자 안에서 대답하는 소리가 들리는 것 같아 문을 열고 안으로 들어갔습니다.

그러나 그 대답 소리는 잘못 들은 것이었습니다. 아무도 들어오라는 말을 하지 않았습니다. 내가 들은 목소리는, 교수가 잔뜩 모여든 이십여 명의 학생들을 둘러앉히고, 강의를 하고 있는 소리였습니다.

잘못 알아들어서 허락도 없이 들어온 것이 미안해 살그머니 다시 나가려고 했지만, 그때문에 오히려 주의를 끌 것이 두려웠습니다. 그때까지 청강생 중에 어느 누구도 나의 등장을 눈치 챈 사람이 없었습니다. 그래서 할 수 없이 문 옆에 선 채 강의를 듣게 되었습니다.

열정적인 강의는 대화나 토론을 통해서 자연스럽게 점점 더 뜨거워지는 것 같아 보였습니다. 정형화된 형식적인 강의가 아닌 것 같았습니다. 교수와 학생들의 아주 자연스럽고 우연한 자세를 보면서 더욱 그렇게 생각했습니다. 교수는 간격을 멀리하고 안락의자에 앉아서 가장 편한 자세로 한쪽 발을 가볍게 책상 위로 뻗치고 있었습니다.

아무렇게나 편하게 자리 잡고 자연스럽게 그를 둘러싸고 앉아 있는 젊은 학생들의 진지한 모습이, 정신을 집중해서 강의를 경청하고 있는 학생들의 모습이 마치 당연히 그 자리에 있어야 할 조각처럼 보였습니다. 잠시 후 교수가 갑자기 책상 위로 뛰어올라갔습니다. 높은 곳에서 낚싯줄을 드리워 물고기를 낚는 것처럼, 모여든 학생들을 말로써 낚아 그 장소에 꼼짝 못하게 서 있게 한 것을 알 수 있었습니다.

교수의 매력적이고 힘 있는 이야기는 내가 이곳에 뛰어든 불청객이란 사실을 잊게 만들었습니다. 몇 분이 채 지나지 않아 자석에 이끌리듯 강의에 깊은 감명을 받았습니다. 나도 모르게 교수에게 가까이 다가갔습니다. 그의 말뿐만 아니라 특이하게 두 손을 동그리고 올렸다 내렸다를 반복하는 제스처까지 자세히 보고 싶었습니다.

한마디의 말이라도 힘 있게 터져 나올 때는, 두 손은 늘 날개처럼 벌리고, 경련하듯 위를 향해서 올라갔다가 다시금 지휘자와 같은 태연한 몸짓을 하면서 차츰 음악적으로 가라앉았습니다. 말투는 점점 격렬하게 열기를 띠어갔습니다. 질주하는 말 위의 엉덩이처럼, 마치 날개라도 돋친 듯 딱딱한 책상에서 율동적으로 뛰어올라, 번쩍이는 비유와 폭풍 같은 사상의 비약을 숨 쉴 새도 없이 계속해서 토해 놓았습니다. 이처럼 감격스러우면서 진실하게 마음을 이끌어가듯 이야기를 하는 사람을 나는 이때까지 한 번도 본 적이 없었습니다.

생전 처음으로 나는 라틴어로 '랍투스Raptus'라고 하는 것, 즉 한 사람의 인간이 자기 자신을 초월하여 이끌려가는 상태를 체험한 것입니다. 여기서 자유자재로 읊조리는 그의 혀는 자기 자신을 위해서 말하는 것도, 또는 다른 사람을 위해서 말하는 것도 아닙니다. 인간의 내면과 정열이 뒤엉켜 혀를 통해서 터져 나오는 것입니다.

이처럼 황홀한 순간을 나는 지금껏 경험해 본 적이 없었습니다. 연설의 황홀, 자연 현상 그대로인 강연의 정열…… 뜻하지 않던 상황들이 한꺼번에 나를 바짝 끌어당겼습니다. 내가 걷고 있는 것을 느끼지 못한 채, 호기심보다 더 강력한 일종의 최면술에 걸린 것처럼, 몽유병자와 같은 걸음걸이로 그 좁은 모임 안으로 다가가고 말았습니다. 갑작스럽게 나는 방 한가운데 서 버린 것입니다. 강의를 하고 있는 교수에게서 한 걸음도 안 되는 거리입니다. 다른 학생들의 틈 사이에 끼어 서기는 했지만, 그들 또한 교수의 연설에 매혹되어서, 내가 들어온 것조차 알지 못하고 있었습니다.

교수가 강의한 이야기의 일단은 알지 못했지만 흐름에 휩쓸려서 같이 흘러갔습니다. 추측컨대 어느 학생이 셰익스피어를 유성적(流星的) 현상이라고 이야기했던 모양입니다. 그래서 앉아 있던 교수가 그 말에 자극을 받아, 셰익스피어는 한 시대의 가장 강력한 표현이며, 영적인 발현임을 증명하려 했겠지요. 즉 정열적으로 변형된 시대의 감각적인 표현이라는 것을 지적하려 했던 것입니다.

그는 영국의 그 거룩했던 시간을 단 하나의 줄기로 표현했습니다.

“황홀의 유일한 순간은 개인의 생활에 있어서와 마찬가지로 모든 국민의 생활에도 있습니다. 순간은 영원으로 향하기 위해 온 힘을 집중시켜 급작스럽게 터져 나오는 것입니다. 이 시대는, 돌연 지구가 넓어지고, 신대륙이 발견되고, 옛 대륙의 가장 낡은 세력, 즉 교황의 세력이 바야흐로 허물어져 가려고 하는 시대입니다.

스페인의 함대가 풍파를 만나서 전멸당하자, 영국인들이 지배하게 된 넓은 바다는 새로운 가능성이 출렁거리며 나타났습니다. 세계는 넓어지고, 인간의 정신 또한 넓어진 새로운 세계에 따르기 위하여 자연 긴장을 하게 되었습니다. 인간의 정신은 선과 악 양쪽으로 극한의 지역까지 육박하게 되었습니다. 그리하여 사람들은 아메리카 대륙을 최초로 정복한 스페인 사람처럼 발견하고 정복하려 들었고, 이를 위해 새로운 언어와 새로운 힘을 필요로 하게 되었습니다.

하룻밤 사이에 그 이야기를 하는 사람들, 즉 시인들이 오십 명이고 백 명이고 생겨났습니다. 그들은 예전 궁정시인들처럼 순박한 전원을 경작한다든가, 선택된 신화를 가지고 시작詩作을 하지 않았습니다. 거칠고 사납게 극장을 습격하거나, 예전에는 그저 동물의 수렵 같은 살벌한 연극만이 상영되던 장소에 막사를 쳐 놓곤 했습니다. 그래서 그들의 작품 속에는 아직도 열렬한 피에 대한 굶주림이 있습니다. 그들의 희곡 자체가 목마르고 굶주린 야수들이 으르렁대는 최대의 경기장(Circus Maximus)과 같았습니다. 이처럼 정열적인 마음을 가진 장난꾼들은 사자와 같이 날뛰었고, 횡포와 거침이 남보다 뛰어나려고 했던 것입니다.

어떤 것이든 표현이 허용되었습니다. 근친상간, 살인, 폭행, 범죄 등 일체의 인간적인 것의 한계 없는 소동이 격렬히 난무했습니다. 앞서서는 굶주린 야수들이 철창을 뚫고 뛰어나왔듯이, 지금은 술 취한 정열이 나무로 둘러싸인 투기장 속으로 울부짖으며 위험스럽게 뛰어 들어왔습니다. 하나의 폭발이 신호탄처럼 터지고 나서, 그것은 오십 년간이나 계속되었습니다. 대 출혈이었고 사정射精이었으며 단 한 번만 있을 수 있는 광증이었지만, 전 세계를 동물의 발톱으로 꿰뚫고 찢어 놓은 것이었습니다.

그러한 힘의 난무 속에서는 하나하나의 목소리나 한 사람의 인물은 느껴지지 않았습니다. 서로가 상대방을 열광시키고, 서로 배우고, 서로 훔치고, 서로 상대방을 이기기 위해 싸웠지만, 결국 모든 것은 단 한 번의 잔치 속의 정신적인 투사였을 뿐이요, 쇠사슬 풀린 노예가 시대의 정신에 의해 채찍질을 받고 뛰쳐나간 것에 지나지 않았습니다. 시대의 정신은 문 밖의 초라한 오막살이나 또는 궁전에서 그들을 끌어낸 것입니다. 벽돌 미장이의 손자 벤 존슨을 끌어냈는가 하면, 구두장이의 아들 말로를, 시종의 자손 매신저를, 부유한 학자이며 정치가인 필립 시드니를 끌어냈습니다.

뜨거운 소용돌이 속에 모두가 한데 휩쓸렸으며, 오늘은 칭찬받는가 했더니 내일은 하워드나 키드처럼 비참한 구렁텅이 속으로 빠져들었습니다. 또는 스펜서처럼 킹 거리에서 굶어 죽었습니다. 모두가 시민답지 않은 존재였으며, 깡패, 뚜쟁이, 어릿광대, 사기꾼이었지만 위대한 시인이었습니다. 시인, 시인, 모두가 시인이었지요.

셰익스피어는 그들의 중심이었으며, '시대 그 자체와 시대의 육체'를 나타내는 것에 지나지 않았습니다. 그러나 사람들은 시인을 가려낼 시간의 여유를 갖지 못했습니다. 그토록 소동은 격렬했고, 작품은 연이어 쏟아져 나왔던 것입니다. 그런데 그 시대는 나타났을 때와 마찬가지로 인류 최대의 솟구침은 갑자기 꺾이고 말았습니다. 그리하여 희곡은 끝장을 보고, 영국은 기진한 것입니다.

이후 수백 년 동안 템스 강의 회색 안개가 그들의 정신을 마비시켜 놓았습니다. 단 한 번의 돌격으로 영국은 정열의 꼭대기와 밑바닥을 빠짐없이 맛보았습니다. 미친 듯한 영혼이 가슴 속에서 뜨겁게 튀어나왔습니다. 지금은 기진맥진하여 늘어져 있습니다. 까다로운 청교도주의가 극장의 문을 닫게 했고, 동시에 정열적인 이야기마저 봉쇄되어 성서가 다시 발언권을 갖게 되었습니다. 모든 시대를 통틀어 가장 인간적이었던 시대가 가장 열렬한 참회를 하게 된 것입니다. 그것은 많은 사람들을 위하여 단 한 번 이 세상에 살았던 예수님의 이야기인 것입니다."

교수는 갑자기 방향을 바꾸어서 연설의 불꽃을 우리들을 향해서 내뿜었습니다.

"무엇 때문에 내 강의가 역사적인 순서대로 아서 대왕이나 초서로부터 시작하는 일반적인 통례에 따르지 않고 엘리자베스 왕조의 사람들로부터 시작했는지 학생들은 알겠어요? 무엇보다 내가 그들과 아주 친숙하고, 가장 활발한 기운을 희망하는 그 점을 이해하겠어요? 체험이 없는 어학적인 이해는 있을 수 없습니다. 가치의 인식을 동반하지 않고서는 단 하나의 문법적인 단어도 존재하지 않습니다. 젊은 학생 여러분들은 하나의 나라, 하나의 언어로 여러분이 정복하려고 하는 어문학을 가장 아름다운 형태, 청춘의 강력한 형태, 정열의 궁극적인 견지로 들여다보지 않으면 안 되는 것입니다.

우선 여러분은 시인을 통해서 그들의 언어를 받아들여야 합니다. 언어를 창조하고 완성시키는 시인 말입니다. 우리는 문학을 해부하기 전에 우선 문학을 호흡해야 하고, 가슴으로 따뜻이 느껴야 하는 것입니다. 그래서 우리는 항상 문학을 신화로부터 시작합니다. 영국은 엘리자베스이고 셰익스피어며 셰익스피어 시대의 사람들입니다. 그 이전의 모든 것은 준비에 불과하며, 그 이후의 모든 것은 무한 속으로 대담하게 뛰어 들어가는 절름발이의 비약에 지나지 않습니다.

그러나 그 시대, 바로 셰익스피어의 시대에서 여러분은 우리 세계의 가장 활발한 청춘을 느낄 수 있습니다. 대체로 인간은 온갖 현상과 인간 자체를 단지 불과 같은 형식과 정열에 있어서만 인식합니다. 모든 정신은 피 속에서 끓어오르고, 모든 사상은 정열에서 또는 감격에서 생겨나는 것이기 때문입니다. 따라서 여러분은 셰익스피어와 그 시대를 먼저 연구하시오. 여러분 같은 젊은 사람들을 진실로 젊게 만드는 셰익스피어를! 우선 감격하고, 그 다음 공부를 하십시오. 우선 그 사람, 최고의 그 사람, 극한의 그 사람 셰익스피어를 연구하시오! 그리하여 세상의 가장 빛나는 정수를 규명하시오! 언어를 연구하기 전에!"

"자, 오늘은 이쯤 해 둡시다. 굿바이!"

갑작스러운 제스처와 함께 원형을 그리던 그의 손은 위엄 있게 뜻하지 않은 결말을 지어 버렸습니다. 동시에 그가 책상에서 뛰어내리자, 한 군데에 빽빽하게 모여 있던 학생들도 뒤흔들어 놓은 것처럼 각각 흩어져서 일어났습니다. 의자들이 덜거덕거리고 우당탕 소리를 냈습니다. 책상까지 흔들렸습니다. 꽉 닫혀 있던 스무 개의 목으로부터, 한꺼번에 말소리, 기침 소리, 호흡 소리가 터져 나왔습니다. 이 모든 숨 쉬는 입들을 여태껏 꽉 잠가 놓았던 매력이야말로 얼마나 자석 같은 힘을 가졌는지 지금 비로소 깨달았습니다.

좁은 방 안은 열기로 한층 더 후끈거렸으며 혼란의 물결이 흘렀습니다. 몇몇 학생들은 교수에게 감사를 표하거나, 또는 무슨 말을 건네기 위해서 교수에게로 다가갔습니다. 학생들은 얼굴을 붉히며 서로 자기들이 받은 인상을 이야기했습니다. 모두가 감전된 듯, 태연히 서 있는 사람은 보이지 않았습니다. 그렇게 열정적으로 교감하던 접촉이 갑작스럽게 끊어지고 나니, 교수의 입김과 불꽃이 아직도 여전히 비좁은 공간 속에서 바스락거리는 것 같았습니다.

내 몸을 움직일 수가 없었습니다. 가슴 속의 심장이 뻥 뚫린 것 같은 기분이었지요. 매사에 열정적으로 몸의 모든 감각을 내쏟는 능력을 가지고 있었지만, 이제야 비로소 한 사람의 선생에 의해, 한 사람의 인간에 의해 내가 붙잡혔다는 것을 느꼈습니다. 더 강력하고 압도적인 힘을 느낀 것입니다. 그 앞에 머리를 숙이는 것은 나의 의무이며 동시에 쾌감이었습니다.

내 핏줄은 뜨거워지고 숨소리는 빨라졌습니다. 마지막에는 들끓는 교수의 움직임이 내 정신 속까지 뒤흔들었고, 모든 관절을 초조하게 잡아당겼습니다. 결국 어쩔 수 없이 그 사람의 얼굴을 보기 위해 천천히 앞줄로 나아갔습니다. 이상스러운 일입니다만, 그가 이야기를 하고 있는 동안 나는 그의 얼굴 표정을 보지 못했습니다. 표정은 연설 속에 파묻혀 버렸던 것입니다. 그런데 지금도 그의 희미한 옆얼굴의 윤곽만을 볼 수 있었을 뿐입니다. 교수는 어느 학생 쪽을 바라보며 친절하게 손을 어깨 위에 올려놓고 희미한 창의 광선 속에 서 있었습니다. 그의 조그마한 움직임에도 내가 다녔던 학교 선생에게서는 찾아볼 수 없었던 진실함과 우아함을 엿볼 수가 있었습니다.

그러는 사이 몇몇 학생들이 나의 출현에 관심을 갖게 되었습니다. 나는 난데없는 침입자로 간주되지 않기 위해 몇 발자국 더 교수 앞으로 다가갔습니다. 그렇게 교수가 이야기를 끝마칠 때까지 기다렸습니다. 그때서야 비로소 그의 얼굴을 들여다 보았습니다. 대리석으로 조각한 듯한 로마인의 얼굴형으로 둥그스름한 이마에 윤기가 났으며, 희끗희끗한 머리칼은 양쪽으로 탐스럽게 물결치고 있었습니다.

이마는 정신적인 독일 문학자라고 할 수 있을 것 같이 대담했습니다. 쑥 들어간 눈은 어두운 그림자를 띄었고, 아래쪽은 둥그스름한 턱과 날카로운 입술 때문에 부드러워 보여서 거의 여성 같은 인상이었습니다. 입 주위에는, 때로는 미소가 되고 때로는 초조한 주름살이 되는 신경질적인 진동이 엿보였습니다. 위쪽에서 남성적인 아름다움을 뽐내던 이마는 아래로 내려오면서 연약한 뺨의 살로 융화되어, 다소 누그러진 불안정한 입을 이루고 있었습니다.

첫눈에는 당당하고 위압적인 인상이었지만 가까이 가 보면, 얼굴은 피곤하고 긴장되어 있었습니다. 자세도 역시 이중의 성질을 보여 주었습니다. 왼손이 아무렇게나 책상 위에 내던져져 있었는데[적어도 그렇게 놓여 있는 것처럼 보였지만], 손의 관절은 가느다란 떨림이 그치지 않았습니다. 남자 손치고는 너무나 섬세하고 부드러웠습니다. 가는 손가락은 빈 책상 위에서 무엇인가를 초조하게 그리고 있었고, 묵직한 눈꺼풀이 누르고 있는 두 눈은 열심히 이야기하는 쪽으로 기울어져 있었습니다.

그는 진정을 못하는 듯 흥분이 신경 속에서 아직껏 흔들리고 있는 것 같았습니다. 흔들리는 손은 조용하게 엿듣고 있는 그의 얼굴 표정과 잘 어울리지 않았습니다. 얼굴은 피로로 녹초가 되어 있었지만, 주의를 집중하여 열심히 학생들과의 대화에 몰두하고 있는 것 같았습니다.

마침내 내 차례가 되었습니다. 교수에게 다가가서 이름을 말하고, 여기에 온 목적을 이야기했습니다. 그러자 곧, 하늘빛처럼 빛나던 눈동자 속의 밝은 빛이 나를 향했습니다. 이삼 초 동안 그 눈의 광채는 질문하는 것처럼 내 얼굴을 턱에서 머리까지 훑어보았습니다. 그렇게 말 없는 심문을 당하고 있는 가운데 내 얼굴이 빨개졌던 모양입니다. 그는 갑자기 미소를 띠며 내 당황함을 풀어 주었습니다.

"그럼 학생은 내게 등록을 하겠단 말이죠. 그러면 더 자세한 이야기를 해야겠는데, 지금 당장은 할 수가 없어요. 나는 지금 처리해야 할 일이 있으니까요. 돌아가기 전에 문 밖에서 잠시 기다려 주었으면 좋겠어요. 그리고 나와 함께 집으로 가도록 합시다."

이렇게 말하고 그는 내게 손을 내밀었습니다. 섬세하고 날씬한 손이 내 손에 접촉되었습니다. 그리고는 벌써 다음 사람을 친절하게 마중하고 있더군요.

십여 분 동안 가슴을 두근거리며 문 앞에서 기다리고 있었습니다. 지금까지 무엇을 공부했는지 질문을 받으면 뭐라고 대답할 것인가? 내가 공부할 때나 놀 때나 문학적인 것에는 거의 관심을 갖지 않았다는 것을 어떻게 고백할 것인가? 나를 경멸하지나 않을까? 나를 마술적으로 사로잡은 오늘의 그 열정적인 모임에서 나를 쫓아내지나 않을까? 나는 이런 저런 생각으로 초조했으나, 그가 내게 다가와서 친절한 미소를 보이자, 모든 걱정은 거짓말처럼 사라지고 말았습니다. 이 교수님 앞에서 내 자신을 도저히 감출 수가 없었습니다. 묻기도 전에 최초의 한 학기 동안을 상당히 태만하게 보낸 것을 고백하고 말았습니다. 그의 따뜻하고 친절한 눈초리가 다시 나를 감쌌습니다.

"휴식도 음악 속에 있는 거랍니다."

그는 미소를 띠어 가며 불안해하는 나를 격려해 주었습니다. 그리고 명백하게 내 무식함을 창피 주지 않으려는 목적으로 내 고향이라든가, 여기서 어디에 하숙하려는가와 같은 개인적인 질문을 했습니다. 그리고 내가 아직 생활할 곳을 정하지 못했다고 하자, 본인이 도와주겠다고 말하며, 우선 그가 살고 있는 아파트를 추천했습니다. 그곳에는 반벙어리인 노부인이 말끔한 작은 방들을 빌려주는 데 학생들이 항상 만족해 하더라고 말해 주었습니다. 그 밖의 다른 일은 자신이 알아봐 주겠다고 약속하며, 정말로 진실하게 공부할 생각이라면 여러 가지로 나를 도와주는 것이 자기에게도 기쁜 의무라고 생각한다고 말했습니다.

교수는 집 앞에 도착하자, 다시 한 번 내게 손을 내밀고 악수를 했습니다. 그리고 연구 계획서를 같이 검토하기 위해, 다음 날 저녁에 날더러 찾아오라고 초대를 했습니다. 그의 뜻하지 않는 과분한 친절에 나는 그만 감동하고 말았습니다. 지극한 존경심으로 그의 손을 잡은 채 고개만 끄덕했을 뿐 감사하다는 말을 하는 것조차 잊어버리고 있을 지경이었습니다.

내 안에 감춰진 열정

나는 곧 선생님이 살고 있는 아파트의 작은 방을 빌리게 되었습니다. 방이 내 마음에 들지 않았다고 해도, 전혀 기분 나쁘게 생각하지 않았을 것입니다. 단 한 시간 만에 여태껏 다른 모든 사람들이 내게 주었던 것보다 더 많은 것을 부여해 주신, 마술사와도 같은 선생님에게 한 발짝이라도 더 가까이 다가가고 싶은 소박한 감사의 마음이었습니다.

선생님 방 바로 위에 있는 지붕 밑 방으로, 뒤덮은 목재의 박공 탓에 약간 어두웠지만 근처의 지붕들과 교회당의 탑을 창을 통해서 바라볼 수 있었습니다. 멀리 사각형으로 구분된 초록색 산과 고향 생각을 자아내게 하는 구름이 보였습니다. 귀가 잘 안 들리는 할머니는 하숙생들을 늘 어머니 같은 애정으로 돌보아 주었습니다. 2분이 채 지나지 않아, 나는 그 할머니와 하숙에 합의하였고 한 시간 후에는 벌써 내 여행 가방을 끌고 삐꺽거리는 나무 계단을 오르고 있었습니다.

그날 저녁 외출도 하지 않고 심지어 밥 먹는 것, 담배 피우는 것까지 잊어버리고 있었습니다. 가방 속에서 셰익스피어를 꺼내어 읽기 시작했습니다. 정말이지 이러한 일은 몇 년 이래로 처음 있는 일이었습니다. 나의 호기심은 교수의 강의로 그렇게 정열적으로 불붙었습니다.

나는 지금껏 읽어 보지 못한 창조된 언어를 읽었습니다. 누가 이 같은 변화를 설명할 수가 있겠습니까? 그렇게 글 속에서 갑작스럽게 새로운 세계가 드러났습니다. 언어들은 마치 몇 세기를 두고 찾고 있었던 것처럼 나를 향해 번쩍이며 달려왔습니다. 시구詩句들은 화염의 큰 파도처럼 나를 매혹시키며, 혈관 속까지 흘러들어왔습니다. 날아가는 꿈을 꿀 때 느껴지는 이상야릇한 흔들림을 목덜미에 느꼈습니다. 몸의 핏줄이 뜨거워지며 경련했고 물결치는 듯했습니다. 모든 게 열병에 걸린 것처럼 내 몸을 공격해 왔습니다. 내게는 처음 일어나는 현상이었지요. 그렇지만 나는 그의 열렬한 강의를 한 번 들은 것밖에 없었습니다. 강의의 도취가 내 마음속에 그대로 남아 있었던 모양입니다.

한 문장을 큰 소리로 되풀이하여 읽다 보니, 모르는 사이에 내 목소리가 교수의 음성을 닮아 있음을 깨달았습니다. 문장은 똑같이 초조한 리듬이 되었고, 내 손은 교수가 하는 것처럼 둥그렇게 내어지곤 했습니다. 한 시간 동안에 무슨 마술이라도 걸린 것처럼, 지금까지 나와 정신적 세계 사이에 가로놓여 있던 벽을 꿰뚫고, 열정적인 인간이 된 새로운 나를 발견했습니다. 열정, 즉 영감이 깃들어 있는 말 가운데서 모든 지상적인 기쁨을 함께 느끼려는 열정은, 오늘날까지 내게 변함없이 남아 있습니다.

나는 '코리올란(Coriolan)'에 부딪쳤습니다. 모든 로마인들 가운데 가장 이상한 사람의 모든 요소, 즉 자존심, 교만, 분노, 조소, 감정의 모든 염분, 아연, 금, 금속 같은 것을 모두 내 마음 가운데 느끼면서, 일종의 도취경에 빠졌습니다. 그것을 마술처럼 한꺼번에 예감하고 이해하게 되는 것이 정말 새롭고 큰 기쁨이었습니다.

눈에서 불이 나도록 읽고 또 읽었습니다. 시계를 보니 벌써 세 시 반을 가리키고 있었습니다. 여섯 시간 동안 일체의 감각을 흥분시키고 동시에 마비시킨 새로운 힘에 놀라며 불을 껐습니다. 그러나 머릿속에서는 여러 가지 생각이 계속해서 불타고 뒤흔들렸습니다. 내일에 대한 동경과 기대로 거의 잠을 이루지 못했습니다. 이처럼 마술같이 열려진 세계를 한층 더 넓혀 주고 완전히 내 것으로 만들어 줄 내일을 그리워하면서…….

냉정과 열정 사이에서

그러나 그 내일은 내게 실망을 안겨 주었습니다. 나는 조바심이 일어 참지 못하고 선생님[앞으로는 선생님이라고 부르겠습니다]께서 영어 음성학을 강의할 예정인 강의실에 제일 먼저 와 있었습니다. 선생님이 강의실로 들어왔을 때 나는 그 모습을 보고 깜짝 놀랐습니다. 이 사람이 대체, 어제 본 그 선생님일까? 아니면 내 흥분된 마음과 상상이 그를 코리올란으로, 즉 로마의 공회당에서 번개와 같은 연설을 대담무쌍하게 영웅적으로 행했던 그 웅변가로 착각하게 만들었던 것일까?

질질 끄는 듯한 걸음걸이로 강의실에 들어온 사람은 나이 먹고 피곤한 노인이었습니다. 아침 일찍부터 맨 앞 책상에 자리 잡고 있었는데, 반짝이는 초점 유리가 그의 얼굴로부터 치워진 것처럼, 심한 주름과 널따란 홈이 잔뜩 있는 병든 것 같은 힘없는 표정의 노인이 내 앞에 있었습니다. 푸릇푸릇한 그림자가 축 늘어진 힘없는 뺨에, 비스듬히 주름을 드러내고 있었습니다.

강의하는 선생님의 무거운 눈두덩 위에는 깊은 그림자가 드리워져 있었습니다. 색 바랜 얇은 입술도, 그의 음성에 좋은 음향을 부여하지 못했습니다. 어제 보여주었던 그의 명랑함과 마음으로부터 내지르는 환희의 충만함은 대체 어디로 가 버린 걸까요! 심지어 목소리조차 내게는 낯설게 들렸습니다. 선생님의 목소리는 마치 문법상의 이유 때문에 흥미를 잃어 바싹 마른 모래를 지나서 걸어가는 것처럼, 아주 단조롭고 지루했습니다.

나는 불안에 사로잡혔습니다. 잠을 깬 최초의 시간부터 기다리고 있던 바로 그 선생님이 전혀 아니었습니다. 그의 얼굴은? 어제 별과 같이 나를 향해 빛나던 그의 얼굴은 대체 어디로 가 버린 것일까요? 그저 닳고 닳은 교수가 요령 있게 자기의 주제를 기계적으로 풀어 내놓는 것뿐이었습니다. 끊임없이 새로운 불안을 느끼며 그의 말을 주의 깊게 들었습니다. 혹시나 어제의 그 음성이 또다시 돌아오지 않을까 하고, 마치 울리는 손과 같이 나의 감정을 꽉 붙잡고, 정열로 휘몰아 이끌어 올렸던 따뜻한 진동이 다시 되돌아오지나 않을까 하고, 열심히 귀를 기울였습니다.

환멸로 가득 차서 낯선 얼굴을 차근차근 살펴보는 내 눈초리는 차츰 침착성을 잃어 갔습니다. 얼굴은 틀림없이 어제와 같은 얼굴이었지만 창조적인 힘을 다 빼앗겨버린 늙고 피곤한 노인의 양가죽 종이 같은 가면이었습니다. 대체 어떻게 그와 같은 일이 가능한 일일까? 어제 한 시간 동안에는 그렇게도 젊었다가, 오늘 이 시간에는 또 이렇게 늙어버릴 수가 있는 것일까? 말과 더불어 얼굴까지 완전히 늙게 변형됐다가, 또다시 몇 십 년을 더 젊게 만드는, 그 같은 급격한 정신의 변화가 있을 수 있는 일일까?

그런 의문이 나를 괴롭혔습니다. 이중 인격적인 사람에 대해서 더 자세히 알고자 하는 갈망이 내 마음속에 불타올랐습니다. 그가 우리 곁을 힘없이 지나서 교단을 나가자, 나는 갑자기 일어난 암시에 따라서 도서관으로 달려갔습니다. 그곳에서 그의 저서를 신청했습니다. 그의 감정이 어떤 육체적인 악조건으로 인하여 오늘은 피곤한 것이겠지 하고 생각했습니다.

그런 반면 평소에 써 놓은 그의 저서에는, 이상한 감동으로 나를 이끌리게 한 열쇠가 틀림없이 들어 있을 거라고 믿었습니다. 직원이 책을 가지고 왔습니다. '어쩌면 이렇게 적을까!' 하고 나는 놀랐습니다. 이십 년 동안 선생님은 이렇게 적은 소책자 몇 권 밖에는 출판하지 않았던 것입니다. 몇 가지의 서설 소개문, 셰익스피어적 페리클레스의 진실성에 대한 논문, 휠덜린과 셸리의 비교론[두 사람 다 자기 국민에게 인정되기 전에 쓰인 것입니다], 그리고 그밖에는 언어학적인 사소한 논문에 불과했습니다.

물론 그의 모든 저작에는 《지구좌(地球座), 그 역사와 상연과 저자에 대해서》라는 이름으로, 상하 두 권의 책이 준비 중이라고 예고되어 있기는 했습니다. 최초의 광고가 벌써 이십여 년 전의 일임에도 불구하고, 내가 재차 주문하자 도서관 사서가 그러한 책이 출판된 적이 없다고 단언했습니다. 그래서 약간 주저하며, 그러나 기대 섞인 예감을 가지고, 선생님의 도취적인 음성과 리듬을 다시 한 번 새삼스럽게 느껴 보려는 희망으로 저서를 들추어 보았습니다. 그러나 그 저작물이라는 것의 진실성이 좌우로 흔들리고 있을 뿐, 사람을 도취시키던 연설의 물결은 책 어디에서도 흔들리고 있지 않았습니다. 정말 유감스러운 일이라고 혼잣말로 중얼거렸습니다. 자책으로 내 스스로에게 매질하고 싶었으며, 너무나 경솔하게 그에게 내 마음을 바쳤던 것에 대한 분노와 불신감으로 몸이 떨렸습니다.

오후에 연구실에서 다시 선생님을 만났지만 이번에는 그가 먼저 이야기를 하지 않았습니다. 이십여 명의 학생들이 발언자와 반대자의 두 갈래로 나뉘어져 있었습니다. 테마는 또다시 그가 좋아하는 셰익스피어의 한 작품이 선정되었습니다. 《트로일로스와 크레시다Troilus and Cressida》는 풍자적 인물로 간주될 것인가, 이 작품 자체가 풍자극인가, 그렇지 않으면 조소 뒤에 숨겨진 비극이라고 볼 것인가, 그런 것이 논제가 되었습니다.

얼마 안 있어 선생님의 교묘한 조정에 의하여 단순한 정신적인 대화로부터 전기와 같은 흥분이 불붙어 나왔습니다. 희미한 주장에 대해서는 폭발과 같은 논박이 뛰어들었고, 사이사이에 날카로운 공격이 한층 토론을 자극하여 불을 뿜게 했습니다. 마침내 젊은이들이 서로 원수처럼 달려들기 시작하여 불꽃이 튀게 되었을 때, 비로소 선생님이 사이에 끼어 지나치게 격화된 싸움을 중지시키고, 토론을 교묘하게 본래의 주제로 끌고 갔습니다. 동시에 초시간적인 세계 속으로 논쟁을 살그머니 밀어 넣음으로써, 토론에 한층 강한 정신적인 비약을 부여했습니다.

변증법적인 불꽃놀이의 한가운데 서서, 격렬한 토론을 부채질하거나 끌어내리기도 하고, 젊은 감격의 복받쳐 오르는 물결을 가로막기도 하며 스스로 그 물결에 휩쓸리기도 했습니다. 책상에 기대어 두 팔을 가슴에 끼고 차례차례 학생들을 바라다보면서, 이 학생에게는 미소를 보내고, 저 학생에게는 눈짓을 하며 토론을 독려했습니다. 어제처럼 그의 눈은 다시금 빛을 발했습니다.

토론에 개입함으로써 혹시 학생들의 입에서 말이 나오지 않게 될까봐 말을 참고 있는 그의 모습이 내게는 완연히 보였습니다. 강력하게 자기 자신을 억누르고 있었지요. 그것은 두 팔로 통을 죄듯, 자기의 가슴을 꼭 누르고 있는 것으로도 잘 알 수가 있었습니다. 또한 움찔움찔하는 자신의 입을 억누르고 있는 모습을 보아서도 추측할 수 있는 일이었습니다.

그러다가 더 이상 참을 수가 없게 되자 수영 선수처럼 격렬한 토론 속으로 소리치며 뛰어들었습니다. 지휘봉을 휘두르는 듯 무게 있는 손짓 한 번으로 학생들의 혼란을 모두 진정시켰습니다. 모두가 입을 다물자 모든 상황을 뒤집어버리는 자기만의 방법으로 토론의 결말을 지었습니다. 이야기를 하고 있는 동안, 그의 얼굴은 어제의 그 얼굴로 살아났습니다. 움직이는 신경의 뒤편에 주름살이 사라져 없어지고, 목과 신장이 길어져서 지배적인 주도자가 되었으며, 움츠리고 엿듣고 있던 자세로부터 물결치는 파도 속으로 뛰어들 듯이 연설을 시작했습니다. 순간적인 흥분이 그를 열중시킨 것입니다.

선생님은 객관적인 강의나 고독한 서재 속에서는 아무런 힘도 내지 못하고, 이처럼 숨 막히는 긴장 속에서는 내부의 벽을 폭파시킬 연료가 부족하다는 것을 느끼기 시작했습니다. 그가 감격하기 위해서는 우리들의 감격이, 그의 마음이 넘쳐흐르기 위해서는 우리들의 흥분이, 그가 감격하고 젊어지기 위해서는 우리들의 청춘이 꼭 필요하다는 것을 절실히 느꼈습니다. 심벌즈를 울리는 사람이 자기 자신의 열중하는 손에 의해 점점 격렬해지는 음률에 도취되는 것처럼, 강의는 점점 더 찬란해지고 열을 띠게 되었고, 열렬한 말 가운데 점점 더 다채롭게 변해 갔습니다. 그리고 우리들의 침묵이 깊어지면 깊어질수록[그때 우리들의 숨소리가 뜻하지 않는 사이에 멈추어 버린 것을 느낄 수가 있었습니다] 그의 표현은 한층 더 높아지고, 한층 더 긴장되고, 한층 더 찬송가의 소리처럼 부풀어 올라 갔습니다. 우리 모두는 생명의 넘쳐흐르는 강의에 도취되어 완전히 선생님의 손아귀 속에 들어가 버렸습니다.

그리하여 선생님이 괴테의 셰익스피어 연설 중의 호칭으로 강의를 끝마쳤을 때, 우리들의 흥분은 최고조에 달했습니다. 선생님은 어제처럼 기진맥진하여 책상에 기대었습니다. 얼굴은 창백했고, 신경질적으로 달달 떨리는 조그마한 경련으로 가득했으며, 눈 속에는 지금 막 숨 막히는 포옹에서 벗어난 여자에게 있는 것과 같은, 충만한 쾌감이 번들번들하게 빛나고 있었습니다.

비극적 아름다움과 향락적 아름다움

지금 이런 그와 이야기하는 것은 어쩐지 용기가 나지 않았습니다. 그러다 우연히 그의 눈과 내 눈이 부딪쳤습니다. 그는 나를 향해 친밀하게 미소를 띠고 내 어깨에 손을 올려놓으면서 약속한 대로 오늘 저녁에 자기 집으로 오라고 일깨워 주었습니다.

정확하게 저녁 일곱 시에 그를 찾아갔습니다. 얼마나 몸을 떨면서 집의 문지방을 넘어갔던지! 젊은 청년의 존경심만큼 정열적인 것은 세상에 없을 것이며, 불안한 부끄러움만큼 수줍고 여성적인 것 또한 없을 것입니다.

서재로 안내되었습니다. 방이 어두컴컴해서, 처음에는 유리를 통하여 많은 책들의 다채로운 뒷면만 보일 뿐이었습니다. 책상 위에는 라파엘의 그림 '아테네 학당'이 걸려 있었습니다. 그것은[나중에 선생님의 설명에 의하면] 그가 특히 사랑하는 그림이었습니다. 그것은 모든 종류의 교수와 정신의 표현을 상징적으로 완전한 종합체를 이루도록 연결시켜 놓았기 때문이었습니다. 나는 이 그림을 처음 보았습니다. 무의식중에 완고한 소크라테스의 이마가 선생님의 이마와 비슷한 것을 발견하였습니다. 뒷벽에서는 희끗희끗한 대리석으로 된 조각상이 비치고 있었습니다. 그것은 가니메데스의 아름다운 소 흉상이었습니다. 옆으로는 옛 독일의 명장名匠 성 세바스찬이 있었습니다.

비극적인 아름다움과 향락적인 아름다움이 나란히 세워져 있는 것은 아마도 우연은 아니었을 것입니다. 내 두근거리는 가슴은 주위의 고상하게 침묵하는 예술품들과 마찬가지로 숨을 죽이고 기다리고 있었습니다. 예술품들 속에서는 내가 꿈에도 생각지 못했던 새로운 정신적인 아름다움이 상징적으로 나타나 있었습니다. 그것들을 아주 가깝게 받아들일 마음의 준비를 하고 있었지만, 예술품은 아직 내게는 명백한 것은 못되었습니다.

예술품들을 관찰하는 시간은 아주 짧았습니다. 기다리고 있던 사람이 방 안으로 들어와서 내게 다가와서 멈췄습니다. 또다시 보드랍게 감싸는 불같이 이글거리는 그의 눈빛이 내게 전해졌으며, 마음속 깊이 숨어 있는 비밀을 녹여 주었습니다.

친구들과 얘기하는 것처럼 아주 자유롭게 그와 이야기를 했습니다. 그가 베를린에서의 내 학교생활을 물어 보았을 때에는 갑자기[나 혼자만 놀란 것이었지만] 아버지가 방문하여 오신 그 사건이 입술에까지 올라왔습니다. 그리고는 전력을 다해 공부에 몰두하겠다는 그때의 비밀 서약까지 고백하고 말았습니다. 그는 감동하여 나를 바라보며 말했습니다.

"열심히 공부할 뿐만 아니라, 무엇보다도 정열을 가지고 하지 않으면 안 되네! 열중하지 않는 사람은 기껏해야 학교 선생밖에 되지 않네. 마음으로부터 출발하여, 만사에 이르지 않으면 안 되네. 언제나 정열에서부터 출발해야만 하네. 언제나!"

선생님의 목소리는 점점 열을 띠었고, 방 안은 점점 더 어두워졌습니다. 그는 자기의 청년 시절에 대해서, 자기도 얼마나 어리석게 시작을 했는지, 뒤늦어서야 비로소 자기 자신의 경향을 발견했다는 등의 여러 가지 이야기를 해 주었습니다. 그리고 내게는 용기를 가지라고, 자기가 할 수 있는 것이라면 얼마든지 협조를 해 줄 테니 아무 염려 말고 무슨 청이든, 질문이든 하라고 이야기해 주었습니다. 지금껏 내 일생을 통해 그처럼 동감을 가지고 깊은 이해를 보여준 사람은 없었습니다. 너무나 감사해 몸이 떨렸으며 눈시울이 촉촉해졌습니다. 방 안이 어두워져 눈시울을 감추어준 것이 기뻤습니다.

그때 가볍게 노크 소리가 들리지 않았다면, 나는 시간 가는 줄 모르고 한없이 그렇게 머물러 있을 뻔했습니다. 문이 열리면서 홀쭉한 사람의 자태가 그림자처럼 나타났습니다. 선생님은 자리에서 일어나 내게 소개해 주었습니다.

"내 아내일세."

홀쭉한 그림자는 희미하게 내게 다가와 가냘픈 손을 내밀어 내 손을 잡고 나서, 남편을 향해 "저녁 식사 준비가 되었어요"

하고 일깨워 주었습니다.

"그래그래, 알았어요."

교수는 황급히, 그리고 약간 귀찮다는 듯이[적어도 내게는 그렇게 들렸습니다] 대답했습니다. 어쩐지 차가운 것이 그의 음성 속에 섞인 듯했습니다. 그리고 전등불이 반짝하고 켜지자, 선생님은 내게 힘없는 몸짓으로 작별 인사를 했는데, 그것은 또 다시 나이 먹고 기운 없는 노인으로 되돌아간 것처럼 보였습니다.

그 후 이 주일 동안 열광적으로 책을 읽고 공부를 하는 데 시간을 보냈습니다. 방 밖으로 나가지도 않고, 시간이 아까워서 서서 밥을 먹으며 쉬지도 않고, 거의 잠잘 사이도 없이 공부를 했습니다. 동양의 옛날이야기에 나오는 마술의 왕자라도 된 기분이었습니다. 잠긴 방들의 문에 달린 봉인을 차례차례 풀어내면서, 방마다 더 많이 쌓여 있는 보석을 발견하고, 점점 더 욕심이 커져서 집 안의 모든 방들을 샅샅이 찾아 헤매다 드디어 마지막 방까지 도달하게 되는 왕자의 심정이었던 것입니다.

그렇게 책들을 차례차례 찾아 읽으며 많은 책에 도취되었지만, 어떤 책에도 만족하지 못했습니다. 억제할 수 없는 마음은 정신적인 것으로 이동해 갔습니다. 정신세계의 길 없는 광야를 처음으로 희미하게나마 예감했습니다. 그것은 도시의 모험적인 광야와 마찬가지로, 내게는 유혹적이었으며, 동시에 그것을 정복하는 것이 끝내 불가능한 것이 아닌가 하는, 소년다운 불안감을 동반하고 있었습니다.

그래서 시간을 아껴 잠자는 것도, 오락도, 대화도 그 밖의 모든 형식의 소일거리도 절약하고, 귀중함을 알게 되는 시간으로 활용하려 했습니다. 내가 부지런하게 그토록 열중한 것은 선생님에게 지지 않으려는, 신뢰를 잃지 않으려는, 동감의 미소를 얻으려는 일종의 허영심이었지요. 내가 선생님에게 느끼고 있는 것과 똑같은 기분을 선생님이 내게 느껴 주었으면 하는 허영이었습니다.

아주 조그마한 기회도 놓치지 않고 모두 시도해 보았습니다. 그의 눈에 띄기 위하여, 놀라게 해 주기 위하여, 서투르면서도 기형적으로 발달돼 있는 내 감각을 항상 최고조로 발휘했습니다. 선생님이 내가 알지 못하는 작품을 쓴 시인에 대해 강의하면, 나는 그날 오후 중으로 그것을 찾아서, 다음 날 토론할 때에 지식을 과시했습니다. 어쩌다가 선생님이 말씀하시는 희망사항은 다른 학생들에게는 거의 관심거리가 안 되는 것이라도 내게는 명령이 되었습니다. 학생들이 항상 담배 연기를 함부로 내뱉는다는 선생님의 조그마한 비난에도, 즉시 피우고 있던 담배를 내던지고, 비난받은 습관을 단 한 번에 내버릴 정도였습니다. 복음서의 말씀과 같이, 그의 말은 내게 은혜인 동시에 법규였습니다.

잔뜩 긴장된 나의 주의력은 항상 그를 주시하고 있어서, 그가 대수롭지 않게 내던지는 한마디의 말이라도 목마른 사람처럼 죄다 들이마셨습니다. 한마디의 말뿐만 아니라, 몸짓이나 손짓까지도 빼놓지 않고 욕심 사납게 끌어안고는, 집으로 돌아와서 그 모든 것들을 정성을 들여 어루만지고 간직하곤 했습니다. 내 편협한 열광이 그를 유일한 지도자로 느끼게 한 것과 마찬가지로, 모든 동창들을 그저 적으로만 느꼈으며, 나의 시샘 가득한 의지는 그들을 능가하고 이기는 것만을 늘 맹세하곤 했습니다.

선생님은 내가 본인을 무척 의지하고 있다는 것을 느꼈던지, 그렇지 않으면 내 성격의 격렬함을 사랑했던지 얼마 안 있어 호의를 보이며, 특별히 나를 이끌어 주었습니다. 독서에 대한 충고를 해 주었으며, 새로 들어온 나를 공동 토론 시간에 불공평할 만큼 앞세워 주었습니다. 그리고 가끔 친밀한 대화를 나누기 위해, 저녁 때 그를 방문하는 것이 허락되었습니다. 그때는 대개 한 권의 책을 책장에서 꺼내 들고, 흥분하면 언제나 한 음계 높이 쩡쩡 울리는 독특한 목소리로 시나 비극을 읽어 주었으며, 논쟁의 초점이 되는 문제를 설명해 주기도 했습니다.

이렇게 도취의 이 주일 동안 지금까지의 19년보다 더 많은 예술의 본질에 대해 배웠습니다. 짧게 여겨지는 시간 동안 우리는 항상 단 둘이었습니다. 저녁 여덟 시가 되면 부인은 살며시 노크하는 소리로 저녁 식사를 알렸습니다. 이후 다시 방 안으로 들어와 식사를 재촉한 적이 없었습니다. 선생님은 확실히 우리들 사이의 대화를 중단시키지 말도록 부인에게 요구한 듯했습니다.

 책, 연구, 그리고 자유로운 일탈

그토록 뜨겁게 열중했던 초여름의 두 주일이 지난 어느 날 아침, 팽팽하게 긴장된 강철이 용수철처럼 반발하듯 공부에 매진하던 열정이 어느 순간 중단되어 버렸습니다. 이전부터 선생님은 나에게 정도를 넘겨서는 안 되고, 가끔은 하루쯤 쉬지 않으면 안 된다고 경고하곤 했습니다. 그의 예언이 갑자기 실현된 것입니다. 무더운 초여름의 후텁지근한 날, 잠에서 희미하게 깨어 책을 읽으려 했으나, 모든 활자가 뜨개바늘의 대가리처럼 얼씬얼씬했습니다. 선생님의 아주 짧은 말 한마디에도, 노예처럼 충직하게 따랐기 때문에, 이번에도 마찬가지로 나는 선생님의 말씀을 따라 열심히 공부한 나날 중에 자유로운 유희적 하루를 끼워 넣겠노라 결심했습니다.

아침 일찍 집을 나와 고대 양식이 부분적으로 엿보이는 도시를 처음으로 구경했습니다. 육체를 긴장시키기 위해서 교회의 탑을 향해 수백 개의 계단을 밟고 올라갔습니다. 탑의 전망대에서 초록으로 둘러싸인 조그마한 호수를 발견했습니다. 나는 북쪽 해변에서 자라서 수영을 아주 좋아했습니다. 호수가 초원처럼 푸르게 빛나는 것을 바라보고 있으려니 고향에 돌아온 듯, 갑자기 물속으로 뛰어들고 싶은 욕망이 일었습니다.

점심 후 수영장에 가서 헤엄을 치니 내 몸은 금세 기분 좋게 소생되었습니다. 팔의 근육은 몇 주일 만에 다시 탄력 있게 힘이 붙었으며, 벌거벗은 피부에 와서 부딪는 햇빛과 바람은 30분 만에 나를 예전의 기운 넘치는 격렬한 청년으로 만들어 주었습니다. 친구들과 장난을 하며 어리석은 짓에 목숨을 걸었던 몰지각한 예전의 나로 만들어 놓은 것입니다. 이곳저곳 마구 뛰어 돌아다니고 몸을 구르는 동안, 책과 연구에 빠져있었던 나를 완전히 잊어버렸습니다.

오래도록 잊어버리고 있었던 열정의 포로가 되어 물속을 두 시간 동안 정신없이 돌아다녔습니다. 아마도 서른 번도 넘게 높은 다이빙대에서 뛰어내리며 넘쳐나는 힘을 발산시켰을 것입니다. 호수를 두 번이나 횡단하여 건넜지만, 넘치는 나의 정력은 여전히 남아 있었습니다. 숨을 헉헉거리면서도 전신의 근육을 긴장시키며, 새로운 장난거리를 찾아 주위를 살펴보았습니다. 강력하고, 엉뚱하고, 상상할 수 없을 만큼 멋들어진 장난을 할 것이 없는가 하고…….

바로 그때였습니다. 건너편 여자 수영장 쪽에서 다이빙대가 삐걱삐걱하고, 그 반발의 진동으로 내 발 옆에까지 흔들흔들하는 것이 느껴졌습니다. 그 쪽을 돌아보니 다이빙대에서 터키 칼처럼 반원을 그리며, 날씬한 여인의 몸이 높은 곳에서 아래로 다이빙하고 있었습니다. 다음 순간, 첨벙하는 소리와 함께 하얀 물거품을 내며 소용돌이를 일으켰습니다. 그리고는 곧 꼿꼿한 자태가 다시 떠올라 능숙한 수영 솜씨로 호수 가운데의 섬을 향해 헤엄쳐 가는 것이었습니다.

'저 여자의 뒤를 따라야겠다! 따라가서 붙잡아야겠다.'

마음속으로부터 치밀어 오른 어떤 충동이 내 근육을 뒤흔들었습니다. 나는 그대로 물속으로 뛰어들어 어깨를 쭉 내밀고 격렬한 속도로 여자의 뒤를 따랐습니다. 한편 여자는 자신이 추격당하고 있다는 것을 눈치 채고 역시 속도를 내더니 자기의 위치를 이용하여 교묘하게 섬 옆을 지나, 재빨리 되돌아오는 것이었습니다.

여자의 계획을 간파한 나는 마찬가지로 우측으로 획 돌아서 강력하게 물을 휘저어서, 내 손이 여자가 만들어 놓고 간 물결에 다다라 단지 몇 치의 간격밖에 남지 않게 되었습니다. 그러자 추격당한 여자는 날쌔게 물속으로 파고들었습니다. 몇 분 후 여자 수영장 울타리 앞에 다시 모습을 나타내서 더 이상은 추격할 수 없게 되었습니다.

여자는 물방울을 뚝뚝 떨어뜨리며 승리감에 어깨를 으쓱하여 계단을 올라가다가 잠시 손을 가슴에 대며 발을 멈추었습니다. 틀림없이 숨이 찼던 것입니다. 뒤를 돌아 내가 경계선에 막혀서 오지 못하는 것을 보고는 하얀 이를 내보이며 승리의 웃음을 지었습니다. 뜨거운 햇빛과 수영모자 때문에, 그녀의 얼굴을 자세히 알아볼 수 없었지만, 패배한 나를 향해 즐겁게 웃는 웃음만큼은 잘 볼 수가 있었습니다.

여자를 따라잡지 못한 것이 분했지만 또한 기쁘기도 했습니다. 베를린 이래로 오랜만에 내게 관심을 보이는 여성의 눈짓을 느꼈기 때문입니다. 아마도 사랑의 모험으로 이끄는 눈짓이 들어 있었던 것 같습니다. 세 번 물을 저어서 남자 수영장에 도달하자, 아직도 축축한 피부 위에 재빨리 옷을 걸치고, 늦기 전에 그 여자를 기다리기 위해 뛰어 나갔습니다.

십 분 가량 기다리자[그녀의 날씬한 모습이 소년 같아서 금방 알아볼 수 있었지만] 활발한 여적수가 가뿐한 걸음걸이로 다가왔습니다. 내가 거기서 기다리고 있는 것을 보자, 그녀는 내게 말을 건넬 기회를 주지 않기 위해 한층 더 걸음을 빨리 했습니다. 아까 헤엄칠 때와 마찬가지로 재빠르고 힘찬 걸음이었습니다. 모든 관절이 그녀의 훌쭉한 몸에 희랍의 장정처럼 힘 있게 연결되어 있었습니다. 나는 듯이 성큼성큼 걸어가는 그녀의 뒤를, 남의 눈에 띄지 않고 쫓아가려니 무척 힘이 들었지만, 마침내 성공은 했습니다.

어느 길모퉁이에서 잽싸게 그녀를 앞질러가서 학생들이 잘 하는 식으로, 대담하게 동작을 하며 모자를 벗어 흔들었습니다. 아직 그녀의 눈도 자세히 보지 못한 채, 같이 친구가 되어 걸어도 좋겠냐고 물어 보았습니다. 여자는 빠른 걸음걸이를 늦추지도 않은 채 비웃는 말투로 대답했습니다.

"내 걸음걸이가 당신에게 너무 빠르지만 않다면, 물론 마음대로 따라오세요. 나는 시간이 별로 없답니다."

이러한 여자의 천연덕스러운 태도에 용기를 얻은 나의 짓궂음은 한층 더 대담해졌습니다. 그리고 호기심에 이것저것 대개는 어리석기 짝이 없는 질문을 했습니다. 여자는 이러한 질문에 이미 준비하고 있었다는 듯이 상대방을 어리벙벙하게 만드는 재주를 가지고 받아 넘겼습니다. 그래서 나의 목적은 진척되었다기보다는 오히려 혼란만 가중됐습니다. 내 베를린 시절의 대화 기술은 반항과 조소에 대해 훈련되었기 때문에, 이렇게 빠른 걸음걸이와 더불어 척척 받아넘기는 이야기에는 익숙하지 않았습니다. 그래서 나보다 수가 높은 여자에게 또 다시 한 방 먹었다는 느낌을 받았습니다. 점점 상황은 악화되었습니다. 창피를 무릅쓰고 짓궂게 주소를 물어 보았을 때, 그녀의 갈색 두 눈은 이쪽을 바라보며 반짝이는 눈빛을 내비쳤습니다. 여자는 더 이상 웃음을 숨기지 않았습니다.

"바로 당신이 살고 계시는 곳에서 매우 가까운 곳이랍니다."

나는 그녀를 멍하니 바라만 보았습니다. 그녀는 다시 한 번 곁눈질로 강렬한 눈빛을 보냈습니다. 치명적인 눈빛은 화살이 되어 내 목에 꽂혔습니다. 이내 나의 베를린 시절의 말투는 사라져갔으며, 등등하던 자신감을 잃고 겸손하게 말을 더듬었습니다.

"제가 동반해도 방해가 되지 않으시겠습니까?"

"천만에요."

그녀는 미소를 띠며 대답을 했습니다.

"이제 큰 길을 두 번만 건너면 되는 걸요. 이왕 이렇게 되었으니 같이 걸어가시죠."

그 순간 피가 혈관 속에서 용솟음치는 것 같아 더 이상 걸음을 옮길 수가 없었습니다. 그러나 이미 어쩔 수 없게 되었습니다. 이제 와서 다른 길로 빠져 나간다는 것은 더 한층 실례가 되는 일이 아니겠습니까. 그래서 나는 내 하숙집 있는 데까지 같이 올 수밖에 없었습니다. 집 앞에 이르러서 그녀는 갑자기 발을 멈추고 손을 내밀며 가볍게 인사를 했습니다.

"동행해 주셔서 고마워요! 오늘도 저녁 여섯 시에 제 남편에게로 오시겠지요?"

너무나 부끄러워서 얼굴이 벌게졌습니다. 그녀는 내가 사과의 말을 하기도 전에 벌써 빠르게 층계를 올라가 버렸습니다. 버릇없이 함부로 지껄여 댄 말들이 하나씩 떠올라 수치심으로 그 자리에서 돌처럼 굳어 버렸습니다. 휴일 날 소풍을 가자고 꾀었으며, 함부로 대해도 되는 여자들처럼 추잡한 문구로 그녀의 육체를 칭찬도 했으며, 고독한 학생의 센티멘털한 탄식의 연극을 한바탕 털어 놓기까지 했던 것입니다.

너무 부끄러워 토할 것 같았고, 목이 죄어와 숨이 멎는 느낌이었습니다. 지금 그녀가 웃으면서 자기 남편에게 나의 어리석은 행동을 이야기하지 않겠습니까? 선생님의 판단은 나에게 어느 누구보다도 무거운 것입니다. 그 앞에서 웃음거리가 된다는 것은, 시장 한복판에서 수많은 사람이 지켜보는 가운데 벌거벗고 채찍을 받는 아픔보다 더 고통스럽게 내게 다가올 것입니다.

저녁 때까지 기다리는 시간이 그토록 길고 무섭게 느껴졌던 적은 없었을 겁니다. 선생님이 나를 어떻게 맞이할 것인가 수천 번을 그려 보았습니다. 그는 냉소적인 말을 자유자재로 구사하며, 가벼운 농담 하나로도 나의 붉은 피를 후끈 달아오르게 만드는 재주가 있습니다. 사형 선고를 받은 사람이라도, 그때의 나처럼 지독하게 압박 받은 심정으로 교수대에 올라가지는 않았을 것입니다.

목이 메어 뭉클한 것을 간신히 삼키고 그의 방에 걸어 들어갈 때, 나의 혼란은 한층 더 가중되어 있었습니다. 옆방에서 여자의 옷이 속삭이듯 스치는 소리가 들려오는 것 같았습니다. 틀림없이 교만한 그녀가 나의 당황함을 엿듣고, 말버릇 없는 소년이 톡톡히 창피당하는 꼴을 구경하려 한 것이 분명했습니다. 마침내 선생님이 나타나셨습니다.

"자네 어쩐 일인가?" 하고 근심스러운 표정으로 내게 물어보았습니다.

"오늘은 왜 그렇게 창백한 얼굴을 하고 있지?"

나는 마음속으로 채찍질 받을 각오를 하면서, 아무렇지도 않다고 대답했습니다. 그러나 내가 겁내고 있던 형벌은 끝내 일어나지 않았습니다. 그는 이전과 똑같이 학술적인 이야기만 했습니다. 나는 불안에 떨며 한마디 한마디를 자세히 들었지만, 거기에는 빗대는 말이나, 풍자적인 기색이 들어 있지 않았습니다. 그래서 처음에는 놀라고 다음에는 고맙게도 부인이 아무 말도 안 했다는 것을 깨달았습니다.

여덟 시에 문을 두드리는 노크 소리가 들렸습니다. 선생님께 작별 인사를 하고서야 내 가슴은 비로소 진정이 되었습니다. 문을 나섰을 때 부인이 내 곁을 스쳤습니다. 인사를 하자, 그녀의 눈이 가볍게 나를 향해 미소 지었습니다. 나는 가슴을 심하게 두근거리면서, 그 미소를 추후에도 침묵해 주겠다는 부인의 약속으로 받아들였습니다.

사랑, 그 희비극적인 모험

그때부터 내게는 또 하나의 새로운 관심거리가 생겼습니다. 지금까지 선생님에 대해서 소년다운 경건한 존경심으로 다른 세상의 초인간적 존재로서 느껴 왔었기 때문에, 그의 현실적인 사생활에 대해서는 관심을 갖고 있질 않았습니다. 대체로 진실한 열중에는 과장된 태도가 따르게 마련이지만, 특히 내게 있어서 선생님의 존재는 질서 정연한 세계의 모든 일상으로부터 완전히 벗어난 특별한 존재였습니다. 마치 첫사랑을 하는 소년이 우상화된 자기의 소녀를 생각 속에서 감히 벌거벗기지 못하고, 치마 두른 다른 수많은 소녀들과 같다고는 감히 생각 못하는 것처럼, 그의 개인적 사생활을 남몰래 엿본다든지 하는 행동을 감히 하지 못했던 것입니다. 내 언어의 사고이며 창조적 정신의 내포자로, 모든 구체적이고 통속적인 것에서 개방되고 승화된 사람으로 항상 그를 느끼고 있었던 것입니다.

그런데 지금 이 희비극적인 모험 즉, 갑자기 내 앞에 나타난 그의 부인으로 인하여, 가정에서의 생활을 더 자세히 관찰하지 않을 수가 없게 되었습니다. 사실 본의는 아니었지만, 탐정과 같은 진정되지 않는 호기심이 내 마음속의 눈을 뜨게 한 것입니다. 그런데 탐색을 시작하면서부터 벌써 혼란스러워지기 시작했습니다. 선생님의 생활은 자기 집 울타리 안에서는 완전히 독특하고, 공포를 일으킬 수수께끼 같은 것들로 가득 차 있었기 때문입니다.

얼마 지나지 않아 처음으로 식사에 초대 받았습니다. 선생님뿐만 아니라 부인도 함께 자리를 같이 했는데, 이 집이 비비 꼬여 있다는 여느 때는 느낄 수 없었던 괴이한 의심이 일었습니다. 집 내부로 더 깊이 들어갈수록, 감정은 한층 혼란의 도를 더해 갔습니다. 물론 말이나 몸짓 가운데 두 사람 사이의 긴장이나 불화가 나타났다는 것은 아닙니다. 오히려 그 반대로 아무것도 아닌 상호간에 아무런 긴장이 존재하지 않는다는 것이었습니다. 두 사람을 교묘하게 감싸고 불투명하게 만드는 것의 정체는 감정의 무겁고 훈훈한 무풍 상태로서, 둘의 분위기를 분쟁의 폭풍이나 감추어진 증오심의 번개보다 더 불쾌하고 무겁게 만들었습니다.

겉으로는 아무런 자극도 긴장도 표시하고 있지 않지만, 안으로부터 거리가 점점 더 강하게 느껴졌습니다. 두 부부 사이에 지극히 드물게 교환되는 대화의 응답은 말하자면 황급히 손가락 끝으로 접촉되는 것이었고, 결코 마음속으로부터 서로 손을 맞잡고 통하는 일은 없었습니다. 심지어 식사를 하면서 나누는 나에 대한 대화마저 그의 말은 매끄럽지 못하고 거북했습니다. 연구실에서와는 다르게 대화 종종 단 하나의 긴 침묵의 덩어리로 동결되어 버리고, 그렇게 되면 아무도 그것을 깨뜨리려 들지 않고, 차가운 짐은 몇 시간이고 내 마음속에 눌려 있었습니다.

그가 완전한 고독에 빠져있는 것이 무엇보다 나를 놀라게 했습니다. 개방적이고 외연적인 성격을 가지고 있을 것 같은 선생님이 사실은 아무런 친구도 없고 제자인 학생들만이 교제의 대상이었으며 위안이었습니다. 대학의 동료 교수들과의 관계는 겸손하고 정확한 관계밖에 없었고, 어떠한 모임에도 참석하지 않았으며, 며칠 동안은 대학으로 가는 걸음 이외에는 거의 집밖을 나서지 않았습니다. 사람이나 책에 마음을 털어 놓지 않고, 모든 것을 묵묵히 자기 마음속으로만 간직하는 것이었습니다.

비로소 나는 선생님이 학생들에게 둘러싸여서, 폭발적이고 광신적으로 넘쳐흐르는 이야기를 한 것을 이해하게 되었습니다. 다시 말하면 그 서곡에 며칠 동안 가로막혀 있던 이야기 줄기가 폭발해 나오는 것입니다. 그가 묵묵히 마음속에 품고 있던 모든 사상이, 기수들에 의해서 '마구간의 불'이라고 불리는 경주마가 엄청나게 활달한 기세로 뛰어 들듯, 침묵의 우리 속으로부터 끓어오르듯 언어의 경주 속으로 뛰어 들어오는 것입니다.

그는 집에서 거의 말을 하지 않았습니다. 특히 부인에 대해서 더 얘기가 없었습니다. 나처럼 세상을 모르는 사람에게까지 근심스레 보일 만큼 두 사람 사이에는 하나의 그림자가[직접 느껴지는 것은 아니었지만] 항상 바람에 흔들리며 완전하게 서로를 차단하며 떠돌았습니다.

처음으로 나는 결혼생활이라는 것이 너무나 많은 비밀을 외부 사람들에게 숨기는 것임을 알게 되었습니다. 마치 오각형의 별이 문지방 위에 그려져 있기나 한 것처럼, 남편의 서재 안에는 특별한 일이 없는 한 발도 들여놓지 않았습니다. 그것은 그녀와 남편의 정신세계가 완전히 차단되어 있다는 것을 명백하게 보여주고 있었습니다. 선생님은 자기의 계획이나 연구에 대한 이야기가 그녀의 면전에서 논의되는 것을 결코 용납하지 않았습니다. 부인이 들어서는 순간, 정열적이고 힘 있게 이야기되던 문장이 갑자기 중단되어 옆에 있는 나조차도 고통스러울 정도였습니다. 거의 모욕을 주듯이, 부인이 가까이 오는 것을 무뚝뚝하고 노골적으로 거절했습니다.

하지만 그녀는 남편의 그런 태도에 모욕을 느끼지 않거나 익숙해 있는 것 같았습니다. 부인은 명랑한 소년과 같은 얼굴을 하고 있었으며, 경쾌하고 힘차게, 날씬하고 맵시 있게, 계단을 오르내렸습니다. 언제나 두 손에 잔뜩 일거리를 가지고 척척 해치웠으며, 극장에도 가고, 운동 경기에도 참석했습니다.

그러나 책을 읽거나 또는 집안에서 일어나는 모든 크고 작은 일에 대해서, 서른다섯 살이 된 부인은 전혀 센스를 갖고 있지 않았습니다. 그녀는 항상 목소리를 흥얼거리며 콧노래 부르기를 좋아했고, 쉴 새 없이 톡 쏘는 대화를 즐겼으며, 춤이나 수영이나 경주 등 육체의 힘을 발산시킬 수 있는 격렬한 행동을 하면서 좋은 기분을 유지하곤 했습니다.

부인은 내게 한 번도 진지하게 이야기를 한 적이 없었습니다. 항상 미성년의 소년처럼 나를 대했고, 기껏해야 흥미 있는 스포츠의 상대로만 취급해 주었습니다. 그런 그녀의 가볍고 밝은 태도는 깊이 있는 정신세계를 추구하는 선생님의 생활과 비교되면서 이해할 수 없는 이상야릇한 대조를 이루었습니다. 이러한 모습에 항상 새로운 놀라움을 느끼며, 도대체 무엇이 이처럼 어울리지 않는 두 사람을 연결시켜 놓은 것인가 하고, 스스로 물어보곤 했습니다.

물론 이 같은 현저한 대조는 나에게 오히려 다행한 일이었습니다. 정신이 소모되는 연구실에서 그녀와 이야기를 나누다 보면, 무거운 철모를 이마에서 벗어 놓는 것과 같은 기분이 들었습니다. 또한 모든 것이 도취적인 열중에서 벗어나 현실적인 질서로 돌아감으로써, 일상생활의 즐거움을 맛보게 해주었습니다. 신경이 긴장되는 선생님 앞에서는 거의 잊어버리다시피 하던 웃음을 부인은 다시 찾아 주었습니다. 일종의 소년다운 우정이 부인과 나 사이에 연결되었습니다. 우리는 항상 별로 중요하지 않은 일상사를 얘기했고, 가끔 극장에도 같이 가는 등 둘 사이에는 아무런 긴장도 존재하지 않았습니다.

다만 우리의 거리낌 없는 대화를 중단시키고, 혼란하게 만드는 때가 종종 있었습니다. 그것은 그녀의 남편인 선생님의 이름이 튀어나올 때였습니다. 그럴 때마다 부인은 나의 호기심에 찬 질문에 대해 침묵으로 일관했으며, 내가 열심히 말하고 있을 때에는 억눌린 듯 이상한 미소로 대답했습니다. 그러나 무엇이 어쨌든 그녀의 입술은 닫힌 채였습니다. 성격은 다르지만 그녀 쪽에서도 똑같은 격렬한 몸짓으로 자기의 생활로부터 남편을 차단하여 내쫓았습니다. 남편이 그녀를 그의 생활에서 차단하는 것과 마찬가지로……. 그렇게 15년 동안 침묵의 지붕이 이 부부의 머리 위를 덮어 온 것입니다.

그러나 그 비밀이 알아내기 어려운 것일수록 내게는 그것을 알고자 하는 절실한 기분이 점점 더 깊어졌습니다. 꼭꼭 숨겨논 그들의 비밀은 그림자, 혹은 베일에 쌓여 있어서 말 한마디의 숨결마다 그것이 이상하게 흔들거리는 것을 느꼈습니다. 벌써 몇 번이고 정체를 붙잡았다고 생각했지만, 다시 미끄러져 도망가 버리는 것이었습니다. 정체를 알 수 없는 수수께끼는 또 다음 순간에 새로이 내게 흘러왔지만, 결코 손에 만져지거나 붙잡혀지지 않았습니다.

신경을 피로하게 하는 유희라든가, 도저히 붙잡혀지지 않는 억측처럼, 젊은 사람의 마음을 뒤흔들고 자극하는 것은 없을 겁니다. 추구하는 목표가 명백하게 되자 한가롭게 떠돌던 공상은 새롭게 발견된 사냥의 기쁨으로 열을 띠게 되는 것입니다. 그렇게 아직은 어리숙한 소년이던 내게 새로운 감각이 자라났습니다. 모든 소리의 억양을 빠짐없이 포착하는 예민한 귀의 고막, 의심과 날카로운 감각에 가득 찬 스파이 같은 혹은 사냥꾼 같은 눈, 이리저리 수색하고 어둠 속에서도 파헤쳐 보는 호기심 등 신경은 끊임없이 예감에 자극되어 탄력 있게 팽창했지만 명백한 감각에까지 이르지는 못했습니다.

그러나 나는 숨을 죽이고 잠시 방향을 잃은 호기심을 욕하려 하지 않습니다. 그것은 순진한 것이었지요. 내 모든 감각을 뒤흔들어 일으킨 흥분은 뛰어난 인간 속에서 저급한 인간적인 요소를 붙잡아 내려는 비겁한 호기심 때문은 아니었습니다. 오히려 그 반대로 말없는 부부에 대해 막연한 근심을 가지고, 하나의 고통을 예감하며, 어찌할 수 없이 머뭇거리는 동정심 같은 흥분으로 채색되어 있었습니다. 내가 선생님의 생활에 가까이 다가갈수록 선생님의 얼굴에는 조각처럼 아로새겨진 그림자가, 결코 부질없는 불평을 말한다든가 왈칵하고 화를 내서 풀어 버리는 천한 행동을 하지 않고, 고상하고 억제된 성격으로 선생님의 드높고 애수에 찬 안색이 나를 한층 더 절실하게 압박해 왔기 때문입니다.

그가 처음엔 나를 화산과 같이 솟아오르는 언어의 빛으로 끌어당겼다면, 지금에 와서 보여주는 침묵은 그의 이마 위를 스쳐 가는 애수의 구름으로 친숙해진 나를 더 한층 깊이 흔들어 주었습니다. 사실 숭고하고 남자다운 애수처럼 청년의 마음을 강하게 끌어당기는 것이 또 어디 있겠습니까! 선생님의 애수는 제 자신의 낭떠러지를 응시하는 미켈란젤로의 철인, 안으로 바짝 당겨 문 베토벤의 입, 비극적 가면을 쓰고 전 우주의 고뇌를 표현하고 있는 모차르트의 은의 멜로디, 레오나르도의 인물을 둘러싸고 있는 밝은 빛보다 더 강력하게 미완성인 청년의 마음을 감동시킵니다. 조급한 마음을 가진 청년은 아름다움 그 자체를 필요로 하지 않습니다. 청년의 넘쳐흐르는 싱싱한 힘은 비극적인 것으로 나아가고, 아직 어린 피를 달콤하게 빨아들이는 우울한 마음에 잠기는 것을 허용합니다. 그래서 모든 젊은이는 위험이나 정신의 모든 고뇌에 형제와 같은 마음으로 내밀어지는 손에 대해 항상 준비가 되어 있는 것입니다.

진실로 고뇌하는 사람의 얼굴을 여기서 처음 경험했습니다. 평범한 계급의 자식으로 태어나 서민적인 안락함에 무사히 자랐던 나는, 걱정이라고 하면, 매일 매일의 우스꽝스러운 가면 속에서, 또는 분노와 질투의 누런 의복에 싸여서 조그마한 잔돈푼의 소리를 듣는 것밖에는 알지 못했습니다. 그러나 그의 얼굴에는 혼란 속에서도 좀 더 신성한 요소로부터 우러나오는 그 무엇이 있다는 것을 나는 즉시 느꼈습니다. 어둠은 여러 가지 어두운 수수께끼에서 일어났으며, 무자비한 끝은 나이에 비해서 너무 일찍이 패어 버린 뺨에다가 주름살을 조각해 놓았습니다.

내가 선생님 방에 들어갈 때[항상 마귀가 살고 있는 집에 가까이 가는 어린아이처럼 겁을 먹고 있었지만] 연구에 열중해 있는 그는 가끔 노크 소리를 듣지 못한 적이 있었습니다. 정신을 다른 데 팔고 있는 선생님 앞에 갑자기 서게 되면, 그가 얼굴을 붉히고 당황하여 마치 파우스트의 의복을 입고 있는 바그너인 것처럼 생각되었습니다. 그래서 그의 영혼은 괴상망측한 언덕과 소름끼치는 발푸르기스의 밤을 헤매고 돌아다니는 것이 틀림없었습니다.

그럴 때에는 그의 감각이 완전히 폐쇄되어 있어서, 다가오는 발걸음 소리나 수줍은 인사 소리를 전혀 듣지 못했습니다. 그러다 갑자기 정신을 차리면 벌떡 뛰어올라서 부지런히 자기의 당황함을 감추려고 노력했습니다. 그는 왔다 갔다 하면서 여러 가지 질문을 하여 자기를 관찰하는 나의 눈초리를 되도록 딴 곳으로 분산시키려고 애를 썼습니다. 그러나 그의 이마에는 언제까지나 어두운 그림자가 사라지지 않았습니다. 대화에 열중해져서야 비로소 내부에서 모여든 구름을 분산시킬 수가 있었습니다.

선생님을 바라봄으로써 내 마음이 얼마나 뭉클해지는가를, 아마 그도 여러 번 느꼈을 것입니다. 내 눈을 보고서, 또는 내 손이 진정하지 못하는 것을 봄으로써 느낄 수 있었을 것입니다. 그는 내 얼굴에서 그에게 신뢰받기를 간절히 바라는 기색을 느꼈을 것이며, 머뭇머뭇하는 나의 태도에서 그의 고통을 내 품 안으로 끌어안으려는 정열이 숨어 있음을 희미하게나마 느꼈을 것입니다.

그가 활발한 대화를 갑자기 중단하고 감동어린 눈으로 나를 쏘아보는 것으로도, 그것을 분명히 느끼고 있음을 알 수가 있었습니다. 따뜻하고 자신감 넘치는 감정에 휩싸인 눈빛에 내가 압도될 지경이었으니까요. 그럴 때마다 선생님은 내 손을 붙잡고 오래도록 꼭 쥐어 주었습니다. 그러면 나는 지금이야말로 그가 내게 무슨 말을 해 주겠지 하고 기대했습니다. 지금이야말로!

그러나 결과는 그 반대로, 대개는 무뚝뚝한 태도로 돌변하였습니다. 심지어는 고의적으로 쌀쌀하게 대하거나 또는 비꼬는 듯한 말을 하기도 했습니다. 감격 속에 살면서 감격을 내 몸 속에 깨우쳐 주고 길러준 그가 돌연, 시험 답안의 틀린 곳을 지우는 것처럼, 감격을 내 눈앞에서 지워 없애 버리는 것이었습니다. 내 마음이 열리면 열릴수록, 그의 깨우침을 내가 갈망하고 있는 것을 보면 볼수록, 그는 한층 냉혹하게,

"자네는 그걸 이해 못하네.", "그와 같은 과장은 제발 그만두도록 하게." 라는 냉정한 말로 나를 불쾌하게 만들고 절망에 빠뜨리기 일쑤였습니다.

이처럼 번갯불같이 눈부신 사람, 뜨거운 것에서 차가운 것으로 금방 변하는 사람, 무의식중에 뜨겁게 만들어 놓고 갑자

기 얼음을 퍼붓는 사람, 스스로 격렬함을 가지고 자기 자신을 자극하여 놓고 갑자기 비꼬는 말로 채찍질을 하는 이 사람 밑에서 내가 얼마나 많은 고통을 당했겠습니까. 사실이지 무참하다는 느낌을 받았습니다. 그에게 가까이 다가갈수록, 점점 더 무정하고, 심지어 불안감에 가득 차서 나를 떠다미는 것 같았습니다. 어떻게 해서도 그의 비밀에 가까이 다가갈 수가 없는 일이었습니다.

그럴수록 비밀에 대한 나의 의식은 점점 더 불타올랐으며, 더구나 마술적인 인력을 가진 깊은 골짜기 속에는 비밀이 낯설고 불안하게 잠겨 있었습니다. 도망칠 듯한 그의 이상한 눈빛 속에는 뭔가 깊은 비밀이 감추어져 있다는 것을 희미하게 느꼈습니다. 이글이글 불타며 내게 달려왔다가, 이쪽에서 감사하며 따라가려고 하면, 겁을 먹고 도망하는 그런 것이었습니다. 나는 그것을 부인의 찡그린 입이 꼭 닫히는 것과, 선생님을 칭찬하면 거의 화난 표정을 보이는 주변 사람들의 이상할 정도로 냉정한 태도, 그 밖에 수업 중에 보는 이상한 일들과 갑작스러운 혼란 등으로 느낄 수 있었습니다. 그의 생활 속에 들어가 있다고 생각하면서도 미궁과도 같은 그 속을 헤맨다는 것은 얼마나 고통스러운 일이겠습니까!

그러나 무엇보다도 내 마음을 사정없이 뒤흔들어 놓는 일은 이상야릇한 그의 행실이었습니다. 어느 날 강의를 들으러 갔을 때, 이틀 동안 강의를 중지한다는 쪽지가 붙어 있었습니다.

다른 학생들은 별로 이상하게 생각하지 않는 모양이었지만, 바로 어제까지도 댁에서 선생님을 만났기에 혹시 무슨 병이나 난 게 아닌가 하고 불안해서 달려가 보았습니다. 내가 허둥지둥 뛰어드는 것을 보고, 부인은 내가 놀란 것을 짐작하고 멋쩍은 미소를 지었습니다.

"이런 일은 가끔 있는 일이랍니다. 당신이 아직 모르실 뿐이지요" 하고 부인은 이상하게 냉정한 말투로 이야기했습니다.

사실 나는 같이 수업 받는 학생들로부터 선생님이 전보를 한 장 보내고 갑자기 없어지는 때가 종종 있다는 이야기를 들었습니다. 언젠가는 한 학생이 새벽 네 시에 베를린 거리에서 그를 만났다고도 하고, 또 어떤 학생은 낯선 먼 지방의 식당에서 마주쳤다고 했습니다. 그는 마치 병마개처럼 갑자기 팽하고 튕겨져 나가 또다시 돌아오곤 했는데, 그동안 어디에 가 있었는지는 아무도 몰랐습니다.

이 같은 돌발 사건은 병처럼 나를 흥분시켰습니다. 나는 침착성을 완전히 잃어버리고 이틀 동안 이리저리 헤매었습니다. 선생님이 내 눈앞에 있지 않고서는 연구도 공부도 모두 무의미하고 공허하게 여겨졌으며, 질투 섞인 억측으로 목이 마를 지경이었습니다. 불붙는 순정만으로 그를 따르는 나를, 거지를 내쫓듯 자기의 생활로부터 완전히 내쫓아 버린 그의 태도에 대해 증오와 분노 같은 것이 마구 끓어올랐습니다.

나에 대한 선생님의 호의는 대학 교수로서의 의무보다 백배

나 더 친절했기 때문에, 변명이라든지 해명을 요구할 권리가 제자인 내게는 전혀 없는 것이라고 스스로 달래 보았지만, 소용이 없었습니다. 불타는 정열에 이성은 아무런 힘이 없었습니다. 버릇없는 소년은 하루에 열 번이나 선생님이 돌아오셨는가 물어보러 갔으며, 나중에는 점점 무뚝뚝해지는 부인의 부정적인 대답에 울화가 치미는 것을 느꼈습니다. 한밤중까지 깨어 있으면서 그가 돌아오는 발소리를 들으려고 귀를 기울였습니다. 아침이 되었을 때는 더 이상 물어 볼 기력조차 없어서 불안하게 문간을 이리저리 헤맸습니다.

마침내 사흘째 되던 날, 그가 내 방으로 들어왔을 때, 나는 입을 커다랗게 벌리고 아무 말도 못했습니다. 그때 내 태도가 정도를 넘어섰던 모양입니다. 그는 내게 황급히 연거푸 부질없는 질문을 내쏟는 등 이상한 태도로 당황함을 보였으며, 나는 그것을 눈치 챌 수 있었습니다. 그의 눈은 나를 피했습니다. 우리 두 사람의 대화가 처음으로 꼬이고 헛돌았고, 한마디 한마디가 가로걸렸습니다. 두 사람 다 그가 사라졌던 것에 대해서 일부러 말을 피했기 때문에, 그것이 오히려 다른 모든 말을 못하게 만들었습니다. 그가 내 방을 나간 다음 불타는 호기심은 화염처럼 피어올랐고, 그것이 나를 서서히 소모시켜 갔습니다.

선을 넘다

비밀의 문을 열고 더 깊이 알려고 하는 나의 투쟁은 그 후 몇 주일 동안 계속되었습니다. 바위와 같은 침묵으로 봉한 화산처럼 불타는 핵심을 향해, 완강하게 비비며 뚫고 들어갔습니다. 그러다가 마침내 어느 행운의 시간에 처음으로 그의 내부세계로의 침입에 성공했습니다.

나는 몇 번 그의 방에서 아침까지 앉아 있을 수 있었습니다. 그는 자물쇠로 잠근 서랍에서 셰익스피어의 소네트를 끄집어내어, 말하자면 청동에 아로새겨진 말끔한 상상과 같은 작품을, 우선 자기 자신의 번역으로 낭독하고, 그 다음에 알 수 없는 암호의 문자를 마술적으로 환히 비추어 주었습니다. 나는 행복한 기분에 잠겨서, 그가 토해 놓는 모든 것들이 덧없이 흘러가 버리는 말 속으로 사라져 없어지는 것을 더없이 아깝게 생각했습니다.

그래서 나는[내가 어디서 그런 용기를 가지고 왔는지] 갑자기 선생님에게 무엇 때문에 대작인 《지구좌의 역사》를 완성시키지 않느냐고 물어보았습니다. 그러나 그 말을 입 밖으로 내자마자, 뜻밖에도 그 말이 선생님의 숨겨진 고통스러운 상처를 심하게 문질러 놓은 결과가 되었다는 것을 알고는 놀랐습니다. 그는 일어서서 멍하니 한곳만을 바라보며, 오래도록 아무 말도 하지 않았습니다. 방 안은 갑자기 황혼과 침묵으로 가득 찬 것같이 느껴졌습니다.

마침내 그는 나를 향해 걸어와 진지하게 쳐다보았습니다. 그의 입술은 가늘게 열리기 전에 몇 번이고 바들바들 떨렸습니다. 그리고는 고통스러운 고백이 토로되었습니다.

"나는 이제 큰일을 할 수가 없다네! 시기가 벌써 지난 거야. 젊은 사람만이 그러한 대담한 계획을 할 수 있지. 이제 나에게는 그런 인내심이 없네. 나는 솔직히 말해서…… 무엇 때문에 감출 필요가 있겠나. 숨이 짧은 사람이 되어 버린 걸세. 차마 나아갈 수가 없단 말이야. 예전에는 그래도 힘이 더 있었지만 이제는 다 없어졌네. 이제는 말이나 할 수 있을 뿐일세. 말을 하고 있노라면, 뭔가 나를 이끌어서 앞으로 앞으로 이끌고 가는 것이 있지만, 가만히 앉아서 혼자 고독하게는, 정말 고독하게는 아무것도 할 수가 없다네"

그의 체념한 듯한 제스처는 내 마음을 뒤흔들어 놓았습니다. 나는 마음속으로부터의 확신을 가지고, 선생님께서 매일같이 아무렇게나 내다 뿌리는 것을 확고하게 파악했으면 좋겠다고, 자꾸만 되풀이해서 그저 나누어만 주지 말고, 하나의 형태 있는 물건을 획득하여 보전을 했으면 좋겠다고 열심히 졸라 댔습니다.

"나는 정말 쓸 수가 없다네" 하고 그는 피곤한 듯이 되풀이하여 말했습니다.

"마음을 충분히 집중시킬 수도 없네."

"그러면 필기를 시키세요!"

나는 그 생각에 이끌려서 거의 애원하듯이 그에게 달려들었습니다.

"그러면 제게 필기를 시켜주세요! 제발 한 번만 그리하여 보세요. 심지어 시작만이라도 해 보세요. 그러면 선생님은 그치지 못하실 겁니다. 필기를 시험해 보세요. 정말 애원합니다. 제 소원이에요!"

그는 얼굴을 들고 나를 쳐다보았습니다. 처음에는 얼떨떨했지만 차츰 생각에 잠기는 듯했습니다. 내 제안에 어느 정도는 마음이 이끌리는 모양이었습니다.

"자네 소원이라고?" 하고 그는 말했습니다.

"나 같은 노인이 일을 한다 해서, 다른 사람들에게 기쁨을 나눠 줄 수가 있다고 생각하나?"

머뭇거리기는 했지만 벌써 양보하려는 기색이 엿보였습니다. 아직도 구름이 낀 것처럼 희미하게 안으로 향하고 있기는 했지만, 그의 눈치는 벌써 따뜻한 희망에 풀려서 차츰 밝게 나타나고 있었습니다.

"자네는 정말 그렇게 생각하나?" 하고 그는 되풀이하여 물었습니다. 벌써 그의 의지 속에는 준비가 되어 있는 것을 나는 느꼈습니다. 그 다음에는 마지막 일격!

"자, 그럼 어디 해 보세! 젊은이의 말은 항상 옳은 거야. 그러니까 젊은이를 따르는 사람이 현명한 사람이지!"

폭발할 듯한 나의 기쁨과 만세 소리는 그의 원기를 북돋우는 것 같았습니다. 그는 부지런히 방 안을 왔다 갔다 하며, 청년처럼 흥분하고 있었습니다. 우리 두 사람은 처음에는 매일 저녁 아홉 시 식사 직후, 한 시간씩만 해 보자고 약속했습니다. 그래서 다음 날 저녁부터, 필기가 시작되었습니다.

그 시간을 어떻게 설명하면 좋을지 모르겠지만, 어쨌든 나는 그 시간을 하루 종일 고대하고 기다렸습니다. 오후가 되자 벌써 신경을 소모시키는 후덥지근한 불안감이 나의 참을성 없는 감각을 전기처럼 압박했습니다. 나는 저녁까지의 시간을 참기가 어려워 식사가 끝나자 곧 그의 서재로 갔습니다. 나는 책상 앞에 앉았고, 그는 내 등 뒤에서 불안한 걸음걸이로 왔다 갔다 했습니다.

잠시 후 말하자면 리듬이 그의 마음속에 집중되었을 때, 높은 음성으로 서곡이 튀어나왔습니다. 특이한 그 사람은 모든 것을 감정의 음악성으로부터 형성해 나갔습니다. 자신의 사상을 발동시키기 위해서는 항상 진동의 시작을 필요로 했습니다. 대개 하나의 형상이나 대담한 비유, 조소적인 상황들을 부지불식간의 빠른 템포로 흥분시켜 극적인 장면으로 전개시켰습니다. 대체로 모든 창조적인 것의 위대한 자연성이 그의 즉흥의 광명 속에서 반짝반짝 빛을 발하는 경우가 많았습니다.

나는 아직도 그때의 문장을 기억합니다. 어느 문장은 억양의 박자가 맞는 시구같이 보였으며, 다른 문장은 호머의 배의

카탈로그나, 월트 휘트먼의 야성적인 찬가처럼 기가 막힐 정도로 간결하게 주워섬김으로써 폭포수처럼 쏟아져 나왔습니다. 이제 막 성숙해 가는 내게 난생 처음으로 생산의 비밀 속을 들여다볼 기회가 부여된 것입니다.

아직 색깔도 없는 순수한 액체와 같은 열에 불과한 사상이, 경련과도 같은 흥분의 도가니 속에서 종 만드는 지금(地金)과 같이 흘러 나와, 차츰 식어서 형태를 이루고, 그 형태가 힘차게 둥그레지면서, 나중에는 확실하게 문장이 생겨나는 것을, 그리고 종의 추가 처음으로 종을 울리듯, 시적으로 충만한 감각을 인간의 말로써 표현하는 것을 처음으로 목격한 것입니다. 하나하나의 악장이 리듬으로 되어 있고, 모든 묘사가 극적으로 만들어진 형상으로 되어 있는 것처럼, 대규모의 저작이 전적으로 언어가 아닌 하나의 찬가로 형성되어 나왔습니다.

그것은 바다에 대한 찬가였습니다. 무한하면서도 현실세계에서 볼 수 있고 느낄 수 있는 바다에 대한 찬가였습니다. 저 멀리로 크게 물결치는 파도와 높이를 치켜보고 깊이를 굽어보는 바다. 그 사이에는 아무것도 없는 듯하면서 깊은 뜻이 있고, 지상의 운명과 인생의 흔들리는 나룻배들을 조롱하는 바다. 그 바다처럼 위대하게 형성된 비교 방법으로, 우리의 피를 꿰뚫고 지배하는 근원적인 힘인 비극의 서술이 완성되었습니다.

그 다음에 형성의 물결이 각 나라로 밀려갔습니다. 땅의 모든 구석을 남김없이 둘러싸고 있는 물로써 영원히 파도치는 섬나라 영국이 다음에 떠올랐습니다. 영국은 바다로 형성되어 있는 나라입니다. 사람 눈의 수정체 속까지, 회색빛과 푸른빛의 눈 속까지, 바닷물의 차갑고 맑은 기운이 스며 있었습니다. 그들 국민 중 한 사람 한 사람이 바닷사람이며 동시에 섬입니다. 몇 세기 동안 노르만족의 항해에 대항하기 위해 힘을 과시한 그 민족의 가슴 속에는, 폭풍과 위험으로부터 기인하는 강력한 정열이 생생하게 살아 있습니다. 비록 지금은 평화가 몽롱하게 깃들어 있지만 폭풍과 같은 온갖 위험에 익숙한 그들은 바다를 바라보고 있습니다. 그래서 스스로를 채찍질함으로써 일어나는 긴장을, 다시 한 번 피비린내 나는 연극 속에서 만들어 내려고 하고 있는 것입니다.

맨 처음에는 수렵과 질투를 위해 나무로 된 판자 무대가 만들어졌습니다. 곰들이 피를 흘리고 닭싸움이 전율의 쾌감을 잔인하게 긁어 올렸습니다. 그러나 일단 자극된 마음은 더 인간적이며 영웅적인 충돌을 바라게 되었습니다. 그리하여 경건한 무대인 교회의 종교극 속에서 또 하나의 커다랗게 파도치는 인간의 유희가 생겨났습니다. 그러나 이번에는 마음속의 내면적인 바다였습니다. 새로운 무한과 정열의 해일, 정신의 고조를 동반하는 다른 하나의 바다, 그 대양 속을 삿대질하며, 숨 쉴 사이도 없이 뒹굴면서 여전히 굳센 앵글로색슨 후손들의 새로운 기쁨이었던 것입니다. 그리하여 영국의 국민 연극이 탄생하고, 엘리자베스시대의 드라마가 싹튼 것입니다.

선생님은 그러한 야성적이며 원시적인 서술을 열광적으로 털어놓았으며, 창작자로서의 단어가 잇따라 우렁차게 솟아올랐습니다. 처음에는 속삭이듯이 황급하게 이야기하던 그의 음성은, 잘 울리는 근육과 성대를 긴장시켜서, 미광을 발하면서, 차츰 자유로이 높게 나는 비행기가 되었습니다. 그의 음성이 높이 울릴수록 반향으로 벽돌이 다가올 듯해 비좁아 더 넓은 공간이 소용되었습니다. 나는 머리 위에 폭풍이 부는 것을 느끼며, 바닷물같이 출렁거리는 입술은 힘차게 절규하며 휘몰아치는 말들을 받아들였습니다.

책상 앞에 꾸부리고 앉은 나는 마치 우리 고향의 모래 언덕 위에 서서 물결치는 수많은 파도와 바닷바람을 다시 호흡하고 있는 듯한 착각을 했습니다. 한 사람의 인간을 탄생시키는 것과 마찬가지로 하나의 언어가 탄생하는 전율에 놀라고 겁을 먹었지만, 한편으로는 마음속 깊이 파고드는 행복감을 느꼈습니다.

힘찬 영감을 학술적인 의도에 따라 아름다운 시로 변형시킨 선생님의 구술이 끝났을 때, 나는 비틀거리며 자리에서 일어났습니다. 화염 같은 피로감이 무겁고 강하게 내 몸을 꿰뚫어 흘렀습니다. 그것은 일종의 허탈한 상태가 된 선생님의 쇠약과는 전혀 다른 것이었습니다. 나는 아직도 큰 물결을 뒤집어쓴 것 같은 충만 속에 있었지만, 선생님은 모든 것을 방전해 버린 상태였습니다. 둘 다 수면이나 휴식을 취하기 위해 돌아가기 전에 언제나 피아니시모와 같은 연약한 마지막 대화가 필요했습니다.

대개 나는 받아 쓴 속기 원고를 되풀이하여 읽어 보았지만, 이상하게도 그 속기의 기호가 말로 변하면 뭔가 내 입 속에서 단어를 바꿔치기라도 한 것처럼 내 음성이 달라져서, 모르는 목소리가 이야기하고 호흡하고 복받쳐 올라왔습니다. 나중에 깨달은 일이지만, 나는 선생님의 말버릇과 억양을 따라 읽었으며, 그와 똑같은 형태를 이루는 데 몰두했기 때문에, 내가 말하는 것이 아니라, 내 입을 통해서 선생님이 이야기하는 것처럼 되었습니다. 그만큼 나는 그의 공명체가 되고 단어의 반향이 되어 있었던 것입니다.

이 모든 일은 벌써 40년이 지난 이야기입니다만, 지금도 강연 중에 열심히 말을 하다보면 갑자기 불안한 느낌이 들 때가 있습니다. 내가 아닌 다른 사람이 내 입을 통해서 이야기하고 있다고 느껴지기 때문입니다. 그것이야말로 오늘날까지 내 입술에서 숨을 쉬고 있는, 단 하나의 고인의 목소리인 것입니다. 감격의 날개에 휘날릴 때, 나는 항상 그 사람이 되어 버리는 것입니다. 바로 그때 그 시간이 지금의 나를 결정지어 놓았던 것입니다.

일은 점점 커져 갔습니다. 그것은 숲과 같이 내 둘레에 넓게 퍼져서, 차츰 바깥세상의 모든 경치를 가리고 말았습니다. 그래서 나는 어두운 집 안에서 다만 내면적으로만 살았습니다. 서서히 퍼지는 저작의 살랑거리는 소리와 점차 가득 차 가는 나뭇가지들 속에서, 그리고 그를 둘러싼 훈훈한 분위기 속에서…….

대학에서의 최소한의 강의 시간 외에 내 하루의 대부분은 그에게 바쳤습니다. 그 집 식탁에서 같이 밥을 먹었고, 그의 거처와 내 방과의 연락이 밤낮으로 그치지를 않았습니다. 그의 거처로 들어가는 열쇠를 내가 가지게 되었고, 그는 내 방으로 들어가는 열쇠를 휴대하게 되었기 때문에, 반벙어리 노파에게 소리 지르지 않고도, 언제든 자유롭게 서로 만날 수가 있었습니다.

이 새로운 결합이 밀접하게 연결될수록 바깥세상과 완전히 외면하게 되었습니다. 내면세계의 따스함을 접하며, 동시에 외면적으로는 완전히 고립된 차가운 고독을 선생님과 함께 맛보고 있었습니다. 같이 수업을 듣는 학생들은 내게 냉소와 경멸의 모습을 노골적으로 보였습니다. 그것은 그들의 비밀 재판이었는지, 아니면 내가 선생님의 총애를 받는 것에 대한 질투심이었는지 그들은 나와의 교제를 끊고, 나를 고립시켰습니다. 연구실에서의 공동 토론 시간에도, 약속이라도 한 듯이 나에게는 일체의 인사도 하지 않고, 말도 걸지 않았습니다. 심지어 교수들도 내게 적대적인 태도를 감추지 않았습니다. 언젠가 로마어 강사에게 사소한 질문을 했을 때도 나를 비꼬아서 거절했습니다.

"자네는 교수와 가까운 사람이니 그 정도는 알고 있을 게 아닌가."

내가 아무리 그러한 죄 없는 따돌림을 벗어나려 해도 아무 소용이 없었습니다. 그들의 말투와 눈빛은 어떠한 설명을 받아들이려고 하지 않았으니까요. 나는 두 사람의 고독한 생활을 시작한 이래로 완전히 홀로 되고 만 것입니다.

나는 이런 사교적인 고립을 더 이상 꺼려하지 않았습니다. 더구나 내 노력은 완전히 정신적인 것에 몰두되고 있었으니까요. 그러나 계속해서 자극을 받게 되면 견뎌 내지 못하는 법입니다. 몇 주일 동안 끊임없이 정신적인 무절제 속에 살게 되면, 반드시 보복을 당하고 맙니다. 너무나 갑자기 내 생활이 극단에서 극단으로 뛰어들었기 때문에 자연히 우리들의 배후에서 호의적으로 유지시켜 주는 균형을 위태롭게 만들었습니다. 베를린에서는 방탕한 행동이 내 근육을 안락하게 늘어뜨리고, 여자들과의 모험이 힘써서 이루어 놓은 모든 것을 장난감처럼 허물어뜨리고 말았지만, 여기서는 남풍과 같이 무거운 분위기가 자극된 감각을 끊임없이 압박했기 때문에, 나의 오관五官은 전기에 감전된 것처럼 경련하면서, 내 몸 속 여기 저기를 뛰어 돌아다녔습니다.

나는 매일 저녁에 필기한 것을 아침까지 걸려서 정서했기 때문에 깊이 잠드는 건강한 수면을 잊어 버렸습니다. 선생님께 필기한 것을 한시라도 빨리 보여 드리겠다는 부질없는 초조함에 들떠 있었기 때문이지요. 그리고 대학의 과정과 나의 성급한 독서가 내게 한층 더한 열성을 요구했습니다. 선생님과의 대화에 있어서도 적잖이 흥분했습니다. 그동안에는 모든 신경이 심하게 긴장되었고, 또한 그분 앞에서 멍하니 있는 것처럼 보이기가 싫었기 때문입니다.

무시당한 육체가 과도함에 대해서 보복하는 것도 무리가 아니었습니다. 나는 가끔 가벼운 혼수상태에 빠지곤 했습니다. 그것은 어리석게도 자연법칙을 거스른 사람에 대해서 자연이 보내는 경고의 신호였습니다. 최면 같은 피로는 점점 더해 갔습니다. 감정 표현은 점차 심하게 되었고, 예민해진 신경은 날카로운 부리를 안으로 뻗쳤습니다. 그리하여 수면을 갈래갈래 찢어서 잠 못 이루게 하고, 지금까지 억눌렸던 혼란된 사상을 자극하며 부채질했습니다.

내 상태의 심각함을 처음으로 눈치 챈 사람은 선생님의 부인이었습니다. 지금껏 여러 번 그녀의 불안한 눈초리가 나를 살피는 것을 느껴 왔지만, 이제는 대화중에도 의도적으로 내게 경고와 주의를 주었습니다. 한 학기 동안에 전 세계를 모조리 정복해 버리려는 생각을 하지 말라든가 하는 이야기를 가끔 하곤 했습니다. 마지막에 그녀는 명백한 태도를 취했습니다.

"오늘은 이제 그만하세요."

어느 일요일 날 한없이 아름다운 햇볕을 쬐며 문법 공부에 몰두하고 있을 때, 부인이 쫓아와 내 책을 빼앗아 버렸습니다.

"당당하고 젊은 사람이 어쩌면 그렇게 명예의 노예가 될 수 있어요? 무조건 내 남편을 본받으시면 안 돼요. 그분은 늙었고 당신은 젊잖아요. 당신은 좀 다른 생활 방법을 취해야 해요."

부인이 남편 이야기를 할 때는 언제나 그렇게 경멸의 기색이 엿보였습니다. 선생님에게 도취되어 있는 나는 화가 치밀어 올랐습니다. 부인이 좋지 못한 질투심으로 나를 교수로부터 떼어 놓으려는 비꼬는 말로 들렸습니다. 우리가 밤늦도록 필기를 하느라고 앉아 있으면, 부인은 남편이 화를 내고 항의를 하는 데도 불구하고 강제로 일을 중지시켰습니다.

"선생님은 당신의 신경을 해칠 뿐 아니라 당신을 완전히 파멸시킬 거예요."

부인은 언젠가 내가 기진맥진하여 앉아 있는 것을 보고 말했습니다.

"지난 몇 주일 동안 저이는 당신을 엉망으로 만들어 놓았어요. 당신이 자신을 망치는 것을 더 이상 보고 있을 수가 없어요. 더군다나…….”

부인은 머뭇거리며 끝까지 말을 잇지 못했습니다. 그러나 그 입술은 억눌린 분노로 창백하게 떨렸습니다.

사실 선생님은 내게 많은 고통을 주었습니다. 내가 정열적으로 그에게 봉사를 할수록, 점점 더 냉정하게 내 존경하는 마음을 무시하는 것 같았습니다. 내게 감사하는 일은 거의 없었습니다. 밤늦게까지 애써 필기한 원고를 다음 날 아침에 가지고 가면, 그는 무관심하게 밀쳐놓으면서, “뭐 내일까지 시간이 있을 텐데…….” 하고 말했습니다.

명예욕에 사로잡혀 내가 지나치게 늘어놓으면, 그는 대화 도중에 갑자기 입술을 뾰족하게 하고, 짓궂은 말을 툭 쏘아서 나를 물리쳐 버렸습니다. 물론 내가 어쩔 줄 모르고 힘없이 물러서면, 다시 한 번 따뜻하게 감싸는 듯한 눈초리가 나의 절망적인 기분을 위로하듯 흘러가기는 했습니다. 그러나 그런 일은 정말 드문 일이었습니다. 그의 태도에서 나타나는 따스함과 차가움, 때로는 기분 좋게 가까워졌다가도 때로는 불쾌하게 멀어지는 그런 느낌들은, 어쩔 줄 모르는 나의 격렬한 감정을 완전히 혼란스럽게 만들어 버렸습니다. 내가 실제로 무엇을 그리워하고, 무엇을 바라고, 무엇을 목적하고 있었겠습니까? 그가 공감하고 있다는 표현을 해 주기를 얼마나 바라고 있었는지 모릅니다.

아무리 순수한 의미의 정열적인 존경이라도 그것이 어떤 여인을 향한 것이라면, 자기도 모르는 사이에 육체적인 실현을 목적으로 하게 되겠지요. 자연은 육체를 소유하는 순간 최고의 결합을 이루도록 정열을 마련해 놓았으니까요. 그러나 남자가 남자에게 바치는, 끝끝내 충만할 수 없는 정신의 정열은 대체 어떻게 해야 완전한 실현을 이룰 수 있을까요? 그런 정열은 침착함을 잃어버린 채, 존경하는 사람의 주위를 맴돌며 자꾸만 새로운 도취를 향해 불타오르기는 하지만, 결코 마지막에 몸을 바침으로써 안정될 수는 없는 것입니다. 그것은 정신이 그러하듯이, 항상 흐르고는 있지만 영원히 만족될 수 없으며, 완전히 흘러 버릴 수도 없는 그런 것입니다.

그래서 그가 끝끝내 내게 충분히 가까워진 적도 없었고, 그의 존재가 그토록 기나긴 대화 속에서도 완전히 옷을 벗고 내게로 충만된 적도 없었습니다. 심지어 그가 마음을 다 털어놓고 모든 스스러움을 내동댕이쳤을 때도, 그가 갑자기 태도를 변경하여, 눈앞에 다가온 연결을 매정스레 단절해 버릴지도 모른다는 것을 잘 알고 있었습니다.

그렇게 그의 기분에 따라 내 마음상태가 자주 바뀌어서 언제나 내 정신을 혼란스럽게 하였습니다. 어쩌다 자극을 너무 받아서, 지나친 행동이나 실수를 할 뻔한 적도 있습니다. 예를 들면 내가 그에게 정성껏 필기해서 준 원고를 거들떠보지 않고 옆으로 밀친다든가, 또는 어느 날 밤 다정한 이야기로 마음속 깊이 결합되어서, 완전히 그의 사상 속으로 몰입되어 있는데, 돌연 그가 벌떡 일어나 다정하게 손길을 내 어깨에 얹으며, "이젠 돌아가도록 하게! 밤도 늦었으니" 하고 무뚝뚝하게 말을 한다거나 할 때 말입니다.

그런 조그마한 일로도 나는 몇 시간이고, 또는 며칠이고 마음의 혼란을 겪기에 충분했습니다. 언제나 지나치게 흥분을 했기 때문에, 과민해진 나의 감정은 그렇지 않은 경우에도 쉽게 모욕의 감정을 느꼈던 모양입니다. 나중에 다시 생각하고 스스로 위안을 한다 해도, 마음속의 혼란이 오는 것을 어떻게 막을 수 있었겠습니까? 매일같이 똑같은 일이 되풀이될 뿐이었습니다. 즉 나는 친근함에 대해서 불타는 고통을 느꼈으며, 그의 소원함에는 몸이 굳어 버렸습니다. 결코 마음을 진정시키지 못하고, 이런저런 우연에 마음이 어지러워, 나는 항상 그의 소극적인 태도에 실망을 했습니다.

이상하게도 감각이 예민한 나는 그에게 모욕을 당했다고 느낄 때마다 그의 부인에게 피난했습니다. 아마 그것은 말없는 물리침을 받고서, 똑같은 고통을 당하는 인간을 발견하려는 무의식적인 충동이었는지도 모릅니다. 그렇지 않으면 어느 누구에게라도 이야기를 하고, 도움까지는 몰라도 이해 정도는 얻었으면 하는 욕구 때문이었는지 모릅니다. 하여간에 나는 비밀의 동맹을 맺은 친구에게 가는 것처럼 부인에게로 피난했습니다. 대개 부인은 예민한 내 감각을 가볍게 비웃거나, 냉정하게 어깨를 으쓱하며 그 같은 귀찮은 성격에 곧 익숙하지 않으면 안 된다고 일러 주거나 했습니다.

그러나 때때로 갑자기 절망에 빠져 어쩔 줄 모르는 눈물과 발작처럼 격심한 말들을 부인 앞에 쏟아 놓을 때면, 이상하도록 진지하게, 아주 놀라운 눈초리로 나를 노려보았습니다. 하지만 부인은 한마디도 하지 않았습니다. 다만 그녀의 입술 주위에는 억눌린 폭풍우 같은 기색이 엿보일 따름이었습니다. 그녀가 분노나 지나친 말을 참기 위해서, 온 힘을 다하고 있음을 느꼈습니다. 의심할 여지없이 그녀도 뭔가 말하고 싶은 것이 있었던 모양입니다. 그녀 또한 자기 남편과 마찬가지로 어떤 비밀을 간직하고 있었던 것입니다. 내 말이 그에게 너무 가깝게 접근할 때면 항상 무뚝뚝하게 나를 떠밀었던 것처럼, 그녀 역시 대개 농담이나 즉흥적인 장난으로 내게 더 이상 가까이 다가오지 못하게 만들었습니다.

언젠가 딱 한 번 진정으로 그녀의 얘기를 들을 뻔했습니다. 어느 날 아침 필기한 것을 가지고 선생님께 갔을 때, 말로의 초상에 대한 표현에 내가 얼마나 감동했는지를 말했습니다. 진심으로 그림을 그린 사람을 칭찬했습니다. 그러자 선생님은 곱지 않은 시선으로 외면을 하며, 입술을 깨물고 종잇조각을 내버리면서, 경멸의 말을 중얼거렸습니다.

"그런 어리석은 말을 하지 말게! 자네가 뭘 안다고 훌륭하니 훌륭하지 않니 하고 비평을 하나?"

무뚝뚝한 그 말 한마디가[참을 수 없는 부끄러움을 감추기 위해서 갑자기 뒤집어쓴 가면에 불과했지만] 나로 하여금 그 날 하루를 망치게 하기에 충분했습니다. 그리고 그날 오후에 부인과 단 둘이서 한 시간쯤 지내게 되었을 때, 나는 갑자기 히스테릭한 발작을 일으키며, 그녀에게 덤벼들어 두 손을 붙잡았습니다.

"무엇 때문에 선생님은 나를 그렇게 미워하시는지 좀 가르쳐 주세요. 왜 그다지도 나를 경멸하시는 겁니까? 내가 선생님께 무슨 짓을 했단 말입니까? 무슨 이유로 내 말 하나하나가 선생님을 그토록 자극하는 것일까요? 내가 대체 어찌하면 좋겠습니까? 제발 나를 좀 도와주세요! 어째서 선생님은 나를 받아 주시지 않는 걸까요. 제발 내게 말해 주세요, 제발!"

그처럼 거친 발작에 부인은 이글거리는 눈으로 나를 노려보았습니다.

"당신을 안 받아 주신다고요?"

그러면서 이빨 사이로 웃음소리가 터져 나왔습니다. 그것은 아주 악의적으로 가시 돋친 웃음의 폭발이었습니다. 부인의 반응에 나는 나도 모르게 뒷걸음치고 말았습니다.

"당신을 안 받아 주신다고요?"

부인은 다시 한 번 똑같은 말을 하고 어쩔 줄 몰라 하는 나를 분노의 눈으로 노려보았습니다. 그러나 다음 순간 내가 있는 쪽으로 몸을 구부리고[눈빛은 차츰차츰 부드러워지면서 나중에는 거의 동정적으로 바뀌었지만] 내 머리를 쓰다듬어 주었습니다.

"당신은 정말 어린아이에요. 아무것도 모르는 순진한, 보지도 듣지도 알지도 못하는 어린아이군요. 그렇지만 그런 것이 오히려 더 좋아요. 그렇지 않으면, 더 한층 불안하게 될 테니까요."

그리고는 갑자기 고개를 돌려 홱 외면을 해 버렸습니다. 나는 마음을 진정시키려고 노력했지만 소용이 없었습니다. 뚫고 나올 수 없는 무서운 꿈이 새까만 자루 속에 동여매어진 것처럼, 나는 그 수수께끼를 풀려고, 모순된 감정의 불가사의한 혼란 속에서 잠을 깨려고 발버둥 쳤습니다.

불타는 감정의 혼란

이렇게 해서, 4개월이 지났습니다. 꿈에도 생각지 못했던 발전과 변화의 시기였습니다. 학기말이 다가왔습니다. 가까이 다가온 방학이 내게는 공포였습니다. 왜냐하면 나는 정죄화(淨罪火. 연옥에서 속세의 죄를 정화시켜 주는 불—역주)를 사랑했으며, 내 고향의 평범하고 비정신적인 가정이 추방과 약탈 같이만 보였기 때문입니다. 그래서 나는 일찌감치 중대한 연구가 있어 고향에 가지 못한다고 양친을 속이는 비밀 계획을 세워 놓았습니다.

불타는 현재의 상태를 연장시키기 위해, 벌써 구실과 거짓을 교묘하게 뒤섞어 짜 놓았던 것입니다. 그러나 다른 방면의 시간은 벌써 다 결정이 되어 나를 기다리고 있었습니다. 그 시간은 눈에 보이지 않았지만 내 머리 위에 걸려 있었습니다. 마치 정오의 종소리가 금속 속에 결정되어서 잠겨 있는 것처럼, 그리고 그것이 갑자기 엄숙하게 울리기 시작하여, 어물어물하고 있는 사람들에게 일의 시작이나 해산을 명령하는 것처럼.

숙명적인 저녁은 어찌나 아름답고 화려하게 시작되었던지!

그날 저녁 교수 부부와 함께 식사를 했습니다. 창은 열려 있고 어두컴컴한 테두리 안에는 흰 구름이 떠도는 황혼의 하늘이 서서히 나타났습니다. 온화하고 맑은 것이 엄숙하게 떠도는 구름길에 반영되어 뚜렷하게 나타났으며, 가슴 속 깊이 그것을 느꼈습니다. 부인과 나는 평상시보다 더 한층 거리낌 없이 친밀하게 이것저것 이야기를 많이 했습니다.

선생님은 아무 말 없이 우리들의 대화를 무시하고 있었습니다. 그러나 그의 침묵은 날개를 오므린 것처럼 우리의 대화 위를 무겁게 덮고 있었습니다. 살며시 그를 곁눈질해 보았습니다. 뭔가 밝게 보이는 것이 오늘 따라 그의 태도 속에 숨어 있었습니다. 그것은 일종의 불안이었으나, 조금도 산만하지 않은 여름날의 구름과 같았습니다. 가끔씩 그는 포도주 잔을 들고 불빛에 비춰 투영된 색을 즐겼습니다. 내 눈빛이 그 몸짓을 바라보며 동조하자, 그는 가볍게 미소를 짓고는 잔을 나를 향해 들어 보였습니다. 이전에는 그의 맑은 얼굴과 둥글고 침착한 동작을 좀처럼 보지 못했습니다. 거리에서 들려오는 음악을 듣는 것처럼, 눈에 보이지 않는 대화에 귀를 기울이는 것처럼, 잔칫날처럼 기쁜 표정으로 앉아 있었습니다. 언제나 쉬지 않고, 잔파도가 깃들어 있는 그의 입술마저 껍질 벗은 과일처럼 조용하고 부드러웠습니다.

그의 이마가 온화하게 창을 향해 돌렸을 때, 이마는 보드라운 광명을 반사하여 평소보다 훨씬 아름답게 보였습니다. 그가 그렇게 만족해하는 것은 정말이지 오랜만에 보는 드문 일이었습니다. 그것은 맑은 여름밤의 반영이었고, 명암이 고루 퍼진 공중의 부드러움에서 무엇인가 사랑스러운 것이 그의 몸속으로 스며들어가는 것이었습니다. 그렇지 않으면 안으로부터 위안을 주는 것이 빛을 발한 것이었는지 알 수가 없었습니다. 그렇지만 펼쳐진 책을 읽듯이, 친숙하게 알고 있는 그의 얼굴이 오늘따라 온화한 신이 그의 마음에 낀 구름이나 잔주름을 풀어 준 것임을 느낄 수 있었습니다.

이상하게 의식적으로 갑자기 벌떡 일어선 그는 그전처럼 고갯짓으로 나를 서재로 따라오라고 했습니다. 전에는 항상 황황히 걸어가는 그였지만, 오늘따라 이상하게도 진중하고 무거운 걸음걸이였습니다. 그리고 다시 한 번 뒤돌아보고[이것은 전에도 없는 일이었지요] 마개가 막혀 있는 새 포도주 병을 찬장에서 꺼내어 조심스럽게 운반해 갔습니다. 나와 마찬가지로 부인도 그의 태도에 이상한 점을 눈치 챈 모양인지 놀란 눈으로 바느질하던 얼굴을 쳐들고 우리의 수상한 태도를 호기심을 가지고 관찰했습니다.

언제나 어두운 방은 아늑한 황혼 속에서 우리를 마중했습니다. 등불의 빛은 우리를 기다리고 있는 하얀 원고지 주변의 금빛 원을 비추고 있었습니다. 익숙한 내 자리에 걸터앉아 지난번 원고의 마지막 한 구절을 되풀이해서 읽었습니다. 그에게는 늘 유창하게 말을 끌어내기 위해 일종의 반주가 필요했습니다. 그러나 전에는 지난 원고의 뒤끝만 읽어 주면 곧 계속해서 다음을 시작했는데, 이번에는 웬일인지 다음을 금방 잇지를 못했습니다. 침묵은 온 방 안을 가득 채우고 사방의 벽으로부터 긴장된 기분이 반사되어 우리를 압박했습니다. 아직도 그는 생각의 끝을 잡지 못하는 것 같았습니다. 등 뒤에서 신경질적으로 왔다 갔다 하는 그의 발소리가 들려왔습니다.

"다시 한 번 마지막 절을 읽어 주게!"

이상하게도 그의 목소리는 불안에 떨렸습니다. 나는 지난날의 마지막 절을 다시 한 번 읽었습니다. 그러자 이번에는 내 말에 잇따라서 힘 있고 재빠르게 그전보다 한층 더 명백한 필기를 시키기 시작했습니다. 다섯 개의 문장으로 장면이 구성되었습니다. 그가 지금까지 서술한 것은 희곡의 문화적 배경, 시대의 여러 현상, 역사의 윤곽 등이었습니다. 그런데 이번에는 갑자기 극장 자체에 대한 것으로 향했습니다.

"극장이란 방랑생활과 마차 끌기를 끝마치고 정착하여 비로소 자기 자신의 집을 세우고 권리와 문서를 확정하는 것처럼, 처음에는 '장미좌' 다음에는 '폴투나좌'라는 순서로 따라가는 미숙한 연기와 판자극장이었습니다. 그 다음에 남성적인 성장을 이룩한 문학의 광범위한 폭에 따라, 목공은 새로운 목조의 의상을 마련했습니다. 템스 강변의 질척한 진흙 구덩이에 나무 기둥을 세우고, 보기 흉한 육각형의 탑을 세운 것이 바로 '지구좌'였습니다.

그런 지구좌의 무대 위에 거장 셰익스피어가 나타난 것입니다. 바닷바람에 뛰어오른 이상한 배처럼, 제일 높은 돛대에는 해적선의 빨간 기를 매달고, 흔들흔들하는 진흙덩이 위에 든든한 닻을 내려 정착한 것입니다. 관람석에는 마치 떠들썩한 항구와 같이 저속한 사람들이 달려들었습니다. 상등석에는 상류계급들이 멋을 부리고 배우들을 향해 미소를 보냈습니다. 모두들 연극을 빨리 시작하라고 소리쳤습니다. 그들은 발을 구르며 떠들고, 칼끝으로 마룻바닥을 쿵쿵 짓찧었으며, 보잘것없이 분장한 인물들이 등장하여 즉흥적인 희극이 상연되었습니다."

"바로 그때,"

나는 지금도 선생님의 말을 뚜렷이 기억하고 있습니다.

"바로 그때, 갑자기 언어의 폭풍이 불어 왔습니다. 그것은 정열의 무한한 바다처럼 그 나무판자의 내부에서, 모든 시대와 모든 지역의 인간의 마음속에 열정의 물결을 던져 넣어 주었습니다. 한없이 명랑하고 비극적인 천변만화千變萬化로 바뀌면서도 근원적인 인간의 모습을 나타내는 것, 그것이 바로 영국의 극장, 셰익스피어의 희곡입니다."

말이 갑작스럽게 고조되면서 필기가 중단되었습니다. 길고 무거운 침묵이 흘렀습니다. 불안해진 나는 뒤를 돌아보았습니다. 선생님은 한쪽 손으로 책상을 짚고 서 있었습니다. 언제나처럼 기진맥진한 상태였습니다. 그러나 이번에는 뭔가 섬

쩍지근한 기색이 그의 응시 속에 보였습니다.

나는 어쩐지 걱정이 되어 "이제 그만 둘까요?" 하고 불안스럽게 물어 보았습니다. 그러나 그는 숨을 죽이고 말없이 나를 노려보기만 하더니 그의 눈동자가 또다시 푸른 광채를 띠기 시작했습니다. 입술의 긴장을 풀고 그는 내게로 돌아왔습니다.

"자, 그런데 자네는 아무것도 눈치를 못 챘나?"

"대체 뭘 말입니까?"

나는 어리둥절하여 말을 더듬었습니다. 그러자 그는 깊은 숨을 쉬고 약간의 미소를 띠었습니다. 몇 달 만에 나는 그의 감싸는 듯한 부드럽고 친절한 미소를 다시 느꼈습니다.

"책의 제1부가 완성된 거야."

나는 너무나 기뻐서 터져 나오려는 환희의 감탄사를 간신히 참았습니다. 그토록 나는 벅찬 감동을 느낀 것입니다. 어떻게 내가 그것을 지나칠 수가 있었을까요. 그것은 과거의 근원에서부터 힘 있게 밀려올라와, 창조의 문지방에까지 이르게 된 구성의 전체였습니다. 이제 말로와 벤 존슨, 셰익스피어가 당당하게 문지방을 넘어오는 장면이었습니다. 저작은 최초의 생일을 맞은 것입니다. 황급히 달려가서 매수를 세어 보았습니다.

가장 어려운 제1부는 빽빽하게 쓰인 까닭에 백칠십 장이 되었습니다. 이제는 자유로이 묘사를 하며 이뤄 나갈 수 있지만,

지금까지의 저술은 역사적인 실증에 엄격한 속박을 받아 왔던 묘사였습니다. 이제는 분명하게 그의 저작을, 아니 우리들의 저작을 완성할 수 있을 것입니다.

나는 무척 기쁘고 자랑스럽고 행복에 겨워 얼마나 떠들어대고 춤추고 돌아다녔는지 모릅니다. 또한 넘쳐흐르는 감격으로 어찌할 바를 몰랐습니다. 내가 마지막 문구를 다시 한 번 읽어 보고, 부지런히 원고 매수를 세어 보고, 두 손으로 집어 들어 무게를 달아 보고, 저작 전체가 언제쯤 완성될 것인가 미리 계산해 보기도 하는 동안 그의 눈은 시종 미소를 띠며 나를 뒤따랐습니다. 그의 쌓이고 쌓인 자랑이 나의 기쁨 속에 반사되고 있음을 보고 있었던 것입니다.

그는 감동한 모습으로 미소를 띠고 내가 있는 쪽을 바라보았습니다. 그리고는 내게 가까이 와서 두 손을 앞으로 내밀어 내 두 손을 붙잡았습니다. 그는 움직이지 않고 나를 바라보았습니다. 전에는 색채의 경련 같은 반짝임만을 가지고 있던 그의 눈동자가 차츰 활기 띤 하늘색으로 가득 차게 되었습니다. 그것은 이 세계의 모든 요소 가운데 깊은 물과 인간적인 깊은 감정만이 만들어 낼 수 있는 색이었습니다. 그처럼 빛나는 푸른색이 그의 눈동자에서 솟아 나와 내 몸 속으로 스며들었습니다.

따스한 물결이 그의 눈동자로부터 나의 내부에까지 부드럽게 흘러들어와 내 몸속에서 퍼지면서 감정을 이상야릇한 쾌감으로 가득 채워 주는 것을 느꼈습니다. 가슴은 솟아오르는 힘으로 충만하여 갑자기 넓어지는 것을 느꼈습니다. 거룩한 태양이 이탈리아식으로 내 마음속에 솟아오르는 것을 느꼈습니다. 그때 그의 목소리가 광채 너머에서 들려왔습니다.

"자네가 없었더라면, 내가 이 일을 결코 시작하지 못했을 걸세. 나는 그것을 잘 알고 있네. 결코 잊어버리지 않았어. 자네는 내가 무기력함에서 탈출할 수 있도록 탄력을 부여한 것이네. 흐트러져 가는 생활의 나머지를 완전히 잃어버리지 않게 붙잡아 준 것은 자네의 힘일세. 자네의 힘뿐일세! 아무도 내게 그 이상의 일을 해 준 사람은 없네. 아무도 그처럼 진심으로 나를 도와 준 사람은 없네. 그러니까 이제부터 나는 '자네'의 덕택이라고 말하지 않고, 형제처럼 '너'의 덕택이라고 말하겠네. 자 이제부터 한 시간 동안, 완전히 형제처럼 유쾌하게 축하를 하세."

그는 나를 책상 옆으로 조용히 끌고 갔습니다. 그리고 미리 준비해놓은 병을 집었습니다. 두 개의 술잔도 거기 놓여 있었습니다. 감사한 마음에 그 상징적인 음료인 술을 나와 함께 마시려고 한 것입니다. 나는 너무나 기뻐서 몸을 떨었습니다. 불타는 소원이 갑자기 실현될 때만큼, 우리들의 마음을 흔들어 놓는 것은 없을 겁니다. 그 징조, 명백한 신뢰의 그 징조, 내가 무의식 속에 갈망하고 있던 징조, 즉 형제로서의 '너'라고 불러 주었던 너무나도 간절히 바랐던 그 아름다운 징조를 그의 감사가 가져왔던 것입니다. 그것은 나이의 깊은 홈을 뛰어 넘은 것이며, 힘든 거리를 넘어온 것인 만큼, 일곱 곱절 귀중한 것이었습니다.

술병 소리가 났습니다. 병은 나의 불안한 감정을 영원한 신앙에 의해서 안유해 주는 말없는 세례자였습니다. 병의 떨리는 듯한 맑은 음향처럼, 내 마음속에서도 맑은 소리가 들렸습니다. 그때 조그마한 장애가 있어서, 축하의 순간을 방해하고 늦추게 만들었습니다. 그것은 바로 술병의 코르크 마개가 막혀 있었던 것입니다. 그가 마개 뽑는 것을 가지러 일어서려고 했으나, 내가 한 걸음 더 빨리 일어서서 부리나케 식당으로 뛰어갔습니다. 나는 그 순간을, 내 마음이 비로소 진정되는 순간으로, 그의 애정의 명백한 증거로 너무나 열렬히 기다리고 있었기 때문입니다.

내가 폭풍처럼 맹렬하게 문을 뛰쳐나가 불이 꺼져 있는 복도를 달려가다가 어두컴컴한 그곳에서 부드러운 물체와 부딪쳤습니다. 부드러운 물체는 나를 살짝 피했지만, 문 밖에서 엿듣고 있던 부인이었습니다. 그러나 내가 심하게 부딪쳤는데도 불구하고 이상하게도 그녀는 전혀 소리를 내지 않았습니다. 다만 말없이 뒷걸음질을 칠뿐이었습니다.

나도 놀란 채 몸을 움직일 수가 없었고, 아무 말도 하지 못했습니다. 그러한 상태가 한순간 이어졌습니다. 부인은 엿듣고 있는 것을 들켰고, 나는 뜻밖의 발견으로 어쩔 줄 몰라, 두 사람이 다 부끄러워서 얼굴을 붉히고, 말없이 서 있었습니다. 그러나 다음 순간, 낮은 발자국 소리가 어둠 속에서 들려오고, 불이 켜졌습니다. 부인은 등을 벽장에 기대고 서서 창백한 얼굴로 뚫어지듯 나를 바라보았습니다. 그녀의 눈초리는 진지하게 나를 훑어보았습니다. 일종의 어두운 경고를 하거나 또는 위협하는 듯한 기색이 그녀의 움직이지 않는 태도 속에 엿보였습니다. 그러나 그녀는 아무 말도 하지 않았습니다.

상당히 오랫동안 더듬거리면서 간신히 병마개 뽑는 기구를 발견했을 때, 내 손은 떨렸습니다. 다시 한 번 그녀의 곁을 지나지 않으면 안 되었습니다. 그녀를 쳐다볼 때마다 잘 닦여진 나무처럼 견고하고 어둡게 빛나는, 응시하는 눈빛과 부딪치지 않을 수 없었습니다. 문 뒤에서 몰래 엿듣고 있다가 들켰다는 부끄러운 표정은 조금도 나타나 있지 않았습니다. 오히려 그녀의 눈은 나로서는 이해할 수 없을 만큼 거칠고 단호하게 내쏟고 있었습니다. 반항적인 기세로 보아 그녀는 계속 그 자리에 그대로 머물며 엿듣고 감시하겠다는 태도였습니다.

이러한 비정상적인 그녀의 의지 때문에 내 머리는 혼란스러웠습니다. 확고하게 경고하는 그녀의 시선이 나를 노리고 있어서 나도 모르게 위협을 느껴 머리를 숙였습니다. 겨우 불안한 걸음걸이로 선생님이 초조하게 두 손으로 병을 붙잡고 있는 방 안으로 돌아왔을 때, 어쩔 줄 몰라 날뛰던 내 기쁨도 이상스러운 불안에 사로잡혀 완전히 얼어붙어 버렸습니다.

그는 아무렇지 않게 기다리고 있다가 명랑하게 나를 맞아주었습니다. 예전부터 이런 태도의 선생님을 한 번 보았으면 하고 꿈꾸고 있었습니다. 주름진 이마에 주름기가 다 사라져 없어진 그런 모습 말입니다. 그러나 처음으로 평화의 빛을 발하고, 마음속으로부터 나를 향하고 있는 그의 이마를 보면서 나는 말문이 막혀 한마디도 못했습니다. 보이지 않는 털구멍을 지나서 흘러나오는 것처럼, 숨겨진 기쁨이 흘러나왔습니다. 나는 어쩔 줄 모르고, 부끄러운 마음까지 들면서, 그가 다시 한 번 내게 '너'라는 대명사를 써 가면서 새삼스럽게 감사하는 것을 들었습니다. 그는 친밀하게 팔로 나를 껴안듯이 하여 안락의자로 데려갔습니다.

우리는 서로 마주 앉았습니다. 내 손 위에 그의 손이 얹혀 있었습니다. 처음으로 나는 자유로운 감정으로 그를 느꼈습니다. 그러나 아무 말도 나오지가 않았습니다. 무의식적인 내 시선은 자꾸만 문 있는 쪽을 주시했습니다. 혹시 부인이 아직도 거기 서서 엿듣고 있지 않을까 하는 불안 때문이었습니다.

나는 자꾸만 그녀가 귀를 기울이고 있다고 느꼈습니다. 선생님이 나한테 하는 말이나 혹은 내가 하는 말을 한마디도 빼놓지 않고 엿듣고 있을 거라는 불안한 예감이 나를 초조하게 만들었습니다. 선생님은 독특한 따스한 눈빛으로 나를 감싸듯이 바라보며 갑자기, "나는 오늘 너에게 나에 대한 이야기를, 나의 청춘 시절 이야기를 하고 싶어" 하고 말했을 때, 나는 놀라지 않을 수 없었습니다. 그래서 나는 손을 내저으며, 제발 그만둬 달라는 몸짓을 하면서 벌떡 일어났습니다. 그러자 그는 무슨 영문인지 모르고 나는 쳐다보았습니다.

"오늘은 안 돼요" 하고 나는 말을 더듬었습니다.

"오늘은 하지 마세요. 죄송하지만!"

엿듣고 있는 사람에게 들릴지도 모른다는 생각으로 두려웠지만, 이런 말을 할 수는 없는 일이었습니다. 불안한 듯 선생님은 나를 바라보았습니다.

"대체 어떻게 된 거야?" 하고 그는 기분이 약간 상한 듯 물었습니다.

"선생님 지금은 좀 피곤합니다…… 뭔가 나를 짓누르는 것 같아요. 어쩐지 꼭……."

나는 몸을 떨며 일어났습니다.

"저는 이제 가 보는 게 좋겠습니다."

뜻하지 않게 내 눈은 선생님이 있는 곳으로부터 문이 있는 쪽으로 향해졌습니다. 기둥 뒤에는 아직도 그녀가 적대적인 호기심으로 질투의 엿듣기를 계속하고 있다고 생각하지 않을 수 없었습니다.

선생님도 몸을 의자에서 무겁게 일으켰습니다. 갑자기 피로한 기색을 띤 그의 얼굴에 어떤 그림자 같은 것이 나타났습니다.

"정말로 가야겠어? 오늘…… 하필이면 오늘?"

그는 내 손을 붙잡았습니다. 어쩐지 내 손이 무거워지는 것 같았습니다. 그러나 갑자기 그는 내 손을 돌처럼 무뚝뚝하게 놓았습니다.

"유감이야!" 하고 그는 절망스럽게 말했습니다.

"나는 언젠가 솔직하게 이야기를 해 보려고 고대하고 있었는데……. 정말 유감이네!"

잠시 동안 깊은 탄식이 새까만 나비처럼 방 안을 지배했습니다. 나는 부끄러움과 어찌할 수 없는 불안으로 가득 찼습니다. 그래서 비틀비틀 뒷걸음질로 방을 나가서, 살그머니 문을 닫아 버렸습니다. 간신히 방으로 기어 올라가 침대에 몸을 던졌지만 잠을 이룰 수가 없었습니다. 내가 사는 세계가 단지 얇은 벽 하나를 사이에 두고, 그들의 거처 바로 위에 있다는 것을 그때처럼 날카롭고 강하게 느낀 적이 없었습니다. 그리고 예민하게 단련된 감각으로, 그들이 아래층에서 아직 깨어 있다는 것을 느꼈습니다.

그는 방 안을 불안하게 왔다 갔다 하고 있으며, 부인은 다른 곳에 묵묵히 앉아 있거나, 그렇지 않으면 귀를 기울이고 유령처럼 얼씬거리고 있으리라는 것을, 눈으로 보지 않아도 훤히 보이고, 귀로 듣지 않아도 쟁쟁히 들렸습니다. 그녀의 두 눈이 열려 있다는 것을 느꼈습니다. 그리고 그녀의 감시가 무섭도록 내 마음에 스며들었습니다. 악몽처럼 갑자기 말없는 집 전체가 컴컴한 그의 그림자와 더불어 내 몸 위를 뒤덮는 것 같았습니다.

덮고 있던 이불을 걷어찼습니다. 두 손이 뜨거워지고 있었습니다. 대체 어찌 된 일인가? 아주 내 몸 가까이서 그 비밀을 느꼈는데, 이제 다시 멀어져 버리고 만 것입니다. 그러나 그림자, 그의 말 없는 불투명한 그림자는 아직도 중얼거리며 흔들리고 있었습니다. 그림자는 마치 소리 안 나는 다리를 가진 고양이처럼, 이리 뛰고 저리 뛰며 늘 전기를 품은 털가죽처럼 살짝 스쳐 혼란시키고, 유령처럼 집 안을 늘 위협하게 하고 있음을 느꼈습니다. 어둠 속에서 그가 내미는 손처럼 부드럽고 감싸는 듯한 눈빛을 느꼈으며, 동시에 부인의 날카롭고 위협하는 듯한 또 다른 눈빛도 느꼈습니다.

내가 그들의 비밀 속에서 무엇을 알아차리겠습니까? 무엇 때문에 두 사람은 자신들의 정열 한가운데로 내 눈을 가린 채 갖다 놓았으며, 무엇 때문에 그들의 알 수 없는 싸움 속으로 나를 몰아넣고, 자신들의 분노와 증오의 묶음을 내 감각 속에 퍼부어 놓는 것일까요?

내 이마는 계속해서 불타고 있었습니다. 벌떡 일어나 창문을 열어 젖혔습니다. 도시는 여름의 구름 아래 평화롭게 잠들어 있는 듯 했습니다. 아직도 불이 반짝이는 창문 아래에서는 사람들이 다정스러운 대화를 하고, 책이나 감미로운 음악을 들으며 평화롭게 있을 것입니다. 하얀 창의 테두리가 어두워진 곳에는 보나마나 온화한 수면의 호흡이 이루어질 것입니다. 그렇게 휴식하고 있는 지붕 뒤에는 은빛 안개가 낀 달처럼 부드러운 안식과 산뜻한 고요함이 깃들어 있었습니다. 시계탑의 열한 시를 알리는 소리가 우연히 귀를 기울이고 있는 사람이나, 꿈꾸고 있는 사람의 귀에 가볍게 떨어졌습니다. 여기나 혼자만이 잠들지 않은 사람의 존재와 낯선 사람의 악의적인 포위를 느끼고 있었습니다. 나의 내적인 감각은 열병과 같이 엉클어진 수수께끼를 알아내려고 노력했습니다.

그때 갑자기 나는 찔끔하고 놀랐습니다. 계단에서 발소리가 들리는 게 아니겠습니까? 귀를 기울이고 일어섰습니다. 틀림없이 누군가 눈먼 사람처럼 더듬으면서, 조심스럽고 머뭇거리며 명확치 않은 걸음걸이로 층계를 올라오고 있었습니다.

나는 계단의 닳고 닳은 나뭇조각이 신음 소리를 내는 것을 듣고는 조용한 발걸음 소리라는 것을 금방 알아챘습니다. 그 소리는 나에게만 올 수 있는 발걸음 소립니다. 계단 위의 박공 속에는 나 이외엔 아무도 살고 있지 않았기 때문입니다. 귀먹은 노부인을 제외하고 말입니다. 노부인은 벌써 잠 들어서 아무도 찾아올 사람이 없다는 것은 명백했습니다. 올라오는 사람은 선생님일까요? 아닙니다. 그 발걸음 소리는 그의 넘어질 듯한 황급한 걸음걸이가 아니었습니다. 발걸음은 겁을 먹고 머뭇거리며 주저하는 소리였습니다.

그런데 지금 또 들렸습니다! 그처럼 가까이 오는 사람은 도둑이나 범죄자일 게 분명하고, 결코 나와 친밀한 사람은 아닌 듯했습니다. 나는 최대한 귀를 기울이며 긴장을 하고 듣고 있었습니다. 갑자기 오싹하는 기운이 내 맨발 아래로부터 기어올라왔습니다. 자물쇠 소리가 가늘게 들린 것입니다. 그자는 벌써 문 뒤에 와 있음에 틀림없습니다. 내 벗은 발끝에 살며시 불어오는 바람 기운으로 바깥 쪽 문이 열렸다는 것을 알 수 있었습니다.

열쇠를 가지고 있는 사람은 그 사람, 선생님뿐이었습니다. 그러나 만일 그라면 무엇 때문에 그렇게 머뭇머뭇하고, 그렇게 낯설게 행동을 하겠습니까? 걱정이 되어서, 내 상태를 보려고 온 것일까요? 그렇다면 무엇 때문에 불안하게 방 밖에서 머뭇거리고 있겠습니까? 도둑놈처럼 몰래 기어온 발소리는 못이 박힌 것처럼 갑자기 굳어지고 말았습니다. 뭐라고 소리를 칠 듯한 상황이었으나, 목구멍이 끈적끈적하게 들러붙어 버렸습니다. 문을 열려고 했지만 양쪽 발이 방바닥에 붙어서 움직이지 않았습니다. 우리 사이에는, 즉 나와 그 불안한 손님 사이에는 얇은 벽이 있을 뿐이었습니다. 그러나 그 사람도 나도, 한 걸음도 더 가까이 하려고 하지 않았습니다.

그때 시계탑의 종이 울렸습니다. 단 한 번만 치는 것이었습니다. 열한 시 십오 분. 그것은 나의 굳어진 상태를 풀어 주었습니다. 나는 문을 힘껏 열어 젖혔습니다.

과연 거기에는 선생님이 서 계셨습니다. 문을 거칠게 열었기 때문에 손에 들고 있던 초가 바람에 날려서 불꽃이 푸르게 타올랐습니다. 묵묵히 서 있는 그의 모습에서 이루어진 커다란 그림자는 그의 뒤 벽을 타고 술주정꾼처럼 흔들거렸습니다. 그도 나를 보자마자 하나의 동작을 했습니다. 그것은 갑작스러운 바람에 잠을 깨어 무의식중에 몸을 떨고, 이불을 끌어당기는 사람처럼 몸을 오그린 것입니다. 그리고 나서야 비로소 그는 뒷걸음질 쳤습니다. 손에 들고 있던 촛불이 흔들려서 촛농이 뚝뚝 떨어졌습니다.

나는 너무나 놀라 몸을 떨었습니다.

"선생님, 어쩐 일이십니까?" 하고 간신히 말을 더듬으며 말했습니다. 그는 아무 말도 하지 않고 나를 쳐다볼 뿐이었습니다. 그도 역시 목이 막혀 있었던 것입니다. 나중에야 비로소 그는 촛불을 옷장 위에 올려놓았습니다. 그러자 박쥐처럼 방 안을 흔들흔들하던 그림자가 금세 안정되었습니다.

그제야 비로소 그는, "나는 이제……" 하고 말을 더듬더니 또다시 목소리가 막혔습니다. 선 채로 마치 현장을 들킨 도둑처럼 밑바닥만 내려다보고 서 있었습니다. 나는 속옷 바람에 추워서 떨고, 그는 부끄러워서 어쩔 줄 모르고 서 있는 상황이 점점 견디기 어려워졌습니다.

갑자기 그의 연약한 모습이 한 걸음 앞으로 나서더니 나를 향해 걸어 왔습니다. 낯선 느낌의 도색적인 미소, 입술은 꼭 다물었지만 위험스러운 빛을 말하는 미소가 나를 잠시 동안 처음 보는 사람의 얼굴처럼 들여다보며 웃었습니다. 그 다음에 갈라진 뱀의 혓바닥 같은 목소리가 나왔습니다.

"나는 자네에게 얘기를 하려고 했던 것일세……. '너'라고 부르는 것은 그만 두기로 하세. 그것은…… 그건…… 암만 해도 신입생과 선생 사이에는 적합하지 못한 일이니까 말이야……. 알겠지…… 우리는 거리를 유지할 필요가 있거든…… 거리를…… 거리를……."

그렇게 말하면서 그는 자기도 모르게 손톱자국이 나도록 손을 꽉 쥐고 증오와 모욕으로 가득 찬 분노를 머금고 나를 쏘아보았습니다. 나는 비틀거리며 뒤로 물러섰습니다. 그가 정신이 돈 것일까? 술이라도 취한 것일까? 그는 나를 향해 부딪치기라도 하려는 듯, 그렇지 않으면 주먹을 쥐고 내 얼굴을 때리기라도 하려는 듯 그 자리에 우뚝 서 있었습니다.

그러나 공포도 일 초 밖에는 계속되지 않았습니다. 이 같은 발작적인 눈빛은 곧 다시 무너졌습니다. 그는 되돌아서서, 사과 비슷한 말을 중얼거리고는 촛불을 집어 들었습니다. 마룻바닥에 쭈그리고 있던 그림자는 비굴한 검은 악마처럼 다시 뛰어올라서 그를 앞장세우고 흔들흔들 문 있는 곳으로 따라갔습니다. 그리고 내가 무슨 말을 생각해 낼 힘을 집중시키기 전에, 그는 걸어가 버리고 말았습니다. 문이 매정스럽게 짤깍하고 닫혔습니다. 그의 달리는 듯한 걸음걸이로 말미암아 계단은 무겁고 고통스럽게 삐걱거렸습니다.

존경하는 마음 vs. 사모하는 마음

나는 그날 저녁을 잊기로 했습니다. 차가운 분노와 뜨거운 절망감이 심하게 교차하여 나타났기 때문입니다. 여러 가지 생각이 불꽃처럼 반짝이며 서로 화려하게 섞였습니다. 무엇 때문에 선생님은 나를 그러한 고통에 넣는 것일까? 무엇 때문에 일부러 한밤중에 남몰래 가만가만 계단을 올라와서, 얼굴을 맞대고 말하지 않을 수 없을 만큼 적의를 가지고 나를 미워하는 것일까? 대체 내가 그에게 무슨 짓을 했단 말인가? 이제 어떻게 하면 좋단 말인가? 어떤 문제로 그를 불쾌하게 했는지도 모르면서, 어떻게 위안시킬 수가 있단 말인가?

불타는 마음으로 침대에 몸을 던졌다 다시 일어나기를 반복하면서 고민했습니다. 그때의 유령과 같은 광경이 끊임없이 내 눈앞에 나타났습니다. 선생님이 발소리를 죽이고 몰래 나타나서는 내 앞에서 혼란스러운 행동을 하고, 그의 뒤에는 이상하고 낯선 무서운 큰 그림자가 흔들거리며 벽을 따라 움직였던 그 광경 말입니다.

다음 날 아침 짧고 얕은 잠에서 깨었을 때, 내가 꿈을 꾼 것이라고 스스로를 납득시키려 했습니다. 그러나 옷장 위에는 아직도 둥글고 누르스름한 촛농 자국이 달라붙어 있었습니다. 빛나도록 밝은 방 안에는 자꾸만 엊저녁의 무시무시한 기억이 도둑처럼 기어 올라왔습니다.

오전 내내 외출을 하지 않았습니다. 그와 만날 것을 생각하면 기운이 빠지고 힘이 하나도 없었습니다. 글을 쓰고 책을 읽으려고 했지만 잘 되지 않았습니다. 내 신경은 지뢰처럼 폭파됐고, 금세라도 격렬한 발작이나, 흐느낌이나, 큰 소리로 울부짖어야만 속이 편할 것 같았습니다. 내 손가락이 나뭇가지에 달린 잎사귀처럼 떨리는 것을 보고서도 그것을 진정시킬 수가 없었으니까요. 무릎의 오금이 마치 심줄이 끊긴 것처럼 덜렁덜렁 움직였습니다. 어떻게 할까? 어떻게 하면 좋을까? 나는 기진맥진하도록 혼자서 물어 보았습니다. 피가 뒤통수까지 올라와서 아찔아찔했고 눈앞이 푸릇푸릇하여 잘 보이지 않았습니다. 그러나 밖에 나간다는 것, 계단을 내려간다는 것, 갑자기 그와 만난다는 것, 그런 것은 할 수가 없었습니다. 자신이 없이는, 신경에 힘을 다시 회복하지 않고서는 불가능했습니다. 또다시 침대에 몸을 눕혔습니다. 나의 감각은 또다시 얇은 벽을 뚫고서 상상을 했습니다. 지금 그는 어디에 있을까, 무엇을 할까, 나처럼 깨어 있을까, 나처럼 절망에 빠져 있는 것은 아닌가 하고.

정오가 되었습니다. 나는 아직도 혼란의 불덩이를 짊어진 채 침대에 누워 있었습니다. 마침내 계단을 올라오는 발소리가 들렸습니다. 전신의 신경이 경계경보를 발했습니다. 그러나 그 발소리는 가볍고 거리낌 없이 깡충깡충하며, 한 번에 두 단씩 올라오는 것이었습니다. 벌써 손이 문에 닿고 노크 소리가 들렸습니다. 나는 벌떡 일어났지만 문을 열지는 않았습니다.

"누구세요?" 하고 물었습니다.

"왜 식사하러 내려오지 않아요?" 하고 약간 노기를 띤 부인의 목소리가 들렸습니다.

"어디 아프세요?"

"아녜요."

나는 머뭇거리며 말을 더듬었습니다.

"곧 가겠어요."

나는 급히 옷을 입고 아래층으로 내려가지 않을 수 없었습니다. 그러나 계단에서는 손잡이를 꼭 붙잡고 매달릴 만큼 사지가 덜덜 떨렸습니다.

식당으로 들어갔습니다. 식탁에는 두 사람 분의 식사가 준비되어 있었고, 앉아서 기다리던 부인은 가벼운 비난이 섞인 인사를 했습니다. 나는 그 비난을 아무 말도 않고 받았습니다. 선생님의 자리는 비어 있었습니다. 나는 피가 자꾸 머리로 쏠리는 느낌을 받았습니다. 갑자기 없어진 것은 무엇을 의미하는 것일까? 그는 나 이상으로 나를 만나게 될 것을 두려워하고 있는 것일까? 그렇지 않으면 이제부터는 나와 식사를 하지 않을 생각인가? 부끄러워서 그러는 것일까? 나는 결국 결심을 하고, "선생님은 안 오시는가요?" 하고 물었습니다.

부인은 놀라서 얼굴을 쳐들었습니다.

"오늘 아침 선생님이 여행 떠나신 것을 모르시나요?"

"여행이요? 대체 어디로 말씀입니까?" 하고 내가 말을 더듬자, 부인의 얼굴이 갑자기 긴장했습니다.

"어디론지는 내게 전혀 이야기를 안 해 주니 몰라요. 아마 언제나 가시는 그 조그만 여행이겠지요."

그러더니 갑자기 나를 향해 날카롭게 힐문했습니다.

"그렇지만 당신이 그것을 모르셨단 말예요? 선생님은 엊저녁에 당신 방으로 올라가시지 않았어요? 그것은 작별 인사를 하러 간 것으로 보였는데…… 이상도 하지, 정말로 이상해요…… 당신한테도 한마디 말도 안 하셨다니……."

"전혀요!"

그렇게 부르짖을 수밖에 없었습니다. 그리고 그 부르짖음은 지나간 몇 시간 동안에 쌓이고 쌓였던 내 생각을 한꺼번에 부끄러움과 창피로 몰아넣게 하는 것이었습니다.

나는 갑자기 흐느끼며 미칠 듯한 경련을 시작했습니다. 혼란스러운 절망이 한데 뭉뚱그려지면서 치솟아 오르는 울분을 마구 토해 놓았습니다. 나는 울었습니다. 아니 울었다기 보다는 히스테리적인 흐느낌과 더불어, 쌓이고 쌓인 억눌렸던 고통을 경련하는 입을 통해서 꺼내 놓았습니다. 나는 신경질을 부리며 야단하는 어린아이처럼 미친 듯이 책상을 두드렸습니다. 눈물을 펑펑 쏟으면서 몇 주일 동안 비구름처럼 매달려 있던 감정을 폭발시킨 것입니다. 이렇게 야단법석을 떨고 나자 마음이 가벼워지는 것을 느꼈습니다. 동시에 그녀 앞에서 내 속마음을 다 드러내 놓은 것에 한없는 부끄러움을 느꼈습니다.

"이게 웬일이에요?"

부인은 어쩔 줄 모르고 벌떡 일어나 나한테 달려오더니 나를 부축하여 안락의자 있는 데로 데려 갔습니다.

"자, 여기 드러누우세요. 그리고 진정하세요!"

그녀가 내 두 손을 쓰다듬고 머리를 만져 주었지만, 그러는 동안에도 쉴 새 없이 닥쳐오는 충격으로 내 몸은 격렬하게 떨렸습니다.

"그렇게 너무 고민하지 마세요. 로란트 씨, 너무 번민하지 마세요. 다 알고 있어요. 나는 이렇게 될 것을 미리 예감하고 있었어요."

그녀가 내 머리를 계속해서 쓰다듬어 주었습니다. 그러다 갑자기 그녀의 목소리는 명랑한 음성이 되면서 자신의 속마음을 털어놓듯 쉴 새 없이 말하는 것이었습니다.

"나 또한 그이가 얼마나 사람을 혼란시키는가를 알고 있어요. 누구보다도 더 잘 알고 있지요. 정말로 나는 언제나 당신에게 경고를 하려 생각하고 있었어요. 자신이 의지할 곳을 갖지 못한 사람인데, 당신이 그 사람에게 전적으로 의지하려고 하는 것을 보았을 때 말이에요. 당신은 그 사람을 몰라요. 당신은 눈이 안 보이고, 아직도 어린아이에요. 당신은 아무것도 느끼고 있지 않아요. 그래요. 오늘까지도 느끼고 있지 않아요. 오늘 이 시간까지도. 역시 아무것도 모르고 있어요. 그렇지 않으면 혹시 오늘 처음으로 아주 조금 알기 시작했는지도 모르죠. 그 사람을 위해서 또 당신 자신을 위해서도 좋은 일일 테지만……."

그녀는 내 몸 위에 구부린 채로 있었습니다. 나는 깊고 투명한 곳에라도 들어 있는 것처럼 그녀의 말과, 고통을 완화시키는 듯한 두 손의 쓰다듬을 느꼈습니다. 마침내 또다시 동정의 입김을 느끼게 된 것은 참으로 좋은 기분이었습니다. 더구나 그것이 거의 어머니와 같은 부드러운 여성의 손을 몸 가까이서 느끼게 된 것이니 더할 나위 없이 좋은 것이었지요. 아마도 나는 그러한 것에 너무도 오래도록 접촉을 못하고 있었던 모양입니다. 그런데 지금 이 순간에 슬픔의 베일을 통해서 부드럽게 위로해 주는 여성의 동정을 느끼고 그 고통 속에서도 일종의 기분 좋은 습격을 당했습니다. 그러니 나의 이 배반적인 발작, 만사를 내던진 절망을 얼마나 부끄럽게 생각했겠습니까!

나는 간신히 몸을 일으켜 세우고는 막혔다 흐르는 물처럼 선생님이 나에게 행한 모든 것을 고발하듯이 부르짖었습니다. 얼마나 그가 나를 떼밀었고, 박해했고 또다시 끌어당겼으며, 원인도 이유도 없이 나에 대해서 쌀쌀하게 굴었는가를, 그리고 그에게 고통을 당하면서도 나는 얼마나 사랑하면서 미워하고, 미워하면서 사랑하였는가를.

내가 또다시 몹시 흥분하기 시작했기 때문에 그녀는 또 나를 진정시켜야 했습니다. 부드러운 손길로 다시 나를 가만히 긴 의자에 밀어 쓰러뜨렸습니다. 나는 펄쩍 뛰며 다시 일어났으나 결국은 진정되고 말았습니다. 그녀는 이상할 정도로 말없이 생각에 잠겼습니다. 그녀가 모든 것을, 심지어 나보다도 더 나를 이해하고 있다는 것을 느꼈습니다.

몇 분 동안 그녀와 나 사이에 침묵이 흘렀습니다. 잠시 후 부인은 자리에서 일어섰습니다.

"그렇지요. 지금까지 당신은 너무나 오래도록 어린아이였어요. 이제 성인이 되세요. 자, 식탁에 와서 식사를 해요. 아무런 슬픈 일도 일어나지 않았으니까요. 그저 하나의 오해였어요. 오해는 곧 풀리는 거예요."

내가 부인하는 듯한 태도를 취하자, 부인은 큰 소리로 덧붙여 말했습니다.

"당신을 더 이상 그렇게 끌고 다니고 혼란에 빠지도록 내버려 두지 않을 테니 오해는 곧 풀릴 거예요. 그런 일은 이제 그만 그쳐야 해요. 그분도 이제는 좀 자기 자신을 억제할 줄 알아야 할 거예요. 그분의 모험적인 장난에 대해서, 당신은 너무나 호인이었어요. 내가 이야기를 해 드리지요. 나한테 맡겨 두세요. 그러니 지금은 어서 식탁에 앉으세요."

나는 부끄럽기도 하고 어찌 할 줄을 몰라 그대로 머물러 있었습니다. 그녀는 아무것도 아니라고 황급하게 그리고 열심히 이야기했습니다. 나의 이성을 잃은 감정의 폭발을 그녀는 그대로 들어 넘기고, 벌써 잊어버린 듯한 태도를 보여 나는 마음속으로 감사했습니다. 그녀는 일요일인 내일, W 강사와 그의 약혼자를 동반하여 호수가 있는 교외로 소풍을 갈 예정이라고 했습니다. 책에서 벗어나 소풍을 함께 가서 기운을 내도록 하라고 자꾸 권했습니다. 내가 우울해 하는 것은 너무 과한 공부와 지나친 신경의 자극으로 말미암은 것이니, 한 번 물에 들어가든지 멀리 소풍을 가든지 하면 내 몸이 곧 정상으로 돌아올 거라고 말했습니다.

나는 가겠다고 약속했습니다. 무엇보다도 지금에 와서 방안에 갇혀서 고독하게 있거나, 어둠 속을 뱅뱅 돌며 생각에 잠기는 것은 도저히 내키지 않는 일이었습니다.

"오늘 오후에도 집에 계셔서는 안 돼요. 산책을 나가서 마음껏 뛰어다니고 기분 전환을 하세요." 하고 그녀는 재촉을 했습니다.

나는 참 이상한 일이라고 생각했습니다. '내게 아무 인연도 없는 부인이 내 마음속의 기분을 알아주고 내가 필요한 것, 나를 슬프게 하는 것, 그런 것을 죄다 알고 있다니! 나를 잘 알고 있다고 생각했던 선생님은 나를 오해하고 내 마음을 꺾어 놓기만 하는데…….'

그래서 나는 그러겠다고 대답했습니다. 그리고 감사한 마음으로, 그녀를 쳐다보았을 때, 새로운 얼굴을 발견했습니다. 그전 같으면 비웃기나 하는 아무 생각 없는 장난꾸러기 소년 같았던 그녀의 얼굴이, 부드럽고 동정어린 눈빛 속에 완전히 감춰져 있었습니다. 지금껏 그토록 진실한 그녀의 얼굴을 본 적이 없었습니다.

'어째서 선생님은 나를 그렇게 친절하게 바라보지 않는 것일까?' 하고 나의 혼돈된 감정은 스스로에게 이렇게 질문하였습니다. '무엇 때문에 선생님은 내가 슬퍼하는 것을 느끼지 못할까? 어째서 애정 어린 손을 내 머리와 손에 얹어 주시지 않을까?'

감사의 마음으로 그녀의 손에 키스했습니다. 그녀는 불안한 듯이 얼른 손을 피했습니다.

"너무 고민하지 마세요."

그녀는 다시 한 번 같은 말을 했습니다. 그 목소리가 나를 가까이 쫓아오는 것 같았습니다.

그러나 다음 순간, 그녀의 입술에 또다시 냉정한 기색이 떠올랐습니다. 무뚝뚝하게 몸을 일으키면서, 조그만 소리로 다음과 같은 말을 토해 놓았습니다.

"그분은 결코 그만한 가치가 없는 사람이에요."

들릴까 말까한 그녀의 작은 속삭임이 거의 진정됐던 나의 마음을 다시금 혼란 속으로 빠뜨리며 고통의 심연 속으로 몰아넣었습니다.

불안정한 감정

그날 오후에 내가 보인 행동은 매우 우스꽝스럽고 유치한 일이어서, 여러 해를 두고 그것을 회상하는 것조차 부끄러웠습니다. 그래서 그 기억을 떠올리는 것조차 내 마음속에서 막았습니다. 그러나 오늘에 이르러서는 그때의 어리석은 짓도 별로 부끄럽지 않았습니다. 오히려 자신의 불안정한 감정을 억지로라도 해결해 보려 한 용감하고 정열적인 소년의 기분으로 잘 이해할 수 있게 되었습니다.

무섭게 긴 복도의 한쪽 끝에서 바라보는 것처럼, 또는 망원경을 통해서 멀리 바라보는 것처럼, 그 당시의 나를 바라봅니다. 자기 자신에 대해서 어찌하면 좋을지, 자기 방으로 걸어 올라가며 고민하던 소년의 모습이 내 눈에 선하게 들어옵니다.

갑자기 일부러 평상시와 다르게 저고리를 걸치고, 거칠고 확고한 몸짓을 하면서 거리로 나갔습니다. 그렇습니다. 그 소년이 바로 나입니다. 불쌍한 소년의 어리석은 고민 하나하나가 죄다 생각납니다. 그렇습니다. 기억이 납니다. 갑자기 기운을 내어 거울 앞에 다가가 소리를 쳤습니다.

"나는 이제 그런 사람을 상대 않겠어! 귀신이 물어가던 말던! 다 늙어빠진 어리석은 자 때문에 왜 고민을 한단 말인가! 그녀의 말이 옳지. 명랑하고 재미있게 쾌락을 즐겨야지. 자 어서 가자!"

나는 거리로 나섰습니다. 나를 개방시키는 데는 그 한마디면 충분했습니다. 그래서 달음질을 히고, 비겁하게도 노망을 친 것입니다. 그것은 결코 나의 쾌락이 될 수 없었습니다. 녹지 않는 얼음덩어리가 여전히 무겁게 내 마음을 짓누르고 있다는 생각에서 벗어나려는 것이었지요. 지금도 기억하고 있지만 나는 무거운 지팡이를 손에 들고는, 지나가는 학생들을 모두 노려보며, 거리를 유유히 걸어갔습니다. 어느 누구에게든 싸움을 걸어서 터뜨릴 곳이 없던 내 자신의 분노를 닥치는 대로 내쏟아 버리려는 위험한 기분이 마음속에서 들끓었습니다.

그러나 다행히 아무도 내게 주의를 기울이지 않았습니다. 그래서 나는 우리 강의실의 친구들이 많이 모이는 술집을 향해 달려갔습니다. 술집에 도착한 나는 청하지 않는 그들의 식탁에 끼어 앉아, 어떠한 조그마한 건수만 생겨도 그걸 구실 삼아 싸움을 걸 생각이었지요. 그러나 또다시 나의 호전적인 기대는 어긋나고 말았습니다. 좋은 날씨에 모두들 소풍을 나가버린 것입니다. 그리고 거기 앉아 있던 두세 명의 사람들도 지극히 공손하게 인사를 했기 때문에, 나의 열병 같은 울화는 아무런 구실을 찾을 수가 없었습니다.

화를 참을 수가 없어서 그 자리를 떠나, 이번에는 교외의 맥주홀로 갔습니다. 거기에는 떠들썩한 여인 악단의 음악을 들으면서, 난봉꾼들이 맥주와 자욱한 담배연기 속에 어지럽게 뒤섞여 있었습니다. 나는 다짜고짜 독주를 두서너 잔 연거푸 마셔 버렸습니다. 그리고 소문이 좋지 않은 여자와 그 친구를[그녀도 역시 똑같은 화장에 비슷비슷한 여자였지만] 내 자리로 데리고 와 일부러 남의 눈에 띄게 행동함으로써 병적인 기쁨을 느꼈습니다.

작은 도시의 사람들은 모두 나를 알고 있었고, 내가 선생님의 제자라는 것도 알고 있었습니다. 여자들은 대담한 옷차림과 행동으로 자기들의 본성을 그대로 드러내고 있었습니다. 그렇게 해서 나는 나와[어리석은 생각이었지만] 동시에 선생님의 창피를 드러내 놓겠다는 얼뜬 허위의 쾌감을 맛보고 있었습니다. 내가 선생님을 무시하고 있으며, 아무런 거리낌도 없다는 것을 그들에게 과시해 보이고 싶었던 것입니다. 여러 사람 앞에서 유별나게 가슴이 불룩한 여자의 기분을 맞춰주고, 더구나 그런 행동을 상식에 벗어날 만큼 파렴치한 방법으로 했습니다. 그것은 악의가 소용돌이치는 도취경이었습니다.

그러다가 얼마 지나지 않아 정말로 술에 취해 버렸습니다. 우리 셋은 무턱대고 포도주, 위스키, 맥주 등을 섞어 마시며 난폭하게 움직였기 때문에, 의자가 넘어지고 옆에 있던 사람들은 조심스럽게 멀리 피해 갔습니다. 그러나 나는 부끄러워 하지 않았습니다. 오히려 마음속으로 '그 사람에게 좀 보여 줘야겠어! 내가 얼마나 거리낌 없이 잘 놀고 있는가를 확실히 알려 주고 싶어. 나는 슬프지도 않고 아무렇지도 않거든!' 하는 생각을 하며 어리석게도 마구 법석을 떨었습니다.

"포도주를 가져와. 빨리 포도주를 가져오란 말야!" 하고 주먹으로 책상을 두드리는 바람에 유리컵들이 쨍그렁 쨍그렁 부딪치며 요동쳤습니다.

마지막에는 두 여자를 양쪽 팔에 하나씩 껴안고 큰 길을 가로질러 나갔습니다. 거리에는 마침 저녁 아홉 시의 화려한 시간이어서 학생들과 처녀들, 시민들과 군인들이 모두 기분 좋게 조용히 산책하고 있었습니다. 흔들흔들하는 불결한 클로버처럼 우리 세 사람은 아주 떠들썩하게 차도를 건너왔기에, 화가 난 순경이 가까이 와서 조용히 하라고 요구했습니다.

그 다음에 무슨 일이 일어났는지는 더 이상 자세하게 얘기할 수 없습니다. 푸르스름한 술 찌꺼기 같은 안개가 내 기억을 몽롱하게 했습니다. 다만 기억나는 것은 술 취한 여자들이 너무 싫어져 돈을 주어 보내고, 또 어디선가 커피와 코냑을 마시고는 대학 건물 앞에서 교수들에 대한 탄핵 연설을 하다가 구경하는 학생들의 비웃음을 받기도 했습니다. 그 다음에는 막연한 본능으로 더 한층 창피를 뒤집어썼습니다. 선생님을 더 망신주기 위해 창녀에게까지 가려 하였으나, 길을 몰라서 결국 울분을 터뜨리며 집으로 돌아오고 말았습니다. 너무 취해서 손이 너무 흔들거려 집에 와서 문을 여는 것이 힘이 들 지경이었습니다. 간신히 발을 질질 끌며 처음 몇 단을 올라갔습니다.

선생님의 방문 앞에 도달하자, 갑자기 머리부터 얼음냉수를 끼얹은 것처럼, 몽롱하던 취기가 완전히 달아나 버렸습니다. 갑자기 제 정신이 들어서 어리석게 일그러진 내 얼굴을 들여다보게 되었습니다. 부끄러운 마음에 목이 오그라들고 매 맞은 개처럼 소리 없이 살금살금 아무에게도 들키지 않고 내 방으로 올라가 버렸습니다.

그리고는 송장처럼 잠이 들었습니다. 잠에서 깨어났을 때는 햇볕이 벌써 마룻바닥에 가득했고 점점 침대의 가장자리로 기어 올라오고 있었습니다. 나는 벌떡 일어났습니다. 지끈지끈한 머릿속에서 어제 저녁의 기억이 차근차근 일어났습니다. 그러나 나는 부끄러움을 억눌렀습니다. 이제는 부끄러워하지 말자고 생각했습니다. 내가 이렇게 타락하게 된 것은 그 때문이라고, 그 한 사람 때문이라고 일부러 나에게 말했습니다. 어제 일은 순전히 학생으로서의 장난에 불과한 것이라고, 몇 주일 동안이나 공부밖에 몰랐던 사람에게는 그 정도의 일은 괜찮은 것이라고 스스로 위안을 했습니다.

그러나 스스로의 변명으로는 기분이 그리 좋아지지 않았습니다. 굉장히 우울한 기분으로 선생님의 부인에게로 내려갔습니다. 어제의 소풍간다는 약속을 생각하면서…….

방의 손잡이를 건드리자마자, 이상하게도 내 마음속에 그가 다시 나타났습니다. 불타는 듯한 알 수 없는 고통과 견잡을 수 없는 절망이 한꺼번에 밀려왔습니다. 나는 가만히 노크했습니다. 부인은 이상하게 부드러운 눈빛으로 나를 맞았습니다.

"왜 그렇게 지각없는 행동을 하세요, 로란트 씨?" 하고 그녀는 비난한다기보다는 오히려 동정적으로 말했습니다.

"왜 그렇게 고민하는 거예요!"

벌써 내 어리석은 행동을 들었는가 하고 놀라서 그 자리에서 버렸습니다.

"그러나 오늘은 점잖게 놀도록 해요. 열 시에 W 강사가 약혼자를 데리고 오실 겁니다. 그럼 우리 교외로 나가서, 배도 타고 헤엄도 치고, 모든 어리석은 일을 다 잊어버려요."

그래도 나는 걱정이 돼서 선생님이 아직 안 돌아오셨느냐고 쓸데없는 질문을 했습니다. 그녀는 대답 대신, 나를 빤히 쳐다보았습니다. 그 질문이 소용없는 것임을 알고 있었습니다.

홀로 남겨진다는 것

열 시 정각에 W 강사가 도착했습니다. 젊은 물리학자로서 유태계였기 때문에 대학 내에서 상당히 고립되어 있었습니다. 그래서 역시 고립되어 있는 우리와 교제하는 유일한 사람이었습니다. 그의 약혼녀도 같이 왔습니다. 약혼녀라기보다는 아직 애인이어서 항상 입 가장자리에 미소가 떠나지 않았습니다. 단순하고 좀 들뜨고 그러면서도 이런 즉흥적인 놀이에 적합한 여자였습니다.

우리는 쉴 새 없이 군것질하고 웃고 떠들며 기차를 타고 조그만 호수까지 갔습니다. 긴장된 몇 주일의 내 생활은 이런 명랑한 대화를 완전히 잊어버리고 있었기에, 그 한 시간이 가볍게 자극하는 포도주처럼 나를 도취시켰습니다. 그들은 어린아이처럼 떠들고 기뻐함으로써 나를 어둡고 침울한 구덩이로부터 완전히 벗어나게 해주었습니다. 그때까지만 해도 내가 늘 웅웅거리는 벌집 주위를 돌고 있는 것 같다고 생각했는데, 지금 이렇게 교외에 나와서 젊은 처녀와 경주도 하고 어울리다보니, 내 근육은 다시 팽팽해지고, 예전과 같이 근심 없는 젊은 청년이 되었습니다.

호수에서 우리는 두 척의 보트를 빌렸습니다. 부인이 내 보트에 앉고, 또 한 척의 보트에는 강사와 그의 애인이 앉았습니다. 보트가 물로 미끄러져 나가자마자 서로 앞지르려는 경쟁심이 일었습니다. 경주에 익숙한 나는 웃옷을 벗어젖히고, 힘차게 노를 저었기 때문에 옆의 보트를 물리치며 앞에 나설 수 있었습니다. 서로 선의의 경쟁 소리를 주고받으며, 각자가 상대방을 자극하고 도전했습니다. 불붙는 듯한 칠월의 더위에 하염없이 흘러내리는 땀도 아랑곳하지 않고, 우리는 노예선의 노예들처럼 열심히 노를 저으며 경주에 열을 올렸습니다.

마침내 목적지에 접근했습니다. 우리는 한층 더 격렬하게 노를 저었습니다. 경쟁심이 붙은 내 동반자도 우리들의 보트가 물가에 먼저 도착하자 만세를 불렀습니다.

나는 땀을 줄줄 흘리며, 익숙지 않은 햇볕과 몸속에서 흥분하여 불끈대는 핏줄과 승리의 기쁨에 도취되어 배를 내렸습니다. 심장은 가슴에서 튀어나올 듯 두근거렸고, 옷은 땀에 흠뻑 젖어서 몸에 착 달라붙었습니다. 강사도 역시 마찬가지 꼴이었습니다. 열중했던 우리 두 선수는 활달한 여자들로부터 칭찬을 받기는커녕 허덕허덕하는 숨소리와 초라한 외모 때문에 실컷 놀림감이 되었습니다. 그녀들은 우리에게 땀을 식히기 위한 여유를 주었습니다.

농담을 해 가면서 즉흥적으로 남자 수영장과 여자 수영장의 구분을 만들었습니다. 숲의 오른쪽과 왼쪽이었습니다. 우리는 곧 수영복을 입었습니다. 숲 건너편 쪽에서는 하얀 속옷과 벌거숭이 팔들이 반짝반짝 빛났습니다. 우리가 준비하고 있는 동안에 두 여자는 벌써 기분 좋게 물속에서 첨벙거렸습니다. 나보다 기운이 더 남아 있는 강사가 먼저 여자들을 좇아서 물에 뛰어 들었습니다. 좀 지나치게 힘을 쓴 나는 심장이 맹렬한 고동을 치고 있었습니다. 나무 그늘에 몸을 눕히고 흘러가는 구름을 기분 좋게 바라보며, 달콤한 피로의 살랑거림을 탐욕스럽게 맛보았습니다.

그러나 몇 분이 지나지 않아 떠들썩하는 외침이 물에서 들려 왔습니다.

"로란트, 어서 오시오! 수영 시합을 합시다! 내기 수영과 내기 잠수를 하잔 말이오!"

나는 움직이지 않았습니다. 스며드는 햇볕에 피부를 부드럽게 태우고, 동시에 온화하게 스치는 미풍에 시원함을 느끼며, 천 년이라도 이렇게 누워 있을 수 있을 것만 같았습니다. 또다시 웃음소리가 흘러왔습니다. 강사의 목소리였지요.

"저 사람 스트라이크를 하고 있네. 아무래도 우리에게 톡톡히 패배를 당할 모양이지. 어서 가서 저 게으름뱅이를 데리고 오세요."

말이 끝나기도 전에 벌써 출렁거리는 소리와 함께 부인의 소리가 들렸습니다.

"로란트 씨, 어서 나오세요! 수영 경주를 하세요! 우리 저 두 사람을 꼼짝 못하게 해 줘요!"

나는 대답을 하지 않았습니다. 나를 찾아 헤매는 그들이 재미있었기 때문입니다.

"대체 어디에 계신 거예요?"

바로 앞에서 자갈 소리와 맨발의 발자국 소리가 들리더니, 갑자기 그녀가 내 앞에 섰습니다. 소년과 같이 날씬한 몸에 젖은 수영복이 찰싹 달라붙어 있었습니다.

"여기 계시군요! 아이 참, 게으르기도 하지! 어서 나와요, 게

으름뱅이! 다른 사람들은 벌써 저쪽 섬에까지 갔어요."

나는 기분 좋게 벌렁 드러누워서 한층 더 유들유들하게 기지개를 폈습니다.

"여기 그대로 있는 게 훨씬 기분 좋은데요. 난 나중에 뒤쫓아 가겠어요."

"가지 않겠데요!"

그녀는 입에 손을 대고 큰 소리로 물 있는 쪽을 향해 외쳤습니다.

"허풍선이를 물속으로 끌어 오세요!"

멀리서 강사의 목소리가 들려왔습니다.

"글쎄 오시라니까" 하고 부인은 갑갑하다는 듯이 강요했습니다.

"내 꼴이 뭐가 돼요!"

그래도 나는 무정하게 하품만 했습니다. 그러자 그녀는 농담 비슷하게 화를 내면서, 숲 속에서 회초리를 꺾어 왔습니다.

"자, 빨리 나와요!" 하고 그녀는 명령조로 되풀이하며 가볍게 내 팔을 때렸습니다. 그때 내가 벌떡 일어나는 바람에 회초리가 심하게 부딪혀서 가느다란 줄을 이루고 빨갛게 부어올랐습니다.

"지금은 정말 안 가겠어요" 하고 나는 역시 반 농담으로 약간 화를 내듯이 말했습니다.

그러나 이번에는 그녀가 진짜로 화를 내며, "어서 나와요!

지금 곧!" 하고 말했습니다.

내가 고집을 부리고 그대로 움직이지 않고 있으니까 그녀는 다시 한 번 이번에는 더 세게 회초리를 휘둘렀습니다. 나는 벌떡 일어나 그녀로부터 회초리를 빼앗으려고 했습니다. 그녀가 몸을 살짝 뒤로 피해서 팔을 붙잡을 수가 없었습니다. 회초리를 서로 빼앗으려고 하는 바람에 우리 반나체의 몸은 서로 닿게 되었습니다. 그녀의 팔을 붙들고 회초리를 떨어뜨리기 위해 손목을 비틀었을 때, 그녀가 빠져 나가려고 몸을 한쪽으로 힘껏 기울였기 때문에, 갑자기 툭 하는 소리가 났습니다. 수영복 어깨에 있는 단추가 떨어진 것입니다. 왼쪽 젖가슴이 드러나면서 새빨간 젖꼭지가 내 눈을 쏘아봤습니다. 무의식중에 나는 그것을 보았습니다. 일 초도 지나지 않았으나 내 머리를 혼란시켰습니다.

부끄러워서 얼른 얽힌 그녀의 손을 놓아 주었습니다. 그녀도 얼굴을 붉히고는 옆으로 돌아서 머리핀을 뽑아 임시로 단추를 얽어매었습니다. 나는 아무 말도 하지 못한 채 곁에 우두커니 서 있었습니다. 우리 두 사람 사이에는 답답하고 숨 막힐 듯한 긴장감이 흘렀습니다.

"어이—, 어이—, 어디들 있는 거요?"

작은 섬 바로 앞에서 목소리가 울려 왔습니다.

"그래 그래, 나도 곧 갈게요."

나는 서둘러 대답하고, 새로운 혼란으로부터 벗어나기 위하여 얼른 물속으로 뛰어들었습니다. 몇 번이고 물속으로 잠수하며 몸을 내뻗는 황홀한 기쁨과 무정한 물의 투명함과 싸늘함을 느꼈습니다. 그렇게 수영하는 동안 위험한 피의 흐름과 솟구침이 씻겨 내려가고, 더 강한 그리고 명랑한 쾌감이 생겨나는 것 같았습니다. 얼마 지나지 않아 두 사람을 쫓아갔습니다. 힘이 약한 강사와 수영 경주를 해서 이겼습니다.

우리들은 곶으로 되돌아왔습니다. 부인은 벌써 옷을 갈아입고 기다리고 있었습니다. 서로 싸가지고 왔던 바구니들을 풀어놓고 한바탕 피크닉 분위기를 연출했습니다. 네 사람 모두 서로 농담을 했지만, 부인과 나는 어느덧 이야기를 주고받는 것을 회피하고 있었습니다. 우리 둘은 서로가 한 사람 건너서 이야기도 하고 웃기도 했습니다. 둘의 시선이 마주치면 무언중에 똑같은 것을 느끼면서, 얼른 눈을 돌렸습니다. 즉 아까 일어난 조그만 사건이 가져오는 긴장을 아직도 느끼고 있었던 것이지요.

오후의 시간이 보트놀이 하느라 금방 지나갔습니다. 흥겨움은 차츰 사라지고 기분 좋은 피로로 바뀌었습니다. 더위와 몸속에 흡수된 햇빛은 점점 더 깊숙이 혈관 속으로 스며들었습니다. 포도주를 마시자 혈관을 한층 더 붉게 했습니다. 강사와 그의 애인의 서로를 깊숙이 탐닉하려는 친숙한 몸짓을 우리는 일종의 고통을 가지고 지켜보지 않을 수 없었습니다.

그들이 점점 더 가깝게 밀착하는데 비해 우리는 그만큼 예민하게 거리를 유지했습니다. 달아오른 한 쌍이 마음을 놓고 키스를 하기 위해 더 으슥한 곳으로 갔기 때문에, 더 확실하게 짝을 지어 걷게 되었습니다. 그래서 단 둘이 걷게 되었을 때, 우리 두 사람의 대화가 일종의 거리낌으로 자꾸 방해를 받았습니다. 우리 넷은 기차를 타고서야 편안해졌습니다. 그들은 신혼부부처럼 저녁을 맞이할 기대로, 우리는 마침내 어색한 긴장의 상태에서 벗어날 수 있다는 기대로.

강사와 애인은 우리를 집에까지 바래다 주었지만, 계단을 올라갈 때는 우리 두 사람뿐이었습니다. 집 안으로 들어서자, 또다시 선생님의 존재를 느꼈습니다.

'이제 돌아와 계셨으면 좋겠는데!' 하고 나는 초조하게 생각했습니다. 입 밖에 내지 않은 내 탄식을 알아채기라도 한 것처럼 그녀는 이렇게 말했습니다.

"그분이 돌아오셨는지 한 번 가보죠."

우리는 집 안으로 들어갔습니다. 집 안은 조용한 채였습니다. 그의 방에도 인기척이 없었습니다. 내 흥분된 감정은 그의 모습을 무의식중에 비어 있는 의자 속에 그려 놓았습니다. 원고지는 나처럼 누군가를 기다리듯이 놓여 있었습니다. 무엇 때문에 도망을 간 것일까? 왜 나를 혼자 남겨 놓았단 말인가? 하는 분노가 다시 치밀어 올랐습니다. 질투 섞인 울분이 점점 더 심하게 목구멍으로 치밀어 올랐습니다. 무슨 악의적인 것, 증오에 찬 것을 그에게 행하려는 어리석고 혼란된 욕망이 또

다시 몽롱하게 물결쳤습니다.

부인은 나를 따라왔습니다.

"저녁 식사 때까지 여기에 계시겠지요? 오늘은 혼자 계시면 안 돼요."

내가 텅 비어 있는 방이나 삐걱삐걱하는 계단의 소리를, 또는 명상적인 회상을 얼마나 두려워하고 있는지, 그녀는 어쩌면 이렇게 잘 알고 있는 걸까요? 내 마음속의 말하지 않는 생각이든 좋지 못한 정욕이든, 그 무엇이든지간에 그녀는 항상 눈치 채고 있었습니다.

아무도 원하지 않는 사랑

불안이 나를 엄습했습니다. 내 마음속에 몰아치는 증오에 대한 불안이었습니다. 항거하려 했습니다. 그러나 나는 비겁하게도 결정적인 거부를 할 수가 없었습니다.

예전부터 나는 간통을 불쾌한 것으로 생각하고 있었습니다. 그것은 독단적인 도덕관에서 그렇게 했던 것도 아니요, 무슨 점잔이나 품행의 단정 때문도 아니었습니다. 어둠 속에서 이루어지는 도적 행위, 즉 남의 육체를 소유한다는 의미 때문도 아니었습니다. 대개의 여자는 그러한 순간에 자기 남편의 비밀 중의 비밀을 폭로하기 때문이었습니다. 어느 여자든 자기 남편을 배반하면서 가장 인간적인 비밀, 그것이 힘의 비밀이건 약점의 비밀이건 간에 다른 남자에게 내던지는 데릴라이기 때문입니다. 삼손을 배반한 데릴라 말입니다. 여자들이 자신의 몸을 내던지는 것이 나쁜 것이 아니라, 자기 변명을 위해 남편의 국부를 가린 마지막 비밀을 열어젖히고, 말하자면 아무것도 모르고 잠자고 있는 자기 남편을 다른 남자의 호기심과 조소의 자료로 바친다는 것이 가장 추잡한 일로 생각되었던 것입니다.

그러므로 당시 내가 맹목적이며 격렬한 절망에 휩쓸려서 처음에는 단지 동정이었으나 나중에는 한층 애정적이 되었던, 부인의 포옹 속으로 피난했다는 사실을[그 감정은 숙명적으로 급속하게 변화했지만] 지금도 내 일생의 가장 비열한 행동이었다고 생각지는 않습니다. 그것은 전혀 무의식중에 일어났던 일이며, 우리 두 사람이 모두 알지 못하는 사이에 불타면서 심연 속으로 빠져 들어갔기 때문입니다. 오히려 내가 비열하다고 생각한 것은, 뜨거운 잠자리 속에서 그의 비밀을, 그들 부부생활의 극비를 폭로하게끔, 흥분된 부인이 말하게끔 허용한 사실입니다.

부인은 남편이 몇 년 째 자신의 육체를 회피하고 있다는 사실을 내게 이야기해 주었고, 거기에 대해 여러 가지 암시적인 비꼬는 말을 해대는 것을 나는 어째서 밀쳐내지 못하고 가만히 놓아두었는지 모르겠습니다. 어째서 나는 그에 대한 비밀을 말하지 말라고 하지 않았던 것일까요?

그것은 한편으로 내가 그의 비밀을 알고 싶은 욕망에 불타고 있었기 때문입니다. 그가 나나 그녀에게 또는 모든 사람에게 죄를 짓고 있다는 것을 확인시키려고 갈망하고 있었던 것입니다. 그래서 부인이 무시당하고 있다는 분노의 고백을 취한 듯한 기분으로 받아들였던 것입니다. 사실 그것은 차인 듯한 나의 기분과 흡사했습니다. 그래서 우리 두 사람은 공통된 증오심으로 마치 서로 사랑이라도 하는 듯이 보이는 행동을 했습니다.

우리의 육체는 서로 당기며 합쳐갔지만, 우리는 그 남자에 대해서만 생각하고 이야기했습니다. 그녀의 말이 내게 고통을 준 적도 적지 않았습니다. 내가 혐오하고 있는 일에 이끌려 들어가고 있다는 것이 부끄럽게 생각되었습니다. 그러나 내 육체 밑에 깔린 육체는 이제 완전히 이성을 잃고 쾌락 속에 격렬한 탐닉을 거듭했습니다. 내가 가장 경애하는 사람을 배반한 그 입술에 몸을 떨면서 키스를 했습니다.

다음 날 아침 구역질과 부끄러움에 입맛이 써서 살그머니 내 방으로 기어 올라갔습니다. 그녀가 가진 육체의 체온이 더 이상 내 감각을 희미하게 만들지 못하게 되는 순간부터, 눈부신 현실과 배반의 불쾌함을 느꼈습니다. 이제 두 번 다시 그의 앞에 나설 수 없다는 것, 이제 그의 손을 쥘 수가 없다는 사실을 알았습니다. 그에게서보다 오히려 내 자신에게서 가장 귀중한 것을 훔쳐 버린 결과가 된 것입니다.

이제는 단 하나의 길이 남아 있을 뿐이었습니다. 도망! 열에 들뜬 것처럼 나는 내 짐을 다 챙기고 책들을 모두 한데 묶고 주인에게 계산을 했습니다. 이제는 그의 눈에 띄지 않아야만 했습니다. 그가 내게서 자취를 감춘 것처럼 나도 똑같이 알 수 없는 비밀을 가득 안고 사라져 버려야만 했습니다.

그러나 열심히 떠날 준비를 하고 있다가 갑자기 손이 멈추고 말았습니다. 삐걱삐걱하는 나무 층계 소리가 나더니, 부지런히 올라오는 발소리가 들린 것입니다. 바로 그의 발걸음 소리였습니다.

나는 죽은 사람 모양, 얼굴이 창백해졌습니다. 그가 들어오자마자 질색을 하고 놀란 것으로 알 수 있었습니다.

"자네 웬일인가? 어디 몸이 아픈가?"

나는 뒷걸음질 쳤습니다. 그가 가까이 와서 나를 부축하려 했을 때, 몸을 회피했습니다.

"어떻게 된 일이야?"

그가 더욱 놀라며 물었습니다.

"무슨 일이라도 있었나? 그렇지 않으면…… 혹시……. 아직 내게 화가 나 있는 것인가?"

나는 몸을 부들부들 떨며 창가로 걸어갔습니다. 그를 쳐다볼 용기가 나지 않았습니다. 그의 동정적이며 따스한 음성이 내 몸속의 상처 같은 것을 건드려 놓았습니다. 부끄러움이 몸속에서 새빨갛게 달아오르면서 뜨겁게 치솟는 것을 느꼈습니다.

그도 또한 놀라 어쩔 줄 모른 채 서 있었습니다. 그러다 갑자기[그의 목소리는 아주 작고 머뭇거리며 용기가 없었습니다] 이상한 질문을 내게 했습니다.

"누가…… 혹시 누군가가 자네에게……. 나에 관한 이야기를 하던가?"

나는 그 쪽을 향하지 않은 채, 부정하는 몸짓을 했습니다. 그러나 그는 무슨 불안스러운 생각에 사로잡힌 것처럼 자꾸만 되풀이해서 물어보았습니다.

"숨김없이 말해 보게. 숨김없이 말해 보게……. 누군가가 나에 대한 이야기를 하던가? 나는 그가 누군지를 물어보는 것이 아니네!"

나는 또다시 부정했습니다. 그는 하염없이 서 있었습니다. 그러다 내 가방이 보이고 책이 한데 묶여진 것을 보고 눈치를 챈 것 같았습니다. 자기가 들어왔기 때문에 내가 길 떠날 준비를 끝마치지 못하고 있다는 것을 알아차린 모양입니다. 그는 흥분하여 내게 가까이 왔습니다.

"자네, 떠나려고 하나? 로란트 군……, 내게 어서 이야기해 주게."

나는 결심을 하고 일어섰습니다.

"저는 가겠습니다……. 죄송하지만 저는 그것에 관해서는 아무 말도 하지 못하겠습니다. 나중에 편지를 보내 드리죠."

더 이상은 목이 매여서 말을 할 수가 없었습니다. 한마디 할 때마다 심장이 두근거렸기 때문입니다. 그는 움직이지 않고 그대로 서 있었습니다. 그러더니 갑자기 피곤한 그전의 모습으로 돌아왔습니다.

"아마 그렇게 하는 것이 좋을 걸세, 로란트 군…… 그렇지, 그렇게 하는 게 좋겠지…… 자네를 위해서도 그리고 모든 사람을 위해서도, 그러나 자네가 떠나기 전에 나는 자네하고 한 번만 이야기하고 싶네. 저녁 일곱 시에 언제나 오던 그 시간에 내게 와 주게…… 그리고 작별을 하세. 남자 대 남자로…… 제발 자기 도피만은, 편지 같은 것만은 하지 말아 주게. 그런 것은 유치하고 우리답지 않은 행동일세…… 그리고 내가 자네에게 말하고 싶은 것은 글로써는 도저히……. 자, 그럼 꼭 오겠지?"

나는 고개를 끄덕였습니다. 내 시선은 여전히 창문에서 떠나지 않았습니다. 아침의 밝은 빛은 전혀 눈에 들어오지 않고, 나와 이 세상 사이에는 어두운 장막만이 가리어 있을 뿐이었습니다.

 존경, 떨림, 사랑, 흔들리는 감정

일곱 시, 정들었던 선생님의 방에 마지막 발을 들여 놓았습니다. 커튼 때문에 시간보다 이른 어둠이 깃들어 있고, 반들반

들한 대리석 돌이 방 안쪽에서 희미하게 비치고 있었습니다. 진주처럼 반짝이는 유리 속의 책들은 모두 잘 자고 있었습니다. '나의 추억의 장소여! 여기서의 모든 말들이 내게는 마술이 되었고, 다른 곳에서는 결코 맛볼 수 없는 정신적인 도취와 경련을 맛보여 준 장소이기에, 항상 너를 그리워할 것입니다. 그리고 존경하는 분의 자태를 지금 이 시간에 바라보노라.'

그가 안락의자에서 서서히 일어나 그림자를 이끌고 내게 다가왔습니다. 그의 이마는 설화 석고(雪花石膏)의 등불처럼 둥글게 빛나고 있었습니다. 이마에는 백발이 바람에 나부끼는 연기처럼 물결치고 있었습니다. 힘겹게 들어 올린 손이 내게 악수를 청했습니다.

그때 그의 두 눈이 진지하게 나를 바라보고 있는 것을 느꼈습니다. 그는 손으로 내 팔을 부드럽게 끌어 의자에 앉게 했습니다.

"여기 의자에 앉게, 로란트 군. 다 털어놓고 이야기를 하세. 우리는 남자고, 솔직하지 않으면 안 되네. 물론 나는 자네에게 강요하지 않겠네. 그러나 이 마지막 시간에 서로 모든 것을 완전하고 명백하게 하는 것이 좋지 않겠나? 자, 그러니까 자네가 무엇 때문에 가려고 하는지를 말해 보게. 자네는 내가 이유 없이 자네를 모욕했다고 해서 화가 난 건가?"

나는 온몸으로 그렇지 않다고 답했습니다. 그가 배반당하고 속고 그러면서도 또 하나의 다른 죄까지 짊어지려 하려는 것이 그에게 너무나 가혹하다는 생각을 했습니다.

“아니면 내가 의식적이건 무의식적이건 자네의 마음을 상하게 한 것은 아닌가? 나는 가끔 이상한 행동을 하는 사람일세. 그것은 나도 알지. 그래서 내가 뜻하지 않게 자네를 화나게 하고 괴롭힌 것일세. 더구나 자네가 여러 가지 협조를 해주고 이해를 해 준 데 대해서 충분히 사의를 표하지도 못했네. 나는 그것을 아네. 잘 알고 있지. 내가 자네에게 쌀쌀한 행동을 했을 때조차 항상 그것을 알고 있었네. 그것이 원인이었나? 내게 말해 주게, 로란트 군. 나는 우리가 남자답게 작별하기를 원하네.”

또다시 머리를 가로저었습니다. 나는 말을 할 수가 없었던 것입니다. 그의 음성은 여전히 확고했지만, 이제는 약간 흔들리기 시작했습니다.

“그렇지 않으면 혹시…… 다시 한 번 물어보겠네마는…… 누군가가 자네에게 나에 대한 이야기를 했나? 누군가 나에 대해서 비겁하다든가…… 불쾌하게 느껴지는 말을……. 나를 경멸하는 말을?”

“아녜요! 아녜요! ……. 아녜요!”

흐느껴 우는 듯이 나는 항의를 했습니다. 내가 그를 경멸하다니! 내가 어떻게 그를…….

그의 음성은 이제 초조해졌습니다.

“그렇다면 무엇 때문에……? 그 밖에 무슨 일이 있었단 말인가? 너무 과로해서 피곤하단 말인가? 그렇지 않으면…… 무슨 다른 일에 이끌리는 것이 있나? 예를 들어…… 여자라든지……. 정말 여자 때문인가?"

나는 침묵했습니다. 그 침묵이 지금까지의 태도와 아주 달랐기 때문에, 그가 긍정의 뜻이라고 여겼을 것입니다. 그는 상체를 나 있는 쪽으로 구부리고, 아주 작은 목소리로 전혀 흥분이라든가 분노를 섞지 않고 속삭이듯 말했습니다.

"그건 여자 때문인가? ……. 내 아내인가?"

나는 계속해서 침묵했습니다. 그래서 그는 이해했습니다. 미세한 떨림이 나의 전신을 뚫고 지나갔습니다. 이제는, 이제는, 이제는, 그가 펄쩍 뛰며 내게 달려들 것입니다. 나를 때리고 혼내 줄 것입니다. 그리고……. 나는 그가 배반자이며 도둑놈인 나를 더럽혀진 자신의 집으로부터 더러운 개처럼 쫓아내 주기를 오히려 바라는 기분이었습니다.

그러나 이상하게도……. 그는 조용하게 그대로 머물러 있었습니다. 그리고 그가 생각에 잠기면서 "그렇게 될 수 있다고 생각했지" 하고 혼잣말을 했을 때는, 일종의 안도감 같은 것이 섞여 나왔습니다. 두 번, 그는 방 안을 왔다 갔다 했습니다. 그리고는 내 앞에 와서 서더니 경멸어린 어투로 말했습니다.

"그래서 그것을…… 그것을 자네는 그렇게 심각하게 생각하나? 내 아내가 자네에게 말하지 않았던가? 내가 자기에게 아무런 권리가 없고, 무엇이든 마음대로 하고 싶은 대로 할 수 있다고 말하지 않던가? 나도 아내에게 무엇이든 하지 말라고 할 권리가 없거니와 그렇게 하려는 욕망이 눈곱만치도 없다네. 그런데 무엇 때문에 아내가 자기 자신을 억제할 필요가 있단 말인가? 특히 자네에 대해서…… 자네는 젊고 명랑하고 아름답지 않은가! 자네는 우리와 가까이 있었으니……, 아내가 자네를 사랑하지 말란 법이 있겠는가? 자네는, 자네는 미소년이야. 자네는 나이도 젊고…… 어째서 아내가 자네를 사랑하지 말란 법이 있겠는가…… 나는…….”

갑자기 그의 음성이 떨리기 시작했습니다. 그가 상체를 구부리고 내게 가까이 있었기 때문에, 그의 호흡이 느껴졌습니다. 또다시 눈빛의 따뜻한 포위를 느꼈습니다. 또다시 그 이상한 빛을……. 그와 나 사이에 드물게 생기는 특별한 순간들에서처럼, 그는 내게 더 가까이 다가왔습니다.

그리고 그는 아주 가는 소리로 속삭였습니다. 입술이 거의 움직이지 않을 정도였습니다.

“나는……. 나도 자네를 사랑하네!”

나는 너무 놀라서 벌떡 일어나 뒷걸음질을 쳤습니다. 너무나 놀라서 도망을 치려는 몸짓이 내 몸에서 나온 것이 틀림없었습니다. 그가 떠밀린 사람처럼 갑자기 비틀거리며 뒷걸음질을 쳤으니까요. 불안한 그림자가 그의 얼굴을 어둡게 만들었습니다.

“자네 벌써 나를 경멸하는가?”

아주 작은 목소리로 물었습니다.

"벌써 내가 싫어진 것인가?"

그때 나는 왜 아무 말도 하지 못했던 것일까요? 사랑하는 사람에게 달려가서 부질없는 근심을 제거해 주지 않고서, 무엇 때문에 그저 말없이 냉정하게 어쩔 줄 모르고 우두커니 걸터앉아 있었던 걸까요?

내 마음속에는 모든 기억이 맹렬하게 물결치고, 하나의 암호가 모든 이해할 수 없었던 말들을 한꺼번에 다 풀어준 것 같았습니다. 무섭도록 모든 것이 명백하게 되었고, 지난밤의 괴이했던 그의 방문과 늘 무뚝뚝했던 것들이 죄다 이해가 되었습니다. 그의 방문과, 감격하여 달려든 내 정열에 대해 언제나 그가 무뚝뚝하게 회피하던 이유를 알게 되었습니다.

나는 흔들렸습니다. 사실 나도 항상 그에게 사랑을 느끼고 있었습니다. 다정스럽고 수줍고 넘쳐흘렀으며, 때로는 억지로 억눌린 사랑의 모든 빛을 사랑하고 또 향락하고 있었던 것입니다. 그러나 지금 막상 수염 달린 입에서 관능적이고 달콤한 음성으로 사랑이라는 말이 튀어나오자, 일종의 전율이 감미로우면서도 동시에 무시무시하게 내 뒷덜미에 울렸습니다. 그에 대해 겸손과 동정에 불타고 있었지만, 지금처럼 불시에 습격을 당한 어린 나는 그의 정열에 대해 어떠한 말도 할 수가 없었습니다.

그는 충격을 받고 의자에 앉은 채 내 침묵을 응시했습니다.

"그럼 자네에게도 그것이 그렇게 무시무시했단 말이군. 그다지도……." 하고 그는 중얼거렸습니다.

"자네도…… 자네도, 또한 나를 용서해 주지 않는단 말이군…… 자네에 대하여, 나는 내 입술을 깨물고 거의 숨 막힐 듯한 생각을 했는데…… 자네에 대해서만은, 어느 누구에 대해서보다도, 더 감정을 숨기고 있었는데…… 그러나 이제 자네도 알게 됐으니 오히려 다행일세. 이제 나도 그 압박을 당하지 않아도 되니까…… 지금까지는 정말로 너무나 고통이 심했어…… 아, 정말로 심했지…… 이렇게 말없이 감춰지고 있는 것보다 끝장을 보는 것이 얼마나 나은지 몰라……."

얼마나 많은 슬픔과 애정에 가득 찬 말이었겠습니까? 경련을 일으킬 듯한 격정이 내 마음속에까지 밀려들어왔습니다. 이 사람으로부터 어느 누구에게서 받은 것보다도 더 많은 것을 받고 있는데, 이 사람은 내 앞에서 왜 이렇게 어리석고 겸손하게 행동하고 있는가? 지금 내가 이렇게 냉정하고 쌀쌀하게 침묵한다는 것이 온당치 않은 일이라고 생각했습니다. 그래서 내 마음은 그에게 위안의 말을 하고자 불탔지만, 떨리는 입술은 낱말을 뱉어내지 못했습니다. 완전히 당황하고 비참하게 움츠린 나는 안락의자에서 몸을 펴지 못하고 있었습니다. 그는 거의 화를 내듯이 나를 채근했습니다.

"제발 그렇게 가만히 앉아 있지만 말게, 로란트 군. 그렇게 무시무시하게 말없이…… 기운을 차리게…… 그것이 자네에게는 그렇게도 무섭단 말인가? 이제는 모든 것이 다 끝났네. 나는 자네에게 죄다 이야기를 했으니까……. 최소한 신사적으로 작별을 하세. 남자와 남자로서, 그리고 친구답게 헤어지세."

그러나 내게는 여전히 나를 지배할 힘이 없었습니다. 그가 내 팔을 잡았습니다.

"로란트 군, 이리 와서 내 옆에 앉게! 자네가 사정을 다 알게 되어 우리 두 사람 사이가 명백해졌으니, 어쨌든 내 마음은 가벼워졌네. 처음에 나는 자네가 내게 얼마나 귀여운 존재였던가를 자네가 눈치 챌까봐 항상 두려워했다네. 그 다음에는, 그러한 일은 내가 자네에게 이야기 안 해도 자네 자신이 그것을 추측해 주었으면 좋겠다고 생각했네. 그러나 이제는 모든 게 끝이야. 나는 이제 거리낌 없이 이제까지 어느 누구에게도 말해 본 적이 없는 이야기를 자네에게 해주려고 하네. 자네는 지난 몇 년 동안에, 누구보다도 나와 가까웠으니까, 그리고 누구보다도 내가 자네를 사랑했으니까 말이야. 자네는 누구보다도 더 내 본질의 궁극적인 것을 잠 깨워 주었네. 이제 작별하는 데 있어 자네는 어느 누구보다 나에 대해 많이 알아야 하네. 요즘 자네의 질문, 무언의 질문을 똑똑히 느끼고 있었네. 그래서 자네에게만은 내 모든 생활을 알려야겠네. 이야기를 들어 주겠나?"

그는 혼란스럽고 동요된 내 시선으로 내가 긍정하고 있음을 알았습니다.

"그러면 이리 더 바싹 앉게…… 이리로 나 있는 쪽으로…… 그 이야기를 큰 소리로는 할 수 없으니까……."

나는 경건한 마음으로 상체를 기울였습니다. 그러나 내가 그를 향해 앉아 귀를 기울이자, 그는 또다시 일어서 버렸습니다.

"아니야, 이래서는 안 돼 …… 자네가 내 얼굴을 보면 안 돼. 그러면……. 내가 말을 할 수가 없어."

그는 갑자기 불을 꺼 버렸습니다. 어둠이 우리 위를 덮었습니다. 내 곁에 그가 있는 것을 느꼈습니다. 무겁고 씩씩한 숨소리가 어딘지 눈에 보이지 않는 곳에서 들려왔습니다. 갑자기 하나의 음성이 우리들 사이에 끼어들더니, 그는 자기의 모든 생활을 이야기하기 시작했습니다.

헤아릴 수 없는 사랑의 감정

가장 존경하는 그 선생님이 딱딱한 조개껍데기와 같은 운명을 내게 고백한 이래로, 즉 40년 전의 그날 저녁 이래로, 많은 작가나 시인들이 책 속에서 괴상한 일이라고 이야기하거나, 배우들이 무대에서 비극적인 것으로 연출해 보이는 모든 것이 내게는 늘 보잘것없고 평범한 것으로만 보여 왔습니다. 인간의 마음 깊은 곳이나 그 뿌리의 웅덩이 속, 또는 하수도 속과 같은 그런 곳에서만 진실로 위험한 정열의 야수가 인광을 발하며 숨어서 각양각색의 괴기한 유혹 속에 남 몰래 연결되기도 하고 분열되기도 하는 것입니다. 그런데 시인이나 배우들이 감각이 명백하게 드러난 생활의 밝은 곳을 항상 묘사하는 것은 무엇 때문일까요?

그것은 그들의 안이함이나 비겁, 그렇지 않으면 지나친 근시 때문인지 모릅니다. 또는 충동의 뜨거운 호흡과 들끓는 피의 연기가 그들을 놀라게 하기 때문인지 모르겠습니다. 인류의 종기 때문에 너무나 가냘픈 자기들의 손을 더럽힐까봐 두려워하는 것인지도 모르겠습니다. 그렇지 않으면 몽롱한 밝은 빛에 익숙한 그들의 눈이 썩은 물에 의해 미끈미끈해진 계단을 위험해서 내려오지 않는 것인지도 모르겠습니다. 하여간 아는 사람에게는 감춰진 것에 대한 호기심만큼 자극적인 흥미는 없고, 위험한 것의 주위에서 소름끼치는 전율만큼 비할 데 없는 강력한 전율도 없으며, 창피를 당하고도 단념 못하는 고민보다 더 신성한 고민은 없을 겁니다.

그런데 지금 여기서 한 사람의 인간이 극도로 적나라한 마음속을 드러내 놓은 것입니다. 한 사람의 인간이 깨지고 불태워지고 독이 들어가서 고름이 생긴 자기의 심장을 드러내 놓겠다는 마음에 사로잡혀 가슴을 찢어내 보인 것입니다. 몇 해를 두고 억눌려 왔던 격렬한 욕정이 그 고백 속에서 자기 자신을 채찍질하는 참회자처럼 거칠게 발광하였습니다. 일평생을 두고 부끄러워하며 몸을 웅크리고 숨어 있기만 한 사람이, 이처럼 용서 없는 고백 속에 술 취한 것처럼 압도되어 뛰어들었던 것입니다.

여기서 한 사람이, 자신의 생활을 가슴 속으로부터 한 조각 한 조각 잘라낸 것입니다. 소년이었던 나는, 생전 처음으로 사람의 감정이 측량할 수 없을 만큼 깊다는 것을 똑똑히 응시했습니다.

처음 그의 음성은 흥분해서 불투명한 연기처럼, 비밀 사건의 애매한 해석처럼 근거 없이 출렁거리는 듯했습니다. 그러나 그의 정열이 간신히 억제당하고 있음을 봄으로써, 곧 나타날 정열의 힘을 느낄 수 있었습니다. 마치 급격한 리듬에 앞서서 음악의 박자가 천천히 나타나는 것처럼, 격정이 벌써 신경 속에 감지되고 있었습니다. 그리고 정열적인 내면의 폭풍에 의해, 천천히 밝아지며 여러 가지 형상이 흔들흔들 불타오르기 시작했습니다.

먼저 나는 한 소년을 보았습니다. 그 소년은 선생님의 어린 시절 모습이었습니다. 내향적이고 수줍음을 잘 탔던 소년은 친구들에게 말도 마음대로 걸지 못하는 아이였습니다. 그러나 그 소년도 육체적으로 요구되는 혼란스러운 욕망에 사로잡혀, 학교의 미소년들에게 정열적인 충동을 느끼게 됩니다. 그러나 너무나 짓궂게 쫓아오는 그를 미소년은 화가 나서 떼밀어 버렸습니다. 또 다른 미소년은 지독히 노골적인 말로 그를 조롱했습니다. 그뿐 아니라 두 사람은 그의 적당치 않은 비밀의 욕정을 다른 아이들에게 폭로해 버렸습니다. 금방 조소와 모욕으로 일관된 비밀 재판이 어쩔 줄을 모르는 그를 나환자처럼 그들의 명랑한 사회로부터 추방해 버렸습니다.

매일처럼 학교에 가는 일이 그에게는 수난이었고 밤마다 지내는 일이 자기혐오와 고역의 혼란이었습니다. 추방을 당한 소년에게는 자신의 욕정이 착란과 파렴치한 죄악으로만 생각되었던 것입니다. 이렇게 고백하는 선생님의 음성은 점점 더 동요해 갔습니다. 일순간 그것은 어둠 속에 사라져 버릴 듯했습니다. 그러나 하나의 탄식이 또다시 그것을 이끌어 올렸습니다. 음침한 연기 속에서 그림자처럼, 유령처럼, 새로운 정경이 흔들렸습니다.

소년은 베를린의 대학생이 되었습니다. 도시의 어두운 뒤편은 오래도록 억눌렸던 욕망을 처음으로 실현시켜 주었습니다. 그러나 어두운 골목 모퉁이나 또는 정거장이나 다리 밑에서의 덧없는 하룻저녁은 얼마나 불쾌하고 불결하고 불안했겠습니까! 대개는 그것이 가련한 강탈이나 구걸로 끝맺었으며, 몇 주일 동안이나 불쾌하고 차가운 뒤꼬리가 따라다녔습니다. 그것은 어둠과 밝음 사이의 지옥 길이었습니다.

부지런한 밝은 낮에는 정신적인 연구의 투명한 포로로서, 음험한 밤에는 뒷골목 폐허 속에, 경관의 헬멧을 피해 부랑자들의 근거지 속에 비굴한 미소를 지어야만 문이 열리는 비밀 맥주 홀 속에 깊이깊이 빠지는 것이었습니다. 낮 동안에는 버젓한 강사로서 무게 있는 점잖음을 당당히 유지하지만, 밤만 되면 흔들리는 등불 아래 이루어지는 파렴치한 지하세계의 창피를 남에게 보이지 않으려는 노력, 그리하여 메두사 같은 비밀을 타인의 눈에서 가리기 위해, 매일 매일 생활의 이중성을 조심스럽게 유지하기 위해, 신경을 강철같이 긴장시키지 않을 수 없었던 것입니다.

고통을 당하는 자는 끊임없이 긴장을 계속하고, 일상의 궤도에서 뛰어넘으려는 정열을 자제의 채찍으로 다시 울타리 속에 몰아넣지 않으면 안 되었습니다. 충동은 자꾸만 어둡고 위험한 쪽으로 자신을 몰아냈기 때문입니다. 보이지 않는 자석 같은 힘에 의해 신경을 난도질당한 듯한 격투의 십 년, 십이 년, 십오 년, 줄곧 단 하나의 경련과 같은 긴장의 연속이었습니다. 그것은 즐거움 없는 향락, 숨 막히는 부끄러움, 그리고 차츰 자기 정열에 대해 겁을 먹고 숨는 어두운 공포의 눈초리가 된 것입니다.

만 30세가 넘은 느지막한 나이에 비로소, 차를 궤도 위에 집어넣으려는 강력한 시도가 있었습니다. 어느 친척 집에서 자기의 부인이 될 사람을 비로소 알게 되었던 것입니다. 젊은 처녀는 그의 신비로움에 막연히 이끌렸습니다. 그리하여 그에게 진정한 애정을 바쳐 왔습니다. 처녀의 마치 소년과 같은 육체와 젊고 명랑한 태도는 그의 정열을 처음으로 잠시 동안 가라앉혀 주었습니다.

잠시 동안의 교제로써 여성에 대한 저항이 이루어졌습니다. 처음으로 정복된 것입니다. 이렇듯 정상적인 관계에 의해 그릇된 길로 빠진 자신의 의욕을 통제해 보겠다는 희망을 품었습니다. 그리고 위험한 길로 끌려가기 쉬운 자신의 성질을 붙잡아 주는 기둥으로써 즉, 자신을 조속히 안정시키기 위해 사전에 모든 것을 다 고백하고 즉시 처녀와 결혼했습니다. 이렇게 해서 그는 무서운 땅으로 되돌아가는 길을 완전히 막아 버렸다고 생각했습니다.

결혼 후 몇 주일 동안은 그래도 안전했습니다. 그러나 곧 그녀의 새로운 매력도 아무 효과가 없고, 예전의 끈기 있는 욕망이 여전히 완강한 힘을 드러냈습니다. 그 후 그의 부인은 재발되는 그의 욕정을 사회에 눈가림하기 위한 장식품이나 장난감에 지나지 않았습니다. 또다시 그는 사회와 법률의 아슬아슬한 경지를 걸으며 위험한 암흑 속으로 내닫았습니다.

자신의 지위에 저주가 될 만한 욕정은 자신으로 하여금 내적인 혼란을 이루게 하는 특별한 고민이 되었습니다. 그 후 곧 교수라는 훌륭한 지위에 취임하게 되고, 젊은 사람들과 항상 사귀는 것이 직업상의 의무가 되었습니다. 새로운 시련이 되는 젊은 청년들을 자꾸만 그의 얼굴 앞으로 데리고 왔습니다. 그들은 프로이센 조문條文 안의 눈에 보이지 않는 체육관에서 보내져 온 장정들이었지만, 모두가 새로운 저주, 새로운 위기였던 것입니다.

그들은 정열적으로 가르치는 사람의 얼굴 뒤에도 에로스가 존재할 수 있다는 것을 알아주지 않았습니다. 그의[남 몰래 떨리는] 손에 쾌활하게 접촉되면 청년들은 행복해했으며, 감격을 토로했지만, 그는 항상 그들에 대해서 자기 자신을 억제하지 않으면 안 되었습니다. 밀어닥치는 욕정에 대해서 냉혹하게 자기의 약점과 항상 끝없는 싸움을 하지 않으면 안 된다는 것은 그야말로 탄타로스(그리스 신화에 나오는 왕으로, 너무 오만한 나머지 지옥으로 떨어져 영원히 목마름의 고통을 받게 되었다함—역주)의 고통이었습니다.

유혹에 질 듯하면 갑자기 도망을 쳤습니다. 번개와 같이 자취를 감추었다 또 나타나기를 반복한 그의 도망이 바로 그것이었습니다. 즉 나는 그의 자기 도피, 무서운 심연 속으로의 도피를 본 것입니다. 그럴 때마다 항상 대도시로 여행을 하고, 으슥한 골목에서 예전에 만났던 사람들과 다시 만났던 것입니다.

깨끗하고 헌신적인 사람들과는 천양지차인 낮은 계급의 사람들, 만나기만 해도 더러운 사람들, 매춘부와 같은 젊은 여자들, 그런 사람들이었습니다. 그러나 자기 도시에 돌아와서, 순진한 신임과 존경을 가지고 모여 오는 학생들의 모임 속에서 정신을 잃지 않고 뚜렷하게 대하기 위해서는 혐오, 방탕, 불쾌, 환멸의 유독성 부식 등이 꼭 필요했던 것입니다. 아, 그 얼마나 추잡한 밤들이겠습니까?

그의 고백이 불러낸 사람들은 얼마나 유령처럼 구역질나고 속된 사람들이었겠습니까! 형식의 아름다움을 천성적으로 호흡해야만 했던 드높은 정신의 소유자, 모든 감정의 가장 순수한 거장은, 가장 추잡한 사람들만이 드나드는 연기 자욱한 최하급의 선술집에서, 속세의 가장 비천한 사람들과 만나지 않으면 안 되었던 것입니다. 울긋불긋하게 화장한 댄서의 염치없는 요구라든지, 향수 냄새를 잔뜩 풍기는 이발소 조수의 달콤한 추잡이라든지, 여자 복장을 한 남자들의 높은 음성이라든지, 일자리를 놓친 배우들의 추한 욕심이라든지, 독한 담배를 씹는 선원들의 거친 애무, 모든 삐뚤어진 최하급의 사람들이 서로 찾고 사귀고 하는 불안하고 일그러진 공상적인 형식을 그는 끈적거리는 흙탕길에서 경험했던 것입니다.

여러 번 그는 발가벗기고, 시계도 외투도 없이 모든 것을 강탈당하고, 게다가 뒷골목의 악질적인 주정뱅이들에게 조롱당하며 돌아왔던 것입니다[물론 마부 놈과 박치기를 하기에는 그가 너무 약하고 너무 고상했기 때문입니다]. 그뿐 아니라 부랑자들까지 곧 뒤쫓아서 따라 왔습니다. 어떤 강탈자는 몇 개월을 두고 쫓아와서, 한발 한발 대학의 문 안에까지 따라 들어왔습니다. 그리고 청강생 중의 맨 앞자리에 뻔뻔스럽게 걸터앉아서 비열한 웃음을 띠고 도시의 유명한 교수 얼굴을 지켜보고 있었습니다. 교수는 자신의 독특하고 친절한 시선을 한 채, 눈을 깜박거리고 몸을 떨며 최후의 힘을 짜내어 간신히 마지막 강의를 토하곤 했습니다.

언젠가는[그가 그 일까지 고백했을 때 나의 심장은 갑자기 멈출 지경이었습니다] 한밤중에 베를린에서도 이름 있는 술집에서 깡패들과 함께 경찰에 검거되었던 적이 있었습니다. 지성인을 향해 큰 소리 칠 기회를 얻은 붉은 뺨의 뚱뚱보 주임 경관은 우쭐하는 비웃음을 띤 채, 떨고 있는 그의 이름과 신분을 기록하고 나서, 이번에는 무죄로 석방하겠지만, 이름을 리스트에 올려놓을 테니 그런 줄 알라고 관대하게 선언했습니다.

값싼 알코올 냄새가 가득 찬 방에 오래 있는 사람은 냄새가 옷에 배는 거와 마찬가지로, 그 도시에서도 어디서 시작되었는지 차츰 그에 대한 소문이 새어나와 동료 교수들 간에도 점점 과장된 소문이 퍼졌고, 마침내 거기서도 고립된 유리와 같이 투명한 공간이 항상 고독한 그를 모든 사람으로부터 격리시켰습니다. 그래서 그는 일곱 겹으로 둘러싸인 집 안에 파묻혀 있으면서, 언제나 탐색되고 파헤쳐지는 것을 느꼈습니다.

그리하여 그의 고통스럽고 불안한 마음은 순수한 친구나 고상한 정신의 소유자로부터, 한 번도 위안이라든지 남성적인 애정의 보답을 느껴 본 적이 없었습니다. 항상 감정을 상층과 하층으로 구분시키지 않으면 안 되었습니다. 즉 대학의 젊은 정신적인 친구들과의 다정스럽고 동경적인 교제와, 아침만 되면 단지 전율만 가지고 생각하게 되는 암흑의 친구들과의 교제로 이분하지 않으면 안 되었던 것입니다.

이미 노경에 접어든 그에게는 순수한 애착, 청년의 마음속으로부터의 진실한 애착을 맛볼 기회를 갖지 못했습니다. 가시덤불 속을 헤쳐 지나느라고 신경이 기진맥진하여 이미 만사를 체념한 그는 이내 완전히 파묻혀 버린 것이라고 스스로 생각하고 있었던 것입니다.

그때 다시 한 번 젊은 사람이 그의 생활 속에 정열적으로 다가와서, 멀거니 힘없이 압도되고 있는 그에게 불붙는 말과 더불어 아주 헌신적으로 몸을 바쳐 온 것입니다. 이미 아무것도 기대하지 않고 있던 기적 앞에, 그는 놀라서 그러한 순수하고 헌신적으로 바쳐진 선물을 받아들일 자격이 자기에게 있는가를 의심하며 서 있었습니다. 다시 한 번 청춘의 사자가 온 것입니다.

그의 애정에 목마르면서도 위험을 느끼지 않는 아름다운 모습, 정열적인 마음이었습니다. 어리석은 파르치발(독일의 시인 예셴바흐가 13세기 초에 지은 서사시, 또는 그 주인공 이름—역주)처럼 대담하고 순진하게, 아무것도 모르는 마음에 불타는 에로스의 횃불처럼, 독 오른 상처 위에 몸을 구부리고 들어간 것입니다. 젊은 청년이 출현함으로써 이미 상처가 고쳐진다는 불가사의한 힘도 모른 채, 일생을 두고 고대하며 기다렸던 사람으로서, 너무나 늦게 저물어가는 최후의 저녁 때 젊은 사람이 그의 집으로 들어왔던 것입니다.

젊은 사람의 묘사를 시작하자, 선생님의 음성도 어둠 속에서 밝게 떠오르는 것 같았습니다. 말의 매력을 가지고 있는 그 사람이 자신의 만년의 애인인 청년에 대해서 이야기할 때, 밝은 기색이 소리를 정화하는 듯했습니다. 나는 흥분과 공감의 행복으로 몸을 떨었고, 그것은 망치처럼 내 심장을 때렸습니다. 선생님이 말하시는 불타는 청년은…… 다름 아닌……. 바로 나였던 것입니다. 나는 부끄러움에 얼굴이 빨개졌습니다. 불붙는 거울 속에서라도 나온 것처럼 뜻하지 않은 사랑의 광채에 둘러싸여 나타나는 것을 보고 빛의 반사로 불붙는 것만 같았습니다.

차츰 나 자신을 더 잘 알게 되었습니다. 나의 완강하게 열중하는 태도, 그에게 접근하려는 광신적인 의욕, 정신적인 것만으로는 만족하지 않는 욕정적인 도취, 다시 말하면 어리석고 야성적인 소년인 나는 자기 힘도 모르고, 이미 문이 닫힌 그 사람의 마음속에 다시 한 번 창조의 씨앗을 뿌려 일으키고, 이미 사라져 가는 에로스의 횃불을 다시 한 번 그의 마음속에 불붙여 놓았던 것입니다. 지금 비로소, 용기 없는 내 자신이 그에게 무엇을 의미했는가를 알고 놀랐습니다. 나의 박력 있게 들이닥치는 감정의 넘쳐흐름을, 그는 늙어 가는 몸의 가장 신선한 놀라움으로 사랑했던 것입니다. 동시에 그의 의지가 압도적인 힘으로 나를 향해 달려들었음을 알고서 몸을 떨었습니다.

그는 순수하게 사랑하고 있는 나로부터 비웃음이나 반격이나 굴욕의 생생한 전율을 맛보고 싶지 않았던 것입니다. 자기에게 호의적이지 않았던 최후의 선물을 관능적인 장난감으로 내놓고 싶지 않았던 것입니다. 그렇기 때문에 내가 짓궂게 달려들 때마다, 격렬하게 저항하고 얼음과 같이 차가운 아이러니를 내쏟음으로써, 나의 고조되는 감정을 내쫓아 버리려고 했던 것입니다.

부드럽게 넘치는 우정의 말을 일상생활의 엄격으로 무장시키고, 다정스럽게 껴안으려는 그 손을 억지로 억제했던 것입니다. 다만 나를 위해서 자기 자신을 억제했고 무뚝뚝한 체했으며, 나에게 냉정하게 대했고, 자기로부터 나를 안전하게 지키려 한 것이지만, 오히려 나는 그때문에 몇 주일 동안이고 마음이 혼란했던 것입니다. 압도적인 관능에 못 이겨서, 그가 몽유병자처럼 삐걱삐걱하는 계단을 올라왔으면서도, 오히려 모욕적인 언사를 하면서 자기 자신과 나의 우정을 살렸던, 그날 저녁의 무서운 혼란이 내게는 소름 끼치도록 무섭게 명백해졌습니다. 나 때문에 그가 얼마나 무서운 고민을 하고, 참아왔는지를, 나는 몸을 떨며 감동했고, 열병처럼 흥분하면서 이해했으며, 그에 대한 동정에 잠기지 않을 수 없었습니다.

어둠 속의 그 음성이 내 가슴 속 깊이 스며드는 것을 나는 강하게 느꼈습니다. 그 음성 속에는 이전에 한 번도 들어 본 적이 없는, 그리고 이후에도 들어 볼 수 없을 음향이 들어 있었습니다. 그것은 평범한 운명으로서는 체득될 수 없는, 깊은 곳에서 울려 나오는 음향이었습니다. 이와 같이 한 사람의 인간이 한 사람의 인간을 향해 일생 동안 단 한 번만 이야기하고, 그 후로는 영원히 침묵한 것입니다. 마치 백조의 전설 속에서 백조는 죽음의 암시에 단 한번만 쉰 목소리로 노래를 부를 수 있다고 전해 내려오는 것처럼……. 나는 뜨겁게 토해 나온 그리고 불타는 것처럼 스며들어오는 그의 음성을 몸을 떨며 슬프게 받아들였습니다. 꼭 여자가 남자를 자기 품 안에 받아들이는 것처럼…….

갑자기 그의 음성은 침묵했습니다. 우리 사이에는 어둠이 있을 뿐입니다. 그가 내 옆에 있다는 것을 알고 있었습니다. 나는 손을 들지 않을 수가 없었습니다. 내민 손이 그에게 가서 닿았습니다. 고민하는 그 사람을, 조금이라도 위안해 주겠다는 기분이 강력하게 닥쳐온 것입니다. 그러나 그때 피곤하고 늙고 고민에 지친 그는 갑자기 의자에서 일어섰습니다. 늙고 기진맥진한 그가 천천히 내 앞으로 왔습니다.

"잘 가게, 로란트 군…… 이제 우리 사이에는 아무런 할 말이 없네! 자네가 온 것은 좋은 일이었네. …… 그리고 지금 자네가 가는 것도 우리 두 사람을 위해서 좋은 일일세…… 잘 가게……. 그럼 작별 인사로 키스를 한 번 허용해 주게!"

마술의 힘에 이끌린 것처럼, 나는 그를 향해 비틀거리며 걸어갔습니다. 전에는 얽히고설킨 연기에 눌린 것 같던 희미한 광선이 지금 그의 눈 속에서 말갛게 빛났습니다. 불붙는 화염이 두 눈에서 높이 타올랐습니다. 그는 나를 가까이 끌어당기고 목마른 듯이 입술을 내 입술에 힘껏 누르면서, 신경질적으로 경련을 일으키듯 내 몸을 바짝 껴안았습니다.

그것은 여자로부터도 지금껏 받아 본 적이 없는 키스, 죽음의 부르짖음과 같이 격렬하고 절망적인 키스였습니다. 그의 육체의 경련이 내게 전달되었습니다. 진심으로 내 몸을 내맡기면서도, 남성에게 접촉된 육체의 불쾌한 촉감에 마음속 깊이 겁을 내면서 이상야릇한 이중의 감각에 사로잡혀 몸을 떨었습니다. 숨 막힐 듯한 순간을 계속적인 마비 상태로 연장시키는 것 같은 감정의 혼란이었습니다.

그리고 나를 놓아 주었습니다. 그것은 억지로 하나의 육체가 갈라져 나가는 것 같은 충격이었습니다. 그는 맥없이 돌아서서 자기 의자에 앉았습니다. 내게는 등져서 앉은 것입니다. 몇 분 동안 전혀 움직이지 않고 의자에 기대앉아서 허공을 바라보았습니다. 그러나 차츰 머리가 무거운 듯 힘없이 고개를 수그리다가, 갑자기 깊숙이 추락하듯 둔하고 바삭하는 소리와 함께 수그렸던 이마가 무겁게 책상 위에 떨어졌습니다.

끝없는 동정이 내 전신을 파도치고 지나갔습니다. 무의식중에 나는 그에게 가까이 갔습니다. 그러나 그때 힘없이 엎드려져 있던 등을 갑자기 다시 한 번 일으키며 뒤를 돌아보았습니다. 얼굴을 가리고 있던 두 손 사이에서 그는 쉰 목소리로 공허하고 위협적인 신음 소리를 냈습니다.

"어서 가게!…… 어서 가게! 안 돼!…… 가까이 오면 안 돼!…… 제발…… 우리 두 사람을 위해…… 어서 가게……. 지금 곧 가게!"

나는 이해했습니다. 몸을 떨면서 뒷걸음치고 도망가는 사람처럼 그 방을 빠져나왔습니다.

나는 두 번 다시 그를 만나지 못했습니다. 편지도 전갈도 받아 보지 못했습니다. 그의 저서도 끝내 출판되지 않았습니다. 그의 이름은 완전히 잊혀져 갔습니다. 아무도 이제 그를 아는 사람이 없고, 나 하나만이 그를 기억합니다.

그러나 오늘날 역시 나는, 아무것도 모르는 소년으로서 느꼈던 것처럼 느끼고 있습니다. 그와 만나기 이전의 부모님에 대해서도, 그와 만난 이후에 만난 처자에 대해서도, 어느 누구에 대해서도, 나는 그에 대한 것처럼 깊이 감사하지 않았다는 것을.

Brief einer Unbecanntn

모르는 여인의 편지

어둠 속에서 눈을 반짝 뜨고 내 옆에서 당신을 느꼈을 때,
나는 머리 위에 별들이 없는 것을 이상히 여겼습니다.
그때 나는 찬란한 밤하늘을 그토록 느꼈던 것입니다.
사랑하는 분이여!
나는 결코 그 시간을 후회한 적이 없습니다. 지금도 기억합니다.
당신이 잠에 빠졌을 때, 내가 당신의 호흡 소리를 들었을 때,
나 스스로 당신 곁에 있는 것을 느꼈을 때,
나는 어둠 속에서 너무나 행복해서
흐느껴 울기까지 했습니다.

낯선 편지

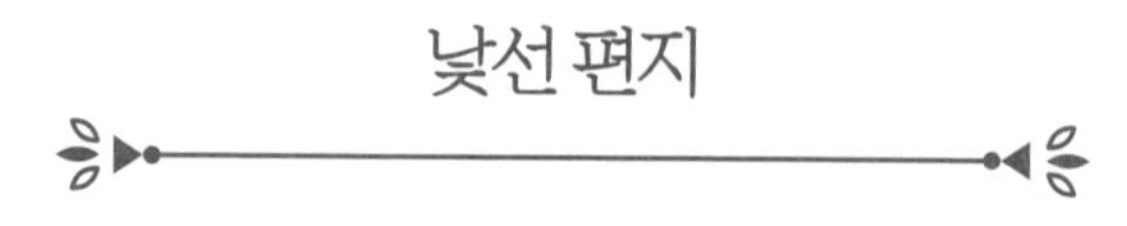

어느 이른 아침에, 사흘에 걸쳐 산악지대를 여행하고 비엔나로 돌아온 유명한 소설가 R씨는 정거장 앞에서 산 신문의 날짜를 흘긋 훑어보고는 오늘이 자기 생일이라는 것을 알았다.

'이제 마흔한 살이 됐구나.'

자신이 벌써 그렇게 나이 들었나 하는 생각이 언뜻 머리를 스쳤지만, 그것이 그를 그다지 기쁘게도 슬프게도 만들지 않았다. 그는 바스락거리는 신문지를 바쁘게 뒤적거리다가 택시를 세워 타고 집으로 향했다. 하인은 그가 외출한 사이 두 사람의 방문객과 서너 번의 전화가 걸려 왔었다는 말을 전하고, 몇 통의 편지를 모아서 쟁반에 받쳐 들고 들어왔다. 그는 귀찮은 듯 편지를 뒤적거리다가 그 중에서 발신인에게 흥미가 느껴지는 두어 통의 편지를 뜯었다. 그러나 낯선 글씨체의 두툼하고 분량이 많아 보이는 편지는 잠시 옆으로 밀쳐놓았다. 그러는 동안에 하인은 차를 따라 놓았다. 그는 안락의자에 편안히 걸터앉아 다시 한 번 신문과 인쇄물을 뒤적거렸다. 그러고 나서 시가를 피워 물고 앞서 밀쳐놓았던 편지를 다시 주워들었다.

그 편지는 글씨를 마구 날려서 급하게 쓴 듯한 약 20매 가량 되는 모르는 여인의 불안한 필적이 담긴 편지였다. 편지라기보다는 차라리 수기라고 하는 것이 적당할 것 같은 내용이었다. R씨는 무의식적으로 다시 한 번 겉봉을 살펴보고, 혹시나 그 속에 덧붙이는 글이라도 들어 있지 않은지 이리저리 뒤져보았다. 봉투에는 아무것도 들어 있지 않았다. 편지 속과 마찬가지로 주소나 서명 가운데 어느 하나도 씌어 있지 않았다. 이상하게 생각하며 그는 그 편지를 펼쳐 들었다.

'나를 전혀 알지 못하는 당신에게'라고 쓰인 문장이 맨 위의 제목이었고 동시에 겉봉이기도 했다. 이상하게 생각하며 그는 다시 읽기를 멈추었다. 이것이 과연 내게 보내진 편지일까? 혹시 어느 꿈속의 사람한테 보낸 편지는 아닐까? 생각이 여기에 미치자 그의 호기심은 갑자기 커졌다. 그래서 그는 천천히 편지를 읽기 시작했다.

오직 한사람만을 위한 이야기

내 아이가 어제 죽었습니다. 사흘 밤낮을 나는 이 작고 연약한 생명을 살리기 위해 죽음과 싸워 왔습니다. 독감이 그 가련한 육체를 신열로 들뜨게 했던 지난 40여 시간 동안을, 나는 침대 옆에 꼼짝 않고 앉아 있었습니다. 불같이 타오르는 그 아이의 이마를 식혀 주며, 불안에 떠는 그 아이의 조그만 손을 낮이나 밤이나 꼭 붙잡아 주었습니다. 그런데 아이를 돌본 지 사흘째 되던 저녁에는 나도 모르게 그만 쓰러지고 말았습니다. 내 의지와는 상관없이 나도 모르게 눈이 감겨 왔던 것입니다. 딱딱한 의자 위에서 세 시간인지 네 시간인지 모르게 잠이 든 사이, 죽음이 그 아이를 데려가 버렸습니다.

지금 그 귀엽고 불쌍한 아이는 저기, 그 애가 죽었을 때와 같은 모양으로 조그마한 어린이 침대에 누워 있습니다. 그 깜찍하고 새까만 눈은 감겨 주었지만, 하얀 속옷 위에는 그 아이의 두 손이 그대로 모아져 있습니다. 그리고 네 개의 촛불이 침대의 네 귀퉁이에서 불타고 있습니다. 나는 그 아이를 감히 바라볼 수가 없습니다. 아니 움직일 수도 없습니다. 왜냐하면 촛불이 흔들릴 때마다 그 아이의 얼굴과 입가에 그림자가 스쳐가고, 어쩐지 살아서 움직일 것 같은 환상에 사로잡히기 때문입니다. 그래서 나는 그 애가 죽은 것이 아니고 다시 일어나서 그 귀여운 맑은 목소리로 종알거릴 것 같은 기분이 됩니다.

그러나 나는 그 애가 이미 죽었다는 것을 잘 압니다. 그러니까 다시는 그 아이를 바라보지 않겠습니다. 다시 한 번 부질없는 희망을 품거나, 그것에 또다시 속지 않으렵니다. 나는 압니다. 잘 압니다. 내 아이는 어제 죽었습니다. 이제 내게는 오직 당신만이 이 세상에 계십니다. 나에 대해서는 아무것도 모르시는 당신만이. 아무런 예감도 없이 즐거움에 빠져 다른 사람들과 가벼운 농담이나 하고 계실 당신만이 이 세상에 계신 것입니다. 당신은 나를 전혀 알지 못하지만, 나는 당신만을 항상 사랑해 온 여자니까요. 지금 나는 다섯 번째의 초를 집어 들어서 여기 이 책상에 세워 놓았습니다. 그리고 나는 당신에게 편지를 씁니다. 죽은 아이와 단 둘이서 지내는 이 밤의 한순간 한순간마다 내 마음을 털어놓지 않고서는 견딜 수 없기 때문입니다. 이 무서운 시간에 나의 전부였던 당신 말고, 어느 누구에게 편지를 쓸 수 있겠습니까. 지금까지도 역시 당신은 나의 전부입니다.

하지만 아직도 나는 당신이 내 마음을 느끼거나 이해하실 수 있도록 확실히 얘기할 수가 없습니다. 아마 이 편지를 읽는 지금 이 순간에도 당신은 내 말을 이해하지 못하실 겁니다. 지금 내 머리는 아주 얼얼하며, 뒷덜미는 방망이질을 당하는 것 같고, 손발은 마구 쑤시고 아픕니다. 나도 열이 있는 것으로 보아 아마 이 집 저 집에 스며든 무서운 독감에 걸린 모양입니다. 차라리 그렇게 된다면 오히려 여한이 없겠습니다. 그러면 나도 어린아이와 함께 갈 수 있고, 맘에 없는 일을 하지 않아도 될 테니까 말이에요. 이따금씩 눈앞이 캄캄해지곤 합니다.

아마 이 편지도 끝까지 다 쓰지 못할 것 같습니다. 그러나 내게 있는 모든 힘을 다 모아 당신에게 일생의 한 번밖에 없는 편지를 씁니다. 당신에게! 나를 한 번도 알지 못하셨던 나의 애인인 당신에게.

오직 당신에게만 나는 모든 이야기를 하려 합니다. 당신에게 편지를 쓰는 것은 이것이 처음이지요. 항상 당신의 것이었지만 당신은 전혀 알지 못하셨던 나의 일생을 지금 이야기하겠습니다. 하지만 당신이 나의 그러한 비밀을 아실 때쯤이면, 나는 이미 죽어 없을 겁니다. 내게 답장을 보낼 수도 없을 거예요. 그때쯤이면 내 온몸을 뜨거운 열로 들뜨게 만드는 이 병이 완전히 종말을 고할 때일 테니까요. 만일 내가 계속해서 살게 된다면 나는 이 편지를 찢어 버리고 여태껏 침묵했던 것처럼 아무 소식도 보내지 않겠습니다. 혹시 이 편지가 당신 손에 들어간다면 이제 막 죽으려 하는 여자가 자기의 일생만이라도 속 시원히 이야기하고 죽고 싶어 하는 마음일 거라고 헤아려 주세요. 그것은 처음부터 마지막 숨을 거둘 순간까지 당신의 여자인 내 자신의 일생입니다.

하지만 내 말을 두려워는 마세요. 죽은 여자가 무엇을 원하겠습니까. 사랑도, 동정도, 위안도 바라지 않습니다. 다만 한 가지 당신에게 바라는 것은 지금 당신에게 전하려 하는 나의 이 고통, 고백의 말 하나하나를 모두 믿어 달라는 것입니다. 그것만이 나의 유일한 소원입니다. 외아들의 주검을 지키는 어미가 거짓말을 하지는 않을 테니까요.

열세 살 소녀의 사모하는 마음

이제 내 전 생애를 당신에게 이야기하겠습니다. 그 생애는 사실 당신을 알게 된 그날부터 시작되었습니다. 그 이전의 생활은 지금 생각하면 희미하고 어딘지 흐릿하게 엉클어져 있을 뿐입니다. 먼지가 덮이고 거미줄 쳐진 음침한 물건들과 사람들이 살고 있는 어느 창고 같은 곳, 거기에 대해서는 이제 아무것도 알지 못합니다.

당신이 처음 오셨을 때 나는 열세 살 먹은 아이였는데, 지금 당신이 살고 계신 그 집에 살고 있었습니다. 나의 마지막 숨결인 이 편지를 받으시는 당신의 방 바로 건너편 방이었습니다. 당신은 물론 그때의 우리 집안 상황을 기억하지 못하시겠지요. 가난한 경찰관의 과부인 어머니와 — 항상 사복을 입고 있었지요 — 제 나이만큼도 자라지 못해 바짝 마르기만 한 계집아이를 기억 못하실 겁니다. 우리의 생활은 매우 정적이었습니다. 달리 말하자면 소시민의 생활 규범이 온 집안 곳곳에 배어든 궁핍한 살림이었지요. 아마 당신은 우리의 이름을 한 번도 못 들으셨을 겁니다. 우리의 방문 앞에는 문패를 붙여 놓지 않았으니까요. 우리를 찾아오는 사람은 아무도 없었고 또한 안부를 묻지도 않았습니다.

그것은 이미 오래 전의 일, 15년 혹은 16년 전의 일이어서, 당신은 기억하지 못하실 겁니다. 나의 사랑하는 분이여! 그러나 나는 당신에 관해서라면 어떠한 사소한 일이라도 기억하고 있답니다. 처음으로 당신의 이야기를 듣던 날, 당신을 처음으로 본 그날, 아니 그 시간까지도 엊그제 일처럼 또렷이 기억하고 있습니다. 어떻게 잊을 수가 있겠습니까. 나의 세계가 바로 그 순간부터 시작된 것인데요. 나의 연인이여, 내가 당신에게 그 이야기의 출발부터 모두 말씀 드리는 것을 참고 들어 주세요. 제발……. 일생 동안 당신을 사랑했고, 조금도 변함없었던 내 이야기를 듣기 위해 15분 동안만 참아 주세요.

당신이 이사 오시기 전까지 당신 방에는 보기 싫고 고약하며 싸움 잘하는 사람들이 살고 있었습니다. 그들은 자기들도 가난하면서 이웃사람들의 가난을 비웃곤 했지요. 특히 우리가 가난하다는 것을 미워했습니다. 우리가 자기들처럼 천하고 부랑자 같은 비겁한 짓을 하지 않는다고 해서였지요. 그 집 남자는 주정뱅이였는데 항상 마누라를 때렸습니다.

우리는 한밤중에 의자가 넘어지고, 접시가 깨지는 소리에 잠을 깬 적이 한두 번이 아니었답니다. 어느 때는 두들겨 맞아 피를 흘린 채 머리채를 풀어헤친 그 집 부인이 층계를 뛰어 내려가면, 그 뒤로 주정뱅이가 소리소리 지르며 쫓아 내려갔습니다. 마지막에는 근처 사람들이 모두 모여들어 그를 경찰서로 데려가겠다고 협박했던 일도 있었습니다.

우리 어머니는 처음부터 그들과 사귀는 것을 피했고, 나한테도 그 집 아이들과 이야기하지 말라고 주의를 주었습니다. 그래서 그 집 아이들은 기회 있을 때마다 나한테 분풀이를 해댔습니다. 그 아이들은 거리에서 나를 만나면 욕지거리도 하고, 언젠가는 딱딱한 눈뭉치를 던져서 내 이마에서 피가 나게 만들기도 했습니다. 그 집에 살고 있던 여러 가구가 모두 같은 마음으로 그들을 미워했지요.

그러던 어느 날 갑자기 사건이 일어나서— 내가 기억하기에 그 집 남자가 도둑질을 하다 들켜서 끌려갔습니다— 그들이 잡동사니 살림살이를 챙겨 어디론가 이사를 가게 되었을 때, 우리는 크게 숨을 돌렸습니다. 그 후 며칠 동안은 그 방문 앞에 '셋방'이라는 쪽지가 붙어 있었습니다. 그리고 그 쪽지가 없어지고, 집 주인으로부터 새로 이사 오는 사람은 독신이며 소설가인데 조용한 분이다, 라는 말이 순식간에 퍼졌습니다. 그때 비로소 나는 당신의 이름을 들었습니다.

당신의 이름을 들은 지 이삼 일이 지나자, 벌써 칠장이가 오고, 미장이, 목수, 실내장식가들이 집안을 단장했습니다. 먼젓번 사람이 어지러 놓은 불결한 것을 깨끗하게 만들었던 것입니다. 망치질을 하고, 두드리고, 닦고, 벗기고 하는 소리가 들렸는데, 어머니는 그 소리만 들어도 만족했습니다. 어머니는 이제 그 지저분한 건넛집을 볼 일이 없어져서 기쁘다고 말했습니다.

이사하는 동안에도 나는 당신의 얼굴을 볼 수가 없었습니다. 그 모든 일은 당신의 그 조그마하고 회색 머리칼을 지닌 하인이, 나지막하고 침착한 태도로 이것저것 지시했기 때문입니다. 그 사람은 우리 모두에게 대단히 특별했습니다.

첫째는 그런 변두리 아파트에 하인이 있다는 것이었고, 그 다음에는 그 사람이 모든 사람에게 공손했기 때문이었습니다. 그렇다고 심부름하는 아이들과 한 자리에 모여 쓸데없는 이야기를 나눈다거나 하는 그런 천박한 일은 없었습니다. 우리 어머니에게는 첫날부터 귀부인의 예의를 갖추어 인사를 했고, 나 같은 어린 계집아이에게도 항상 친절하고 진중하게 대했습니다. 그 하인이 당신의 이름을 말할 때에는 언제나 아주 위엄 있는 특별한 존경심을 가지고 말했습니다. 그래서 그가 당신에게는 아주 깊은 신뢰와 존경심을 지니고 봉사하고 있음을 곧 알 수가 있었습니다. 그래서 나는 그 친절한 늙은 요한을 얼마나 좋아했는지 모릅니다. 심지어는 그 사람은 항상 당신 곁에 있으면서 언제든 당신에게 시중을 들 수 있다는 것까지 나는 질투하곤 했습니다.

거의 우스꽝스럽게 여겨질 이러한 사소한 일을 모두 당신에게 이야기하는 것은, 사랑하는 이여! 당신이 나처럼 수줍고 겁 많은 아이에게 처음부터 얼마나 커다란 힘을 주었고 영향을 끼쳤는가를 알려 드리기 위해서 입니다. 당신이 내 생활 속으로 들어오시기 전부터, 당신의 주위를 감싸고 있는 서광을 나는 보았던 것입니다. 부유한 분위기, 독특한 점, 신비스러운 그 무엇이 변두리의 보잘것없는 아파트 주민인 우리들로 하여금— 궁색한 생활을 하는 사람들은 자기 집 문 앞에서 새로운 일이 생기면 호기심을 갖는 법인데— 당신이 이사 오시는 날을 초조하게 기다리게 했던 것입니다.

그런데 당신을 향한 호기심이 내 마음속에 싹트기 시작한 것은, 어느 날 오후 학교에서 돌아와서 집 앞에 짐수레가 놓인 것을 보았을 때부터였습니다. 크고 무거운 짐의 대부분은 벌써 인부들이 이층으로 옮긴 뒤였고, 그저 소소한 물건들을 사람들이 가져가고 있었습니다.

나는 그 광경을 구경하려고 문 옆에 가만히 서 있었습니다. 당신의 짐은 어느 것이나 내가 본 적 없는 이상한 물건들로 가득했습니다. 거기에는 인도의 불상, 이태리의 조각품, 번쩍번쩍한 큰 그림 그리고 마지막에는 수많은 아름다운 책들, 결코 내가 가져 보리라고 생각할 수도 없는 여러 가지 진귀한 물건들로 가득했습니다.

그것들은 모두 문 옆의 벽에 기대어져 높이 쌓여 있었고, 그 하인이 그것들을 받아 들고는 총채로 하나씩 하나씩 조심스럽게 먼지를 털고 있었습니다. 나는 점점 더 높이 쌓여 올라가는 짐 주위를 호기심에 차서 뭐가 있나 보려고 그저 왔다 갔다 했습니다. 그러는 나를 하인은 신경도 쓰지 않았으며, 또한 뭐라고 말을 건네지도 않았습니다. 나는 그 많은 책들의 부드러운 가죽 겉장을 만져 보고 싶었지만, 감히 한 권도 손을 대지 못했습니다. 다만 옆에서 책의 제목을 슬쩍 슬쩍 훑어볼 뿐이었습니다. 그 속에는 프랑스어, 영어, 그 밖에 내가 알지 못하는 여러 가지 글로 된 것들이 있었습니다. 나는 몇 시간이고 그것들을 바라보고 있었던 것 같습니다. 마지막에는 어머니가 나를 집으로 불러들였습니다.

그날 밤 나는 밤새도록 당신을 생각하지 않을 수 없었습니다. 태어나서 한 번도 보지 못한 당신을 말입니다. 내가 가지고 있는 책이란 다 떨어진 너덜너덜한 표지의 값싼 책 열두 권이 전부였습니다. 그 책들을 나는 세상 그 무엇보다 사랑하고 읽고 또 읽어서 내용을 거의 욀 지경이었습니다. 그런데 그때 나를 사로잡은 생각은 그렇게 많은 훌륭한 책들을 소유하고 있고, 그것을 다 읽은 사람은 도대체 어떤 사람일까? 또 그렇게 많은 외국어를 알고 있으며 부유하고 학식이 높은 사람은 대체 어떻게 생긴 사람일까 하는 것이었습니다.

그렇게 많은 서적을 보면서 내 가슴에는 일종의 신성한 존경심이 생겼습니다. 나는 마음속으로 당신의 모습을 상상했습니다. 안경을 쓰고 백발의 수염을 가지신 늙은 분, 우리 학교의 지리 선생님과 비슷하지만 좀 더 친절하고 유순한 그런 분, 그런데 내가 어째서 그 당시에 당신이 노인이라고 생각하면서도 동시에 아름다울 거라고 확신했는지 나도 모르겠습니다. 그 당시, 바로 그날 저녁에, 아직 한 번도 만나 보지 못한 당신을 처음으로 꿈꾸었습니다.

당신이 이사 오신 것은 그 다음 날이었습니다. 나는 여러 모로 노력했지만 당신의 얼굴을 볼 수가 없었습니다. 그러자 호기심은 점점 더 커져만 갔습니다. 마침내 사흘째 되던 날 나는 당신을 보았습니다. 그때의 놀라움이란! 당신은 어린아이의 상상으로 만들어진 성자의 모습과는 전혀 다른 분이셨기 때문이었습니다.

나는 안경을 쓰고 친절해 보이는 노인을 꿈꾸었는데, 막상 젊고 점잖은 모습을 한 당신이 오시니 저도 모르게 그만 놀란 것이지요. 당신은 지금이나 그때나 변함없는 청춘의 상징 같은 분이셨습니다. 언제나 변함없는 당신, 세월이 그렇게 흘렀어도 그대로 젊음을 간직하신 분이었습니다. 엷은 자색의 화려한 양복을 입고, 당신은 어린아이 같은 독특한 태도로 사뿐히 계단을 뛰어 올라가셨습니다. 한 걸음에 두 단씩 껑충껑충 뛰어서 말입니다. 그때 모자는 벗은 채로 손에 들고 계셨습니다. 나는 뭐라 말할 수 없는 놀라운 표정으로 당신의 젊은 머리털과 밝고 생생한 얼굴을 쳐다보았습니다.

사실 나는 어쩌면 저렇게 젊고, 아름다우며, 날씬하고, 고상하신 분이 있을 수 있을까 하며 놀라서 멍하니 서 있었습니다.

하지만 그것은 이상한 일이 아니었습니다. 당신을 본 사람이면 누구나 받는 일종의 놀라운 경외감을 나는 그 첫 순간에 아주 똑똑히 느꼈으니까요. 한편으로는 놀이와 모험에 몰두하는 정열적이고 경솔한 젊은이이지만, 예술에 있어서는 준엄하고 박학하며 의무감이 무척 강한, 학자인 당신을 직감한 것이겠지요. 누구나 당신을 볼 때 느끼는 그 기분을 당연히 저도 느낀 것입니다. 이 세상에 넓게 열려진 밝은 면과 당신만이 아시는 아주 어두운 면을— 그 두 가지의 생활을 영위하시는 당신을— 풍기는 존재의 비밀, 그 이중의 가장 깊은 비밀을 나는 느꼈던 것입니다. 마술의 힘에 이끌린 열세 살 먹은 소녀였던 나는 한눈에 그것을 직감했던 것입니다.

사랑하는 분이여, 이제 당신도 짐작하셨겠지만, 당신은 어린아이인 내게 그야말로 마음을 이끌리게 하는 수수께끼 같은 존재였습니다. 책을 저술하고, 우리가 알지 못하는 넓은 세계에서 명성이 높고, 사람들이 존경을 바치게 된 그런 분을, 갑자기 스물다섯 살 쯤밖에 안 되는 어린이같이 명랑하고 날씬한 청년으로 대하게 되다니!

그날부터 아주 작고 여린 나의 관심은 오직 당신뿐이었습니다. 겨우 열세 살 먹은 어린아이였던 나는 고집과 지독한 인내심을 가지고, 당신의 생활 주변을 항상 빙빙 맴돌고 있었습니다.

나는 열심히 당신을 관찰했습니다. 당신의 습관은 물론이고 당신을 찾아오는 사람들도 관찰했습니다. 하지만 그럴수록 당신을 향한 나의 호기심은 만족되기는커녕 한층 더 커져만 갈 뿐이었습니다. 당신이 지닌 존재의 이중성은 여러 방문객들을 통하여 더 뚜렷하게 드러났기 때문입니다. 젊은 사람들이나 친구분들이 오시면 그들과 더불어 호탕하게 웃기도 하셨지만, 가난한 학생이 찾아올 때도 있었고, 자동차를 타고 오는 여자들도 있었습니다. 언젠가는 유명한 가극 지휘자도—멀리서 서 있는 그 사람의 모습을 내가 본 적이 있는— 오셨으며, 때로는 여자 상업학교에 다닐 정도의 조그마한 처녀들도 얼굴을 붉히며 당신 방으로 들어가는 것을 보았습니다. 하여튼 많은 여자들이 당신을 찾아왔습니다. 나는 그러한 일을 두고 별로 이상히 생각하지는 않았습니다.

어느 날 아침 학교에 가려고 문을 나섰을 때, 얼굴을 베일로 푹 뒤집어 쓴 어떤 부인이 당신의 방에서 나가는 것을 보기도 했습니다. 하지만 역시 이상하게 생각하지는 않았습니다. 그 당시 나는 겨우 열세 살밖에 안 된 아이였으니까요. 그리고 당신 주위를 살피고, 엿듣고, 쫓아다니고 싶던 격렬한 호기심이 이미 사랑이었다는 것을 나는 모르고 있었습니다.

어둠 속의 소녀가 꾸는 꿈

그러나 나의 애인이여! 당신에게 나의 마음도 몸도 완전히 그리고 영원히 바치게 된 그날, 그 시간은 지금도 선명하게 기억하고 있습니다. 그것은 내가 학교 친구와 같이 산책을 다녀오는 길에, 그 문 앞에서 지껄이고 있었을 때였습니다. 자동차가 달려와서 우리들 바로 옆에 멈추더니 당신이 그 특징 있는 — 지금도 나의 마음을 들뜨게 하는— 조급하고 탄력 있는 걸음걸이로 차에서 내려서서 문으로 들어가려 하셨습니다. 나는 무의식중에 문을 열어 드리려고 했고, 그것은 뜻하지 않게 당신의 가는 길을 막아 하마터면 부딪칠 뻔했지요. 당신은 따뜻하고 부드럽고 온화한 눈으로 나를 향해 미소 지으셨습니다. 그래요. 나는 '부드럽다'고 밖에는 표현을 못하겠습니다. 그때 당신은 속삭이듯 낮은 목소리로 무슨 약속이라도 하는 것처럼 말씀하셨습니다.

"고마워요, 아가씨!" 그것이 전부였습니다.

사랑하는 분이여! 그러나 그 순간부터, 즉 내가 그 부드럽고 친밀한 눈짓을 받은 그때부터, 나는 당신에게 빠져 버렸습니다. 물론 그 후에 나는 당신이 그 쏘는 듯하면서도 끌어당기는, 다시 말하면 선천적으로 남을 유혹하는 그런 눈짓을 어느 여자에게나 보낸다는 사실을 알았습니다. 당신은 길가에서 지나치는 어느 여자에게도, 당신에게 물건을 파는 어느 여

점원에게도, 당신이 들어가는 곳의 문을 열어주는 어느 심부름하는 여자아이에게도 그런 눈짓을 보낸다는 사실을 알았던 것입니다. 당신에게 있어서 그 눈짓은 의식적이든 무의식적이든 모든 여자들에게 보내는 선천적인 친절로써 여자를 보는 그 순간에 아무 이유도 없이 부드럽고 따뜻한 눈짓으로 변하는 것이었습니다.

그러나 그것은 열세 살 먹은 아이로서는 도저히 알 수 없는 일이었습니다. 나는 불의 세례를 받은 것 같았습니다. 나는 그 부드러움이 내게만, 다만 나 한 사람에게만 보내준 것이라고 생각하고 말았던 것입니다. 그래서 그 순간 소녀였던 내 마음속의 '여성'이 잠을 깨었고, 그것이 영원히 당신을 사모하게끔 만든 것입니다.

"저 사람이 누구니?" 내 친구가 그렇게 물었지만, 나는 대답하지 못했습니다. 나는 당신의 이름을 입으로 부를 수가 없었기 때문이었습니다. 단지 그 짧은 순간, 당신의 이름은 내게 신성한, 나의 비밀이 되어 버렸습니다.

"응, 같은 집에 사는 데 모르는 아저씨야."

나는 떠듬떠듬 서투르게 대답했습니다.

"이상하다 얘!"

친구가 내 얼굴을 보며 말했습니다. "

그 사람이 너를 볼 때, 왜 그렇게 얼굴이 빨개지는 거니?"

그 아이는 호기심을 가지고 심술궂게 나를 놀려댔습니다.

그때 나는 그 애가 내 비밀을 비웃으며 건드렸다고 느꼈기 때문에, 두 뺨이 한층 더 후끈 달아올랐습니다. 나는 너무나 당황해서 화를 냈습니다.

"어휴, 이 계집애!"

나는 그때 그 애를 실컷 패주고 싶었습니다. 그러나 그 애는 점점 더 크게 웃고, 소리 지르며 놀려댔습니다. 나는 어쩔 줄 몰라 했고 너무나 분해서 눈물이 펑펑 쏟아졌습니다. 나는 그 애를 그냥 놔 두고 집으로 뛰어 들어가 버렸습니다.

그 순간부터 나는 당신을 사모하게 된 것입니다. 나는 많은 여자들이 사모한다는 말을 당신에게 했을 테고, 당신은 그 말이 너무나 익숙할 거라는 것을 잘 압니다. 하지만 나같이 당신을 헌신적으로, 충실하게, 맹목적으로 사랑해 온 존재는 없었을 줄 압니다.

어둠 속의 소녀가 아무도 모르는 사모의 마음을 지녔다는 것은 이 세상 무엇과도 비길 수 없을 겁니다. 그것은 너무나 절망적이고 헌신적으로 온갖 정성을 다 바쳐서 쏟아놓기 때문입니다. 나이 든 여자의 욕정적이고 무의식적이면서, 대가를 요구하는 그런 사랑과는 전혀 다른 것입니다. 격렬한 감정을 집중시킬 수 있는 것은 다만 고독한 아이들만 가능합니다.

고독하지 않은 사람들은 자기의 감정을 친구들과의 대화로 함부로 지껄여 없애 버리고, 의미 없는 감정들 속에서 모두 소모시키고 맙니다. 그런 사람들은 사랑에 얽힌 많은 이야기도 듣고, 책에서 읽기도 하고, 그것이 누구나의 운명에 포함된 것으로 압니다. 그런 사람들은 장난감을 가지고 놀듯이 사랑을 가지고 놀며, 아이들이 처음 담배 피우는 것을 자랑 삼듯이, 사랑을 자랑 삼기까지 합니다.

그러나 나는 어느 한 사람에게도 나의 비밀을 내보일 수가 없었습니다. 물론 누구에게서도 그런 것을 배운다거나 충고를 들을 수도 없었습니다. 당연히 경험도 없고 예측도 할 수 없었지요. 그래서 나는 낭떠러지 속으로 떨어진 것처럼 나의 운명 속으로 빠져들었습니다. 내 마음속에서 자라나서 꽃핀 것은 모두가 당신과 연결된 것이었고 당신의 꿈뿐이었습니다. 나의 최애하는 사람으로서 내가 꿈꿀 수 있는 것은 당신을 향한 꿈밖에 없었습니다.

그때 나의 아버지는 벌써 돌아가셔서 계시지 않았습니다. 항상 우울한 압박감에 잠겨 있는 어머니는 셋방살이의 근심에 사로잡혀 도저히 친밀해지지가 않았습니다. 나의 마지막 정열인 소중한 감정을 경솔하게 놀리는 반쯤 타락한 여학생들을 보면, 나는 울화가 치밀어 오릅니다. 그래서 나의 흩어진 모든 감정을 한데 모아 당신에게 내던진 것입니다. 억눌리고 있으면서 항상 다시 반발해 오르는 나의 본성 전체를 당신에게 내던진 것이지요. 당신은 내게 있어서, 글쎄 뭐라고 말씀드릴까요? 어떠한 비유로도 너무나 부족합니다. 당신은 나의 전부였으며 생명이셨습니다. 당신과 연결되는 것만이 존재하는 것이 되고, 당신과 관계가 있는 것만이 의미가 있었습니다.

당신은 내 생활을 완전히 변하게 만들었습니다. 그때까지는 학교에서 평범했고 성적도 중간이었던 나는, 갑자기 '첫째'가 되었습니다. 그때부터 하얗게 밤을 새워가며 수많은 책을 읽었는데, 그것도 다만 당신이 책을 좋아하신다는 것을 알았기 때문이었습니다. 갑자기 떼를 써서 피아노 연습을 시작함으로써, 어머니를 당황하게 만들기도 했습니다. 그것도 당신이 음악을 좋아하신다는 생각 때문이었습니다.

단지 당신의 맘에 들고 당신에게 깨끗하게 보이려는 생각만으로 나는 옷을 치장하고 바느질도 했습니다. 그래서 낡은 교복— 그것은 어머니의 실내복을 개조한 것이었습니다—의 왼쪽 구석에 사각형으로 기운 자리가 드러난 걸 매우 싫어했습니다. 당신이 그것을 보시고, 혹시 나를 경멸하지 않으실까 두려웠던 것입니다. 그래서 나는 계단을 올라갈 때면 가방으로 항상 그 위를 가렸습니다. 당신이 옷의 기운 자리를 보실 지도 모른다는 두려움에 나는 가슴을 두근거리며 떨었던 것입니다. 그러나 그런 행동은 참으로 어리석은 것이었지요. 그 후로 당신은 나를 한 번도 거들떠보지 않으셨으니까요.

그런데도 나는 종일토록 당신만을 기다리고, 당신의 동정을 엿보고 있었습니다. 우리 집 문에는 조그마한 놋쇠로 된, 내다보는 문구멍이 있었습니다. 그 둥그런 구멍을 통해, 건너편에 있는 당신 방의 문을 볼 수가 있었습니다. 그 문구멍 —제발 비웃지는 마세요, 사랑하는 분이여! 오늘 이 시간까지 나는 그 때 일을 부끄럽게 생각하지는 않습니다— 그것은 세상을 내다보는 나의 눈이었습니다. 거기서 나는 어머니의 눈을 피하며, 그 긴 세월을 앉아서 지냈습니다. 손에는 책을 들고, 신경은 악기의 줄처럼 팽팽히 긴장하여 오후 내내 당신만을 엿보고 있었습니다. 그리고 만일 당신의 모습이 나타나면 그 줄은 소리를 울려댔습니다.

당신을 지키느라 내 마음은 항상 긴장하고 고동쳤습니다. 그러나 당신은 조금도 눈치 채지 못하시더군요. 마치 당신 주머니 속의 시계가 인내심 있게 어둠 속에서 시간을 헤아리며 재고 있는데, 그 태엽의 긴장을 당신이 알아주지 않는 것과 마찬가지였습니다. 나는 당신의 가는 길마다 남몰래 가슴을 두근거리며 쫓아다녔지만, 몇 백만 번의 똑딱거리는 초침 가운데 당신이 보내는 단 한 번의 눈길도 받기 어려운 주머니 속의 시계와도 같은 처지였습니다.

 덧없이 짧았던 아름다운 사랑의 순간

당신의 일이라면 나는 무엇이든 모르는 것이 없었습니다. 당신의 모든 습관을 알고 있었으며, 넥타이 하나하나와 양복 한 벌 한 벌까지도 알고 있었습니다. 그뿐 아니라 당신의 친구들까지 알고, 구별할 수 있었습니다. 그래서 그들을 내 맘에 드는 사람과 그렇지 않은 사람으로 나누었습니다. 나는 그렇게 열세 살부터 열여섯 살이 될 때까지 한 시간 한 시간을 당신 속에서 살았습니다. 아! 생각하면 얼마나 어리석은 일을 해왔던 것일까!

나는 당신의 손이 닿았던 문의 손잡이에까지 키스했습니다. 또 당신이 문으로 들어가실 때 내버린 담배꽁초를 주워 가졌습니다. 당신의 입술이 닿았던 물건이니 내게는 소중했던 것입니다. 저녁이 되면 무슨 구실이든 만들어서 골목으로 뛰어나가, 당신 방의 어느 창가에 불이 켜져 있는지를 알아보았습니다. 그처럼 당신의 존재를, 보이지 않는 당신의 존재를 더 확실히 느끼기 위해서 몇 백 번이나 거리로 뛰어나갔는지 모릅니다.

당신이 여행을 떠나셔서 안 계실 때— 사람 좋은 요한이 당신의 노란 여행 가방을 들고 계단을 내려오는 것을 볼 때면 나의 심장은 근심으로 멈춰 내릴 지경이었습니다—에는 내 생명은 숨이 끊어지고, 의미 없는 것이 돼 버렸습니다. 나는 짜증이 나고 지루하여 이리저리 마구 돌아다녔습니다. 울어서 부풀어 오른 내 눈을 보고, 어머니가 혹시 나의 절망을 눈치 채시지나 않을까 마음을 졸이지 않으면 안 되었습니다.

여기서 내가 말씀드리는 것이 모두 소름끼치는 편집증이며, 어린애 같은 어리석음이라는 것을 잘 압니다. 나는 그런 것을 부끄러워해야 하겠지요. 그러나 나는 부끄럽지 않습니다. 왜냐하면 당신을 향한 사랑이 그처럼 유치하게 몰입되었을 때만큼 그렇게 순수하고 정열적이었던 적이 내게는 없었으니까요.

내가 당신과 함께 살았던 그때의 일을, 나는 당신께 몇 날 며칠이고 이야기하고 싶습니다. 하지만 당신은 내 얼굴을 그때도 거의 알아보지 못하셨습니다. 혹시 내가 계단에서 당신과 마주치는 것을 피할 수가 없을 때는, 당신의 불타는 눈초리를 두려워하여 고개를 숙이고 당신 곁을 스쳐 지나갔기 때문입니다. 마치 불에 그슬려지는 것을 두려워하며 물속으로 뛰어드는 사람같이 말입니다.

이렇게 나는 몇 날 며칠을 그 먼 지나간 세월 속에 담긴 당신의 이야기를 할 수 있을 것 같습니다. 그리고 당신 생활의 하루하루의 날들을 펼쳐 놓을 수도 있을 것 같습니다. 하지만 이 이상 당신을 지루하게 하고 당신을 괴롭히지는 않겠습니다. 다만 한 가지 어렸을 때의 추억을, 무엇보다도 아름다웠던 그날의 추억을 당신에게 고백하겠습니다. 지금부터 제가 하는 말이 아주 사소한 일이라고 해서 흉보지 말아주십시오. 그것은 어린 나에게는 너무나 중요한 일이었습니다.

그날은 일요일이었다고 기억합니다. 당신은 여행을 떠나셔서 안 계셨고, 당신의 하인이 활짝 열어 놓은 문으로 양탄자를 끌어들이고 있었습니다. 사람 좋은 요한 노인은 무거워서 그것을 간신히 끌어들이고 있었습니다. 그때, 나는 갑자기 대담해져서 요한에게 다가가 "도와 드릴까요?" 하고 물었지요. 그는 놀란 것 같았으나 내가 돕는 것을 허락했습니다. 그래서 나는 당신의 방 안을 볼 수 있었습니다.

내가 얼마나 경건한 마음으로, 심지어 엄숙한 존경심을 품고 들어갔는지 당신은 이해할 수 없을 겁니다. 그리하여 나는 당신이 머문 방의 내부를, 당신의 세계를, 당신이 항상 앉아 계시는 그 책상을, 그리고 그 책상 위에 있는 몇 가지의 꽃들이 꽂힌 푸른 유리 화병을 보았습니다. 그리고 당신의 옷장과 사진들과 책들을 보았습니다. 하지만 당신의 생활을 들여다볼 수 있었던 그 기회는 순간에 지나지 않았지요. 고지식한 요한이 더 자세한 관찰을 할 수 있도록 나를 그 곳에 내버려 두지 않았기 때문입니다. 너무도 아쉽긴 했지만, 그 잠깐의 만남만으로도 나는 당신 생활의 전체 분위기를 빨아들일 수 있었습니다. 그리하여 밤낮을 가리지 않는 당신을 향한 끊임없는 꿈을 위한 양식으로 삼았던 것입니다.

이 덧없이 짧은 몇 분 동안이 내 소녀 시절의 가장 행복했던 시간이었습니다. 내가 이런 이야기를 하는 것은 당신께서— 나를 알지 못하시는 당신께서— 한 사람의 여자가 얼마나 당신에게 의지했고, 또 파멸되었는가를 짐작하시도록 하기 위해서입니다. 그와 동시에 또 한 가지의 말씀, 그것은 유감스럽게도 앞의 일이 있었던 때와 비슷한 시기에 있었던 아주 흉악스러운 사건이었습니다.

나는 앞서 말씀드린 것과 마찬가지로 당신 때문에 모든 일을 잊어버리고 있었습니다. 나는 우리 어머니도 상관치 않았고, 어느 누구도 신경 쓰지 않았습니다. 그래서 우리 어머니와 먼 인척 관계에 있는 어느 중년 신사가— 그는 인스부르크 상인이었지요— 가끔 와서는 꽤 오랜 시간 머무르는 것도 눈치채지 못했습니다. 아니, 오히려 좋아할 지경이었습니다. 왜냐하면 그 사람은 가끔 어머니를 극장으로 데려갔기 때문에, 나는 집에 혼자 머물며 당신 생각도 하고, 당신의 동정도 살필 수가 있었기 때문입니다. 그런 때야말로 나에게는 가장 행복한 시간이었습니다.

운명 같은 차가운 이별

그러던 어느 날 어머니는 심각한 표정으로 나를 당신 방으로 불렀습니다. 그리고 내게 깊이 생각한 후에 행동해야 할 일이 있다고 말씀하셨습니다. 나는 얼굴이 새파래졌고 가슴이 갑자기 두근거렸습니다. 어머니가 무슨 눈치를 채신 걸까? 무슨 추측을 하신 건 아닐까? 하고 맨 처음에 당신 생각이 떠올랐습니다. 즉 당신과 관련된 나의 비밀이 마음에 걸렸던 것입니다. 그때 어머니는 어머니대로 당황하며, 내게 친절하게도 두 번이나 키스를 하셨습니다. —그런 일은 좀처럼 없었지요— 어머니는 나를 소파 위에 끌어다 앉히고 나서 머뭇머뭇하며 부끄러운 듯이 이야기를 시작했습니다.

홀아비가 된 어느 친척이 어머니에게 결혼 신청을 했다고, 그리고 어머니는 나 때문에 그것을 받아들일 결심을 했다고 말씀하셨습니다. 심장에 있는 피가 갑자기 화끈하고 머리로 올라갔습니다. 단 한 가지의 생각만이 내 머리 속에 빙빙 돌았습니다. 그것은 물론 당신과 관련된 것이었지요.

“그렇지만 우리는 여기서 그대로 살 수 있는 거지요?”

나는 더듬거리며 간신히 말했습니다.

"아니, 우리는 인스부르크로 이사를 가야 해. 페르디난드 씨는 그곳에 아주 훌륭한 별장도 가지고 있단다."

그 이상은 한마디도 더 듣지 않았습니다. 눈앞이 캄캄해졌던 것입니다. 나중에 안 일이지만, 그때 나는 기절해 버렸던 모양입니다. 어머니가 문 뒤에 서서 기다리고 있던 의붓아버지에게 작은 소리로 말한 것을 들었는데, 갑자기 손을 벌리더니 뒷걸음치며 마치 납덩어리처럼 그대로 쓰러져 버렸다고요.

그런 일이 있은 후 며칠 동안, 무력한 계집아이였던 내가 얼마나 어머니의 압도적인 뜻을 어기고 반항했었는지 일일이 당신에게 적어낼 수가 없을 것 같습니다. 그때의 일을 생각하면 지금도 편지를 쓰는 이 손이 떨려옵니다. 나의 소중하고 진실한 비밀을 이야기할 수가 없었으므로, 나의 모든 행동은 다만 고집과 악의와 반항으로만 취급되었지요. 아무도 더 이상 나와 이야기하지 않았고, 모든 일은 몰래 진행되었습니다. 어머니는 내가 학교에 가 있는 시간을 이용해서 이사 갈 준비를 진행시켰습니다. 내가 학교에서 돌아올 때마다 가구들은 치워져 있었고, 팔려서 없어진 뒤였습니다. 나는 나의 소중한 둥지와 나의 생활이 동시에 무너져 가는 것을 그저 바라보고 있어야 했습니다.

어느 날 점심을 먹으러 집에 와 보니, 짐꾼들이 모든 것을 가지고 가 버린 뒤였습니다. 텅 빈 방 안에는 옷가지를 담은

트렁크와 두 개의 간이침대가 남아 있을 뿐이었습니다. 이제 거기서 하룻밤만 더 자고, 그것을 마지막으로 그 다음 날은 인스부르크로 떠나야 했습니다.

그 마지막 날, 나는 당신 곁이 아니면 살 수 없다고 새삼스럽게 결심했습니다. 나는 당신 이외에는 어떤 구원의 길도 없다는 것을 알았습니다. 내가 그런 절망적인 시간에 어떻게 그런 생각을 했는지 모르겠지만, 나는 갑자기— 그때 마침 어머니는 안 계셨습니다— 교복을 입은 채 벌떡 일어나서 당신에게로 건너갔습니다. 아니, 간 것이 아니라 뭔지 알지 못하는 힘이 자석처럼 나를 그리로 움직이게 했습니다. 나의 뻣뻣해진 다리와 덜덜 떨리는 관절을 한데 이끌어 당신의 방문 앞으로 나를 밀쳐 보냈던 것입니다.

조금 전 말씀드린 것처럼 나는 어떻게 할 것인가를 똑똑히 알지 못했습니다. 그러나 어렴풋이 당신의 발치에 엎드려서 나를 하녀로 써달라고, 아니 노예로라도 받아들여 달라고 애원할 생각이었겠지요. 그리고 나는 당신이 열여섯 살 먹은 계집애의 그러한 순진한 행동을 웃어 버리고 말지나 않을까, 그것만이 걱정이었습니다.

사랑하는 분이여! 당신은 그날 밤에 내가 얼음처럼 차가운 복도에 나가서, 걱정으로 온몸을 떨며 당신을 향해 걸어갔다는 사실을 알았더라면 설마 웃지는 않으셨겠지요. 나는 떨리는 팔을 간신히 약간 쳐들어서—그렇게 하기까지는 영원히 계속될 것 같은 무서운 몇 초 동안의 투쟁이었지만— 마침내 손가락으로 문에 달린 초인종의 꼭지를 눌렀습니다. 여러 해가 지난 지금까지도, 그 날카롭게 울렸던 종소리는 내 귓전에 쟁쟁하게 들려올 듯합니다. 그리고 그 다음 순간의 고요함, 심장의 박동이 멈추고, 온몸의 피가 얼어붙은 듯하고, 다만 당신 발자국 소리가 들리기만을 기다리는 긴장된 순간이었습니다.

하지만 당신은 나오지 않았습니다. 아무도 나오지 않았습니다. 당신은 그날 오후에 확실히 집에 안 계셨던 것입니다. 또한 요한도 볼 일을 보러 나갔었고요. 할 수 없이 나는 왱왱거리는 종소리가 귀에서 사라지는 여음을 들으며, 나의 거칠고 텅 빈 방으로 다시 돌아왔습니다. 나는 마치 험한 눈길을 몇 시간이고 걸어온 여행객처럼 담요 위에 몸을 쓰러뜨리고 말았습니다. 하지만 그렇게 심한 마음의 상처에도 불구하고 마음에도 없는 이사를 가기 전에 당신을 만나고 당신과 이야기를 해야겠다는 결심이 다시 한 번 거세게 마음속에서 타올랐습니다.

당신께 맹세코 말씀드리는 건데, 그때 나는 육체적인 욕망에서 그랬던 것이 아닙니다. 나는 그 당시 아무것도 몰랐으며, 다만 당신을 향한 생각밖에 없었습니다. 다만 나는 당신을 보고 싶었고, 다시 한 번 당신에게 매달리려 했던 것입니다. 그날 그 길고 긴 무서운 밤을 그대로 당신만을 기다렸습니다.

사랑하는 분이여! 어머니가 침대에 들어가셔서 잠이 들기가 무섭게, 나는 당신이 돌아오는 소리를 엿듣기 위해 문간방으로 몰래 기어나갔습니다. 그렇게 밤새도록 나는 기다렸습니다. 얼음처럼 차가운 날씨에 달이 뜬 일월의 어느 밤이었지요. 나는 피곤하고 온몸이 쑤셨으나, 앉아서 쉴 만한 의자라고는 하나도 없었습니다. 그래서 나는 바람이 스며드는 차가운 거실 바닥에 그대로 누웠습니다. 얇은 자리옷을 입은 채 차갑고 아픈 거실 바닥에 그대로 누워 있었습니다. 이부자리도 없었지만 따뜻하게 만들고 싶은 생각도 없었습니다. 혹시 잠이 들어서 당신이 들어오시는 발걸음 소리를 듣지 못할까 봐 두려웠던 거지요. 그것은 고통이었습니다. 발이 경련을 일으키며 오그라들고, 팔은 부들부들 떨렸습니다. 나는 몇 번이고 일어서지 않을 수 없었습니다. 그 무서운 어둠 속에서 추위가 그렇게도 심했던 것입니다. 그러나 나는 기다리고 기다리고 또 기다렸습니다. 당신이 오시는 것을 나의 운명으로 알고…….

아마 새벽 두 시나 세 시쯤 되었을 시간이었습니다. 아래층의 문이 열리고 계단을 따라 올라오는 발걸음 소리가 들렸습니다. 추위가 한꺼번에 날아가 버리고, 뭔가 뜨거운 것이 가슴 밑바닥에서 복받쳤습니다. 나는 살그머니 문을 열고 당신에게로 뛰어가려 했지요. 당신 발치에 몸을 던지려고 한 것입니다.

아아! 어리석은 아이였던 나는 그때 어떤 실수를 했는지 모릅니다. 발걸음 소리가 가까이 다가오고 촛불이 흔들흔들 타올랐습니다. 나는 몸을 떨며 손잡이를 붙잡았습니다. 그때 올라온 사람이 과연 당신이었을까요?

그렇습니다. 그것은 틀림없이 당신이었습니다. 그러나 당신은 혼자가 아니셨습니다. 나는 자그맣게 낄낄대는 웃음소리와 약간 살랑거리는 비단 옷자락 스치는 소리, 그리고 당신의 작은 목소리를 들었습니다. 당신은 어느 부인을 데리고 집으로 오셨던 것입니다.

내가 어떻게 그 날 밤을 죽지 않고 넘길 수 있었는지 지금도 알 수 없습니다. 다음 날 아침 여덟 시에 나는 인스부르크로 끌려갔습니다. 나는 반항할 어떤 힘도 그때는 사라졌던 것입니다.

 그대 속에서만 살아 있는 존재

내 아이는 어제 밤에 죽었습니다. 앞으로 살아가야 한다면 정말 나는 고독할 것입니다. 내일이 되면 알지 못하는 까만 옷을 입은 무지한 사람들이 와서 들고 온 관에다 내 불쌍한, 내 단 하나뿐인 아이를 매장할 것입니다. 어쩌면 친구들도 와서 꽃다발을 줄 것입니다. 그러나 관에 꽃다발이 꽂힌들 무슨 소용이 있겠습니까? 그들은 나를 위로도 하겠지요. 무슨 애도의 말이라도 해 주겠지요. 생각해 보세요. 그 말이 무슨 소용이 있겠습니까? 나는 압니다. 또다시 내가 고독하리라는 것을…….

사람들 가운데 있으면서도 고독하다는 것보다 더 무서운 것은 없습니다. 그 당시 나는 그것을 겪었습니다. 열일곱 살부터 열여덟 살까지 인스부루크에서 지낸 그 희망 없는 2년 동안, 나는 고독의 슬픔을 경험했습니다. 가족과 같이 지내면서도 마치 죄수처럼, 마치 추방된 사람처럼 살고 있었습니다. 조용하고 말수 적은 의붓아버지는 내게 매우 친절하게 대해 주었습니다. 어머니는 어머니대로 마음의 빚을 보상해 주려고 내 희망을 모조리 받아 주는 것 같았습니다.

여러 젊은 남자들이 내 뜻을 맞춰주려고 어지간히 노력도 했습니다. 하지만 나는 삶의 희열을 느낄 만큼 행복하게 되고 싶지도 않았고, 만족하게 살고 싶지도 않았습니다. 나는 자학과 고독의 어두운 세계 속으로 내 자신을 매장했던 것입니다. 어머니는 최신 유행의 예쁜 옷을 사 주었지만, 나는 입어 보지도 않았습니다. 음악회나 극장에 가자는 것도 다 거절했고, 친구들이 밝게 웃으며 야유회를 가자는 것도 참가하지 않았습니다. 이 조그만 도시에서 2년 동안이나 살면서 어느 골목 하나에도 발을 디뎌 보지 않았습니다.

사랑하는 분이여! 그것을 믿어 주시겠습니까? 거리의 이름을 열 개도 외우지 못했으니까요. 나는 슬퍼했으며, 또 슬퍼하고자 했습니다. 당신을 만나기 위해 참는 것이라면 어떠한 결핍이라도 기쁠 수 있었습니다. 결국 나는 당신 안에서만 살려고 결심했습니다. 나는 혼자서 방에 앉아 몇 날 며칠을 당신 생각에 잠긴 채 아무 일도 하지 않았습니다. 계속 되풀이하며 당신과 관계있는 수많은 사소한 추억에 잠기곤 했습니다. 당신과 만났던 일, 당신을 기다렸던 일 등을 새삼스럽게 기억하고, 마치 극장에서 상영하듯, 그 조그만 에피소드들을 혼자서 머릿속에서 연출했던 것입니다.

지난날의 일 분 일 초까지 수없이 뒤돌아보며 생각해 보았기 때문에, 내 소녀 시대는 지금도 모든 게 생생하게 불타는 추억으로 남아 있습니다. 그래서 지나간 세월에 묻힌 하나하나의 기억이 마치 어저께 직접 체험한 것처럼 뜨겁게 솟아오르는 것을 느낍니다.

그 당시 나는 다만 당신 속에서만 살아 있는 존재였습니다. 당신이 저술하신 책은 모조리 사서 보았으며, 당신의 이름이 신문에 나는 날은 내게 축제날이었습니다.

당신은 못 믿으실지 모르지만, 나는 당신이 쓴 책의 어느 한 줄이라도 보지 않고 다 외울 수 있을 만큼 수없이 읽었답니다. 누구든 밤중에 갑자기 잠에서 깨어난 내게 당신 책에서 뽑아낸 몇 줄을 읽어준다면, 나는 꿈속에서처럼 그 뒤를 이어서 말할 수 있을 겁니다. 오늘날까지도, 13년이 지난 오늘날까지도 그렇게 할 수가 있을 겁니다. 그렇게 당신의 말 한마디 한마디가 내게는 복음이었고 기도문과 같았습니다. 이 세계도 당신과 관련되는 것만이 내게는 존재했습니다.

당신이 관심을 가졌을 거라는 생각만으로, 나는 비엔나 신문의 음악회나 연극 기사를 열심히 읽었습니다. 그래서 저녁때가 되면 나는 당신의 뒤를 따라, '지금쯤 극장 안으로 들어가셨겠지', '지금쯤은 좌석에 앉으셨겠지' 하고 상상을 했습니다. 당신이 단 한 번 콘서트에 가신 것을 본 것만으로 나는 몇 천 번 그 꿈을 꾸었는지 모릅니다.

그러나 무엇 때문에 나는 이 모든 것을 이야기하는 걸까요? 이 미친 듯한 모순된 이야기, 비극적이고 희망 없는 무시당한 아이의 광신적인 이야기를 뭣 때문에 알지도 못하시는, 상상도 못하시는 분에게 나는 이야기하는 걸까요? 그때는 정말 나는 어린아이였지요?

먼 곳에 있는 그대

그 후 나는 열일곱 살이 되고 열여덟 살이 되었습니다. 거리에서 젊은 청년들과 마주치면 그들이 뒤돌아보곤 했지만, 내게는 그것이 불쾌하기만 했습니다. 왜냐하면 사랑이라든가 심지어 사랑의 유희라든가, 하여간에 당신 이외의 사람하고 그런 생각을 한다는 것만으로도 참을 수 없었기 때문이었습니다. 심지어 유혹이라는 말만 들어도 무슨 죄를 범하는 것같이 생각되었습니다. 당신을 향한 나의 정열은 언제까지나 변함이 없었으니까요.

달라진 것이 있다면 내 육체가 성숙해진 것과, 내 관능이 깨어남에 따라 더 한층 불붙고, 더 한층 육체적이 되고, 더 한층 여자답게 된 것뿐이었습니다. 그래서 그 당시 순진한 아이였던 내가 아무것도 모르고 하려 했던 것은, 지금 생각하면, 당신에게 몸을 바치고 당신에게 의지하려 했던 것이었습니다.

내 주위에 있는 사람들은 나를 수줍음을 잘 타고 내성적이라고 생각했습니다. 그러나 그들은 잘 몰랐지만— 나는 내 비밀을 이빨 사이에 꼭 물고 말을 안 했기 때문에— 내 마음속에는 강철 같은 의지가 자라났습니다. 내 모든 생각과 욕구는 하나의 방향으로, 즉 비엔나로 돌아가자, 당신에게로 돌아가자는 방향으로 쏠려 있었습니다. 다른 사람에게는 그것이 그야말로 어리석고 이해할 수 없는 것으로 보였을지 모르겠지만, 나는 내 의지를 관철시키는 데 조금도 주저하지 않았습니다.

내 의붓아버지는 돈이 많았으며, 나를 자기의 친딸처럼 생각해 주었습니다. 그러나 나는 내 돈은 내가 벌겠다고 완강하게 고집을 부려서, 마침내 어느 커다란 양장점의 점원이 되어 비엔나에 있는 친척에게로 가게 되었습니다.

안개 낀 어느 가을 날 저녁, 마침내 비엔나에 도착했을 때 내가 처음으로 어느 길을 걸어갔는지 당신에게 이야기해야만 아시겠습니까? 트렁크는 정거장에 맡겨 놓은 채 나는 달려 들다시피 전차에 올라타고— 아! 얼마나 전차가 느리게 움직이는 것 같던지……. 정거장마다 화가 나 미칠 지경이었지요.—그렇게 똑바로 당신 집으로 달려간 것입니다.

당신 방의 창에 불 켜진 모습을 보자, 내 심장은 마구 설레며 울렁거렸습니다. 내 주위에서 아무 의미 없이 떠들썩하던 그 도시가 그제야 비로소 생명을 갖는 것 같았습니다. 나 자신도 비로소 생명이 되살아나는 것 같았습니다. 내 영원한 꿈인 당신이 가까이 계신 걸 느꼈기 때문입니다. 말할 것도 없이 당신과 나 사이에는 불빛을 내비치고 있는 얇은 유리창이 끼워진 창문밖에 없었습니다. 하지만 그 순간에도 당신의 입장에서 본다면, 나의 존재는 산을 넘고 강을 건너 먼 딴 세상에 있는 것처럼 멀었겠지요.

나는 다만 쳐다볼 뿐이었으며, 당신이 그 안에 있었습니다. 즉 나의 전 세계가 있었던 것입니다. 이 년 동안 나는 바로 그 순간만을 간절히 꿈꾸어 왔는데, 그 바람이 지금 실현된 것입니다. 부드럽고 안개 낀 저녁, 당신의 창에 불이 꺼질 때까지, 나는 오래오래 서 있었습니다. 그 불이 꺼지고 나서야, 나는 비로소 내 잠자리를 찾은 것입니다.

그 후 나는 밤마다 그렇게 당신이 계신 아파트 앞에 서 있었습니다. 저녁 여섯 시까지 가게에서 힘들고 고된 일을 했지만, 그 일이 내게는 조금도 싫지 않았습니다. 그것이 내 조바심을 덜게 해 주었기 때문입니다. 그리고 가게의 바깥 철문이 닫히자마자, 나는 쏜살같이 사랑하는 목표를 향해 뛰어갔습니다.

단 한 번이라도 당신을 보고자, 단 한 번이라도 당신을 만나고자, 그것이 나의 유일한 염원이었지요. 다시 한 번 멀리서라도 내 눈으로 당신의 얼굴을 붙잡을 수 있을까 하고!

그렇게 한 일 주일쯤 지났을 때, 드디어 당신을 만날 수가 있었습니다. 그것도 아주 예기치 못한 짧은 순간이었어요. 내가 막 당신의 창문을 쳐다보며 귀 기울이고 있을 때, 당신은 거리의 큰길을 건너오셨습니다. 나는 갑자기 다시 열세 살 먹은 어린아이가 되어 피가 얼굴로 화끈하고 올라오는 것을 느꼈습니다. 무의식중에 당신의 시선을 받고자 하는 내면의 욕망을 거스르며 나는 고개를 푹 숙이고, 쫓기듯이 당신 옆을 스쳐서 도망치고 말았습니다. 번개같이 도망치고 말았지요.

그 후 나는 그때 여학생처럼 수줍게 도망친 일을 두고 얼마나 부끄럽게 생각했는지 모릅니다. 왜냐하면 그 당시 내 마음은 확고했다고 느꼈기 때문입니다. 나는 당신과 만나기를 원했고, 당신을 갈망했으며, 당신을 그리워한 채 보낸 긴 세월 후에, 당신이 다시 나를 알아봐주시기를 원했던 것입니다. 당신에게 존중받고, 사랑받기를 간절히 원하고 있었던 것만은 확실했기 때문입니다.

나의 이러한 간절한 바람과는 달리 당신은 오래도록 나를 못 보셨습니다. 나는 매일 저녁, 눈보라치는 날이나 살을 에는 바람이 부는 날이나 당신의 골목 앞에 서 있었지만, 당신은 좀처럼 그것을 눈치 채지 못하셨습니다. 어느 때는 몇 시간이고 하염없이 기다리는 날도 있었습니다. 때로는 당신이 어느 친구분과 함께 어디론가 나가 버리는 것을 본 적도 있었습니다. 그리고 두 번이나 당신이 여자와 같이 가시는 것을 보기까지 했습니다.

내가 여자가 된 것을 느낀 것은 그 순간이었지요. 당신이 내가 모르는 여자와 다정히 팔짱을 끼고 길을 걸어가시는 것을 보았을 때, 갑자기 내 심장이 날카로운 칼에 찢겨 나가는 것 같은 통증을 받았으니까요. 그 순간 나는 당신을 향한 내 감정의 변화를 느꼈습니다. 사실 그것은 그다지 놀라운 일이 아니었습니다. 여인들이 끊임없이 당신을 찾아온다는 것은 이미 어렸을 때부터 잘 알고 있었으니까요. 그런데 새삼스럽게 심한 육체적인 고통이 닥쳐오고, 마음이 너무나 혼란스러웠던 것입니다. 동시에 당신이 다른 여자에게 눈에 띄게 육체적인 친밀감을 보이는 일에 나는 적개심과 부러움을 한꺼번에 느꼈습니다.

어느 날 나는 지금까지 남아 있는 어린아이 같은 투정 섞인 마음으로 당신의 집 앞을 멀리했습니다. 그러나 반항과 반발의 그날 밤이 내게 얼마나 무서웠겠습니까! 그 다음 날 저녁에는 그 집 앞에 서서 비굴하게도 당신이 오시기를 기다리는 내 자신을 발견했답니다. 마치 내가 일생 동안 당신의 닫힌 생명 앞에 말없이 기다리고 서 있었던 것처럼 말입니다.

내겐 너무 황홀한 사랑

드디어 어느 날 저녁, 나는 당신의 눈에 띄었습니다. 나는 멀리서부터 당신이 오시는 것을 보자, 내 마음을 가다듬어 이번에는 당신을 피하지 않겠다고 다짐했습니다. 우연히도 어느 짐차가 길 한쪽에서 짐을 내리고 있을 때였습니다. 그래서 길은 좁혀졌고, 당신은 내 곁을 바싹 지나가시게 되었습니다. 무의식적으로 당신은 산만한 눈길을 내게 던지셨는데, 그때 갑자기 뚫어지게 당신을 쳐다보는 내 눈과 마주치자— 그 순간 나는 얼마나 놀랐겠습니까— 당신의 눈은 여느 때처럼 여인에게 던지는 독특한 눈짓으로 변했습니다. 그 부드럽게 감싸 안은 듯한 눈짓으로 말입니다. 그것은 어린아이인 나를 처음으로 여성으로 만들어 주었고, 사랑을 다시 눈 뜨게 해주었으며, 무한한 의미를 담고 있으면서도 확고한 눈짓이었습니다. 일이 초 동안 그 눈짓은 내 눈 위에 머물렀습니다. 나는 내 눈을 비킬 수도 없었으며, 비키려고도 하지 않았습니다. 그렇게 당신은 내 곁을 지나가 버리셨습니다.

내 가슴은 심하게 떨리고 있었고 나도 모르는 사이에 내 걸음은 휘청거렸습니다. 다음 순간 억누를 수 없는 호기심으로 뒤를 돌아다보니, 당신은 거기 서서 나를 지그시 바라보고 계시는 게 아니겠습니까. 호기심을 가지고 흥미로운 듯한 눈빛을 빛내면서 말이지요. 나는 그 모습으로 당신이 내가 누구인지를 못 알아보셨다는 것을 깨달았습니다.

당신은 나를 못 알아보셨습니다. 그때도 못 알아보셨거니와, 그 후에도 결코 나를 인식하지 못했습니다.

사랑하는 분이여! 그때 그 순간, 내가 내게 던진 환멸의 저주가 어느 정도였는지는 차마 말로는 표현하지 못하겠습니다. 그때가 내게는 당신에게 끝끝내 인식되지 못하는 내 운명을 직감해야 했던 순간이었습니다. 그 운명이야말로 내가 일생을 통해 겪어야만 했고, 또한 그 운명을 지닌 채 죽어야만 하는 것입니다. 끝끝내 나를 알아보시지 못하는 운명, 당신의 눈 속에 결코 인식되지 못하는 그 운명, 그때 내 절망적인 마음을 나는 어떻게 당신에게 이야기할 수 있겠습니까!

사실 나는 2년 동안 인스부루크에 머무르면서 한 순간도 쉬지 않고 당신을 생각했고, 당신과 비엔나에서 처음으로 만나게 되었을 때를 이것저것 상상해 왔습니다. 나는 그날 그날의 기분에 따라 가장 슬프게 될 가능성을 떠올리기도 했습니다. 다시 말하면 당신과 처음으로 만나서 일어날 수 있는 모든 종류의 꿈을 다 꾸어 봤던 것입니다. 마음이 우울한 순간에 상상했던 것은 내가 너무나 보잘것없고 보기 싫게 생겨 귀찮은 듯 당신이 나를 밀치며 경멸하는 꿈이었습니다. 당신의 불친절한 모습, 당신의 냉정한 모습, 당신의 무관심한 모습, 그러한 모든 것을 나는 환상 속에서 모두 그려 보았습니다. 그러나 내 존재 그 자체가 전혀 당신의 머릿속에 인식되지 않았다는, 그 가장 무서운 사실만은 아무리 나 자신을 형편없는 존재로 극도의 상상을 펼쳤을 때에도, 그런 경우만은 머리에 떠오르지 않았습니다.

오늘날 나는 그것을 잘 이해합니다. 아, 당신이 내게 그것을 똑똑히 이해하게끔 해 주신 거예요. 처녀나 부인들의 얼굴이 남자들에게는 얼마나 변화무쌍한 것인지, 나는 골수에 사무치게 잘 알게 되었습니다. 대체로 여자의 얼굴은 정열이나 순진함이나 피로함이 거울처럼 그대로 드러나곤 합니다. 거울에 비치는 영상이 자주 변하듯이 그렇게 쉽게 달라지는 것입니다. 따라서 남자들이 한 여자의 얼굴을 곧 잊어버렸다고 해서 결코 무리한 일이 아닙니다. 그 얼굴 속에 스며 있는 나이는 명암을 가지고 있고, 옷차림도 이때와 저때에 따라 다른 모습을 만들어 주기 때문입니다.

물론 그러한 사실을 정말로 이해하는 것은, 모든 것을 체념한 여자들에게만 있을 수 있는 일입니다. 하지만 그 당시에 다른 처녀들과 다르지 않았던 나로서는 당신이 그렇게 잘 잊어버리시는 걸 이해할 수가 없었습니다. 왜냐하면 끊임없이 극단적으로 당신만을 생각하고 있던 나는 당신도 어쩌면 가끔 가다 나를 조금은 생각할 것이며, 나를 기다려 주시리라는 당치도 않은 망상에 사로잡혀 있었기 때문입니다.

당신에게는 내가 아무 의미도 지니지 않은 사람이며, 나와 엮여진 한 가닥의 기억도 당신의 마음을 움직이게 할 수 없다는 사실을 내가 알았다면, 나는 그 당시 숨도 쉬지 못했을 것입니다. 당신의 마음속에는 나를 향한 것이 아무것도 없으며, 당신의 생활의 추억 속에는 내 쪽으로 뻗어진 거미줄 한 가닥의 연결조차 없다는 것을 보여주는 당신의 눈짓으로 나는 비로소 잠에서 깨어났습니다. 그것은 내가 현실의 나락 속으로 떨어지는 최초의 추락이었으며, 내 운명의 예감이었습니다.

그때 당신은 나를 알아보시지 못하셨습니다. 그리고 이틀 후에 당신의 시선이 다시 나를 감싸며, 두 번째 만났다는 친밀한 표정을 띠며 나를 보셨을 때, 당신은 또다시 나를 알아보시지 못하셨습니다. 당신은 그때 당신을 사랑하고 있고 당신이 잠을 깨워 놓은 여자라는 것은 알지 못하고, 다만 이틀 전에 같은 장소에서 마주친 어여쁜 열여덟 살 먹은 처녀로만 나를 인식하고 있었습니다. 당신은 친밀하고 놀라는 기색으로 나를 보시고 입가에는 약간의 미소를 띠셨습니다. 이번에도 당신은 내 곁을 지나가며 다시 먼젓번처럼 걸음을 잠시 지체하셨지요.

나는 몸을 떨었습니다. 나는 황홀했습니다. 나는 당신이 내게 말을 걸어 주시기를 속으로 하느님께 빌었습니다. 최초로 내가 당신에게 생명을 가진 존재가 되었다는 느낌이었습니다. 나도 역시 그때 걸음을 머뭇거렸지요. 물론 피하려고는 하지 않았습니다. 그런데 갑자기 나는 당신이 내 뒤에 계신 기척을 느꼈습니다. 드디어 내가 처음으로 사랑하는 당신의 말씀을 들을 수 있는 순간을 맞이한 것입니다. 몸이 마비되는 듯한 기대가 내 마음속에 일어나고, 가슴이 두근두근하여 걸음을 멈출 수밖에 없을 것 같았습니다.

바로 그때 당신은 내 곁으로 걸어오셨지요. 당신은 나한테 마치 오래된 친분이 있는 사람처럼 가볍고 명랑한 말투로 말을 걸으셨습니다. 아, 당신은 나를 모르셨으며, 내 생활에 대해서도 결코 아무것도 모르고 계셨습니다. 그러나 당신은 너무나 신비스럽고 거리낌 없는 말솜씨여서, 나같이 수줍음을 잘 타는 사람조차 곧 대답할 수가 있을 정도였습니다. 우리는 그 골목을 나란히 끝까지 걸어갔지요. 그때 당신은 내게 함께 식사를 하지 않겠느냐고 물어 보셨습니다.

“그러겠어요.”

나는 떨리는 목소리로 대답했습니다. 내가 어떻게 감히 당신의 말을 거역할 수 있었겠습니까!

우리는 조그마한 음식점에서 같이 식사를 했습니다. 그것이 어느 집이었는지 당신은 아시겠습니까? 아, 모르시겠지요. 당신은 그와 똑같았을 다른 여러 날들의 저녁과 그날 저녁을 구별조차 못하실 것입니다. 내가 당신에게 무슨 가치 있는 여자였겠습니까? 그 많은 사람들 중 한 명의 여자, 계속되는 당신의 여자관계의 사슬 중에 한 사건, 나와 얽힌 기억을 이끌어낼 무슨 특별한 일이 있었겠습니까?

나는 거의 말이 없었습니다. 당신 곁에 앉아서 당신 말씀하시는 것을 듣고 있다는 것이 그저 한없이 행복했기 때문입니다. 단 한 순간이라도 부질없는 질문, 어리석은 말로 낭비하고 싶지 않았습니다. 나는 영원히 당신에게 그때 함께 해준 시간을 고맙게 생각할 것이며 마음속에서 잊지 않을 것입니다. 당신은 얼마나 내 정열적인 존경심을 가득 채워 주셨는지, 또 얼마나 부드럽고 사뿐하게 그리고 얼마나 절도 있게 당신은 행동을 하셨는지 모릅니다. 전혀 치근덕거리는 기미도 없었고 조금도 지나친 친절을 보이지도 않았습니다. 그러면서도 맨 처음 순간처럼 내내 그렇게 어색하지 않게 친절하고 자상했으며 믿음직하셨습니다.

그래서 혹시 내가 오래 전부터 모든 것을 다 쏟아 당신 것이 되고자 하지 않았더라도, 아마도 당신은 쉽게 나를 마음대로 하실 수 있었을 것입니다. 아, 당신은 내가 5년 동안 어린아이처럼 가졌던 기대를 조금도 어긋나지 않게 해 주셨음을 당신 스스로는 짐작도 못하실 겁니다!

어느새 밤이 깊어져서 우리는 자리에서 일어섰습니다. 음식점의 문 앞에서 당신은 나한테 물었습니다.

"저, 시간을 좀 내 주실 수 있어요? 별로 바쁜 일은 없으시죠?"

내가 그 질문을 받고 당신이 원하신다면 어떤 곳이라도 함께 가겠다는 말을 어떻게 안 할 수가 있겠습니까!

"네, 바쁘지 않습니다."

나는 그렇게 대답했습니다. 그러자 당신은 약간의 주저를 그대로 억누르고 말씀하셨습니다.

"그럼 잠깐 우리 집에 가서 이야기하지 않겠어요?"

"그러겠습니다."

나는 마음이 시키는 대로 그대로 대답하고 곧 아차 했습니다. 당신은 나의 승낙이 너무나 빨랐으므로 기뻐하는 것 같기도 했지만, 어쩐지 고통스러워하는 것처럼 보였기 때문입니다. 하여간에 당신은 상당히 놀라는 표정을 지으셨습니다. 지금 나는 당신이 내게 보인 놀라움을 잘 이해할 수 있습니다. 여자들은 몸을 허락하고자 하는 욕망이 마음속에 불타고 있을 경우라도 대뜸 승낙하지 않고 한번쯤은 거절하든지, 놀라움이나 노여움으로 포장하여 마음을 나타내는 것이 보통 상식이었기 때문입니다.

그리하여 거짓말을 하고, 약속을 하고, 맹세를 하고 난 뒤에야 남자의 소원을 풀어주는 것이 대체적인 순서이기 마련입니다. 그러한 유혹에 대뜸 기쁘게 승낙하는 것은 매춘부나 직업적인 창녀 이외는 아주 순진하고 아직 어린 애송이 계집애들밖에는 없다는 것을 이제는 잘 알고 있습니다. 그러나 내게는— 당신은 그것을 느끼지 못하셨지만— 단지 말로 변한 욕망, 수없는 하루하루가 쌓여 한 덩어리가 되어서 튀어나온 당신에 대한 사모가 있었을 뿐이었습니다.

하여간에 당신은 놀라셨고 나에 대한 흥미를 가지기 시작하셨습니다. 나란히 서서 이야기를 하며 걸어가는 동안에도 당신은 어딘지 놀라는 기색으로 나를 옆에서 살펴보시는 것을, 나는 알아챘습니다. 모든 인간적인 것 가운데서 그렇게 이상한 확실성을 가지고 있는 당신의 감각이 이 아름답고 순진한 소녀로부터 뭔지 좀 색다른, 보이지 않는 비밀을 곧 알아내신 것입니다. 당신 마음속에 있는 호기심이 잠을 깨고, 나는 당신이 말을 돌려서 내 마음속을 살피려는 질문을 하시는 것을 보며, 내 비밀을 알아내려는 당신의 노력을 눈치 챘습니다. 그러나 나는 그것을 피했습니다. 당신에게 내 비밀을 알리느니, 차라리 어리석게 보이고자 했던 것입니다.

우리는 이층에 있는 당신 방으로 올라갔습니다. 그 집 안의 복도와 계단이 내게는 얼마나 그립고 소중했겠습니까? 그야말로 나는 술 취한 것같이 혼란스러웠고, 얼마나 미칠 듯이 행복했는지 당신은 상상도 못했을 거라고 말씀드리는 실례를 용서해 주십시오.

사랑하는 분이여! 지금도 나는 눈물 없이는 그때의 일을 떠올릴 수가 없습니다. 그리고 나는 그 이상의 행복을 알지 못합니다. 당신 방 안에 있는 모든 물건들이 나의 정열과 연결되는 것이었고, 그 하나하나가 내 소녀 시절의 상징이며 동경의 대상이었다는 것만은 알아주세요.

몇 천 번이나 그 앞에 서서 당신을 기다렸던 그 문, 언제나 당신의 발소리를 듣느라 귀를 기울였던 그 계단, 그 계단은 또한 내가 당신을 최초로 만났던 장소였습니다. 그뿐만 아니라 나의 영혼인 당신을 내다 보았던 그 문구멍, 언젠간 내가 무릎을 꿇었던 그 문 앞의 디딤 방석, 또한 엿보고 있는 도중에 언제나 깜짝 놀라 정신을 차렸던 그 문의 열쇠 소리, 그러한 모든 것이 내게는 다시없는 귀중한 추억이었습니다. 나의 모든 소녀 시절의 정열이 불과 2,3미터의 그 공간 속에 보금자리를 이루고 거기서 내 전 생활이 영위되었던 것입니다.

그런데 한순간에 그 모든 소원이 다 이루어져, 당신과 더불어 당신의 방 안으로, 아니, 우리의 방 안으로 들어갈 때, 폭풍과도 같이 나를 향해 떨어져 내려오는 무엇이 있었습니다. 생각해 보세요. 이렇게 말씀 드려도 평범하게만 들리시겠지요. 그러나 이것 말고는 달리 표현할 방법도 없으니 할 수 없습니다. 당신의 방문까지 가는 동안에는 모든 것이 현실의 보기 싫은 세계, 긴 일생을 통해 매일 매일의 지루하기만한 생활이었습니다.

그런데 한 걸음 방 안으로 들여놓으면, 아이들의 동화의 나라, 알라딘의 나라가 시작되는 것입니다. 생각해 보세요! 내가 불타는 눈동자로 몇 천 번이고 쏘아보았던 그 문을 지금 비틀거리며 지나쳐 들어가는 것입니다. 하지만 당신은 상상하실 수 있을지는 몰라도 이해는 못해 주실 겁니다. 나의 사랑하는 분이시여! 이 가슴 벅찬 몇 분 동안이 내 생에서 무엇을 빼앗아갔는지 당신은 이해하지 못하실 것입니다.

나는 그날 밤새도록 당신 곁에 머물러 있었습니다. 당신은 당신보다 앞서 어떤 남자도 내 몸을 만져보기는커녕, 내 육체를 바라본 사람조차 없었다는 것을 상상도 못하셨습니다. 그것을 몰라주신 것도, 내 사랑하는 분이여! 당연한 일이었겠지요. 왜냐하면 나는 아무런 저항도 하지 않고 부끄러움의 주저조차 억누르고, 당신에게 몸을 바쳤기 때문입니다. 혹시나 당신을 향한 내 사랑을 당신이 알아차리실까 염려되어, 당신이 반드시 놀라실 거라고 생각해서 그렇게 한 것입니다.

당신은 그런 심각한 것을 싫어하시고 다만 가벼운 것, 간단한 유희, 사뿐사뿐한 것, 그런 것만을 좋아하신다는 걸 잘 알고 있었기 때문입니다. 당신은 심각한 운명에 사로잡히는 것을 두려워하셨지요. 이 세상의 모든 것에 당신은 낭비하실 생각이었지만, 희생하시기는 싫어하셨습니다.

내가 지금 당신에게 내 처녀성을 바쳤노라고 말씀드려도, 사랑하는 분이시여! 제발 오해하지 마세요. 당신을 조금이라도 원망하는 것이 아니니까요. 당신은 나를 유혹한 것도, 속인 것도, 끌고 간 것도 아니십니다. 내가, 바로 나 자신이 당신에게 달려든 것입니다. 당신의 가슴팍에 내 몸을 내던져, 내 스스로를 내 운명 속으로 몰아넣은 것이니까요. 결코 나는 당신을 원망하지 않습니다. 오히려 당신에게 감사할 뿐이지요. 그날 밤의 풍부하고 찬란한 정열과 끝없는 행복감은 내게 다시 없는 것이었으니까요. 어둠 속에서 눈을 반짝 뜨고 내 옆에서 당신을 느꼈을 때, 나는 머리 위에 별들이 없는 것을 이상히 여겼습니다. 그때 나는 찬란한 밤하늘을 그토록 느꼈던 것입니다.

아니에요! 결코 나는 한 번도 후회하지 않았어요! 사랑하는 분이여! 나는 결코 그 시간을 후회한 적이 없습니다. 지금도 기억합니다. 당신이 잠에 빠졌을 때, 내가 당신의 호흡 소리를 들었을 때, 그리고 당신의 육체를 느끼고, 나 스스로 당신 곁에 있는 것을 느꼈을 때, 나는 어둠 속에서 너무나 행복해서 흐느껴 울기까지 했습니다.

다음 날 아침, 아주 일찍이 나는 그곳을 나섰습니다. 직장에 가기도 해야겠고, 하인이 오기 전에 떠나려고 했던 것입니다. 그에게 나를 보이고 싶지 않았습니다. 내가 옷을 입고 당신 앞에 섰을 때, 당신은 나를 팔에 껴안고, 오래도록 내 얼굴을 바라보셨습니다. 당신의 마음이 몽롱하게 과거의 어느 날을 추억하셨는지, 또는 다만 내가 그때 아름답고 행복해 보여서 였는지, 그것은 알 수가 없는 일이었지만, 그때 당신은 내 입에다 키스를 해 주셨지요. 나는 살며시 당신 품에서 벗어나 가려고 했습니다. 그러자 당신은 말씀하셨어요.

"꽃을 몇 개 가지고 가지 않겠어요?"

나는 그러겠다고 대답했습니다. 당신은 책상 위에 있는 파란 유리 화병에서 네 개의 흰 장미꽃을 접어서— 그 화병은 내가 어렸을 때 단 한 번 살짝 보고 기억하고 있었던 것입니다.— 내게 건네 주셨습니다. 그 후 며칠을 두고 내가 그 꽃에 입을 맞추었는지 모릅니다.

우리는 헤어지기 전에 다시 만날 밤을 약속했습니다. 그날 밤도 나는 당신께 갔었습니다. 또다시 멋진 밤이었지요. 그 후에 또 한 번 당신은 셋째 밤을 내게 베풀어 주셨습니다. 그리고 당신은 여행을 떠나야겠다고 하셨습니다. 아! 내가 어렸을 때부터 얼마나 그 여행을 미워했는지 모르실 겁니다. 그러나 당신은 돌아오는 즉시 내게 연락하겠다고 약속하셨습니다. 그때 내가 사서함의 주소만을 적어 드린 것은 내 이름을 당신에게 알리기 싫었기 때문이었습니다. 나는 끝내 그 비밀을 말하지 않았습니다. 그날도 당신은 내게 장미꽃을 한두 개 작별의 표시로 주셨습니다. 작별의…….

두 달 동안 매일같이 당신을 기다리고…… 그런데 지금 뭣 때문에 나는 기대와 절망의 지옥과 같은 그 고통을 당신에게 이야기하고 있는 걸까요? 나는 당신을 원망하지 않습니다. 오히려 나는 당신을 사랑하고 있을 뿐입니다. 있는 그대로에 열중했다가 금방 잊어버리고, 진실하다가도 마음이 변하는 당신을 나는 사랑합니다. 항상 당신은 그러하셨고, 지금도 또한 그러하신 당신을…….

당신은 벌써 오래전에 돌아와 계셨습니다. 돌아오신 것은 불빛 비치는 창으로 알 수 있었지요. 그런데도 내게는 한 통의 편지도 써 보내지 않으셨습니다. 내 기다림의 마지막 날까지도 당신에게 한 줄의 안부 연락도 받지 못했습니다. 내 모든 것을 바친 당신에게서 마지막 순간까지 편지를 받지 못한 것입니다. 나는 기다렸습니다. 절망에 사로잡힌 가련한 여자로서 기다리고 또 기다렸습니다. 하지만 당신은 나를 끝끝내 불러 주시지 않았습니다. 한 줄의 편지도 써 주시지 않았습니다. 단 한 줄의 편지도…….

사랑의 지옥과 행복의 연옥 사이에서

내 아이는 어제 죽었습니다. 그 아이는 당신의 아이이기도 했습니다. 나의 애인이여! 그 가련한 아이는 당신의 아이였습니다.

그 아이는 그 사흘 밤 동안에 당신의 피를 받은 아이입니다. 죽음의 그림자 속에서 거짓말을 하지는 않겠습니다. 그 아이는 우리의 아이였습니다. 당신께 맹세하건대 당신에게 내 몸을 맡긴 후 그 아이가 태어나는 순간까지 어느 남자도 내 몸에 손을 닿게 하지 않았습니다. 나는 당신과의 접촉으로 내 자신을 신성하게 지켜왔던 것입니다. 내 전부이셨던 당신에게 내 몸을 바치고, 내게 별 상관없는 다른 남자에게 어떻게 그것을 나누어 바칠 수가 있었겠습니까?

나의 애인이여! 그 아이는 우리들의 아이였습니다. 그 아이는 내 숭고한 사랑과 당신의 너무 방종하여 거의 깨닫지 못하는 애정 사이에서 맺어진 우리들의 아이, 우리들의 단 하나뿐인 귀중한 아들이었습니다. 당신은 내 말을 이상하게 생각하시고— 아마 너무 놀라 창백해져서 물어보시겠지요. 어째서 그 아이를 감추고 있었는가, 그리고 오늘에 이르러서야 이야기하는 이유는 무엇인가 하고 말입니다. 당신은 또 이렇게 물어보시겠지요. 왜 다시는 되돌아오지 못하는 죽음을 향해 떠나는 지금 이 순간에 이르러서야 말을 하는 것이냐고요.

그래요. 결코 되돌아오지 못하지요! 그러나 어떻게 내가 당신에게 미리 그 이야기를 할 수 있었겠습니까? 이야기를 했다 해도 당신은 알지 못하는 여자인 나를 결코 믿지 못하셨을 것입니다. 그 사흘 밤을 한 번도 거역하지 않고 순종적으로 몸을 허락한 나를, 당신은 결코 믿지 않으셨을 겁니다. 길거리에서 만난, 이름도 없는 여자인 내가 당신에게 순결을 지켜 왔다고 말해도, 바람기 많은 당신에게 정조를 바쳤다고 아무리 말을 했어도, 결코 당신은 의심 없이 그 아이를 당신의 아이라고 인정해 주지는 않으셨을 겁니다!

아무리 내가 당신에게 그럴 듯한 증거를 내세운다 해도, 돈 많은 당신에게 내가 딴 사람의 아이를 갖다 붙이려 하는 거라고, 속으로 의심을 품으셨을 게 분명합니다. 만일 내가 그 아이의 이야기를 했었다면 틀림없이 나를 의심하셨을 겁니다. 그렇게 되면 결국 당신과 나 사이에는 좋지 못한 불신의 그림자가 남게 됐겠지요.

나는 그것을 원치 않았습니다. 그뿐 아니라 나는 당신의 성격을 알고 있었지요. 나는 당신 스스로가 아는 것보다, 그 이상으로 당신을 잘 알고 있었습니다. 근심 없고 경쾌하고 쾌락적인 연애만을 좋아하시는 당신. 만일 어느 날 갑자기 아버지라고 불리고, 갑자기 하나의 운명을 끝없이 책임지게 된다면, 당신이 얼마나 고통스러워하실 지 나는 잘 알고 있었습니다. 자유로운 공기 속에서만 호흡할 수 있는 당신이, 어떠한 형태로든지 나와 운명적으로 연결되신 것을 아신다면 얼마나 괴로워하셨겠습니까?

나는 잘 압니다. 당신은 자신의 양심에 거슬리더라도, 내가 만들었다고 믿는 속박감 때문에 나를 미워하셨을 겁니다. 나는 당신에게 단 몇 시간 동안이라도, 아니 심지어 몇 분 동안이라도 귀찮은 존재가 된다면, 내가 당신에게 싫은 사람이 된다면 참을 수 없습니다. 나는 내 긍지와 자존심을 가지고 당신이 나에 대해서 조금의 근심스러운 생각도 없이 추억하시기를 바랐던 것입니다.

사랑하는 이여! 내가 당신에게 짐이 되느니 차라리 모든 고행을 나 스스로 받아들이기로 했던 것입니다. 그리하여 당신 주위에 있는 수많은 여성들 가운데, 당신이 항상 사랑과 감사만을 가지고 생각할 수 있는 단 하나의 여성이 되고 싶었던 것입니다. 하지만 당신은 나를 한 번도 그렇게 생각해 주시지 않았습니다. 나를 완전히 잊어버리신 거였죠.

나는 당신을 원망하지 않습니다. 나의 사랑하는 분이여! 결코 나는 당신을 원망하려 들지 않겠습니다. 만일 내가 쓴 편지 가운데, 매운 눈물이 흐른 듯한 자국이 가끔 있다 해도 화내지는 말아 주세요. 내 아이가, 우리들의 아이가, 저기 흔들리는 촛불 아래, 죽어서 잠들어 있습니다. 나는 하느님을 향해서 주먹을 쥐고 살인자라고 외치기까지 했습니다. 지금 내 마음은 흐리고 머리는 혼란스럽습니다. 내가 슬픔에 빠져 울부짖는다 해도 이해해 주시기 바랍니다.

당신은 선량한 사람이고, 마음속에 크나큰 동정을 지닌 분이란 걸 나는 잘 알고 있습니다. 당신은 누구에게나 친절하고, 당신에게 구걸하는 모르는 사람에게까지, 자선을 베푸신다는 걸 나는 압니다. 그렇게 당신의 친절은, 그것을 붙잡으려는 사람에게 얼마든지 마음껏 붙잡을 수 있도록 열려 있습니다. 또한 그 친절은 크고 한량이 없습니다. 하지만 당신의 친절은 한편으로 —실례의 말을 용서하세요— 게으른 친절입니다. 그 친절은 독촉을 하고, 쫓아가서 잡으려고 해야만 받을 수 있는 친절입니다. 누가 당신을 부르고 당신에게 부탁을 하면 당신은 도와주시죠. 그러나 그것은 부끄러움에서, 또는 마음이 약해서 행하는 친절이지, 기뻐서 베푸는 것이 아닙니다. 당신은 — 솔직하게 말씀드리면— 궁핍하고 고통에 잠긴 사람들보다는 행복한 사람들을 더 좋아하십니다. 당신 같은 분은, 심지어 누구보다도 친절한 마음을 가지셨다 해도, 부탁하기가 퍽 어렵습니다.

내가 아주 어렸을 때, 나는 열쇠 구멍으로, 어떤 거지가 당신 방의 종을 울리자 당신이 뭔가를 주시는 것을 보았습니다.

당신은 거지에게 얼른, 그가 당신에게 청하기도 전에, 과분하게 주어 버리셨습니다. 그러나 당신은 일종의 불안과 초조를 가지고 그 사람이 그저 빨리 나가기만 바라는 눈치로 물건을 내 주셨던 것입니다. 마치 거지를 보는 것이 무섭다는 듯한 그런 표정이었지요. 나는 불안하고, 수줍고, 감사를 두려워하는 당신의 그런 도움의 태도를 결코 잊을 수가 없었습니다. 그래서 나는 당신에게 결코 어떠한 부탁도 하지 않았던 것입니다.

물론 나는 압니다. 내가 당신에게 미리 이야기했다면, 당신은 그 애가 자신의 아들임이 확실치 않아도, 틀림없이 내 말에 동의하셨으리라는 것을 말입니다. 당신은 내게 위안의 말을 해 주시고, 많은 돈을 주셨을 겁니다. 마음속으로 초조한 마음이 가득 차고, 그 불쾌한 사건을 빨리 처리하여 벗어나려고 하시면서, 아니 심지어 당신은 그 아이가 태어나기도 전에 지워 버리라고 권유하셨으리라고 생각합니다.

나는 그것을 무엇보다도 두려워하고 있었습니다. 왜냐하면 당신이 원하시는 것을 내가 거역하지 못할 게 분명하기 때문입니다. 내가 어떻게 당신의 뜻을 거스를 수 있겠습니까! 그 아이는 내게는 다시 없는 귀중한 존재였습니다. 그 아이는 당신에게 받은, 또 하나의 '당신'이었습니다. 내게 있어서 그 '당신'은 내 힘으로 붙잡을 수 없었던, 행복하고 경박한 당신이 아니었습니다. 또 하나의 '당신'은 언제까지나 내게 주어져 있는 '당신'이었습니다. 내 육체에 부둥켜 안겨져 있고, 내 생명과 연결되어 있는 '당신'이었습니다.

이것으로 나는 마침내 당신을 붙잡은 것입니다. 내 몸 속에 당신의 생명이 자라나는 것을 느꼈으며, 당신을 기르고, 당신을 젖먹이고, 당신을 애무할 수 있었고, 내 마음이 그렇게 하려고 애를 태울 때는 언제든 당신에게 키스할 수도 있었습니다. 아시겠어요? 사랑하는 분이여!

그러한 이유로 나는 당신의 아이를 가진 걸 알았을 때 행복했습니다. 그래서 나는 당신에게 아무 말도 하지 않았던 것입니다. 이제는 나로부터 언제든 도망가지 않는 '당신'을 가졌기 때문입니다.

사랑하는 분이여! 물론 그것은 내가 생각했던 것만큼 행복한 나날만은 아니었습니다. 거기에는 또한 공포와 고통에 가득 찬 몇 달이 존재했습니다. 인간의 비천함에 구역질나던 나날도 있었습니다. 참으로 쉬운 일이 아니었지요. 친척의 눈에 띄어서 우리 집으로 통지가 갈 것을 두려워하여 나는 만삭이 된 달에는 상점에 나가지도 못했습니다. 어머니로부터는 한 푼의 돈도 얻고 싶지 않았습니다. 그래서 조금 가지고 있던 보석을 팔아서 분만일까지 하루하루 버텨 나갔습니다. 그런데 분만 예정일을 일 주일 앞두고 옷장 속에 넣어 두었던 내 마지막 몇 크로네의 돈을 세탁하는 여자한테 도둑맞아 버렸습니다. 나는 결국 시립병원에 마련된 분만실로 가야 했습니다. 그곳은 모두 아주 가난한 사람, 쫓겨난 사람, 돌보아 줄 이 없는 사람만이 어쩔 수 없이 모여드는 병원이었습니다. 그 비참한 잔해들 속에서 당신의 아이는 처음 세상의 빛을 보았습니다.

거기서 나는 죽을 고비를 넘겼습니다. 낯선 사람끼리 서로 고독하게 누워 있으면서도, 서로가 서로를 미워했습니다. 너나 할 것 없이 비참한 가난과 고통 때문에 그런 구질구질한 산실에 모여 있었던 것입니다. 병실 안은 언제나 클로로포름과 피 냄새, 부르짖음과 신음 소리, 그런 것으로 가득 차 있었지요. 가난한 사람이 겪지 않으면 안 되는 굴욕, 정신적이고 육체적인 모욕을 나는 거기서 톡톡히 겪었답니다.

서로 비슷한 운명을 가진 사람들끼리 하나의 모임을 형성해 놓은 그곳에서 매춘부나 극빈 환자들과 같이 지내면서 그 고통을 경험했던 것입니다. 비웃음을 보내며 힘없는 여인들의 이불을 젖히고 잘못된 의학적 방법으로 마구 만져보는 젊은 의사들의 추잡함과, 간호사들의 염치없는 탐욕도 겪지 않으면 안 되었습니다.

아, 거기서는 인간의 수치심이 여러 시선에 의해 십자가에 못 박히게 되고, 많은 말들의 채찍을 맞게 되는 것입니다. 당신의 이름이 적혀 있는 이름패만이 거기서 유일하게 당신의 존재를 인정하는 실체였습니다. 왜냐하면 침대에 누워 있는 것은 다만 한 덩어리의 움찔움찔하는 고깃덩이에 지나지 않았기 때문입니다.

호기심어린 의료진이 마구 만져보고 관찰하며 연구도 하는 하나의 대상. 아! 다정한 눈빛으로 기다려 주는 남편이 있는 여자로서 편안히 자기 집에서 아기를 낳는 분들은 그 고통을 모를 겁니다. 보호자도 없이 혼자 수술대 위로 올라가 아이를 낳는다는 것이 얼마나 서글픈 일인지 그들은 도저히 상상도 못할 것입니다.

지금까지도 지옥이라는 말을 어느 책에서 보면, 나는 언제나 내 뜻과는 상관없이 한숨과 웃음이 뒤섞이고, 그 산모들의 부르짖음으로 가득 찬, 소독약 냄새가 진동하는 산실을 떠올리게 됩니다. 엄청난 고통을 겪은 수치의 도살장인 그 장소를 어찌 잊을 수가 있겠습니까?

이런 아름답지 않은 이야기를 하는 것을 용서해 주세요. 제발 화내지 말아 주세요. 결코 두 번 다시 이런 이야기를 하지 않을 겁니다. 11년 동안 나는 침묵을 지켜 왔습니다. 그리고 곧 영원히 입을 다물 겁니다. 나는 단 한 번만 외치고 싶습니다. 나의 행복이었으며, 지금은 저기 숨이 끊어져서 누워 있는 저 아이를 내가 얼마나 비싼 대가를 지불하고 얻은 보물이었는지, 단 한 번만 큰 소리로 외치고 싶습니다.

나는 어느새 그 슬픈 시간들을 잊어버리고 있었습니다. 어린아이의 미소와 뛰노는 소리에 파묻혀 나는 행복한 가운데 벌써 그 고통을 오래도록 잊어버린 것입니다. 그러나 지금 그 애가 죽은 이 밤, 다시 그 고통이 엄습해 왔습니다. 어쩔 수 없이 그 고통을 한 번만, 단 한 번만 마음속으로 부르짖지 않을 수가 없습니다. 그렇다고 당신을 원망하지는 않습니다. 다만 하느님을 원망할 뿐입니다. 나는 당신을 원망하고 있지 않다는 것을 맹세할 수 있습니다. 나는 아무리 분해도 당신을 향해 대항해 본 적이 없는 사람이기도 합니다. 심지어 내 몸이 슬픔에 일그러지고, 의사들이 애무하는 듯한 시선으로 나를 검사했을 때도, 부끄러움에 몸이 불탔을 적에도, 또한 고통으로 내 영혼이 찢겨질 때에도, 하느님 앞에서 나는 당신을 비난한 적이 없었습니다.

더욱이 당신과 지낸 그 밤들을 후회해 본 적도 없습니다. 항상 당신을 사랑했으며, 당신을 사랑하는 나 자신의 마음을 욕해 본 적도 없었고, 항상 당신과 만났던 그 시간을 축복해 왔습니다. 혹시 앞으로 다시 한 번 지옥과 같은 그 고통의 시간을 지나가지 않으면 안 된다 하더라도, 그리고 나를 기다리고 있는 것이 무엇인가를 미리 안다 하더라도, 나는 다시 한 번 그 자리를 지나갈 것입니다. 아니, 한 번이 아니라 천 번이라도…….

내 모든 것을 바쳐 얻은 사랑

우리들의 아이는 어제 죽었습니다.

당신이 알지도 못하셨던 그 아이입니다. 설령 우연이었다

할지라도 이 꽃피는 작은 존재는 내 모든 것이었습니다. 당신의 아이는 어느 한 순간도 당신의 눈짓을 받아 본 적이 없었습니다. 나는 그 아이가 출생한 후부터 오래도록 당신 앞에서 몸을 숨겨 두었습니다. 당신이 그리워서 참지 못하겠던 나의 고통이 조금 수그러든 것입니다. 그렇습니다. 당신을 향한 나의 사랑이 먼저보다는 덜 정열적으로 변해 간 것 같습니다.

적어도 나는 그 아이가 생긴 이후로는 사랑 때문에 고통받는 일이 확실히 적어졌습니다. 나는 당신과 그 아이에게 내 자신을 나누어 바칠 수가 없었던 것입니다. 그래서 나는 행복한 사람인 당신, 내게는 지나가는 사랑만 보내 주셨던 당신을 포기하고 나 없이는 살 수 없는 그 아이에게만 몸을 바치려고 결심했습니다. 내가 먹여 살려야만 하고, 그 대신 키스도 할 수 있고 포옹도 할 수 있는 그 아이 쪽으로 말입니다.

얼마쯤 나는 당신을 향한 내 불안으로부터 구출된 것같이 보였습니다. 당신이 아닌 또 하나의 '당신'이며, 그것만은 진실로 내 것이었던 그 아이를 통해 나는 내 무서운 운명에서 구출된 것 같았습니다. 그렇지만 간혹 가다가 아주 드문 일이긴 했지만, 내 감정이 아무도 모르게 당신 집으로 달려가곤 했습니다.

꼭 한 가지만은 내가 한 일이 있었습니다. 당신의 생일날마다 나는 언제나 하얀 장미꽃을 당신에게 선사한 것입니다. 그것은 우리들이 나눈 최초의 사랑의 밤에, 당신께서 내게 주셨던 것과 똑같은 종류의 장미꽃입니다. 당신은 지난 10년 동안, 아니 11년 동안, 그 장미를 보내온 여자를 생각해 보신 적이 있으신가요? 혹시 당신은 어느 날 새벽, 당신이 그러한 장미를 선사했던 여자를 한 번이라도 생각해 보신 일이 있나요? 그것이 내게는 커다란 궁금증이었습니다. 물론 당신의 대답을 영영 듣지 못하겠지만, 나는 어둠 속에서 1년에 한 번씩 그때 기억을 되살리기 위해서 한 다발의 장미꽃을 선사했던 것입니다. 나는 그것으로 만족했습니다.

당신은 우리의 불쌍한 아이를 한 번도 보지 못하셨습니다. 오늘 처음으로 나는 당신이 그 아이를 귀여워했을지도 모른다는 생각에 그 아이를 당신한테서 감춰 놓았던 것을 후회합니다. 그 불쌍한 아이를 당신은 한 번도 마주 바라보지 못하셨습니다. 조용히 올려 뜨는 그 영리하고 새까만 눈과 맑고 즐거운 빛을, 나와 이 세상에 던지며 미소 짓는 그 모습을 당신은 단 한 번도 보지 못하셨습니다. 아, 그 애는 정말 명랑하고 사랑스러운 어린아이였어요. 당신의 활발하고 끊임없는 상상력도 그 아이에게 재생되어 있었습니다. 당신이 생활을 가지고 희롱하시는 것처럼, 그 애도 몇 시간이고 무슨 물건에 몰두하여 놀다가, 다음 순간에는 수려한 눈썹을 진지하게 하고, 책 앞에 정색을 하여 앉곤 했습니다.

그 애는 점점 당신을 닮아 갔습니다. 어린아이에게서도 당신 성격의 특징인 진실성과 희롱의 두 가지 요소가 눈에 띄게 나타났던 것입니다. 그래서 그 아이가 당신을 닮아갈수록, 나는 한층 더 그 아이를 사랑하게 되었습니다.

공부도 잘해서 프랑스어를 마치 작은 까치처럼 재잘대곤 했습니다. 아이의 공책은 반에서 제일 깨끗했으며, 새까만 벨벳 양복과 하얀 세일러복을 입은 그 아이의 날씬한 모습은 어찌나 귀여운지 말로 다 표현할 수가 없었습니다. 어디로 가든지 그 애는 눈에 띄게 화려했습니다. 나와 둘이서 스페인의 그라도 해안에 갔을 때는 귀부인들이 걸음을 멈추고 그 아이의 금발을 만져 주었으며, 알프스의 쉘마링에서 스키를 탔을 때는 여러 사람들이 그 아이를 들여다보며 모두 귀여워했습니다.

그 아이는 그렇게 예쁘고 부드럽고 사람들을 잘 따랐습니다. 작년에 테레자눔의 기숙사로 들어갔을 때, 그 애는 교복을 입고 18세기의 아이처럼 단검을 차고 있었는데, 지금은 속옷밖에 아무것도 입고 있지 않습니다. 새파란 입술을 한 채 두 손을 가지런히 모으고 저기 누워 있는 불쌍한 아이입니다.

아마도 당신은 내가 어떻게 그 아이를 그렇게 사치스러운 교육을 시킬 수 있었는지 궁금하실 겁니다. 어떤 방법이 있어서 그렇게 명랑하고 고상한 상류생활로 아이를 키울 수 있었는가 하고요. 나의 애인이여! 나는 어둠 속에서 당신에게 말하겠습니다. 나는 아무런 부끄러움도 없습니다. 당신에게 솔직히 말씀드릴 테니 놀라지는 마십시오.

사랑하는 분이여! 나는 내 몸을 팔았습니다. 물론 매춘부라고 불리고 창녀라고 손가락질하는 바로 그런 사람이 된 것은 아닙니다. 그러나 어쨌든 내 몸을 팔았습니다. 내게는 돈이 많은 후원자들이 생겼습니다. 아니 돈이 많은 애인들이지요. 처음에는 내가 그들을 찾았는데 다음에는 그들이 나를 바랐습니다. 왜냐하면 나는― 당신도 그렇게 느꼈을는지 모르겠지만― 대단히 아름다웠기 때문입니다. 내가 몸을 맡긴 어느 남자도 단번에 나를 좋아하게 되었습니다. 모두가 나를 소중히 여기며, 매달리고 사랑했습니다. 그렇지 않은 사람은 당신뿐, 다만 당신 한 사람만이 그렇지 않았습니다. 나의 애인이여!

내가 몸을 팔았다고 당신에게 고백했으니 당신은 나를 경멸하시겠습니까? 안 그러시겠지요. 나는 압니다. 당신이 나를 경멸하지 않으시리라는 것을. 당신은 모든 일을 이해하시고, 내가 그렇게 된 것도 다만 당신 때문이라는 것, 또 하나의 당신 자신 즉 당신의 아이 때문이라는 것을 이해해 주시겠지요.

나는 그 시립병원의 산실에서 가난의 무서움을 맛보며 이 세상에서 가난이라는 것은 언제나 짓밟힌 자, 비참한 자, 그리고 희생자의 몫이라는 걸 깨달았습니다. 그래서 어떠한 일이 있어도 당신의 명랑하고 아름다운 아이만은 그 비참한 바닥에서 자라게 하지는 않겠다고 결심했습니다. 지저분하고 길바닥의 쓰레기와 여러 가지 오물, 천박한 사람들의 욕설과 싸움질, 전염병이 가득한 뒷골목 같은 데서는 기르지 않으리라고 말이지요.

그 애의 부드러운 입술이 막노동꾼의 말버릇을 배운다든다, 그 애의 하얀 몸이 가난뱅이의 더럽고 구겨진 속옷을 걸칠 수는 없었습니다. 당신의 아이는 무엇이고 갖고 싶은 것을 갖게 하고, 이 세상의 모든 부유와 안락을 누리게 하고, 그리하여 다시 당신의 위치에까지, 당신의 수준까지 올라가야 했던 것입니다.

그런 이유로, 다만 그런 이유 하나로 사랑하는 분이여! 나는 내 몸을 팔았습니다. 하지만 그것은 내게 아무런 희생도 아니었습니다. 사람들이 보통 명예라든가 치욕이라고 이름 부르는 것이 내게는 아무런 가치가 없었기 때문입니다. 당신은 나를 사랑해 주시지 않았습니다. 그러면서도 당신만이 내 육체를 소유하신 단 한 사람이셨습니다. 그래서 나는 내 육체가 어떻게 되든지 전혀 상관이 없었습니다. 남자들의 애무는 물론, 심지어 그들의 순정어린 사랑조차도 나를 마음속으로부터 감동시키지 못했습니다.

그러나 개중에는 내가 깊은 존경을 바치지 않을 수 없을 만큼 대가없는 애정을 주며 헌신적이었던 사람도 있었습니다. 나와 알게 된 모든 사람들은, 내게 친절했습니다. 모두 나를 위하고 받들어 주었으며 존중해 주었습니다. 그 중에서도 특히 어느 나이 먹은 독신의 백작은 그 불쌍한 아버지도 모르는 당신의 아이를 테라자눔에 넣기 위해 부지런히 쫓아다녔습니다. 그는 나를 딸처럼 사랑해 주었습니다. 그리고 세 번, 아니네 번이나 나와 결혼하자고 정식으로 청혼해 왔습니다.

그때 나는 백작 부인이 되어 티롤의 동화와 같은 성에서 여왕처럼 아무 근심 없이 살 수도 있었습니다. 그 아이에게도 부드럽고 상냥한 아버지를 마련해 줄 수 있었겠지요. 그 아이를 한없이 귀여워하고 아꼈으니까요. 그리고 나도 아주 조용하고 고상하며 친절한 남편을 내 곁에 모실 수가 있었을 겁니다.

하지만 나는 그렇게 하지 않았습니다. 그 사람은 그렇게 열렬히 여러 번 청혼해 주었지만, 나는 그것을 거절함으로써 그에게 그만큼의 슬픔을 주었습니다. 아마 어리석은 짓을 한 건지도 모르겠습니다. 만일 그때 결혼을 했다면, 지금쯤은 어느 조용하고 안락한 곳에서 살고 있었겠지요. 귀여운 그 아이도 같이요.

당신에게 무엇을 숨기겠습니까. 나는 무엇에든 속박되기를 원하지 않았습니다. 나는 어느 때라도 당신이 부르시면 가고자 했던 것입니다. 내 마음속 깊이, 내 무의식 속에 그 옛날의 어린아이의 꿈이 그대로 살아 있었던 거예요. 나는 당신이 비록 한 시간의 짧은 시간일지라도 다시 한 번 불러 주시리라는 기대를 저버리지 않았습니다. 그렇게 생각했기 때문에 나는 혹시 있을지도 모르는 그 한 시간을 위하여, 모든 것을 내 버렸던 것입니다. 당신이 부르기만 하면 언제라도 자유로운 몸으로 달려갈 수 있게끔 기다렸던 겁니다.

잊어버린 어느 여인에게서 온 꽃

내가 소녀에서 한 여자로 눈을 뜬 이후로, 내 전 생애를 통하여 결국 이 기다리는 것, 당신의 뜻을 기다리고 있는 것밖에 또 무엇이 있었겠습니까!

그런데 그 기다리고 기다리던 시간은 마침내 다가오고야 말았습니다. 물론 당신은 알지도 못하고 상상도 못하셨습니다. 나의 사랑하는 분이시여! 그때조차, 당신은 역시 나를 알아보지 못하시더군요. 한 번도, 한 번도, 한 번도 당신은 나를 당신의 기억 속에서 꺼내지 못했어요.

나는 이미 그 이전에도 가끔 당신을 만났었습니다. 극장에서, 음악회에서, 프라타 공원에서, 혹은 거리에서요. 그때마다 매번 내 심장은 두근거렸습니다. 그러나 당신은 그대로 나를 스쳐보고 지나가셨습니다. 나는 겉으로 보기에는 아주 딴 사람이 되었지요. 수줍은 소녀에서 귀부인이 되었으니까요. 나는 사람들이 질투를 느낄 정도로 아름다웠고, 값비싼 옷을 몸에 두르고, 나를 사모하는 여러 사람들에 둘러싸여 있었습니다. 그러니 어떻게 당신이 침실의 희미한 불 밑에서 보셨던 수

좁은 그 처녀의 자취를 내게서 알아내실 수가 있었겠습니까!

나와 같이 걸어가던 남자들 가운데는 가끔 당신에게 인사를 건네는 사람도 있었습니다. 당신은 인사를 받으시고 내게 시선을 돌리셨습니다. 그러나 그때의 그 눈짓은 공손했지만 냉정했고, 찬양하는 빛을 띄웠지만 결코 나를 알아보시는 것은 아니었으며 무섭도록 낯선 눈초리였습니다.

또 한 번은 이런 일이 있었습니다. 지금까지도 잘 기억하는 일입니다. 나를 인식하지 못하시는 당신의 눈짓이 내게는 거의 습관이 되었지만, 그때만은 불타는 고통을 안겨 주셨습니다.

나는 어느 후원자와 함께 극장의 좌석에 앉아 오페라를 관람하고 있었는데, 우연히도 당신은 우리 옆 좌석에 앉아 계셨습니다. 서곡이 시작되자 불이 꺼졌고, 당신의 얼굴은 볼 수 없게 되었지만, 당신의 숨소리만은 꼭 그때 그날 밤처럼 옆에서 그대로 느낄 수 있었습니다. 그리고 우리들 좌석 사이의 칸을 막아 놓은 벨벳의 난간 위에, 당신은 그 곱고 부드러운 손을 올려 난간을 짚고 계셨습니다. 그 모습을 바라보면서 나는 가슴 밑바닥에서 차례차례 일어나 걷잡을 수 없이 밀려드는 강한 욕망에 사로잡혔습니다.

끝내는 예전에 그렇게 다정하게 나를 안아 주셨던 그 낯설고도 사랑스러운 손에 몸을 구부려 공손히 키스하고 싶은 충동을 억제할 수가 없게 되었습니다. 주위에서는 끓어오르는 듯한 음악 소리가 파도치고, 나의 갈망은 점점 더 격렬히 높아만 갔습니다. 나는 마침내 경련을 일으키고 자리에서 거칠게 벌떡 일어나지 않을 수 없었습니다. 그렇게 극심하게 내 입술은 당신의 매력적인 손으로 이끌려갔던 것입니다.

제1막이 끝난 다음에 나는 같이 있던 후원자에게 부탁해서 집으로 돌아가고자 했습니다. 나는 어둠 속에서 당신과 그렇게 낯설면서도 가까이 앉아 있는 것을 도저히 참아 낼 수가 없었던 겁니다.

하지만 마침내 그 시간은 왔습니다. 그 기회는 다시 한 번 오고야 말았습니다. 내 숨겨진 생애에 최후의 기회가 왔던 겁니다. 꼭 1년쯤 전의 일이군요. 당신 생일이 지난 다음 날이었지요. 이상하게도 그날 나는 하루 종일 당신만을 생각하고 있었습니다. 당신의 생일이 오기만 하면, 나는 언제나 축하를 했으니까요.

나는 아주 이른 새벽에 집을 나가서 하얀 장미꽃을 사왔습니다. 그것을 다른 해의 생일 때처럼 당신에게 보내 드렸습니다. 당신은 잊어버리셨지만 그 기뻤던 시간을 기념하기 위한 것이었습니다. 그리고 오후에는 아이와 함께 데멜 제과점으로 갔고, 저녁에는 극장에 갔었지요. 그 이유는 말하지 않았지만 아이도 그날만은 아주 어렸을 때부터, 신비스러운 축일로 생각하게끔 해 주었던 것입니다.

그 다음 날에는 그 당시 내 후원자로서 벌써 2년 동안 동거 생활을 하고 있는, 베른 시의 젊고 돈 많은 공장주와 함께 지냈습니다. 그 사람도 나를 다시없이 아끼고 찬양하고 내 멋대로 하도록 떠받들어 준 사람 중의 한 명이었습니다. 다른 사람들과 마찬가지로 그도 내게 청혼을 했지만, 나는 역시 겉으로는 아무 이유 없이 거절해 왔습니다. 그렇지만 그 사람은 나와 내 아이한테 많은 선물을 주었으며 성실하고 헌신적인 친절을 베풀어 그의 따뜻한 인간성을 느낄 수 있게 했습니다.

우리는 같이 음악회에 가서 즐겁게 사람들과 만나고, 시내 중심지의 어느 음식점에서 식사를 하러 갔습니다. 우리는 음식을 먹으며 실컷 웃고 떠들었습니다. 식사를 마치고 나는 댄스 홀인 타바린에 가자고 제안했습니다. 그전 같으면 이러한 장소가 장삿속처럼 보이고, 술로 만들어진 유쾌함이 내 기분에 맞지 않았기 때문에 평상시에 내가 그런 제안을 받았다면 곧 거절했을 것입니다.

그런데 그날 밤은 무슨 이상한 힘이 내 마음속에 나타났는지 내 자신이 그러한 제안을 무의식적으로 내놓았던 겁니다. 물론 다른 사람들도 모두 기쁘게 내 제안에 찬성했습니다. 그러자 그 순간에 뭔가 특별한 것이 거기서 나를 기다리고 있는 듯한 알 수 없는 일종의 갈망이 생겼습니다. 항상 내 뜻을 맞추는 습관이 배어 있던 내 후원자들은 일제히 벌떡 일어섰습니다. 곧 우리들은 그곳으로 달려갔지요.

거기서는 샴페인을 마셨습니다. 그러는 동안에 나는 아직껏 내가 알지 못했던 어떤 종류의 미칠 듯하고 거의 고통에 가까운 쾌감이 갑자기 끓어올랐습니다. 나는 계속해서 마시고, 또 마셨습니다. 저속한 유행가도 같이 불렀고, 일어서서 춤도 추었으며, 환호성을 지르지 않고는 못 베길 것 같은 충동도 느꼈습니다. 그런데 갑자기 뭔가 차가운 것, 아니 끓어오르는 듯한 그 무엇이 내 가슴에 부딪치는 것을 느꼈습니다. 그때 나는 나도 모르는 사이에 벌떡 일어났지요.

옆 좌석에서 당신이 몇몇 친구들과 앉아, 나를 찬미하는 듯한 시선으로, 그리고 정욕으로 불타는 시선으로 쳐다보고 계시지 않겠습니까! 예전이나 그때나 내 마음을 들끓어 오르게 했던 바로 그 눈짓이었습니다. 10년이 지난 다음에야 비로소 당신은 나를 당신의 본능이 충동질하는 무의식적인 정열로써, 다시 한 번 바라보신 것입니다.

나는 온몸을 떨었습니다. 들고 있던 술잔을 하마터면 손에서 떨어뜨릴 뻔했을 정도였으니까요. 다행히도 같은 식탁에 앉아 있던 친구들은 나의 당황함을 눈치 채지 못했습니다. 그들은 악기와 음악의 떠들썩한 소리 속에 완전히 파묻혀 있었던 것입니다.

당신의 눈은 점점 더 불타는 듯했습니다. 그리하여 나를 그 불로써 완전히 감싸 안고 들이마셨습니다. 나는 당신이 나를 마침내, 마침내 알아 보셨는가, 또는 당신이 나를 새로운 어떤 다른 여자로, 모르는 여자로 갈망했는가를 잘 분간하지 못했습니다. 피가 내 뺨으로 화끈하게 몰려올라왔고, 나는 같이 있던 남자 친구들에게 뭔지 모를 얘기를 했습니다.

당신은 내가 당신의 눈짓을 받고 얼마나 당황했는가를 알아차리셨음에 틀림없었습니다. 당신은 다른 사람들에게 눈치채지 않게 머리를 약간 까딱함으로써 나를 잠시 옆방으로 나오라는 신호를 보냈습니다. 그리고 당신은 술값을 내고 친구분들에게 작별 인사를 한 다음, 밖으로 나가셨습니다. 그러기에 앞서 다시 한 번 밖에서 기다리겠다고 내게 눈짓하는 것을 빼놓지 않으셨습니다.

나는 추워서 그런지 열에 들떠서 그런지 몸이 부들부들 떨리고 있었습니다. 나는 대답할 경황이 없었지요. 그뿐 아니라 피가 막 끓어오르는 것을 어떻게 처리할 수가 없었습니다. 우연히도 바로 그때, 남녀 흑인 한 쌍이 발뒤꿈치를 덜거덕거리며 찢어지는 듯한 소리를 지르는 이상야릇한 새 춤을 추기 시작했습니다. 모든 사람들이 그들을 향해서 눈길을 모으는 순간, 나는 일어서서 옆에 앉은 내 후원자에게 곧 돌아오겠다고 말하고 당신에게로 달려갔습니다.

당신은 홀 바깥의 소지품 맡기는 장소 앞에 서서 나를 기다리고 계셨지요. 내가 다가가자 당신의 눈이 빛났습니다. 그리고 당신은 미소를 띠며 마주 걸어와 나를 맞아 주셨습니다. 나는 그 순간 당신이 나를 알아보시지 못한다는 걸 깨달았습니다. 당신은 그 옛날의 아이로서 나를 알아주시지 않았습니다. 다만 새로이 낯모르는 여자로서 나를 다시 한 번 붙잡으셨던 것입니다.

“실례지만 나를 위해 한 시간쯤 시간을 내 주실 수 있겠습니까?”

당신이 침착하게 그렇게 말씀하신 것을 들으며, 나는 당신이 나를 하룻밤 매춘부 정도로 밖에는 생각하지 않는다는 것을 잘 알 수가 있었습니다.

“그러세요.”

나는 짧게 대답했습니다. 15년 전의 어둑어둑한 거리에서 그때의 소녀가 대답한 것과 똑같은 대답이었습니다. 떨리면서도 명령을 기다리는 듯한 승낙의 목소리였지요.

“그럼 언제 만날 수 있을까요?”

당신은 그렇게 또 물으셨습니다.

“언제나 당신이 좋으실 때요.”

당신 앞에서는 어쩐지 모든 게 조금도 부끄럽지가 않았습니다. 당신은 잠시 놀라는 듯이 나를 쳐다보시더니, 내 승낙이 너무나 빨라서 놀라셨던 그 당시와 조금도 다름없는 그런 호기심에 찬 의심스러운 표정을 지으셨습니다.

“그럼 지금이라도 괜찮겠어요?”

당신은 약간 주저하며 그렇게 물으셨습니다.

“네, 같이 가겠어요.”

나는 그렇게 대답하고 내 외투를 찾기 위해서 소지품 맡기는 곳으로 가려고 했습니다.

그때 나는 내 후원자가 나와 그 자신의 외투를 함께 맡기고, 그 쪽지를 가지고 있다는 걸 생각해 냈습니다. 다시 돌아가서 보관증을 달라고 하려면, 무슨 특별한 이유를 말하지 않고서는 불가능할 것 같았습니다. 또 한편으로는 그 여러 해 동안 갈망했던 당신과의 재회를 그런 사소한 일로 희생시킬 수는 없었습니다. 나는 한 시라도 주저하고 싶지 않았습니다.

그래서 야회복 위에 다만 숄 하나만 걸친 채 안개 낀 밤거리로 나갔습니다. 외투에 대한 거리낌이나, 여러 해 동안 같이 살아온 그 사람을, 그의 친구들 앞에서 우스꽝스러운 바보 꼴을 만들어 주리라는 생각에서 그렇게 한 것도 아닙니다. 후원자에게는 여러 해 동안 사귀었던 자기의 애인이 알지도 못하는 남자의 단 한 번의 휘파람으로, 그대로 도망쳐 버렸다는 치욕을 남기리라는 염려도 없었지요.

아, 나는 지금 정직한 그 친구에게 비열하고 배신적이며 모욕적인 행동을 했음을 마음속 깊이 뉘우칩니다. 나는 정말 어리석은 행동을 했다는 기분이 듭니다. 나의 공연한 환상으로 선량한 남자에게 영원히 아물지 않을 치명적인 마음의 상처를 입혔던 것입니다. 나는 내 생활을 그 한복판에서 두 조각으로 찢어 버린 게 아니겠습니까?

그러나 다시 한 번 당신의 입술에 입을 대고, 당신이 내게 부드럽게 말해 주시는 것을 듣고자 하는 그 조바심에 비하면 그런 우정이 무슨 가치가 있겠습니까! 내 생활이나 존재가 무슨 가치가 있겠습니까! 나는 그토록 당신을 사랑하고 있었습니다. 모든 일이 다 폭풍처럼 지나가고 사라진 뒤에 와서, 나는 오늘 당신에게 이렇게 확실히 말씀 드리는 겁니다. 그때는 그랬습니다. 아니, 빈사상태에 빠져 침대에 누워 있는 지금 이 순간에도 만일 당신이 불러만 주신다면, 나는 지금이라도 힘을 내서 침대를 박차고 일어나 당신에게로 달려갈 겁니다.

그날 밤 차 한 대가 현관 앞에 서 있었습니다. 우리는 그 차를 타고 당신 집으로 갔습니다. 나는 또다시 당신의 말씀을 듣고 당신의 부드러운 접근을 느꼈습니다. 그러자 또 예전의 그때와 마찬가지로 황홀해져서, 어린애같이 행복에 가득 차고 혼란된 마음을 일으켰습니다. 10년 이상이나 한 번도 가보지 못한 그 계단을, 다시 한 계단 한 계단 올라가는 그 기분이 어떠했겠습니까? 그 순간에 지나간 날의 추억과 현재가 겹쳐지며, 모든 것이 이중으로 다가와 얼마나 가슴이 벅차던지…….
그 한 순간 한 순간 내내 당신을 얼마나 뚜렷이 느꼈는지, 일일이 여기서 묘사를 할 수가 없습니다.

당신의 방 안은 전과 별로 달라진 점이 없었습니다. 몇 개의 그림과 약간의 책이 좀 더 늘어났을 뿐이었습니다. 그리고 여기저기 낯선 가구들이 놓여 있었으나, 방 안의 모든 사물들이 내게는 친밀하게 인사를 해 주는 것 같았습니다. 책상 위에는 여전히 장미꽃을 꽂아 놓은 화병이 놓여 있었습니다. 그 장미꽃은 내가 일전에 당신의 생일날에 어느 여인을 추억해 주기를 바라며 보내 드린 것이었습니다. 어느 여인, 당신이 기억하지 못하시는 어느 여인, 당신이 알아보지 못했던 어느 여인, 그런데 지금은 당신 곁에 있는, 손을 마주잡고 입술을 마주대고 있는 그 어느 여인인 것입니다. 그렇지만 당신이 그 꽃을 간직하고 계셨다는 것, 그것만으로도 나는 기뻤습니다. 그것은 내 존재의 숨결, 나의 당신을 향한 사랑의 숨결이었던 까닭입니다.

당신은 팔로 나를 껴안아 주셨습니다. 다시 한 번 나는 그 화려한 하룻밤을 당신 곁에서 지냈습니다. 그러나 발가벗은 나까지도 당신은 알아주지 않으셨습니다. 당신의 숙련된 애무를 받고, 나는 황홀하도록 기뻤습니다. 그때 나는 당신이 애인을 대하는 정열이나, 혹은 매춘부에게 쏟는 정열이나 그 사이에 아무런 차별이 없다는 것도 알았습니다. 당신은 그저 앞뒤를 따지지 않고 넘쳐흐르는 정열을 다 쏟아서, 본성의 욕구에 몸을 맡기는 분이라는 걸 알았습니다. 밤거리에서 데리고 온 내게까지 당신은 친절하고 부드러우셨습니다. 또한 고상하셨고 마음껏 존중해 주셨습니다. 그러면서도 동시에 여성을 쾌락에 이끄는 데 정열적이셨습니다.

옛날의 그 행복에 취해 있으면서, 나는 또다시 당신의 본질에 숨어 있는 독특한 이중성을 느꼈습니다. 이미 어린아이였던 나를 정복했을 때와 마찬가지로, 육감적인 정열 속에 있는 지적이고 정신적인 격렬성을 나는 또다시 느꼈습니다. 그때까지 내게 친절하게 대해 준 남자들을 여럿 상대해 보았지만, 어느 한순간에 그렇게까지 격렬히 몰두하고, 마음속까지 폭발시키고 넘쳐흐르게 한 사람은 아무도 없었습니다. 물론 그 순간이 지나기만 하면, 그것은 비교할 대상이 필요 없을 만큼 거의 비인간적인 망각 속으로 사라져 버리는 애정이기는 했지만 말입니다.

그러나 그때 나 자신도 또한 나를 잃어버리고 있었습니다. 어둠 속의 당신 옆에 있던 나는 대체 누구였습니까? 그 옛날 불타오르던 어린 처녀였습니까? 그렇지 않으면 당신 아들의 어머니였습니까? 또는 알지도 못하는 하룻밤의 여자였습니까? 아, 정열적인 그 밤은 그다지도 즐겁고 친밀하게 모든 것이 다시 느껴졌으며, 모든 것이 물결치듯 다가왔습니다. 나는 두 손을 모아 그 밤이 영원히 계속되기를 하느님께 기도드렸습니다.

그러나 야속하게도 아침은 오고야 말았습니다. 우리는 늦게 일어났지요. 당신은 나보고 같이 아침 식사를 하자고 권하셨습니다. 눈에 보이지 않는 하인은 그동안 식당에 품위 있게 차를 준비해 놓았고, 우리는 그 차를 같이 마셨습니다. 우리는 마주보며 이야기를 나누었지요. 당신은 이번에도 예전처럼 조금도 거리낌 없이 그 독특한 친밀성을 가지고 내게 말씀을 하셨습니다.

그때에도 당신은 예의에 어긋나는 질문을 한다든지 또는 내

신분에 대해 호기심을 나타내는 일은 조금도 하지 않으셨습니다. 당신은 내 이름도 물어보지 않았으며, 주소에도 관심이 없으셨습니다. 나는 당신에게, 또다시 하나의 쾌락 상대밖에는, 이름 없는 세상 속의 여자일 뿐 그 이상 아무것도 아니었던 겁니다. 망각의 연기 속에 흔적도 없이 사라져 버리는 정열의 한 순간에 불과했습니다.

그때도 당신은 내게 먼 여행을 떠날 계획이라고 말씀하셨습니다. 2, 3개월의 기간으로 북아프리카로 가 보겠다고 하셨지요. 나는 여행이라는 말을 듣고 행복하면서도 부들부들 몸을 떨었습니다. 내 귓전에는 화끈거리는 울림이 맴돌았기 때문이었습니다.

'모든 것이 지나가 버리는 거야. 다 지나가 버리고 잊혀지는 거야.'

나는 당신의 무릎에 몸을 던지고 이렇게 부르짖고 싶었습니다.

'나를 데려가 주세요, 제발! 그 여러 해가 지난 어느 날 마침내 당신이 나를 알아보아 주실 수 있게요.'

하지만 나는 당신 앞에서 그렇게 수줍고, 그렇게 비겁하고, 그렇게 노예적이고, 그렇게 약했습니다. 결국 나는 다만 이렇게 말할 뿐이었지요.

"그것 참 유감이군요."

당신은 내 말이 끝나자 미소를 띠고 나를 쳐다보며 말씀하셨습니다.

"정말로 유감으로 생각하십니까?"

바로 그때 나는 갑자기 머리가 터질 것 같은 감정에 휩싸였습니다. 나는 자리에서 벌떡 일어나 잠시 동안 당신을 노려보았습니다. 꽤 오래도록 쏘아보았습니다. 그리고 나는 말했습니다.

"내가 사랑하고 있는 사람은 항상 여행을 떠나신답니다."

당신 눈동자 한가운데를 노려보면서, 그렇게 말했던 것입니다.

'이제 그는 나를 알아보겠지, 이제는 설마!'

말을 하고 나서 그 반응을 기다리던 나는 마음속의 모든 것이 떨리고 충동을 받았습니다. 하지만 당신은 나를 향해 미소를 띠며 이렇게 나를 위로할 뿐이었습니다.

"떠나면 다시 돌아오는 법이지요."

"그렇겠지요. 돌아오시기는 하시겠지요. 그러나 그때에는 잊어버리신답니다."

내가 그렇게 당신께 말했을 때 내 태도에 어딘지 이상스럽고 정열적인 점이 있었을 겁니다. 그때 당신은 내 태도에 반응하여 자리에서 일어서서 이상하다는 듯이, 그리고 대단히 사랑스럽다는 듯이 쳐다보시며 내 어깨를 붙잡으셨습니다.

"즐거운 추억은 잊어버리지 않습니다.

당신은 결코 내 추억 속에서 잊혀지지 않을 겁니다."

말을 끝낸 당신의 눈빛은 깊이깊이 내게로 파고들어 와서 마치 당신이 내 모습을 당신의 마음속에 확실히 새겨 놓으시려는 것 같았습니다. 그리하여 당신의 눈이 수색하듯, 검사하듯, 내 몸 전체의 모습을 빨아들이며 내게로 파고들어 오는 것을 느꼈습니다. 그때 나는 드디어 당신이 마음의 눈을 뜨는 순간이 왔다고 생각했습니다.

'저 사람은 이제 나를 알아보는 거야! 나를 알아보는 거야.'

나의 영혼 전체가 이 생각만 하며 부들부들 떨었습니다. 그러나 당신은 결국 나를 알아보지 못했습니다. 그렇지요. 당신은 결국 나를 알아보지 못하셨지요. 지나간 어느 때보다도 그 순간처럼 당신이 나를 알아보지 못하신 적은 한 번도 없었습니다. 과거의 어느 순간도 당신은 그 후 몇 분 동안에 보여준 그러한 행동을 내게 하지 않았기 때문입니다.

당신은 내게 키스를 하셨습니다. 다시 한 번 아주 정열적으로 키스를 하셨지요. 나는 헝클어진 머리를 다시 손질하지 않으면 안 될 지경이었습니다. 그래서 내가 거울 앞에 서 있는 동안에 나는 거울을 통해서— 나는 너무나 부끄럽고 놀라서 주저앉을 것 같았습니다.— 당신이 살며시 한두 장의 커다란 지폐를 내 머플러 속에 집어넣으시는 것을 보았습니다. 그 순간 어떻게 내가 커다랗게 소리를 지르고, 당신의 얼굴을 후려갈기는 것을 참았는지 모르겠습니다.

소녀 시절부터 당신을 사랑했고, 당신의 어린아이의 어머니인 내게 지나간 밤에 대한 대가를 지불하시다니! 결국 나는 당신에게 타바린의 술집에서 데리고 온 매춘부에 지나지 않았던 것입니다. 당신은 내게 돈을 지불하셨습니다. 내게 잠자리의 대가를 지불하신 것입니다. 당신에게서 잊혀짐을 당하는 것도 슬픈 일이었는데, 나는 당신에게서 모욕까지 당해야 했던 것입니다.

나는 재빨리 내 물건들을 챙겼습니다. 나는 나가 버리려고, 빨리 나가 버리려고 했지요. 나는 너무나 슬펐습니다. 나는 모자를 집어 들려고 했습니다. 그 모자는 책상 위의 하얀 장미꽃이 꽂혀 있는 화병 곁에, 내 장미꽃 옆에 놓여 있었습니다. 그것을 보는 순간 뭔가 나를 강력하게 붙잡는 것이 있었습니다. 다시 한 번 당신에게 기억을 불러일으키게끔 하려는 생각이었지요.

"이 하얀 장미꽃을 한 송이만 주시지 않으시겠습니까?"

"그러세요."

당신은 그렇게 대답하시고 곧 한 송이를 집어 주셨습니다.

"혹시 이 꽃은 당신을 사모하는 어느 여인이 주신 것이 아닐까요?"

"아마 그렇겠지요."

당신은 아무 뜻도 담지 않고 말씀하셨습니다.

"나는 모르겠지만 하여간 그것이 내게 선물된 것은 분명해요. 그리고 그 꽃이 누구에게서 온 것인지는 모릅니다. 그래서 나는 더욱 좋아하지요."

나는 당신을 쳐다보았습니다.

"어쩌면 그것은 당신이 잊어버린 어느 여인한테서 온 것이 아닐까요?"

당신은 놀라며 나를 쳐다보셨습니다. 나는 당신을 똑바로 쳐다보았지요.

'나를 알아봐 주세요! 제발 나를 알아봐 주세요!'

내 눈은 그렇게 부르짖었습니다. 그러나 친절한 미소를 띠는 당신의 눈은 아무것도 모르시는 것 같았습니다. 당신은 내게 다시 한 번 키스해 주셨지요. 하지만 끝내 당신은 나를 알아보시지는 못하셨습니다.

나는 급히 문으로 나갔습니다. 눈물이 쏟아져 나오는 것을 참으며, 우는 모습만은 당신에게 보여 드리고 싶지 않았던 것입니다. 현관으로 나가다가— 그렇게 나는 허둥지둥 나가고 있었지요— 나는 당신의 하인인 요한 노인과 하마터면 마주칠 뻔했습니다. 쩔쩔매면서 그는 재빨리 옆으로 비켜섰습니다. 그리고 문을 활짝 열어 나를 밖으로 내보내 주셨지요. 그런데 그때, 아시겠습니까? 내가 눈물을 머금은 채 그를 흘끗 쳐다보았던 그 순간에, 그 나이 먹은 요한의 눈이 번뜩하고 비쳤습니다. 그 짧은 순간에요. 아시겠습니까? 그 순간에 그 노인은 나를 알아보았던 겁니다. 내 소녀 시절 이래로 한 번도 본 적이 없건만, 요한은 내 모습을 기억하고 있었지요.

너무나 황송해서 나는 무릎을 꿇고 그 손에 감사의 키스를 하고 싶을 지경이었지요. 하지만 나는 당신이 나를 모욕하는 채찍질로 준 그 쓰라린 지폐를 머플러에서 재빨리 꺼내 그 나이든 하인에게 집어넣어 줄 뿐이었습니다. 요한 노인은 몸을 부르르 떨더니 나를 놀라서 쳐다보았습니다. 그 짧은 순간에 그는 아마 당신이 한평생 동안 느끼신 것보다 더 많은 것을 느꼈을 겁니다. 모든 사람이 그처럼 나를 받들어 주었으며, 모든 사람이 그렇게 내게 친절히 대해 주었습니다. 다만 당신 한 사람만이 나를 잊어버렸으며, 다만 당신만이, 다만 당신 한 사람만이 나를 알아봐 주지 않으셨습니다.

스치듯 지나쳐간 사랑

내 아이는 죽었습니다. 우리들의 아이는 죽었습니다. 그래서 이제는 이 세상에서 사랑하는 사람이라고는 당신 한 사람밖에 아무도 없게 되었습니다. 그러나 나를 한 번도 알아봐 주지 않았던 당신이 내게 무슨 소용이 있겠습니까? 당신은 물가를 지나가듯이 내 곁을 스쳐 지나가셨으며, 돌 위를 걸어가듯이 내 위를 짓밟고 걸어가셨지요. 언제나 앞으로 앞으로 걸어가기만 하시고, 나를 영원한 기다림 속에 놓아 두었던 당신, 그러한 당신이 이제 내게 무슨 의미가 있겠습니까? 단 한 번만이라도 나는 당신을 붙잡을 수 있으리라고 생각했습니다. 공중에 들떠 있는 것 같은 당신을, 우리 아이를 통해서 붙잡을 수 있으리라고 생각했던 것입니다.

하지만 그 아이는 역시 당신의 아이였습니다. 하룻밤 사이에 모질게도 그 아이는 나를 버리고 당신이 그랬던 것처럼 훌쩍 떠나 버렸습니다. 그 아이는 나를 아주 잊어버리고 다시 돌아오지 않았습니다. 그리하여 나는 또다시 고독하게 예전보다 더 한층, 고독하게 되었습니다.

이제 나는 아무것도 가지고 있지 않습니다. 당신과 연결된 끈을 모두 놓아 버린 거지요. 당신의 것이라고는 한 줄의 편지나 하나의 추억도 지니고 있지 않습니다. 누군가가 당신 앞에서 내 이름을 부른다고 해도 당신은 그것을 낯설게 들어 넘기실 것입니다. 내가 당신에게 죽은 존재와 마찬가지인 이상, 무엇 때문에 내가 죽기를 꺼려하겠습니까? 당신이 내게서 떠나 버렸는데 내가 무엇 때문에 삶에 미련을 두겠습니까?

아닙니다. 사랑하는 분이시여! 나는 당신을 원망하는 것이 아닙니다. 당신의 명랑한 삶의 울타리 속에, 내 슬픔을 집어던져 넣으려는 것도 아닙니다. 내가 더 이상 당신을 괴롭히지 않을 테니 두려워하지 마세요. 나는 지금 아이가 죽어서 누워 있는 이 시간에, 내 마음의 부르짖음을 단 한 번 밖으로 쏟아내지 않을 수가 없었습니다. 그것을 용서해 주세요! 다만 이 한 번만은 당신에게 이야기를 하지 않을 수가 없습니다.

이 한 번의 이야기를 끝으로 나는 다시 침묵 속으로 되돌아가려 합니다. 지금까지 당신 곁에 있으면서도 항상 침묵을 지켜 온 것처럼 말이에요. 그러나 당신은 내가 살아 있는 한 이러한 부르짖음을 듣지 못하실 겁니다. 다만 내가 죽었을 때, 당신은 이 유언을 받게 되실 거예요. 어느 누구보다도 당신을 사랑했던 여자, 그러면서도 당신은 한 번도 못 알아보았던 그 여자로부터 유언을 받게 되는 겁니다. 항상 당신을 기다렸으며, 그러면서도 당신은 한 번도 부르지 않으셨던 그 여자로부터 말이에요.

아마도 혹시 그때에는 나를 부르실 지도 모르겠군요. 하지만 나는 처음으로 당신의 부르심에 복종하지 못할 겁니다. 그때는 이미 온몸이 차갑게 식어 당신의 말씀을 듣지 못할 테니까요. 무엇 한 가지 내게 남겨 두지 않은 당신과 마찬가지로, 나는 당신에게 사진 한 장이나 아무 표식도 남기지 않겠습니다. 결국 당신은 나를 알아보지 못하게 되실 겁니다. 그것은 내 일생의 운명이었고, 또한 죽음을 맞이하는 내 자신의 모습이기도 합니다. 나는 마지막 순간에도 당신을 부르지 않겠습니다. 나는 당신이 내 이름도, 얼굴도 알지 못한 채로 이 세상을 떠나 버리겠습니다. 당신이 멀리서라도 그것을 느끼지 못하시니 나는 더 쉽게 죽을 수가 있습니다. 내가 죽는 것을 당신이 슬퍼하신다면, 나는 죽을 수 없을 게 아닙니까!

나는 더 이상 쓸 수가 없습니다. 내 머리가 희미해지고 온몸이 쑤셔옵니다. 아마 열이 있는 것 같습니다. 나는 지금 곧 사라질 것만 같습니다. 그러나 그러한 고통도 곧 지나가고, 아마 운명은 내게 다시 친절히 대하게 될 것입니다. 그리하여 어린아이가 저 무덤 속으로 끌려가는 것도 보지 않을 수 있겠지요. 나는 이제 더 이상 글을 쓸 수가 없습니다. 안녕히 계세요. 나의 애인이여! 안녕히 계세요. 나는 당신에게 감사합니다. 참 많은 일들이 있었지만, 그것은 그것으로 좋았습니다. 나는 당신에게 마지막 내 숨결이 있는 동안까지 감사를 드립니다.

내 마음은 시원합니다. 나는 당신에게 모든 것을 이야기했습니다. 이제 당신도 아시겠지요. 아니 다만 짐작은 하시겠지요. 내가 당신을 얼마나 사랑했는가를…… 그리고 그 사랑이 당신에게는 어떠한 짐으로도 작용하지 않으셨지요! 나는 당신을 조금도 괴롭혀 드리지 않았습니다. 그것이 내게는 위안이 됩니다. 당신의 아름답고 명랑한 생활에 아무런 변화도 일으키지 않았으니까요…… 또한 나는 내 죽음으로써 당신에게 아무런 폐도 끼치지 않습니다……. 그것은 내 위안입니다. 내 사랑하는 분이시여!

그러나 이제 앞으로 당신 생일날 어느 누가 하얀 장미꽃을 선사해 드릴까요? 아, 그 화병은 비어 있겠지요? 그 조그마한 숨결, 그 조그마한 내 생의 호흡은 1년에 한 번씩 당신의 주변에서 숨을 쉬었지만, 또한 그것도 아주 없어질 겁니다.

사랑하는 분이시여! 제발 내 청을 들어 주세요. 그것은 나의 처음이며, 동시에 마지막 요청이랍니다. 제발 당신의 생일을 맞을 때마다 장미꽃을 사서 그것을 그 화병에 꽂아 주세요. 내 부탁입니다. 사랑하는 분이시여! 제발 그렇게 해 주세요. 다른 사람들이 1년에 한 번씩 죽은 애인을 위해 미사를 올리는 것처럼, 꼭 1년에 한 번씩 그렇게 해 주세요. 나는 이제 하느님도 믿지 않습니다. 그리고 미사도 믿지 않으렵니다. 나는 다만 당신을 믿고, 당신만을 사랑하고, 당신 마음속에서만 영원히 살렵니다.

아, 1년에 단 하루만이라도 아주 고요히 내가 당신 곁에 살았을 때처럼, 제발 사랑하는 분이시여! 나는 당신에게 청하겠습니다. 이것은 당신에 대한 나의 처음이자 마지막 청입니다…… 나는 당신에게 감사합니다. 나는 당신을 사랑합니다. 나는 당신을 사랑합니다. 안녕히 계세요…….

 눈에 보이지 않는 영원한 사랑

그는 떨리는 손으로 편지를 내려놓았다. 그리고 오래도록 생각해 보았다. 희미한 어느 기억이 머리에 엉켜서, 이웃집 어린아이에 대한 추억이 되고, 어느 젊은 처녀에 대한 생각이 되고, 떠들썩한 술집에서 만난 어느 여자에 대한 추억이 되어 떠올랐다. 하지만 그것은 명확하지 않았으며, 한데 엉켜 있었다. 마치 흘러 내려가는 강물의 밑바닥에 있는 자갈들이 반짝이며 형태 없이 떨리고 있는 것과 같은 그러한 추억이었다. 그림자가 머리속에서 자꾸만 흘러가고 또 생겨났지만, 결국 어떤 형태를 이루지는 못했다. 감각 속에서 무슨 추억은 느껴졌으나, 무엇을 확실히 기억해 낼 수는 없었던 것이다. 그는 그 모든 형상들의 꿈을 꾸는 것 같았다. 가끔 그리고 깊이 꾼 꿈…….

그 순간에 그의 눈은 책상 위에 놓인 파란 화병에 떨어졌다. 그 병은 비어 있었다. 지난 몇 년 동안의 생일날과는 달리 처음 보는 빈 병이었다. 그는 깜짝 놀랐다. 그는 보이지 않는 손으로 갑자기 문이 열려져 차가운 바깥세상의 바람이 고요한 방 안으로 스며들어오는 것 같았다. 한 여인의 죽음을 느낀 것이다. 그리고 죽지 않는 영원의 사랑을 예감했다. 그는 마음 한 구석에서 뭔가가 허물어지는 것 같았다. 그러면서 먼 데서 들려오는 음악 소리처럼, 그는 눈에 보이지 않는 어느 여인의 모습을, 형상은 없으나 훈훈한 애정을 가지고 생각하기 시작했다.

Die Mondscheingasse

달밤의 뒷골목

나는 울면서 무릎을 꿇고 그 여자에게 돈을 내바쳤습니다.
내가 가진 재산을 전부 내바치고,
마음대로 해 달라고 매달렸던 것입니다.
왜냐하면 그때 나는,
나는 그 여자 없이는 살 수가 없다는 것을 알았기 때문이죠.
그러면서도 그 여자를 나락으로 밀쳐 떨어뜨린 것은 다른 사람 아닌,
바로 나 자신이었습니다.
순전히 나 자신의 책임이었습니다.

이국적인 도시의 뒷골목의 매력

항해 도중 폭풍을 만난 기선은 밤늦은 시각에 가까스로 프랑스의 조그마한 항구에 도착할 수 있었다. 그러나 그 시간엔 이미 독일행 야간열차는 떠나고 없었다. 그래서 나는 뜻하지 않게 하루 저녁을 낯선 곳에서 지내야 할 딱한 처지가 되었다. 별로 마음이 내키지 않은 저녁에 별 수 없이— 항구 변두리의 유흥지에서 싸구려 음악에 귀를 기울이거나, 우연히 거리에서 만난 사내와 시시껄렁한 이야기를 하는 것밖에는 할 일이 없는— 그렇고 그런 밤이었다.

호텔의 조그만 식당 안의 공기는 기름기로 가득 차고 담배 연기에 흐려서 견딜 수가 없을 지경이었다. 아직도 찝찌름한 소금기를 머금은 바닷바람이 싸늘하게 입가에 머물고 있었다. 식당 안의 탁한 공기와 불결함은 나를 더욱 참을 수 없게 만들었다. 찌뿌드한 심사를 달랠 겸 나는 호텔을 나가서 발길 닿는 대로 밝은 대로를 따라 군악대가 연주하고 있는 광장으로 향했다. 광장에서 산책하는 사람들에 휩쓸려 걸어가다 보니, 생각했던 것보다 훨씬 멀리까지 걸어가고 말았다.

처음에는 촌스럽게 옷을 입은 군중들 사이에 끼어서, 꿈결 같이 걸어가는 기분이 그런대로 낯선 즐거움마저 느끼게 했다. 하지만 얼마 안 가 알지 못하는 사람들이 서로 밀치고, 놀란 눈초리로 나를 쳐다보기도 하며, 심지어는 멀리까지 밀쳐 보내는 그 혼잡, 그리고 수없이 많은 길가 여기저기서 뿜어져 나오는 불빛들, 끊임없이 울리는 발소리들, 그런 것들이 나를 더 이상 참을 수 없게 만들었다. 바다를 항해할 때 온몸이 심하게 흔들린 탓에 아직까지 핏줄 속에는 울렁거림과 가벼운 취기가 남아 있었다. 지금까지도 발밑이 흔들흔들하고 미끈미끈함을 느끼는 중이었다. 육지가 마치 숨을 쉬며 출렁거리고 거리도 높다란 하늘을 향해 그네질 하는 것처럼 느껴졌다.

그때 갑자기 이유를 알 수 없는 혼란 속에서 불쑥 현기증이 일어났다. 할 수 없이 어딘지도 모르는 어떤 골목 안으로 기어들어갔다. 그 골목에서 다시 더 좁은 뒷골목 안으로 들어가서야, 나를 휘감는 그 덧없는 소란은 차츰 진정돼 갔다. 그 후 나는 혈관과 같이 갈라져 있는 그곳의 복잡한 뒷골목을 정처 없이 이리저리 헤매었다. 내가 대로에서 멀리 걸어가면 걸어갈수록 주위는 점점 어두워 갔다. 널따란 대로의 달과 같은 전기 가로등이 그 먼 골목 쪽 구석까지는 비춰 주지 않았던 것이다. 어둑어둑한 뒷골목 위에서 마침내 반짝이는 별들과 꺼뭇꺼뭇한 하늘이 다시 보이기 시작했다.

아마도 내가 정신없이 헤매고 다녔던 곳은 항구 가까이의 선원들이 사는 구역이었던 모양이다. 그것은 생선 썩는 냄새로 알 수가 있었다. 물결치는 바닷가에서 육지로 밀려오는 해초들의 신선한 바닷내음과 뒤섞인 코를 찌르는 썩는 냄새, 커다란 폭풍이 몰려와서 공기를 확 바꿔놓기 전까지는 머물게 될, 바람 한 점 안 통하는 조그마한 방들의 텁텁한 공기로도 알 수가 있었다. 어슴푸레한 어둠과 예상치 않았던 고요함은 내 마음에 자그만 평온을 가져다주었다.

어느새 나는 걸음걸이를 늦추어서 천천히 이 거리 저 거리를 바라보며 걷고 있었다. 뒷골목들은 하나하나 서로 다른 모습이었다. 어느 거리는 조용했고, 어느 거리는 몹시 소란스러웠다. 어디에서나 음악과 사람들 소리가 거리에 묵직하니 머물러 있었다. 그것은 눈에 보이지 않는, 뒷골목의 지하실 속에서 비밀에 잠겨 가까스로 조금씩 새어나오는 소리 같기도 했다. 거리의 밑바닥에는 무엇인지 알 수 없는 지하의 근원이 존재했다. 그것은 집집마다 문이 잠기고 다만 빨갛고 노란 불빛만이 창밖으로 새어나왔기 때문이었다.

나는 이런 이국적인 도시들의 뒷골목에 매력을 느꼈다. 그곳은 온갖 정열의 때 묻은 시장이었으며, 선원들을 유혹하는 비밀 장소였다. 낯설고 위험한 바다에서 보낸 고독한 밤들이 쌓이고 쌓여, 그토록 많은 관능적인 꿈을 단 한 시간 동안에 만족시키고자 이곳을 찾는 선원들. 그래서 이 작은 뒷골목들이 어디에든 존재해야만 했다. 고상한 사람들이 사는 밝은 집 창문에서 쏘아 보내는 반짝이는 빛의 수많은 가면 속에 감추고 있는 것들을, 이곳에서는 대담하고 솔직하게 터놓고 이야기하기 때문이었다.

뒷골목은 반드시 대도시의 어딘가 한 구석에 숨어서 숨구멍의 역할을 맡게 된다. 이곳의 작은 방들에서는 음악 소리가 울리고, 사람들의 마음을 이끄는 영화는 현란한 간판을 내걸고, 예상하지 못한 뜻밖의 화려함을 세상 밖으로 내보내준다. 게다가 그 문간의 도금한 창살의 열려진 틈 사이로 나체의 몸이 흐느적거리고, 카페에서는 술 취한 사람의 온갖 소리에 섞여서 노름꾼들의 다투는 소리도 들려오기 마련이다. 여기서 만나는 선원들은 서로 하얀 이를 내보이며 빙그레 웃었고, 수많은 쾌락이 엿보이는 텁텁한 눈빛은 이글이글 빛나고 있었다.

뒷골목에는 여체와 도박, 술과 쇼, 때 묻은 어마어마한 모험 등 욕망을 부추기는 비릿한 쾌락이 도사리고 있었다. 도시 골목의 모든 것들은 사람들의 눈을 피하면서도 한편으로는 사람의 마음을 들뜨게 하기에 충분하도록 닫힌 창살 뒤에 가려져 있었다. 겉보기의 침묵과 평범함의 뒤편으로는 살그머니 들어갈 수 있는 통로가 존재한다는 유혹이 사람들의 관심을 더욱더 끌었다. 물론 이런 거리의 모습은 함부르크나 콜롬보 또는 아바나에서도 다 마찬가지였다. 넓고 산뜻한 산책 도로의 이면에는 어느 도시에나 다 존재하는 모습이었다.

그것은 인생의 위와 아래가 같은 형태를 취한다는 것을 의미하기도 했다. 이 거리들은 아직도 동물과 같은 본능을 제한 하지 않는, 관능적인 세계가 마지막으로 남은 환상적인 지역인 셈이다. 정열의 어두컴컴한 성역이자 본능대로만 움직이는 동물들로 가득 찬 황무지, 엿보여 줌으로써 사람을 유혹하는 장소인 것이다. 그와 같이 살아 꿈틀거리는 거리의 모습은 독자들도 여러 가지로 충분히 상상할 수 있을 것이다.

낯선 뒷골목에서 들려오는 여인의 노랫소리

나는 갑자기 바로 그런 거리들 중 하나에 갇힌 듯한 느낌을 받았다. 우둘투둘한 거리를 덜거덕거리는 긴 칼을 차고 지나가는 기병 몇 명의 뒤를 쫓아서 나는 정처 없이 걸어갔다. 어느 술집에서 불러들이는 여자의 목소리를 듣자, 그들은 큰 소리로 웃으며 점잖지 않은 농담으로 대꾸했다. 창문을 툭툭 두드리는 사람도 있었다. 그러자 어디선가 욕하는 소리가 들려오고 군인들은 그대로 앞으로 걸어갔다. 잠시 후 웃음소리도 멈췄고 더 이상 그들의 소리를 듣지 못했다. 뒷골목은 여느 때처럼 다시금 조용해졌으며 다만 한두 개의 창문만이 희미한 달빛 아래 몽롱하게 빛날 뿐이었다.

발을 멈추고 고적한 고요를 가슴 깊이 들이마셨다. 그 밑바닥에는 뭔가 비밀과 정욕, 위험이 흔들리는 것 같아서 이상한 기분이 들었다. 그러한 침묵이 허위이며, 뒷골목의 희미한 공기 속에는 뭔가 부패된 세계가 뒤섞여 있음을 느낄 수 있었다. 나는 걸음을 멈추고 잠시 허공에 귀를 기울였다. 그러자 이제는 도시도 거리도, 심지어 내 자신의 이름까지도 느껴지지 않고, 그저 여기는 모두 낯선 외국인이라는 생각만 들 뿐이었다.

이상하게도 내가 알지 못하는 낯선 장소에 놓여 어떠한 사명이나 목적과는 관계없이, 주위의 이러한 암흑의 생활 전부가 마치 내 혈관 속에 흐르는 피처럼 느껴졌다. 그때 내가 맛본 것은 바로 그러한 실감이었다. 마치 모든 것이 나를 위해서 생긴 것이 아니면서도, 동시에 내 자신의 것이라는 생각이었다. 이러한 느낌은 나와는 관계가 없다는 것이 오히려 내 안의 가장 깊고 진실한 체험에 부딪치는 행복한 감각으로 다가왔다. 그 감각은 나의 내부세계의 소용돌이가 되어서, 쾌락처럼 내게 덤벼들었다.

이때 나는 적막한 골목에 서서 이제부터 일어날 그 무엇인가를 기대하며, 허공을 응시하는 몽유병 환자처럼 몽롱한 감정을 밀어내 줄 것을 기다리고 있었다. 지극히 낮은 음성으로 부르는 독일어의 노랫소리가 먼 곳으로부터, 아니 어쩌면 어느 벽을 통해서 희미하게 들려왔다.

그 노래는 '자유 사수' 속에 있는 '초록색의 아름다운 처녀의 화관'이라는 소박한 왈츠 곡이었다. 노래를 부르는 여자의 목소리는 듣기가 거북했으나, 독일 멜로디인 것만은 틀림없었다. 낯선 항구의 어느 후미진 골목에서 듣는 독일 노래가 어쩐지 갈피를 잡지 못해 어수선한 내 마음에 친밀감을 북돋아 주었다. 알 수 없는 곳으로부터 흘러나오는 노랫소리였지만,

내게는 몇 주일 만에 처음 듣는 고향의 인사 같은 정겨운 초대 소리로 느껴졌다.

누가 여기서 내 모국어로 노래하고 있는 것일까 하고 나에게 스스로 물어 보았다. 대체 이 거칠고 후미진 뒷골목에서, 마음속의 추억을 불러일으키는 저 여인은 누구일까?

여인의 노랫소리를 쫓아 잠들어 있는 집들을 하나하나 더듬어 보았다. 그러나 내 눈에 들어오는 집들 안쪽에는 이상한 불빛만 반짝이고 가끔 손짓하는 여자들이 보일 뿐이었다. 밖으로 내걸린 화려한 간판과 휘황찬란한 광고 속에는 위스키나 포도주, 맥주 등의 그림이 그려져 있었다. 생각할 것도 없이 간판 안에는 감춰진 술집이 있음을 암시했다. 하지만 닫혀 있는 모든 문들은 사람이 들어오는 것을 막으면서도 한편으로는 유혹하고 있었다. 그러는 동안에 몇몇 사람들의 발소리가 멀리서 들려왔다. 또한 떨리는 음성으로 부르는 여자의 노랫소리도 점점 더 분명하게 가까이서 들리고 있었다.

마침내 나는 그 집을 찾을 수 있었다. 하얀 커튼을 문 쪽에 바싹 걸쳐 놓은 집이었다. 내가 안으로 들어가기 위해 허리를 구부리려 할 때, 현관의 등불 아래 그림자가 갑자기 움직였다. 한 사내가 유리창에 바싹 달라붙어서 안쪽을 엿보다 깜짝 놀라서 펄쩍 뛰어오른 것이다.

놀라움으로 창백해진 그의 얼굴이 등불의 빨간 불빛 아래 드러났다. 두 눈을 크게 뜨고 나를 응시하던 사내는 미안하단 말을 중얼거리더니, 뒷골목의 어둠 속으로 사라져 버렸다. 그 인사가 이상야릇한 것이어서 나는 그의 뒷모습을 한참 동안 바라보지 않을 수 없었다. 희미한 뒷골목으로 사라져 가는 사내의 모습이 아직도 보이는 듯했으나 형체가 분명하지는 않았다. 집 안에서는 노랫소리가 여전히 계속되고 있었고, 오히려 더 밝아졌다는 느낌이 들었다. 나는 그 소리에 이끌려 문을 열고는 재빨리 안으로 들어갔다.

내가 집안으로 들어서는 순간 날카로운 칼로 자른 것처럼 그 노랫소리가 한순간에 끝나고 말았다. 깜짝 놀라며 나는 눈앞의 공허를 느꼈다. 뭔가를 깨뜨리기라도 한 것 같은 팽팽한 침묵의 순간이었다. 점차 내 시선도 방 안의 풍경에 익숙해져 갔다. 술을 파는 판매대와 탁자가 하나 있을 뿐 볼수록 텅 빈 방이었다. 이 방은 틀림없이 뒤에 있는 다른 방을 위한 대기실인 게 분명했다. 반쯤 열려진 채 어둡게 해 놓은 램프 불빛의 조명, 널따란 침대, 이러한 방의 모습은 이 집의 목적을 간단하고 솔직하게 드러내 주었다. 앞쪽에 있는 탁자 옆으로, 치장을 했지만 피곤해 보이는 여자가 혼자 팔꿈치를 괴고 의자에 기대 앉아 있었다. 안쪽에 있는 판매대에는 지저분한 차림의 뚱뚱한 주인 여자가 조금은 예쁘게 생긴 다른 여자와 함께 서 있었다.

내 인사말이 방 안에 건조하게 울리며 느릿느릿한 반응을 불러일으켰다. 이런 공허한 장소에 들어온 것이 어쩐지 기분이 좋지 않았다. 무거운 침묵은 나를 될 수 있는 한 빨리 밖으로 나가라고 재촉하고 있었다. 그러나 당황한 나는 갑자기 나가 버릴 핑계를 잃고 말았다. 할 수 없이 문 가까이에 있는 탁자에 가서 걸터앉았다.

비로소 의자에 기대 있던 여자가 자신의 의무가 생각난 듯, 내게 무엇을 드시겠느냐고 물어 보았다. 딱딱한 프랑스 말투로 보아 나는 그 여자가 독일 여인이라는 것을 직감할 수가 있었다. 내가 맥주를 주문하자, 그 여자는 일단 자리에서 일어났다가 잔을 들고 다시 그 느릿느릿한 걸음걸이로 돌아왔다. 여인의 걸음걸이는 꺼져 가는 불과 같이 으슴푸레한 눈두덩 밑에 자리 잡은 흐린 눈빛보다도 한층 더 피곤한 기색이었다.

그 여자는 자리에 앉아 이 집의 습관에 따라, 내 잔 이외에도 또 하나의 잔을 자기 옆에 기계적으로 당겨 놓고 자신의 잔에도 술을 따랐다. 술잔을 들어 나를 위해 건배할 때도, 여자의 눈동자는 그저 멀거니 내 곁을 스칠 뿐이었다. 그래서 나는 그녀를 더 자세히 바라볼 수가 있었다.

그녀의 얼굴은 사실 의외로 아름다웠으며, 균형이 잘 잡힌 윤곽선을 지니고 있었다. 하지만 생활에 찌든 피곤함이 덧입혀져 나이대보다 훨씬 생기를 잃고 있었고, 얼핏 보기에 천한 기색마저 엿보였다. 전체적으로 축 늘어진 분위기였으며, 눈은 묵직하고 머리 모양도 어수선했다. 질 나쁜 화장품을 오래 사용한 탓인지 피부가 몹시 거칠었고 윤기 잃은 뺨은 잔뜩 야

워어 가고 있었다. 뿐만 아니라 입가에까지 잔주름이 넓게 퍼져 있었다. 옷차림은 되는 대로였으며, 담배와 술에 찌든 목소리는 까칠까칠했다. 어느 한 곳을 뜯어보아도 피곤한 기색만 보이는, 그저 아무 감각 없이 습관으로 세상을 살아 나가는 여인으로 밖에 보이지 않았다.

불안과 어수선한 마음으로 질문 하나를 던져 보았다. 그 여자는 나를 쳐다보지 않고, 거의 입술을 움직이지도 않은 채, 냉담하고 축 처진 대답을 할 뿐이었다. 곧바로 내가 이곳에서 별로 환영받고 있지 않다는 것을 느꼈다. 안쪽에서 주인 여자의 하품소리가 들려 왔다. 방의 한쪽 구석에 앉아 있는 다른 처녀는 내가 불러 주기를 기다리는 듯했다. 나는 당장 나가 버리고 싶은 기분이었지만 주위의 모든 환경이 너무 무거워서 차마 자리를 뜰 수도 없었다. 호기심과 두려움에 얽매인 선원들과 같은 기분으로, 텁텁하고 무거운 공기 속에 멍청하게 현기증을 일으키며 앉아 있었다. 이런 무의미한 상태도 때로는 매력이 있는 모양이었다.

그때 갑자기 내 옆에서 나는 높은 웃음소리에 깜짝 놀라 벌떡 일어났다. 동시에 램프의 불꽃이 흔들렸다. 누군가가 내 뒤에 있는 문을 열어서 밖으로부터 바람이 불어온 것이다.

"이 작자가 뭐 하러 또 기어 들어오는 거야?"

내 옆에서 비웃는 여자의 목소리는 독일어였다.

"집 둘레를 그렇게 개같이 빙빙 돌고 있었단 말이지! 이 구두쇠야, 당장 들어오기만 해 봐, 내가 가만 두지 않을 테니까!"

몸에서 불이라도 뿌릴 것 같은 태도로 격렬한 반응을 보이는 그 여자를 보고는, 자연스럽게 문 있는 쪽을 뒤돌아보았다. 문이 아직 다 열리지 않았지만, 엉거주춤한 사람의 모습이 보였다. 아까 문간에서 웅크리고 있던 바로 그 남자였음을 짐작할 수 있었다. 그는 거지처럼 모자를 한 손에 꾸깃꾸깃 쥐고, 여자의 험한 대꾸와 사람들의 비웃음에 덜덜 떨고 서 있었다. 하지만 그 뒤에 서 있던 주인 여자가 재빨리 뭐라고 속삭이자, 그 여자는 남자에게로 다가갔다.

"저쪽으로 가서 앉으란 말이야! 저기 프랑수아 옆에!"

질질 끄는 듯한 발걸음으로 어물어물 다가오는 불쌍한 사내에게, 그 여자는 고함을 쳤다.

"보다시피 난 손님이 있잖아!"

그러자 주인 여자와 또 한 사람의 여인이 큰 소리로 웃어 댔다. 물론 그들이 무슨 말을 하는지 알 리가 없었지만, 지금 들어온 손님을 전부터 잘 알고 있는 사람인 모양이었다.

"저 녀석에게 샴페인을 갖다 줘요, 프랑수아! 아주 비싼 걸로 한 병 말예요!"

그 여자는 주방에 대고 소리쳤다. 그리고 그 남자에게 또다시 비웃음을 보냈다.

"샴페인이 비싸다면, 들어오지도 마. 이 인색한 놈팡이야. 나를 거저 쳐다보고 싶단 말이지? 무엇이든 거저면 좋다 이거지!”

그토록 악의적인 조소를 당한 큰 키의 그 남자는, 잠시 흐느적거리며 넘어질 듯했다. 잔등을 비스듬히 치켜 올려보았으나, 얼굴은 비루먹은 개처럼 비굴한 표정이 되었다. 또한 포도주 병에 내민 손은 부들부들 떨려서, 한 잔의 술을 따르는 데도 많은 양을 흘렸다.

그 여자의 얼굴을 놓치지 않으려는 시선도 이젠 땅바닥에서 벗어날 수가 없었다. 그저 마룻바닥을 이리저리 굽어볼 뿐이었다. 그때서야 비로소 등불에 드러난 그의 야윈 얼굴을 관찰할 수 있었다. 창백하고 쭈글쭈글한 얼굴에, 머리는 축축하고 엷게 젖어 있었으며, 광대뼈는 울퉁불퉁했다. 관절은 마치 분리된 것처럼 늘어나 있고, 전체가 힘없는 모습이었다. 첫눈에 그는 상처가 아물지 않은 깊은 고민을 가지고 있는 것 같았고, 모든 행색이 삐뚤어지고 찌그러져 눌린 것 같은 인상이었다. 간신히 쳐든 눈은 금세 다시 놀라서 수그렸으나, 악의에 찬 빛이 깃들여 있는 것 같았다.

“저 작자에 대해서는 아무 염려 마세요, 네!”

그 여자는 프랑스 말로 그렇게 소리치고 내 몸을 되돌리려는 듯 거칠게 내 팔을 잡았다.

“나와 저 작자 사이의 인연은 퍽 오래된 것이랍니다. 어제오늘의 이야기가 아니지요!”

말을 마치자마자 그녀는 그 사람에게 대뜸 달려들어서 물어

뜯을 것같이 이를 내보이며 지껄여댔다.

"자, 내 말을 잘 들어, 이 늙은 너구리같은 녀석아! 내가 하는 이야기를 귀에 잘 담아 들으란 말야! 너하고 같이 사느니 차라리 바다 속에 뛰어들고 말겠다고 똑똑히 말했잖아!"

주인 여자와 또 한 명의 처녀는 멀찍이 서서 그 모습을 지켜보며 다시 깔깔거렸다. 그것은 그들에겐 귀에 익은 농담인 모양이었다. 다음 순간 프랑수아가 갑자기 친절한 체하며 그 남자에게 다가가 비위를 맞추기 시작했다. 그 모습은 지켜보기가 민망하고 불쾌했다.

그런 대접을 받고도, 그는 단호하게 거절할 용기도 없이 그저 덜덜 떨 뿐이었다. 그의 눈초리가 흔들거리며 나를 바라보았을 때, 그의 눈동자가 너무나 불안하고 비굴해서 나는 깜짝 놀랐다. 갑자기 내 옆에 있는 그 여자가 불쾌한 존재로 느껴졌다. 그 여자는 축 늘어졌던 느슨함으로부터 갑자기 깨어나, 악의에 가득 찬 손을 부들부들 떨고 있었다. 그래서 나는 술값을 탁자 위에 내던지고 거기를 나가려고 했으나, 그 여자가 돈을 받지 않았다.

"저 자식 때문에 기분이 나쁘시다면, 내가 곧 들어 내던지겠어요. 저 개 같은 자식. 내가 어떻게든지 처치할 수 있어요. 자, 어서 나하고 한 잔만 더 들어요, 네?"

여자는 갑자기 관능적인 애교를 떨면서 내게 다가앉았다. 그것은 다만 그 남자를 괴롭혀 주려는 연극에 불과하다는 것을 나는 곧 알 수가 있었다. 그런 행동을 하면서 흘끗흘끗 곁눈질로 그를 바라보았던 것이다. 그럴 때마다 그 남자는 여자의 몸짓 하나하나에 불찜질을 당하기라도 한 것처럼 찔끔찔끔 몸에 경련을 일으켰다. 나로서는 차마 바라보기 괴로운 광경이었다.

 모욕하는 여자, 모욕당한 남자

이제 여자에 대해서는 관심이 없어진 나는 그 남자의 모습에 주목했다. 그의 얼굴에 드러나는 분노와 증오와 질투, 그리고 온몸에서 솟구치는 욕망을 보면서 나마저도 자연스레 전율이 솟아나는 걸 멈출 수가 없었다. 그러나 남자는 여자가 조금이라도 자기에게 얼굴을 돌려주기만 하면, 이내 그런 기색은 거짓말처럼 사라지는 게 아닌가!

그때 여자가 내게 바싹 몸을 기대어 왔기 때문에, 나는 그 여자가 이런 장난이 가져다주는 악의적인 쾌락에 몸을 떨고 있음을 느꼈다. 값싼 분 냄새를 풍기는 그 여자의 얼굴과 흐늘흐늘한 육체의 취기에 나는 구역질이 났다. 가까이 다가온 그 여자의 얼굴에서 거리를 유지하려고, 나는 시가를 꺼내 물었다. 그리고 성냥을 찾으려고 탁자 위를 둘러보는 데 여자의 고함 소리가 터졌다.

"어서 성냥을 가져오지 못해!"

내게 시중들라는 그 치욕적인 명령에, 놀란 것은 당사자보다도 오히려 나 자신이었다. 나는 성냥을 빨리 찾으려고 서둘렀다. 하지만 그 사내는 어느새 채찍질 같은 여자의 말에 순응해 비틀거리며 걸어와 재빠르게 내게 성냥을 갖다 바치는 것이었다. 일순간 그의 시선이 내 눈과 마주쳤다. 그 속에는 무한한 수치심과 함께 이를 가는 듯한 분노가 엿보였다. 그 사람의 모욕에 가득 찬 눈초리는 같은 남자로서 내 마음을 흔들어 놓기에 충분했다. 나는 같은 남자의 처지로서 여자에게 굴욕을 느꼈다.

"대단히 감사합니다."

나는 독일어로 말했다. 그때 그 여자의 몸이 움찔했다.

"당신을 귀찮게 만들 생각은 아니었습니다."

그리고서 나는 그 사내에게 손을 내밀었다. 오랫동안 머뭇거리던 시간이 지난 다음에야 나는 축축하고 마디 있는 그 사내의 손가락을 느꼈다. 그리고 갑자기 그 손바닥을 통해서 경련하듯 고마움의 감정이 내 손바닥에까지 전달되어 왔다. 잠시 동안이었지만, 그의 눈이 내 눈을 비추어 주었다. 그 찰나의 순간이 지나자, 그의 눈은 또다시 어두운 눈두덩 밑으로 힘없이 사라졌다. 나는 그를 내 곁에 앉으라고 청할 생각이었고, 내 초대의 몸짓이 마주 잡은 손을 통해 상대에게 전해졌다. 그리고 거의 동시에 그 여자가 그를 향해 벼락같이 소리를 친 것도 그 순간이었다.

"썩 꺼지지 못해. 왜 이렇게 우리를 방해하는 거야!"

그때 나는 그녀의 유혹하는 목소리와 사람을 괴롭히는 잔인함을 동시에 느끼며 구역질이 났다. 대체 이 흐리터분한 술집, 거만한 창녀, 그 기력 없는 사나이, 맥주와 담배 연기 그리고 값싼 향수 냄새들이 나와 무슨 상관이 있단 말인가?

나는 바깥 공기가 그리워졌다. 나는 여자에게 돈을 던져주고 일어나, 애교를 부리며 다가오는 그 여자를 한껏 밀치고 문 쪽으로 걸어갔다. 나는 이 여자와 더불어 한 인간을 모욕하는 일에 구역질이 났던 것이다. 그 여자가 아무리 관능적으로 아양을 떨어도 나는 전혀 유혹당하지 않으리라는 결연한 태도를 분명히 보여 주었던 것이다. 그러자 치밀어 오르는 분노를 참느라 앙다문 그 여자의 입 가장자리에 비천한 주름살이 생겨났다. 그 여자는 몸을 휙 돌려서, 그 만만한 사내에게 노골적인 증오를 내보였다. 그 사내는 최악의 경우를 예상하고, 여자의 협박에 눌린 것처럼 부지런히 주머니를 뒤져서 떨리는 손가락으로 지갑을 꺼냈다. 여자와 단 둘이서 거기 남게 되는 것을 두려워하고 있음을 확실히 알 수 있었다. 사내는 너무 급하게 서두르는 바람에 지갑의 매듭을 좀처럼 풀지 못하였다.

자수와 유리알로 장식된 그 지갑은 원래 농부들과 소시민들이 잘 가지고 다니는 것이었다. 그것으로 나는 그 사내가, 짤랑거리는 소리를 내며 주머니에서 한 줌의 현금을 아낌없이 탁자 위에 내던지는, 선원들과는 전혀 다른 성격의 사람이라는 것을 쉽게 알 수 있었다. 확실히 자잘한 계산을 잘하고, 돈을 손가락 사이에 끼고 아까워하는 습관이 온몸에 밴 아주 소심한 사람이 분명했다.

"동전 한 푼이 아까워서 달달 떠는 저 꼴 좀 봐! 정말 답답하지도 않은가 봐. 잠깐만 기다려 봐요!"

비웃는 표정으로 그 여자가 한 걸음 다가서자, 사내는 놀라며 뒷걸음질 쳤다. 그가 뒷걸음질 치는 것을 보자, 여자는 불쾌감에 몸을 떨고 소리쳤다.

"난 네놈한테서 한 푼도 빼앗지 않아. 네 돈에다 침을 뱉어 주지. 그 돈은 한 푼 한 푼 계산되어 있다는 것을 나는 잘 알고 있어! 땡전 한 닢이라도 더 내놓지 않겠다는 속셈 말이야. 그러나 하여간……."

그 여자는 갑자기 그 남자의 가슴을 툭 치며 말했다.

"도둑맞을까 봐, 거기 꿰매 넣어둔 지폐도 계산해 봐야 하지 않겠어?"

그러자 과연, 예상치 않던 경련이 심장병 환자의 가슴을 움켜쥐게 하는 것처럼, 그 사내를 새파랗게 질리게 만들었다. 그는 손으로 옷자락의 한 구석을 붙잡고, 무의식중에 손가락으로 돈을 감추어 둔 꿰맨 자리를 어루만져 보았다. 그러고 나서야 안심하고, 손을 다시 제 자리에 내려놓았다. 그 여자는 남자의 일거수일투족을 다 지켜보고 나서 침을 뱉듯이 말했다.

"이 구두쇠 좀 봐!"

그런데 그 순간, 사내의 얼굴에 한 줄기 화염이 비치더니, 다른 여자를 향해 지갑을 냅다 던졌다. 돈 지갑을 받은 여자는 처음에는 놀라서 소리쳤으나, 곧 까르르 웃기 시작했다. 사내는 폭풍처럼 순식간에 그 옆을 스쳐서, 부리나케 밖으로 뛰어 나갔다.

그 여자는 잠시 얼굴을 쳐든 채 똑바로 버티고 서 있었다. 격렬한 분노가 얼굴 전체에서 불똥을 튀기고 있었다. 하지만 그것은 잠깐 뿐이었다. 곧 또다시 눈두덩이 힘없이 늘어지고 긴장했던 전신이 기진맥진하게 늘어졌다. 마치 일순간에 모든 나이를 한꺼번에 먹어버린 것 같은 모습이었다. 그때 그 여자의 눈과 내 눈이 마주쳤고, 뭔가 불안하고 허탈한 기운이 그 여자의 눈에서 몽롱하게 퍼져 나오는 느낌을 받았다. 주정꾼이 술에서 깨어날 때 어렴풋이 수치심이 나타나는 것처럼, 그런 모습으로 그 여자는 거기에 서 있었던 것이다.

"보나마나 저 작자는 집 밖에서 돈 잃어버린 것을 한탄하고 있을 거야. 아마 순경에게 쫓아가서 우리들에게 돈을 빼앗겼다고 일러바칠 지도 모르지. 그러면서 내일이 되면 또 여기에 나타날 게 분명해. 하지만 난 그 작자한테 몸을 맡기지는 않겠어! 어떤 사내에게라도 몸을 줄 수 있지만 그 작자한테만은 절대 주지 않겠어!"

그 여자는 술 파는 판매대 쪽으로 다가가더니, 몇 개의 은전을 내던지고, 브랜디 한 잔을 받아 한 입에 털어 넣었다. 또다시 악의에 찬 빛이 그 여자의 눈에서 반짝였다. 그러나 그것은 분노와 수치의 눈물에 가려서 확실하지가 않았다. 그 여자를 향한 불쾌감으로 나는 더 이상 동정심이 일지 않았다.

"안녕히 계시오!"

내가 인사를 하고 그 술집을 나서자, 주인 여자가 대꾸했다.

"봉주르(안녕)!"

물론 그 여자는 뒤도 돌아보지 않고 그저 웃어댈 뿐이었다. 무척이나 날카롭고 냉소적인 웃음이었다.

여자의 모든 것을 사랑했던 남자

다시 밖으로 나오자 거리는 다만 어둠과 밤하늘뿐이었다. 그것은 희미한 달빛에 잠긴, 텁텁하고 무거운 어둠이었다. 나는 미지근하면서도 강렬한 그 공기를 탐욕스럽게 들이마셨다. 그러고 나자 그때까지 나를 내리눌렀던 그 불쾌감이 어느 정도 사라지는 듯했다.

나는 또다시 그 모든 유리창 뒤에는 항상 운명이 기다리고 있으며, 그 모든 문들은 경험 속에서 열리고, 이 세상의 놀랍도록 다양한 모습은 모두 현존하고 있다는 생각을 했다. 심지어 가장 누추한 구석에서도 하나의 형태를 취한 경험이 깃들여 있고, 마치 곤충의 찬란한 광채가 사라져가는 것과도 같은 느낌을 새삼 마음 깊이 느꼈던 것이다. 그러한 느낌과 더불어 예상치 못한 행복감 같은 것이 밀려와 나는 눈시울이 따뜻해짐을 느꼈다.

이제 아까와 같은 불쾌감도 사라지고, 긴장된 감정도 달콤한 권태감으로 기분 좋게 녹아들었다. 이 모든 경험을 한층 아름다운 꿈으로 바꾸어 보자는 갈망이 내 마음 깊은 곳에서 불현듯 떠올랐다. 나는 호텔로 가는 길을 찾기 위해 무의식중에 주위를 살펴보았다. 이 혼란한 뒷골목에서 한시바삐 빠져 나가고 싶었다. 바로 그때 사람 그림자 하나가 내 쪽으로 다가오고 있었다.

"실례합니다."

어둠 속에서 들리는 그 비굴한 목소리로 나는 즉시 그를 알아차렸다. 그는 계속해서 말했다.

"어느 쪽으로 나가셔야 할지 잘 모르시는 것 같아서……. 원하신다면 길을 안내해 드리려고 합니다. 어디에 머물고 계십니까?"

나는 호텔의 이름을 말해 주었다.

"원하신다면 제가 그곳까지 안내하겠습니다."

나는 사내의 말을 듣자 또다시 불쾌한 기분이 밀려들어오는 느낌을 받았다. 그는 거의 소리도 들리지 않게, 그러면서도 내 곁에 바짝 붙어 서서, 유령처럼 따라오고 있었다. 그의 발 소리, 어두운 선원들의 거리 그리고 오늘 저녁에 겪은 온갖 소동. 그런 것들이 차츰 희미해지고, 아무 가치도 없고 저항도 없는, 꿈과 같은 혼란스러운 감정으로 다시 변해 가고 있었다.

그 사내의 비굴한 눈초리는 보지 않아도 잘 알 수 있었고, 그의 입술은 덜덜 떨고 있음에 분명했다. 나는 그가 나와 이야기를 나누고 싶어 한다는 걸 알고 있었다. 그러나 나의 어정쩡한 감정은 나서서 말을 시키지도 않았고, 그렇다고 그가 말하려는 것을 막지도 않았다. 다만 마음속에서 일어나는 호기심이 서서히 그를 향하고 있었다.

그는 몇 번이고 헛기침을 하고는 가까스로 말의 첫머리를 꺼내려고 시도했다. 그러다가는 다시 입을 다물었다. 나는 사내의 이러한 행동을 잘 알고 있었다. 하지만 그 술집 여자에게서 전해져 온 일종의 잔인함이 나로 하여금 그와 같은 수치와 정신적 고통의 투쟁을 옆에서 보며 즐기게 만들었다. 나는 그를 놓지 않았고, 두 사람 사이에 놓여 있는 검고 무거운 침묵을 그대로 내버려 두었다.

우리 두 사람의 발자국 소리가 서로 섞여서 밤거리를 울렸다. 그의 가볍고 질질 끄는 듯한 늙은 발자국 소리와 지저분한 그곳에서 빠져 나가려는 나의 강하고 거친 발자국 소리가 서로 엉켜 시간이 지날수록 쨍쨍 울렸다. 나는 우리의 침묵이 지나치게 긴장된 악기의 현과 같다고 느꼈다. 처음에는 지극히 주저하는 말투였지만 마침내 그는 다음과 같은 말로써 침묵을 깨뜨렸다.

"선생님께서는…… 선생님께서는…… 그 집에서 아주 괴상한 광경을 보셨습니다. 죄송합니다만…… 그 일에 대해서 다시 한 번 이야기 하는 것을 허락해 주십시오. …… 하여간 그것은 퍽 이상한 광경이라고 생각했을 겁니다……. 그리고 내가 퍽 우스꽝스럽게 보였을 것이고…… 그 여자가…… 바로 그 여자가……."

그는 거기까지 말하고 다시 말문을 닫아 버렸다. 뭔가가 그의 목구멍을 틀어막는 것 같았다. 그러나 그 다음, 그의 목소리는 아주 작아지고, 마치 속삭이는 것처럼 재빠르게 내뱉어졌다.

"바로 그 여자가…… 내 마누랍니다."

이 소리에 내가 놀라서 움찔했던 모양이었다. 그가 무슨 변명이라도 하듯이 황급히 말을 잇는 것으로 상대의 반응을 알 수 있었다.

"그전에 내 아내였단 말씀이죠…… 5년 전에, 아니 4년 전에…… 먼 고국의 헤센 주에 있는 게라스하임이라는 곳에 살았을 때입니다…… 제발 선생님께서 그 여자에 대해서 나쁘게 생각하지 말아 주십시오…… 그렇게 된 것도, 다 내 잘못이었으니까요. 그 여자가 그 전부터 그런 여자가 아니었어요. 내가……. 바로 내가 그 여자를 괴롭힌 겁니다. 그 여자는 아주 가난했지만 내가 결혼해 주었죠. 변변한 옷 한 벌 없는 정말이지 가진 거라고는 아무것도 없는 여자였습니다. 그리고 나는 부자였습니다. 다시 말하면, 재산이 있었단 말씀입니다."

나는 잠시 발걸음을 멈추었다. 사내는 다시 발걸음을 옮기는 내 모습을 보며 느릿느릿 말을 이었다.

"뭐 그리 부자일 건 없지만…… 그때는 그래도 약간의 재산이 있어서, 선생님께서도 아시다시피 나는 아마 그 여자의 말마따나 구두쇠였던 모양입니다. 그러나 그건 다만, 불행하고 비참하게 될까 봐 무서워서, 절약을 좀 했다 뿐이죠. 그러나 지금은 내가 그렇게 한 것을 후회합니다…… 허기야 우리 아버지도 어머니도 모두가 그렇게 절약하는 사람이었으니까요…… 모두가 그랬습니다. 그래서 나도 단 한 푼을 위해서 악착같이 일했답니다. 그런데 아내는 명랑한 성격이었고 아름다운 물건만 좋아했습니다."

나는 사내의 말에 조금씩 흥미를 느끼고 있었다.

"언제부턴가 나는 부자가 되지 못하는 이유를 아내 탓이라고 생각하고 아내를 구박하기 시작했습니다. 지금 와서야 그게 잘못된 것이란 걸 깨달았죠. 선생님! 왜냐하면 그 여자는 자존심이 강한 여자였기 때문입니다. 그러니까 그 여자가 지금 행동하는 것처럼 그런 여자라고 생각해서는 안 됩니다."

나는 그때까지 그의 말에 한마디 대꾸도 하지 않았다. 그는 금방이라도 울어 버릴 것 같은 음성으로 말을 계속했다.

"그것은 가면이며 일부러 아내가 자기 자신을 괴롭히고 있는 거랍니다. 그저 자기를 괴롭히고, 동시에 나를 괴롭히기 위해서지요. 왜냐하면 그 여자는 부끄럽기 때문입니다. 아마 나쁜 여자가 되어 버렸기 때문인지도 모르죠. 그러나 나는……. 그렇지 않다고 믿습니다. 왜냐하면 선생님, 그 여자는 좋은 여자이니까요. 아주 좋은 여자였으니까요."

그는 너무나 흥분한 나머지 눈을 비비고 그 자리에 우뚝 서 버리고 말았다. 나도 무의식중에 그 남자 쪽을 바라다보았다.

그는 더 이상 우스꽝스러운 사람 같아 보이지 않았다. 독일에서는 낮은 계급의 사람들만이 사용하는 '선생님'이라는 비굴한 말투까지도, 이상하게 그를 돋보이게 만들었다. 그의 얼굴 표정은 뭔가 말로 표현하고자 하는 마음속의 노력 때문에 다른 모습이 되어 있었다. 취한 듯한 그의 시선은 또다시 무겁게 앞을 응시하면서 길 위에 머물러 있었다. 마치 깜깜한 어둠 속에서 뭔가를 열심히 읽어내야만 하는 사람처럼 보였다.

"정말입니다, 선생님!"

그는 깊은 한숨을 내쉬면서 아까와는 전혀 다른 어두운 목소리로 말했다. 그것은 보이는 것보다 더 부드러운 그의 내면세계에서 나오는 것 같은 목소리였다.

"아내는 퍽 좋은 여자였지요. 물론 내게도 그랬습니다. 험한 처지의 자신을 구해 준 나를 항상 고맙게 생각하고 있답니다. 그리고 그 여자의 마음을 나도 잘 알고 있었지요. 하지만 나는 계속해서…… 그렇지요, 자꾸만 계속해서지요……. 그 여자의 감사를 듣고 싶다고 생각했습니다."

그는 잠시 손바닥으로 얼굴을 비비고 나서 말을 계속했다.

"고맙다는 말을 듣는 것이, 나는 아주 기분 좋았습니다. 선생님, 그것은 정말이지 기분이 좋았습니다. 다른 사람보다 자기가 더 나은 처지에 있다는 것을 느낀다면 말이죠. 만일 상대방이 자신보다 더 못한 경우에는 더욱 그렇습니다. 그래서 나는…… 그 말을 자꾸만 듣기 위해서는……, 있는 돈을 다 털어도 아깝지가 않았을 겁니다. 그런데 아내는 대단히 자존심이 강한 여자였죠. 그리고 내가 고맙다는 말을 듣고 싶어 하면 할수록 점점 그것을 적게 나타내려고 했습니다. 그런 이유로, 다만 그 하나의 이유로, 나는 아내를 항상 궁상스럽게 만들어 주었습니다. 아내가 옷 한 벌, 리본 한 가닥을 내게 구걸하는 것이 무척 기분 좋았던 것입니다."

우리는 그동안 두 번 골목을 꺾어서 걸었다. 주위는 창에서 새어 나오는 침침한 불빛만이 비출 뿐이었다. 사내는 그런 것에 정신을 빼앗기지 않고 자신의 이야기를 계속 지껄였다.

"그렇게 3년 동안, 나는 그 여자를 괴롭혀 주었습니다. 차츰 더 심하게……. 그러나 선생님, 그것은 다만 내가 그 여자를 귀여워했기 때문이었습니다. 나는 그 여자의 완강한 자존심이 다시없이 좋으면서도, 자꾸만 그것을 꺾고 뭉개려고 기를 썼습니다. 그야말로 나는 미친 사람이었지요. 아내가 무엇이고 가지고 싶어 하기만 하면, 나는 모르는 체했습니다. 하지만 선생님, 전혀 악의가 있었던 것은 아닙니다. 다만 아내의 자존심을 꺾는 것이 말할 수 없이 기뻤던 것입니다. 왜냐하면…… 왜냐하면 내가 아내를 얼마나 사랑하는가를 스스로 알지 못했기 때문에……."

또다시 그의 목소리가 막혔고 걸음걸이도 위태로울 만큼 비틀거렸다. 확실히 내가 곁에 있는 것마저 잊어버린 것 같았다. 마치 꿈속에서라도 이야기하는 것처럼, 그는 기계적으로 말을 이어갔다.

"그것을…… 그것을 내가 처음으로 알게 된 것은 바로 그때, 바로 그 저주 받은 날이었습니다. 바로 그 여자가 자기 어머니 때문에 필요하다고 하는 아주 적은 금액을, 내가 거절해 버린 그날입니다. 사실 나는 그 돈을 다 준비해 두고 있었습니다. 아내가 다시 한 번 쫓아와서 마치 거지처럼 구걸하기를 나는 기다리고 있었던 겁니다.

정말이지 내가 무슨 말을 한 걸까요? 내가 그날 저녁에 집으로 돌아와서, 아내의 모습이 없어지고 다만 한 장의 종이쪽지만이 탁자 위에 놓여 있는 걸 발견했을 때, 아내의 저주를 그제서 알았던 것입니다. '당신의 저주 받을 돈, 잘 아껴요! 나는 당신한테서 이제 한 푼도 받지 않겠어.' 그 종이에 쓰인 것은 그 말밖에 없었습니다."

사내는 조금 훌쩍였다.

"선생님, 나는 그때부터 사흘 낮과 사흘 밤 동안, 마치 미친 사람처럼 행동했습니다. 사람들을 시켜 강을 뒤져 보고, 숲 속을 수색하고, 경찰에도 막대한 돈을 썼습니다……. 근처 마을을 찾아보지 않은 곳이 없었으니까요. 그러나 세상 사람들은 그저, 날 비웃을 뿐이었습니다. 난 아무것도 정말로 아무 단서도 잡지 못했습니다……. 마침내 이웃 마을에 있는 어떤 사람이 내게 그 여자가 어느 군인과 함께 기차를 타고 베를린 방면으로 가는 것을 보았다고 일러 주었습니다. 바로 그날 나도 아내의 뒤를 따라 집을 나갔답니다. 나는 돈벌이도 집어치우고 아내를 찾아 헤매느라고 막대한 재산을 다 탕진했습니다……. 나는 이 사람 저 사람에게 내 재산을 도둑맞았지요. 내 하인에게, 내 관리인에게 그리고 수많은 사람들에게 말입니다. 그러나 맹세컨대 선생님, 그까짓 재산은 아무래도 상관없었습니다. 나는 어쨌든 베를린에 머물러 있었습니다. 거기서 일주일 만에 사람들이 소용돌이치는 가운데서, 그 여자를 발견할 수가 있었습니다. 그래서 나는 그 여자에게로 달려갔습니다."

거기까지 말하고 나서 그는 훅 하고 무거운 숨을 내쉬었다.

"선생님, 나는 단 한마디의 말도 거칠게 하지 않았습니다…… 나는 울면서…… 무릎을 꿇고 그 여자에게 돈을 내바쳤습니다. 내가 가진 재산을 전부 내바치고, 마음대로 해 달라고 매달렸던 것입니다. 왜냐하면 그때 벌써 나는…… 나는 그 여자 없이는 살 수가 없다는 것을 알았기 때문이죠. 나는 그 여자의 한 가닥 한 가닥의 머리카락까지 사랑했고…… 그 여자의 입, 그 여자의 육체, 모든 것을 사랑했습니다……. 그러면서도 그 여자를 이 지경으로 밀쳐 떨어뜨린 것은 다른 사람 아닌, 바로 나 자신이었습니다. 순전히 나 자신의 책임이었습니다……. 내가 갑자기 그 방으로 들어갔을 때, 아내는 죽은 사람 모양 창백한 얼굴이었습니다."

나는 사내에게 동정심을 느끼지 않을 수 없었다. 그러나 사내는 그것을 느끼지 못한 듯했다. 그는 비틀거리면서도 내 옆에서 떨어지지 않고 말을 계속했다.

"그도 그럴 것이, 나는 이미 그 뚜쟁이 같은 주인 여자를 미리 매수해 두었다가 갑자기 들어갔으니까요……. 아내는 내 말을 들어 주었습니다. 선생님, 나는 아내가…… 정말이지 나를 만나서 기뻐할 거라고까지 생각했습니다. 그러나 내가 돈에 대한 이야기를 하자…… 그것도 다만 내가 이제부터는 돈 같은 것은 문제 삼지 않겠다는 태도를 보여 주려고 한 것이었는데, 그 여자는 내 얼굴에 냅다 침을 뱉는 것이었습니다. 그래도 내가 그 방에서 나가지 않고 머물러 있자, 그 여자는 자기 애인을 불러 와서, 둘이서 나를 비웃기 시작했습니다. 그런데도 나는 매일같이 그리로 찾아갔습니다. 나는 그 집에 있는 사람들로부터 그 여자가 그 건달에게도 버림을 받았다는 것, 그래서 궁지에 몰려 있다는 것을 알았습니다. 그래서 나는 다시 한 번 그 여자를 찾아갔습니다. 그러나 그 여자는 나를 떼밀고 내가 탁자 위에 올려놓은 지폐를 찢어 버렸습니다. 하지만 그래도 나는 그 다음에 또 찾아갔습니다. 그러나 아내는 그때 이미 자취를 감춰 버린 뒤였습니다. 그 후 나는 그 여자를 찾기 위해 하지 않은 일이 없습니다. 맹세하지만 일 년 동안 나는 산 것이 아니라, 그저 그 여자를 찾기 위해서 돌아다니기만 했던 것입니다. 나는 탐정까지 동원해서 마침내 아내가 바다 건너 아르헨티나에 있다는 것을 알아냈습니다. 그것도 어느 좋지 못한 집에 있다는 것을……."

그는 잠시 머뭇거리는 것 같았다. 그리고 마지막 단어를 목구멍으로, 숨이 넘어갈 듯이 내뱉고는 몇 차례 기침을 하더니 계속 말을 이었다. 그의 목소리는 한층 깔깔해졌다.

"처음에는…… 정말로 놀랐지요…… 그 다음에 나는 차근차근 생각해 봤습니다. 아내를 그 지경이 되도록 타락시킨 것이 다름 아닌 바로 나 자신이었다는 것을……. 그리고 아내가 얼마나 심한 고통을 당하고 있는가를 생각했습니다. 정말로 가련한 여자였습니다. 왜냐하면 누구보다도 자존심이 강한 여자였기 때문입니다. 나는 변호사를 찾아가서 거기 영사에게 편지를 쓰게 하고 돈을 보내도록 조치했습니다. 물론 누가 보낸 돈이라는 것은 모르게 하고요. 다만 그 여자가 돌아올 수만 있게끔 한 것이지요. 그때 전보가 한 통 왔는데, 모든 게 예정대로 됐다는 내용이었습니다. 나는 배편을 알고 있었기 때문에 암스테르담에서 그 여자를 기다렸습니다. 삼 일이나 더 빨리 나는 미리 와 있었습니다. 초조한 마음이 온몸을 불태우고 있었기 때문이죠……. 마침내 배가 나타나고, 수평선 저 멀리에 기선의 굴뚝 연기가 보였을 때, 정말 나는 행복했습니다. 정말로 그 자리에 서서 기다리고 있을 수 없는 기분이었지요. 배는 느릿느릿하게 가까이 다가와서는 서서히, 아주 서서히, 부두에 닿았습니다. 승객들이 배와 부두를 연결시키는

다리를 통해 선착장으로 내려섰습니다. 그리고 드디어 아내가 내려서는 게 보였습니다. 처음에 나는 아내를 금방 알아보지 못했습니다. 그 여자는 전혀 달라지고…… 짙게 화장을 하고…… 그때 벌써 그 여자는 선생님께서 오늘 보신 것 같은 모습을 하고 있었기 때문이었죠……. 그 여자는 내가 마중 나온 모습을 보자, 얼굴이 창백해졌습니다……. 두 사람의 선원이 옆에서 붙들어 주지 않았더라면 그때 아내는 다리에서 떨어져 버렸을 겁니다. 그 여자가 육지에 내리자마자 나는 그 곁으로 달려갔습니다. 나는 아무 말도 안 했습니다……. 목이 메어서 말을 할 수도 없더군요……. 그 여자도 아무 말이 없었습니다. 그리고 나를 쳐다보지도 않았답니다……. 짐꾼이 짐을 가지고 앞장서서 지나갔습니다. 우리들은 말없이 그 뒤를 따랐습니다. 그때 그 여자가 갑자기 멈춰서더니 내게 말했습니다. 그 말을 들었을 때 선생님…… 내 가슴이 얼마나 찢어질 듯이 아팠고 서글펐는지 아십니까."

"당신은 아직도 나를 아내로 맞아줄 수 있나요? 지금 이 꼴이 되어 돌아왔는데도?"

나는 아내의 손을 꽉 쥐었습니다. 그 여자는 몸을 떨면서 아무 말도 하지 못했습니다. 그러나 나는 모든 것이 다 그전처럼 잘 되리라고 느꼈습니다. …… 선생님, 그때 내가 얼마나 행복했겠습니까! 내가 머물고 있던 방으로 돌아와 단 둘이 되었을 때, 나는 어린아이처럼 춤을 추었습니다. 그리고 그 여자의 발

아래에 무릎을 꿇고…… 아마 어리석은 말이라도 했던 모양입니다. 그 여자가 미소를 띄며, 눈물을 머금고 나를 쓰다듬어 주었으니까요. 물론 머뭇거리며 주저하기는 했지만…… 그러나 선생님…… 그것이 나에게 얼마나 고마웠든지…… 내 심장이 녹아내리는 것 같았습니다…… 계단을 뛰어올라갔다, 뛰어 내려갔다 하며 호텔에다 만찬을 주문했습니다…… 우리들의 결혼식 만찬인 셈이었지요. 나는 그 여자가 옷을 갈아입는 것까지 거들어 주고, 나란히 아래층으로 내려가 먹고 마시고 정신을 잃을 정도로 기뻐했습니다. 또한 집에 대한 이야기도 꺼냈습니다……. 그리고 이제 모든 것을 새로이 잘해 나가야겠다고 말을 했습니다…… 그런데 그때…….”

그의 음성이 갑자기 거칠어지더니, 손을 번쩍 들고 누군가를 때려눕히려는 듯한 거친 시늉을 했다.

“거기에 웨이터 하나가 있었습니다……. 좋지 못한 쌍스러운 남자였지요. 그는 내가 술 취해 있다고 생각한 모양이었습니다. 그때 나는 이성을 잃고 마구 춤을 추며 껄껄대고 웃고 날뛰고 있었으니까요……. 너무나 행복했기 때문이죠…… 정말로 나는 미칠 지경으로 행복했습니다…… 그런데 내가 음식값을 냈을 때, 그 웨이터는 20프랑이나 더 적게 거스름돈을 내주었습니다…… 나는 그에게 나머지 돈을 어서 내놓으라고 멱살을 잡고 고함을 쳤습니다. 그러자 그는 쩔쩔매면서, 감추어 놓았던 돈을 내놓았습니다. 그때…… 바로 그때 갑자기 아내가 날카롭게 웃기 시작했습니다. 허공을 가로지르는 날카로운 웃음에 나도 모르게 그만 그 얼굴을 쳐다보고 말았습니다. 아! 그 얼굴은 전혀 다른 얼굴이 되어 있었습니다……. 갑자기 조소적이며, 가시가 돋친 악의에 찬 얼굴!

'당신은 참으로 여전히 그렇게 세밀하시군요! 우리들의 결혼식 날인데도 말이에요.' 하고 아주 냉담하게 말했습니다. 말투는 날카롭고, 심지어 동정에 찬 어조이기까지 했습니다. 나는 깜짝 놀라며 내 자신의 세밀함을 저주했습니다…… 그리고 열심히 아까처럼 웃어 보이려고 노력했습니다…… 하지만 그렇게 유쾌했던 그 여자의 기분은 엉망이 돼버리고 말았습니다. 죽어 버린 것이었죠. 그리고 방을 따로 얻어달라고 내게 요구했습니다…… 내가 어떻게 아내의 요구를 거절할 수 있었겠습니까? 그래서 나는 그날 밤을 혼자 침대에 누워, 날이 새면 무엇을 사줄까 하는 생각에 잠겨 있었습니다. 무엇을 선사하고, 내가 전혀 구두쇠가 아니라는 것을 증명해 줄까 하고, 이제는 결코 아내의 기분을 거스르는 인색한 행동을 하지 않으리라 하고 말입니다. 아침이 되기가 무섭게, 나는 곧 밖으로 나가서 팔찌 하나를 샀습니다. 그리고 그 여자의 방으로 들어가 보니…… 거기에는…… 거기에는 아무도 없었으며…… 먼젓번과 똑같았습니다. 그래서 나는 탁자 위에 종이쪽지가 놓여 있으리라는 것을 알았습니다. 나는 뛰어 나오면서 그것이 사실이 아니기를 하나님께 빌었습니다. 그러나…… 그러나 그 종이조각은 역시 거기 있었습니다…… 그리고 거기에 쓰여 있는 말은…….”

그는 차마 그 말만은 못하겠다는 듯이 주저하는 빛이 역력했다. 나도 무의식중에 그 자리에 멈추어 섰다. 그리고 그의 얼굴을 쳐다보았다. 그는 고개를 푹 수그린 채 쉰 목소리로 속삭이듯 말했다.

“그 종이쪽지에는 이렇게 쓰여 있었지요. ‘나를 그냥 내버려 두세요! 나는 당신이 진저리가 납니다’라는 것뿐이었습니다.”

우리는 어느새 바닷가에 이르러 있었다. 가까이에서 물결치는 파도의 거대한 숨소리가 갑자기 침묵 속에 밀려들어왔다. 커다란 검은 야수처럼 보이는 몇 척의 배들이 눈동자 같은 불빛을 번쩍이며 가깝고 먼 곳에 가로놓여 있었다. 그리고 어디선지 노랫소리가 들려 왔다. 아무것도 명료한 것은 없었으나, 막연하게나마 느껴지는 것은 무수히 많았다. 힘센 도시의 거대한 수면과 무겁게 내려앉은 꿈처럼…….

나는 내 옆에 늘어진 그 그림자를 보았다. 그것은 내 발 옆에서 유령처럼 흔들리는가 하면, 금방 흩어지고, 때로는 희미한 등잔의 꺼져가는 빛처럼 한데 엉키기도 했다. 나는 한마디 말도 할 수가 없었다. 위안의 말도 의문의 물음도 하지 못하고 다만 그의 침묵이 내 몸에 무겁고 음침하게 달라붙는 것을 느꼈다. 그때 갑자기 그 남자는 내 팔을 붙잡았다.

“그러나 나는 그 여자를 얻지 않고서, 이 자리를 떠나지 못합니다. 몇 개월이 지나서, 나는 아내를 다시 찾은 것입니다. 그 여자는 나를 괴롭히고 못살게 했지만, 나는 결코 포기하지 않을 겁니다…… 선생님, 제발 그 여자에게 이야기해 주십시오…… 내가 말하면 도무지 듣지를 않아요. 나는 더 이상 지금처럼 살 수가 없습니다. 더 이상 낯선 사내들이 아내에게 가는 것을 보고 있을 수가 없단 말입니다…… 남자들이 계단을 내려올 때까지, 문 밖에서 우두커니 서서 기다리는 일은 정말 참을 수가 없는 고문입니다. 술 취해서 껄껄대고 웃으며 내려오는 것을 말입니다. 이제는 뒷골목에서도 다들 알고 있답니다…… 그들은 내가 서서 기다리고 있는 걸 보면 모두 껄껄대고 웃는답니다. 정말 나는 미치게 될 것 같습니다…… 그러면서도 밤만 되면, 또다시 그 집 앞에 가서 서 있지 않을 수가 없어요. 선생님, 정말이지 제발 부탁입니다. 그 여자에게 잘 좀 말씀해 주십시오."

나는 무의식적으로 팔을 뿌리치려고 했다. 어쩐지 좀 무시무시했기 때문이었다. 이렇듯 내가 그의 불행에 끼어들고 싶지 않다는 눈치를 보이자, 그는 갑자기 바닥에 무릎을 꿇고, 내 두 다리를 붙들었다.

"제발 부탁입니다, 선생님. 그 여자에게 말씀을 좀 해 주십시오……. 제발 꼭 좀…… 그렇지 않으면…… 그렇지 않으면 정말로 무서운 일이 벌어질지 모릅니다. 나는 그 여자를 찾아내기 위해서, 내 돈을 남김없이 다 써 버렸습니다. 이제 그 여자를 그냥 둘 수가 없습니다…… 살려 둘 수가 없다는 말씀입니다…… 나는 단도를 한 자루 샀습니다. 선생님…… 나는 이제 그 여자를 그냥 그대로 놓아 둘 수가 없습니다. 살려 둘 수가 없습니다…… 더 이상 참을 수가 없단 말입니다…… 제발 그 여자에게 말씀 좀 해주세요, 선생님…….”

그는 미친 듯이 내 앞에 엎드려 몸부림쳤다. 그 순간 순경 두 사람이 다가왔다. 나는 강제로 그를 끌어 일으켰다. 잠시 그는 정신 나간 사람처럼 나를 바라보더니, 아주 딴판인 바싹 마른 목소리로 내게 말했다.

“저쪽 뒷골목을 돌아가세요. 그러면 당신은 호텔 앞에 도착하게 될 겁니다.”

그리고 다시 한 번 그는 나를 쳐다보았다. 그의 눈동자는 무섭도록 하얗고 허무 속에 용해된 듯이 보였다. 그리고 그는 사라져 버렸다.

나는 외투깃을 다시 여미면서 어쩐지 으슬으슬 추워지는 것 같았다. 머리와 몸이 지끈지끈거리고 피로감이 밀려들었다. 그것은 술 취해 뒤죽박죽인 기분, 말하자면 새빨갛게 불타는 몽유병자의 잠이었다. 뭔가 여러 가지 기억을 불러일으키려 해도, 피로의 시커먼 물결이 끊임없이 나의 육체를 휩싸고, 내 몸을 끌어가 버렸다. 어둠을 어루만지듯 더듬어서 호텔에 도착하자마자, 나는 즉시 침대에 몸을 던지고, 짐승처럼 깊은 잠에 빠지고 말았다.

기차는 9시에 떠나네

다음 날 아침, 나는 지난 저녁의 일이 꿈인지 생시인지 도무지 분간할 수가 없었다. 하지만 마음의 밑바닥에서는 그것을 알아내려는 뭔가가 집요하게 치밀고 올라왔다. 아침 늦게 잠을 깬 나는, 이 알지도 못하는 도시 전체가 더욱 낯설었다. 나는 서둘러 고대 모자이크 장식으로 유명하다는 수도원을 방문하기 위해 외출했다. 하지만 내 눈이 그 유명한 건물을 바라보면 바라볼수록, 그것은 공허하게만 느꼈다. 그 대신 지난밤의 사건만이 점점 더 분명히 내 눈앞에 떠오르는 것이었다.

나는 어쩔 수 없는 힘에 이끌리듯 그 자리를 떠나, 어젯밤 거닐던 뒷골목과 그 집을 찾아보려 했다. 그러나 그 이상한 거리들은 밤 동안에만 살고 있는 것인지, 낮에는 차가운 회색의 가면을 쓰고 있었다. 그 곳에 사는 사람들 이외에는, 어디가 어딘지 알 수가 없는 거리였던 것이다. 나는 아무리 찾아보았지만 그 집을 발견하지 못했다. 마침내 피로와 실망을 안고, 또 한편으로 환상과 추억에 쫓기며 호텔로 되돌아오고 말았다.

기차는 밤 아홉 시에 출발할 예정이었으므로 나는 미련을 남기고 그 도시를 떠나지 않을 수 없었다. 짐꾼이 내 짐을 지고 정거장을 향해 앞장서서 걸어갔다. 그리고 어느 네거리에 다다랐을 때, 나는 갑자기 뒤를 돌아다보았다. 바로 그 집으로 통하는 뒷골목이 눈앞에 드러났던 것이다. 그래서 짐꾼에게 잠깐 기다리라고 말하고 재빨리 그곳으로 가 보았다. 처음에는 어쩐지 쭈뼛거렸지만 이윽고 대담하게 싱글싱글 웃으면서, 그 모험의 뒷골목을 다시 한 번 들여다보려고 들어갔다.

어제 저녁과 마찬가지로 그 거리는 어둑어둑한 채로 있었다. 희미한 달빛 속에 보이는 것은, 그 집 유리창에 비치는 불빛이었다. 다시 한 번 가까이 가 보려고 했을 때, 그 어둠 속에서 사람의 그림자가 움찔거렸다. 나는 등골이 오싹했다. 그 사나이가 거기 있었던 것이다. 그는 그 집 입구에 웅크리고 앉아서, 날더러 그 쪽으로 오라고 자꾸만 손짓했다. 나는 무서운 생각이 들어서 재빨리 도망치고 말았다. 혹시나 여기서 엉뚱하게 얽히게 되어 또다시 기차를 놓치게 될지도 모른다는 겁 많은 근심에서였다. 그러나 나는 네거리에 와서 몸을 돌리기 전에, 다시 한 번 그 집을 바라다보았다. 내 시선이 그의 눈과 마주쳤을 때, 그는 꿈틀하더니 벌떡 일어나서 그 문을 향해 뛰어드는 것이었다. 그가 황급히 문을 밀쳐 열었을 때, 그의 손에 무엇인지 반짝하는 금속이 보였다. 하지만 멀리 떨어져 있는 나로서는 그의 손가락 사이에서 달빛을 받아 반짝한 것이 금화였는지, 그렇지 않으면 단도였는지 구별할 수가 없었다.

Geschichte in der Dämmerung

황혼이야기

그 순간 하얀 자태가 계단을 스쳐 내려와
알아볼 수도 없을 만큼 재빨리 달려왔다.
그 여자는 소년의 품 안에 뛰어 들었으며,
그의 팔은 거칠게 두근거리는 여자의 뜨거운 육체를 힘껏 껴안았다.
그 순간 뜨거운 물결이 자기도 모르는 사이에
가슴에 복받쳐 오름을 느꼈다.
그 달콤한 충격으로 전신의 힘이 빠져나가고,
마침내 어두운 욕정의 흐름 속으로 휩쓸려
내려가려 하는 것 같았다.

방 안이 갑자기 컴컴해진 것을 보니 또다시 세차게 비구름을 몰아 온 것일까? 그렇지 않다. 바깥 공기는 요즘 같은 여름날에 비해 드물도록 조용하고 은빛으로 맑기만 하다. 날이 벌써 저물기 시작한 것이다. 다만 우리가 그것을 알지 못했던 것이다. 건너편 다락방의 창문만이 연약한 광채 속에서 아직도 미소를 띄고 있다. 지붕 위의 하늘은 벌써 금빛 안개 속에 싸였다.

한 시간 안에 밤이 될 것이다. 불가사의한 한 시간만 지나면, 정말이지 차츰 어두워가는 그 시간의 색깔처럼 아름다운 것은 없을 것이다. 그늘져 가는 방바닥에서 솟아오르는 어둠이 방 안에 깃들고, 마침내 새까만 밀물이 되어 소리 없이 사면의 벽을 덮어 버리듯 우리를 암흑의 나라로 이끄는 그 광경……. 그 속에 서로 마주 앉아서 말없이 쳐다보고 있으면, 낯익은 얼굴도 더 늙고 낯설고 멀리 있는 것처럼 보이고, 마치 처음 보는 사람처럼 넓은 공간과 긴 시간을 넘어서 아득하게 보이는 때가 있다.

그러나 당신은 말없이 있기를 싫어한다. 가만히 있으면 수백의 조그만 똑딱 소리로 시간을 분단시키는 시계의 불안한 소리와 앓는 사람의 숨소리처럼 크게 들리는 적막 속의 불안한 호흡 때문이라고 말한다.

그러니 당신은 무슨 이야기라도 해 달란 말이지? 좋아, 이야기해주지. 그러나 물론 나에 대한 이야기는 아니다. 이 한량없이 넓은 거리에서 우리가 경험한 것은 너무나 빈약하기 때문이다. 그렇지 않으면 정말로 무엇이 우리 생활이고 무엇이 우리 경험인지 모르기 때문에 빈약하게 보이는 것인 지도 모른다. 그러나 지금 나는 이 시간에 적합한 이야기를 하겠다. 이 시간은 침묵하는 것이 가장 좋은 시간이지만, 나는 다만 그 이야기를 통해 우리의 창 앞을 베일처럼 덮어주는, 황혼의 따스하고 부드럽고 흔들거리는 빛을 조금이라도 보여 주었으면 하는 바람에서 이 이야기를 하련다.

스코틀랜드 어느 소년의 한여름 밤의 꿈

나는 이 이야기가 어떤 경로로 내게 전해졌는지 알지 못한다. 다만 내가 생각나는 것은 어느 이른 오후에 여기 앉아서, 오래도록 식사를 하고 나서 무슨 책을 한 권 읽었다는 것이다. 그 다음에 나는 그 책을 다시 손에서 내려놓고, 꿈꾸듯이 공상에 사로잡혀 버렸다. 아마 살며시 잠이 들어 있었는지도 모른다. 그때 갑자기 나는 어떤 사람의 모습을 보았다. 그 모습은 벽을 따라 미끄러지듯 지나갔으며, 나는 그 말소리를 듣고 그의 생활을 들여다볼 수가 있었다. 그런데 그 사라져 버린 모습을 다시 찾아서 바라보려 했을 때, 나는 이미 잠에서 깨어 버렸고, 주위에는 아무도 없었다.

내 발 곁에는 읽던 책이 떨어져 있었다. 나는 그 책을 다시 주워 올려 아까 본 그 사람의 모습을 찾았으나, 그 속에는 그런 이야기를 찾을 수가 없었다. 그것이 그 책장에서 내 손으로 떨어져 내려온 것인지, 그렇지 않으면 그 책 속에서 본 것이 아니었는지 알 길이 없다.

아마 나는 그것을 꿈으로 꾸었는지도 모른다. 혹은 먼 나라에서 이 도시까지 와서, 여기서 오래도록 우리를 압박하고 있던 비구름을 몰아가 버린 저 찬란한 구름의 한 잎 속에서 읽은 것인지도 모르겠다. 그렇지 않으면 혹시 내 창 밑에서 손풍금으로 우울하게 연주한 그 단조로운 옛 노래에서 들은 것인지, 또는 여러 해 전에 누군가의 입으로부터 전해들은 이야기인지 모르겠다.

그런 이야기는 가끔 내게로 가까이 온 적이 많았는데, 그럴 때마다 나는 장난으로 그 이야기를 손가락 사이로 흘려보내고 한 번도 붙잡아 보려 하지 않았다. 마치 사람들이 곡식의 이삭이나, 키가 큰 화초를 지나가면서 만져는 보지만 그것을 따지 않는 것과 마찬가지였다. 꿈에 본 것은 하나의 다채로운 모습으로부터 그것이 부드러운 종말을 고하는 것까지였는데, 그것도 확실하게 붙잡은 것은 아니었다.

그런데 당신은 오늘 나한테서 이야기 듣기를 원한다. 그래서 나는 그 이야기를 지금 이 시간에 하려고 한다. 그것은 황혼이 우리의 마음을 낭만적으로 만들어 화려하고 율동적인 모습을 보고 싶도록 유도하는 시간이기 때문이다.

이야기를 어떻게 시작해야 할까? 나는 잠시 동안 어느 형상을 어둠 속에서 끌어내지 않으면 안 될 것으로 생각한다. 왜냐하면 그렇게 해야 내 마음속에서 그 이상한 꿈이 시작되기 때문이다.

자, 이제 나도 벌써 생각이 떠오른다. 어느 저택의 넓은 계단을 걸어 내려오는 날씬한 소년의 모습이 보인다.

때는 밤이다. 희미한 달빛만이 연연히 비추고 있다. 그러나 나는 부드러운 그 육체의 윤곽을 비춰 주는 거울처럼 소년을 똑똑히 파악할 수가 있다. 그 소년의 얼굴까지 자세히 보인다. 그 소년은 드물게 보는 아름다운 소년이다. 소년답게 빗은 새까만 머리카락이 좀 지나치게 넓은 이마 위에 미끄러져 내려왔으며, 햇빛에 따스하게 된 공기를 손으로 느껴보려는 듯이, 어둠 속으로 뻗친 그의 두 손은 지극히 부드럽고 고상하기만 했다. 그는 멈칫멈칫한 발걸음으로 꿈꾸듯이 크고 둥근 나무들이 살랑거리는 정원으로 내려섰다. 그 정원 사이로 하얀 한 줄기의 넓은 가로수 길이 빛을 발하고 있었다.

나는 그 일이 모두 언제 일어났는지 알지 못한다. 어제 일어난 일인지 혹은 몇 십 년 전에 일어난 일인지. 그리고 또 어디서 일어났는지도 모른다. 그것은 아마 영국이었을 거라고 추측된다. 그렇지 않으면 스코틀랜드일 것이다. 왜냐하면 스코틀랜드에만 그처럼 넓고 각석을 높이 쌓아 놓은 성들이 있기 때문이다. 그런 성들은 멀리서 볼 때 성곽처럼 완강하게 보이지만, 가까이 와서 친밀하게 보는 사람에게는 밝은 꽃밭이 있는 정원으로 안내하는 것처럼 보인다.

그렇지, 나는 이제 그것을 똑똑히 기억할 수 있다. 그것은 스코틀랜드의 북쪽이다. 왜냐하면 여름의 밤하늘이 밝게 빛나고, 담백석처럼 우윳빛으로 반짝이며, 그리 컴컴해지지도 않는 곳은 그 지방밖에 없기 때문이다. 거기서는 모든 것이 안에서 비치는 것처럼 은은히 빛나며, 새까만 큰 새들처럼 그림자만이 밝은 들판 위로 떨어진다.

이제 나는 아주 똑똑히 기억하는데, 그것은 스코틀랜드의 이야기임이 틀림없다. 그뿐 아니라 내가 조금만 더 노력하면 그 백작의 저택 이름과 그 소년의 이름까지 알 수 있을 것 같다. 지금 그 꿈의 깜깜한 겉껍질이 벗겨져서 뚝 떨어지고, 모든 것을 나는 회상이 아니라 직접 체험한 것처럼 생생하게 느끼기 때문이다.

그 소년은 여름 동안에, 출가한 누이의 집에 손님으로 가 있었는데, 지체 있는 영국 집안의 친절한 풍습에 따라 혼자 있지는 않았다. 저녁 때는 여러 명의 사냥 나온 사람들과 그 부인들이 모였으며 거기에 몇몇 처녀들이 합석했는데, 모두가 아주 고상하고 아름다운 사람들이었다. 그들의 명랑함과 젊음은 옛 성벽에 부딪쳐서 방향을 이루었지만 결코 소란스럽지 않았다. 매일같이 말들이 이리저리 뛰었으며, 개들은 공동 수렵지로 이끌려 갔다. 건너편에는 서너 척의 보트가 강물 위에 떠 있고, 그리 바쁘지 않은 하루하루의 움직임이 기분 좋게 빠른 율동을 보여 주었다.

그런데 그때는 저녁이었다. 식탁에 있던 사람들은 벌써 흩어졌고, 신사들은 홀에 앉아서 담배를 피우며 트럼프를 쳤다. 밝은 창문을 통해 하얀 광선이 주변을 살랑거리며 정원을 향해 한밤중까지 새어 나왔으며, 때로는 명랑하고 기분 좋은 웃음소리가 흘러나왔다. 여자들은 대개 자기 방으로 돌아갔으나, 한둘은 홀에 그냥 남아 재잘대기도 했다. 그래서 저녁이 되면, 그 소년은 항상 고독했다. 소년은 신사들 사이에 아직 어울릴 수 없었으며, 어울린다 해도 잠시 동안에 불과했다. 그리고 여자들 곁에서는 아직 수줍은 티를 감출 수 없었다. 왜냐하면 그가 이따금 여자들의 방문을 열면, 그들은 갑자기 목소리를 낮췄고, 그것이 자기가 들어서는 안 될 이야기인 것을 눈치 챘던 까닭이다.

하여간 대체로 그는 그들의 모임을 좋아하지 않았다. 그들은 그에게 어린애를 대하는 것처럼 질문을 해 놓고도 그의 대답을 신경 써서 듣지 않았으며, 다만 여러 가지 조그마한 일들을 위해 그를 이용한 다음 말 잘 듣는 아이들에게 대하는 것처럼 칭찬을 퍼부었기 때문이다.

어른들의 무심함에 싫증을 느낀 소년은 침실로 가려고 구부러진 계단을 올라갔다. 그러나 방은 무덥고 답답한 공기가 가득 차 있어서 견딜 수 없을 만큼 더웠다. 낮에 창문을 닫아 놓는 것을 잊어버렸기 때문에, 태양이 방 안으로 위력을 발휘했던 것이다. 태양은 책상이며 침대를 화끈화끈하게 해 놓았고, 벽에도 오래 머물러 있었다. 그뿐 아니라 방의 구석구석과 커튼까지 태양의 후끈후끈한 숨결이 생생하게 느껴졌다. 그리고 아직 시간도 퍽 일렀다. 밖에는 여름밤이 하얀 초처럼 미광을 발했고 바람 한 점 없이 고요하기만 했다.

 이름 모를 여인과의 황홀한 순간

소년은 높은 저택의 계단을 다시 내려와 정원으로 나갔다. 어두컴컴한 주변은 하늘이 후광처럼 희미하게 빛을 발하고 있었다. 그리고 눈에 보이지 않는 많은 꽃들이 토해 놓은 향기가 자신을 향해 손짓하며 떠도는 것 같았다.

그는 이상한 기분에 휩싸였다. 열다섯 살의 산란한 감정으로는 그것을 뭐라고 말해야 할지 몰랐다. 그러나 그의 입술은 밤을 향해 뭔가 이야기하지 않으면 안 될 것처럼 떨렸다. 뭔가 신비스럽고 친밀한 것이 자신과 고요한 여름밤 사이에 놓여 있는 것 같아서, 손을 들기도 하고 눈을 오래도록 감아 보기도 했다. 그것이 지금 자신에게 이야기하고 인사하려고 하는 것처럼 느껴졌기 때문이다.

소년은 넓은 가로수 길에서 좁은 사잇길로 접어들었다. 머리 위에는 은빛 나뭇가지들이 껴안을 듯이 보였으며, 밑에는 어둠이 밤의 무게를 지닌 채 놓여 있었다. 아주 조용했다. 달콤한 우울에 빠져 산책하는 소년을 향해 불어오는 것은, 다만 정원 속의 묘사할 수 없는 적막의 소리— 풀 사이로 떨어지는 부드러운 빗방울 소리나 풀줄기들이 서로 스치며 내는 맑은 소리 같은 단조로운 진동뿐이었다.

그는 여러 번 나무를 스쳐도 보고 잠시 머물며 그 미약한 소리를 들어 보려고도 했다. 모자가 이마를 눌렀기 때문에, 그는 모자를 벗어 버리고 핏줄기가 펄떡펄떡하는 뒤통수를 졸린 듯한 바람의 손길이 만지작거리도록 내놓았다.

어둠 속으로 더 깊숙이 들어갔을 때 갑자기 이상한 소리가 들렸다. 뒤에서 살며시 자갈 소리가 들려 온 것이다. 놀라서 뒤를 돌아다보니, 날씬하고 하얀 사람의 모습이 나풀나풀하는 광선처럼 자기 앞으로 다가왔다.

어느새 그는 놀랍게도 어느 여자에 의해 강하게, 그러나 포근하게 안겨 있었다. 따스하고 부드러운 어느 낯선 사람의 육체가 자기의 육체를 꾹꾹 눌렀다. 그리고 떨리는 손이 재빨리 자신의 머리를 쓰다듬는 것이 아닌가! 낯선 사람의 손이 그의 머리를 뒤로 젖혔으며, 그는 꿈결같이 자신의 입술에 닿는 낯설고 잘 익은 과일을 느꼈다. 그것은 자기의 입술을 더듬는 떨리는 어느 여자의 입술이었다.

그 얼굴은 자기에게 너무 가까이 있어서, 누구의 얼굴인지 알아볼 수가 없었다. 그리고 감히 알아보려고도 하지 못했다. 고통과 같은 떨림이 그의 육체를 완전히 휩쓸어서, 그는 눈을 감지 않을 수 없었으며, 불타는 입술의 포로가 되어서, 의식 없이 몸을 내맡기지 않을 수 없었기 때문이다. 자기도 모르는 사이에 그의 팔은 여자의 육체를 붙잡았으며, 완전히 도취되어 그 육체를 자기에게로 꼭 껴안을 수밖에 없었다.

그의 손은 부드러운 육체의 선을 따라 탐욕스럽게 어루만지며 흘러가다가 잠시 쉬었다가 다시 떨고, 그러면서 점점 몸은 화끈화끈 달아오르고 흥분되어 갔다. 그가 내맡긴 가슴 위의 환희의 무거운 짐은 그의 몸을 점점 더 짓눌렀다.

그는 새근대는 숨소리와 함께 자기를 누르는 그 육체와 더불어 어디론지 흘러 내려가는 것 같은 느낌을 받으며 그대로 무릎을 꿇고 말았다. 아무것도 생각할 수가 없었다. 그 여자가 어떻게 해서 자기에게로 왔는지, 또한 이름은 무엇인지 알아볼 겨를도 없었으며, 다만 그 향기로운 입술에서 새어나오는 욕망을, 눈을 꼭 감은 채 빨아들일 뿐이었다. 그래서 마침내는 도취되어, 뜻 없고 감각 없는 무한대의 정열의 바다 속으로 끌려 들어갈 뿐이었다. 그에게는 마치 별들이 갑자기 떨어져서 자기의 눈앞에서 반짝이고, 모든 것이 불꽃처럼 떨리며, 건드리는 것마다 불타버리는 것 같았다.

얼마나 오랫동안 그 같은 상태가 계속 되었는지, 그는 알 수 없었다. 그처럼 부드러운 결박을 당하고 있던 시간이 몇 초였는지조차 알 수 없었다. 하여튼 모든 것이 탐욕적인 투쟁의 거친 감각 속에서 불타올랐으며, 놀라운 도취경 속으로 희미하게 이끌려 가는 것을 느낄 뿐이었다.

그러다 갑자기 그 뜨거운 결박이 금세 끊어져 버렸다. 거의 무뚝뚝할 정도로 그 포옹은 그의 눌린 가슴을 풀어 준 것이다.

알 수 없는 그 자태는 벌떡 몸을 일으키더니 명랑하고 빠른 걸음걸이로 나무 사이를 스쳐 지나가는 하얀 불빛의 선처럼 손을 쳐들어 붙잡을 여유도 주지 않고 어디론지 사라져 버렸다.

그 여자는 누구였을까? 그리고 얼마나 오랜 시간이 지난 것일까? 소년은 불안과 혼란 속에서 나무를 의지하고 일어섰다. 차츰 냉정한 생각이 그의 뜨거운 뒷덜미로 다시 흘러왔다. 갑자기 자기의 인생이 몇 백 시간이나 지나가 버린 것 같았다. 희미하게 머릿속으로만 꿈꾸고 있던 여성과의 정열이 별안간 현실적인 것으로 나타난 것일까? 그렇지 않다면 그것도 한낱 꿈에 지나지 않는 것인가? 소년은 자기 몸을 만져 보고 머리털을 잡아당겨 보았다. 꿈같지는 않았다. 두근두근하는 뒷덜미는 축축했다. 그들이 쓰러졌던 풀밭의 이슬로 그곳이 축축하고 차가워졌던 것이다. 다시금 그 모든 광경이 그의 눈앞에 섬광처럼 어른거렸다. 불타는 입술이 다시 느껴졌으며, 살랑거리는 옷을 통해 정욕의 이상한 향기를 다시 호흡하는 것 같았다. 하나하나의 말을 생각해 내려고 했지만 한마디도 떠오르지 않았다.

그 여자가 전혀 한마디 말도 하지 않았고, 심지어 이름조차 알려주지 않았다는 사실에 새삼스레 놀라며 생각했다. 생각나는 것이라고는 마구 솟아오르는 한탄과 숨 막힐 듯한 포옹과 억눌린 정욕의 오열이었다. 그 여자의 헝클어진 머리카락의 향기를 기억할 수 있었고, 젖가슴의 뜨거운 압력과 에나멜처럼 매끄러운 피부를 느낄 수가 있었으며, 그 여자의 몸매, 그 여자의 숨소리, 그 여자의 모든 떨리는 듯한 감각이 완전히 자신과 하나가 되었음을 느낄 수 있었다.

그러나 그 여자가 누구였는가는— 어둠 속에서 갑자기 사랑을 가지고 닥쳐온 그 여자가 누구였는지는 짐작할 수도 없었다. 그 놀라움과 행복을 이름 지어 부르기 위해, 소년은 어느 한 사람의 이름을 입속으로 중얼거려 보았으나, 그 이름을 찾아낼 수가 없었다.

그러나 그가 갑자기 경험한 어느 여자와의 기묘한 사건도, 지금 어둠 속에서 유혹하는 듯한 눈으로 자기를 노려보고 있는 그 불타오르는 비밀과 비교하면 아무것도 아니며, 초라하고 빈약하게만 느껴졌다. 그 여자는 대체 누구일까? 소년은 황급히 머릿속에서 모든 가능성을 생각해 보았다. 그 넓은 저택 속에 사는 여자들의 얼굴을 일일이 기억해서 자신의 눈앞에 띄워 보았다. 하나하나의 조그마한 지나간 시간들을 다시 돌이켜 생각해 보고, 그들과의 대화의 마디마디를 기억 속에 파헤쳐 보았다. 그 수수께끼 속에 얽혀 있을지도 모르는 다섯 사람, 혹은 여섯 사람의 미소를 하나하나 생각해 보았다.

나이 먹어가는 남편을 가끔 명랑하게 해 주는 젊은 E백작 부인, 드물게 부드럽고 불그레한 눈동자를 가지고 있는 아저씨의 젊은 부인, 그렇지 않으면 —소년은 그 생각에 깜짝 놀랐다— 혹시 자기 사촌 누이들 중에 한 사람이 아닐까? 셋이서 똑같이 교만하고, 자랑스럽고, 깔끔한 성격을 가진 서로 비슷비슷한 누이들. 아니다. 그럴 리가 없다. 그들은 모두 냉정하고 조심성 있는 사람들이 아닌가?

사실 그는 최근에 남모를 불꽃이 마음속에서 설레게 되고 꿈속에서도 불타오르는 것을 느끼게 된 이래, 요 몇 해 동안에 가끔 자기 자신을 변태적이고 병적인 존재로 생각해 왔었다. 그리고 아무런 불안이나 정열도 없이 어떠한 갈망도 하지 않거나 하지 않는 것처럼 보이는 그들 전부를 그는 얼마나 부럽게 생각했던가? 그는 자신의 잠깨어 가는 정열을 마치 무슨 병이나 대하는 것처럼 두려워했다.

그런데 지금 저 여자는 도대체 누구일까? 이 저택 안에 있는 어느 여자가 그런 멀쩡한 장난을 한 것일까? 그러나 그의 마음속에서는 차츰 그런 의문의 도취가 잦아들어 갔다. 밤은 깊어지고, 홀의 등불도 꺼졌다. 그 넓은 저택 안에 아직도 잠이 깨어 있는 사람은 그 소년 하나밖에 없었다. 아니, 또 하나의 여자, 알지 못하는 그 여자도 있을 것이다.

살그머니 피로감이 일었다. 무엇 때문에 자꾸만 생각하는 것일까? 내일만 되면 한 번의 눈짓으로, 미간의 반짝임으로, 그렇지 않으면 남모를 악수 한 번으로, 다 알아질 텐데…….

소년은 조금 전 그 계단을 내려왔을 때와 마찬가지로 꿈결같이 그 계단을 올라갔으나, 지금은 모든 것이 먼저와는 아주 다른 것 같았다. 핏줄은 아직도 약간 흥분되어 있었고, 후끈한 방은 먼저보다는 더 시원하고 산뜻해 보였다.

 열락의 순간은 바람처럼 사라지고

다음 날 아침 잠이 깨었을 때, 아래층에서는 벌써 말들이 땅을 구르고 흙을 파헤치는 소리가 들렸다. 사람들이 떠들썩하게 웃으며 자기 이름을 부르는 소리가 들렸다. 소년은 벌떡 일어나 아침 식사를 할 사이도 없이 번개처럼 옷을 갈아입고 밑으로 뛰어 내려갔다. 여러 사람들이 그를 반갑게 맞아 주었다.

"잠꾸러기시군요!" 하며 E백작 부인이 웃으며 대한다. 명랑한 눈에는 웃음이 깃들여 반짝인다. 더듬는 소년의 눈은 그 여자의 얼굴을 쏘아본다. 아니다, 아니다! 이 여자는 아니다! 아무 거리낌 없는 웃음으로 봐서 그럴 리가 없다.

"좋은 꿈 꾸었어요?" 하며 아저씨의 젊은 부인이 놀리듯 말했다. 그러나 그 여자의 가냘픈 몸매로 보아서 너무 홀쭉한 것 같았다. 소년은 차례차례로 여자들을 살펴보았으나 아무도 미소를 지으며 맞아 주는 기색은 없었다.

모두가 말을 달려 시골로 들어갔다. 소년은 하나하나의 목소리에 주의를 기울였고 안장 위에서 움직이는 여체의 선과 물결을 주시했다. 몸을 구부리는 것이나 팔을 올리는 것까지도 빼놓지 않았다. 식탁에서는 대화를 하면서 몸을 구부려 여인들의 입술의 향기를 살피고, 머리 냄새를 맡아 보려고 했다. 그러나 아무런 흔적이나 징후도 그의 들뜬 생각을 몰아치게 하지 못했다.

여름날은 한없이 길었건만 차츰 기울어지기 시작했다. 책을 읽으려고 했지만, 글씨가 책의 테두리를 빠져나와 바깥 정원으로 그의 눈을 이끌어갔다. 마침내 날은 다시 저물어, 또다시 이상한 밤이 되었다. 그리고 그는 다시 낯선 여자의 팔에 안기는 듯한 감각을 느꼈다. 그래서 그는 떨리는 손에서 책을 내려놓고 연못 있는 데로 가 보려고 마음먹었다. 그러나 그는 바로 어제 그 자리, 자갈길 위에 서 버렸다.

저녁 식사 때는 몸이 뜨거워졌으며, 손은 어쩔 줄 모른 채 마치 쫓기는 사람처럼 여기저기를 만지작거렸다. 두 눈은 겁먹은 듯 눈꺼풀 사이로 숨었다. 다른 사람들이 드디어, 오! 마침내, 의자를 떠나고서야 비로소 그는 안심을 하고 그 방을 날듯이 뛰어나갔다. 정원으로 나가서 뿌연 안개가 발밑에서 희미하게 빛나는 듯한 하얀 자갈길을 이리저리 거닐었다. 갔다가는 오고, 다시 갔다가는 돌아오기를 백 번이고 천 번이고 계속했다. 홀에는 벌써 불이 켜졌을까? 그렇지. 드디어 불은 켜지고 새까맣던 이층의 창문에도 한두 개의 불빛이 반짝이게 되었다. 여자들이 이제 방으로 들어간 것이다. 이제 몇 분만 있으면 그 여자가 나타날지도 모른다. 참을 수 없는 조바심으로 일 분 일 초가 영겁처럼 느껴졌다. 그래서 다시 한 번 그 길을 왔다 갔다 했다. 눈에 보이지 않는 끈에 이끌리듯이 미적미적 몸을 움직이고 있었다.

그 순간 하얀 자태가 계단을 스쳐 내려와 알아볼 수도 없을 만큼 재빨리 달려왔다. 달빛의 줄기인 것도 같고 심지어 나무 사이를 스쳐가는 베일이 빠른 바람에 나부껴서 사라져가는 것도 같았다. 그러자 벌써 그 여자는 소년의 품 안에 뛰어 들었으며, 그의 팔은 거칠게 두근거리는 여자의 뜨거운 육체를 힘껏 껴안았다. 그 순간 또다시 어제와 꼭 같은 뜨거운 물결이 자기도 모르는 사이에 가슴에 복받쳐 오름을 느꼈다. 그 달콤한 충격으로 전신의 힘이 빠져나가고, 마침내 어두운 욕정의 흐름 속으로 휩쓸려 내려가려 하는 것 같았다.

그러나 그 다음 순간, 갑자기 도취에서 깨어난 소년은 자신의 불같은 정열을 억눌렀다. 아니다. 이 이상한 정욕 속에 사로잡혀서는 안 된다. 이 목마른 입술에 입을 맡겨서는 안 된다. 자신에게 달려드는 이 육체의 이름이 무엇인지를 알기 전에는, 그렇게 할 수가 없었다. 낯선 그 육체의 심장 소리는 자기 자신의 가슴 속에서 뛰는 것처럼 그렇게 소리 높건만!

소년은 고개를 돌려서 그 여자의 키스를 피하고 그 얼굴을 보려고 했다. 그러나 그림자가 드리워져 명료하지 않은 빛 속에, 어둑어둑한 머리카락이 섞였다. 나뭇가지들의 얽히고설킨 것이 너무 조밀했으며, 구름 낀 달빛은 너무 약했다. 다만 샛별같이 빛나는 두 개의 눈동자가 희미하게 빛을 발하는 대리석 속에 깊이 박힌 찬란한 보석과도 같이 빛나는 것을 볼 수가 있을 뿐이었다.

소년은 한마디 말이라도 듣고 싶었다. 그 여자의 목소리의 찢어진 한 조각이라도 듣고 싶었던 것이다.

"당신은 누구요? 당신이 누군지 가르쳐 주세요" 하고 소년은 간절히 물어보았다. 그러나 그 부드럽고 촉촉한 입술은 키스만을 줄 뿐, 대답은 주지 않았다. 그래서 그는 강제로 한마디의 말을 시켜보려고 했다. 고통의 부르짖음이라도. 그래서 팔을 비틀고 손톱을 살 속 깊이 눌러 보았으나 그 여자의 부푼 가슴에서는 다만 허덕거림과 뜨거운 입김과 완강하게 침묵하는 입술의 따스함밖에는 없었다. 가끔 나지막한 신음 소리는 들렸지만, 그것이 고통 때문인지 기쁨 때문인지는 알 수 없었다.

소년은 더욱 미칠 것 같았다. 그 고집 센 여자가 대답하지 않는 것을 어쩔 수가 없었기 때문이다. 어둠 속에서 갑자기 나타나 자기를 붙잡고도 누구라는 것을 밝히지 않는 그 여자, 그 여자의 욕정적인 육체에 대해서는 무한한 힘을 가지고 있으면서도, 그 여자의 이름에 대해서는 알아볼 도리가 조금도 없는 것에 대해 소년은 미칠 것 같았다. 그는 분노의 마음이 일어나서 여자의 포옹을 물리치려고 했다. 그러자 그 여자는 소년의 팔이 누그러진 것으로 소년의 불안감을 눈치채고, 흥분한 손으로 아양을 떨며 소년의 머리를 쓰다듬었다.

그때 소년은 그 여자의 손가락이 지나가면서 자기의 이마에 뭔가 쨍그랑하고 조그마한 소리를 내는 것을 들었다. 그것은 그 여자의 팔찌에 매달려 흔들리는 메달이었다. 순간 소년은 과감하게 거친 행동을 취했다. 그는 걷잡을 수 없는 정열에 사로잡힌 것처럼 그 여자의 손을 끌어다가 맨살인 자기 팔에 메달 자국이 아로새겨지도록 꼭꼭 눌렀다. 자, 이제는 하나의 기호를 붙잡았다. 소년은 몸에서 뭔가 타오르는 것 같았으며, 자발적으로 누르고 눌렀던 정열에 맘 놓고 몸을 맡겼다. 여자의 육체에 자기의 몸을 꼭 누르고 그 입술로부터 기쁨의 샘물을 빨아들이고, 말 없는 포옹 속에 잠긴 신비스러운 정열에 자신을 맡겨버렸다.

잠시 후 그 여자는 어제와 마찬가지로 갑자기 바람처럼 사라져 버렸다. 그러나 그는 붙잡으려고 하지 않았다. 소년의 몸 속에는 그 메달의 기호를 알아보려는 호기심이 열병처럼 들떠 있었기 때문이다. 그는 자기 방으로 뛰어 들어가서 희미하게 타고 있는 램프불을 돋우고 자기 팔에 아로새겨진 자국을 들여다보았다.

자국은 벌써 그렇게 명료하지 않았다. 동그라미 모양은 사라져 버렸고, 한 쪽 모서리만이 아직도 날카롭고 빨갛게 새겨져 있어서 겨우 알아볼 수 있었다. 구석구석이 각은 지워졌지만, 그것은 대략 페니 정도의 화폐로서 크기는 중간이고 비교적 두툼한 금화임이 틀림없었다. 한 쪽 자국이 깊이 난 것으로 그 두께를 알 수 있었다. 만족스러운 표정으로 그 자국을 들여다보고 있자니 차츰 화끈화끈해지며 무슨 상처처럼 아파왔다. 손을 차가운 물에 담그자 그 고통스러운 열기가 비로소 빠졌다.

'메달은 팔각형이다!'

내일은 모든 것을 다 알게 될 것이다. 그렇게 확신하는 소년의 시선은 승리의 빛으로 반짝반짝 빛났다.

베일에 가려진 수수께끼 여인

다음 날 아침에 그는 제일 먼저 아침 식탁에 나타났다. 식탁에 앉아 있는 여자로는 나이 먹은 노처녀와 자신의 누이, 그리고 E백작부인 뿐이었다. 모두 기분들이 좋았으며, 대화는 거리낌 없이 그의 곁을 오고갔다. 그래서 그는 더 한층 관찰하기가 좋았다. 소년의 눈은 재빨리 백작부인의 손으로 스쳐갔다. 부인은 팔찌를 끼고 있지 않았다. 그제야 그는 침착하게 그 여자와 이야기할 수 있었다. 그러나 그의 눈은 늘 신경질적으로 문 있는 쪽을 감시했다. 그러자 사촌 누이들 세 자매가 동시에 들어왔다. 그는 다시 불안에 사로잡혔다. 소매 끝에서 팔찌 하나가 힐끗 눈에 띄었는데 너무나 빨리 자리에 앉았기 때문에 누구의 것인지 확인할 수가 없었다.

맞은편에는 밤색의 키티와 금발의 말고트 그리고 밝은 색의 엘리자베스가 자리를 잡았다. 엘리자베스의 머리 색깔은 어둠 속에서는 은빛으로 빛나고 태양의 빛을 받으면 금발처럼 반짝이는 색깔이었다. 세 사람 모두 언제나와 마찬가지로 냉랭하였다. 조용하고 깔끔하고 거기다가 쌀쌀한 품위까지 보였는데, 그것은 소년이 항상 싫어하는 것이었다. 왜냐하면 그들은 자기보다 별로 나이가 많지 않았으며, 이삼 년 전만 하더라도 같이 장난치며 놀던 친구들이었기 때문이다. 아저씨의 젊은 부인은 아직 나타나지 않았다. 소년은 의문의 여인이 누구인지를 한층 더 잘 알 수 있는 시간이 다가왔다고 생각하자 점점 더 마음의 안정을 잃고 그를 불안에 떨게 했다. 그리고 그 비밀에 싸인 수수께끼 같은 고통은 심지어 그에게 즐겁기까지 하였다.

그러나 그의 시선은 호기심에 가득 차서 식탁 언저리를 이리저리 더듬었다. 하얗게 빛나는 식탁 언저리에서는 여인들의 손이 조용히 놓여 있거나 혹은 천천히 반짝이는 항만의 배처럼 움직이고 있었다. 소년은 다만 손들만 주목했다. 그러자 그 손들이 마치 생명과 영혼을 가진 무슨 동물이나 무대에 있는 인물들처럼 보였다.

세 명의 사촌 누이들이 모두 팔찌를 끼고 있는 것을 발견하고 그는 깜짝 놀랐다. 틀림없이 그 교만하고 겉보기에는 흠잡을 데 없는 이 여자들 중에 한 사람일 거라는 확신이 그의 마음을 어지럽혔다. 그들은 어렸을 때부터 완고하게 자기 자신들 속에만 틀어박혀 있어야 되는 걸로 알고 있지 않았던가!

그 세 사람 중에 누구일까? 제일 나이 많고 사이가 멀었던 키티일까? 그렇지 않으면 쌀쌀하고 퉁명스러운 말고트일까? 그도 아니면 제일 어린 엘리자베스일까? 그는 그들 중에 어느 한 사람도 원할 수가 없었다. 속으로 그는 그들 중에 한 사람이 아니기를 바랐다. 혹시 그들 중의 하나라 해도 그것을 알기를 원하지 않았다. 그러나 그것이 누구인지 알고 싶은 욕망이 벌써 참을 수 없이 들이닥치는 것을 어찌할 수 없었다.

"차 한 잔만 더 주시겠습니까, 키티?"

그의 목소리는 마치 목구멍에 모래라도 들은 것같이 울렸다. 그는 찻잔을 내밀었다. 그 여자도 팔을 올렸다. 자기 있는 쪽까지 팔을 쑥 내밀지 않을 수 없었던 것이다. 그 순간 그는 팔찌에 매달려서 흔들리는 메달을 보았다. 소년의 손이 갑자기 따뜻해졌다. 그러나 아니다. 그것은 둥그런 윤곽을 가진 사파이어였다. 찻잔에 부딪쳐서 가늘게 쨍그렁 소리를 냈다. 그의 시선은 감사의 빛을 띠고 갈색의 키티 머리를 키스하듯 스쳐갔다.

잠시 그는 숨을 돌렸다.

"미안하지만 설탕을 집어 주실 수 있어요, 말고트?"

건너편 식탁 위에 있던 날씬한 손이 민첩하게 뻗치더니 설탕 그릇을 집어서 내미는 것이었다. 그때 소년의 눈이 가늘게 떨리며 한 곳을 주시했다. 소매에 감춰진 팔꿈치 근처에 섬세하게 낀 팔찌에서 오래된 은화 한 개가 흔들리는 것을 본 것이다. 그것은 동전 크기로 닳아 있었으며, 분명히 전해 내려오는 물건으로 보이는 팔각형의 은화였기 때문이다. 어제 저녁에 몸에 난 자국은 날카로운 팔각형이 아니었던가! 소년의 손은 흔들렸다. 설탕 집는 집게가 두 번이나 더듬거리다가 간신히 한 조각의 설탕을 찻잔에 집어넣을 수 있을 정도였다. 그는 차를 마시는 것조차 잊어버렸다.

"말고트!" 하며 그 이름이 무서운 경악의 부르짖음으로 변하려는 것을 억지로 이빨 사이에 꼭 깨문 채 참고 있을 때, 말고트가 뭔가 말을 한 것 같았다. 그러나 그 여자의 목소리는 누군가가 교단에서 말하는 것처럼 매우 낯선 음성이었다. 냉정하고 신중하고 약간 비웃는 듯하며, 그러면서도 태연스러운 숨소리가, 그에게는 그 여자의 생활에 숨겨진 무서운 거짓으로 보여 두려움마저 느낄 지경이었다.

어저께 자신이 받았던 정열의 허덕임, 맛보았던 촉촉한 입술, 한밤중에 맹수와도 같이 자기에게 달려들던 그 여인이 바로 지금 이 사람이란 말인가? 정말로 그럴 수가 있을까? 소년은 자꾸만 그 입술을 응시했다. 시치미를 뗀 태연스러운 태도와 고집은 그 날카로운 입술 속에 담겨질 수 있지만, 그 정열은 대체 어디에 숨어 있는가?

그는 처음 보는 사람처럼 그 여자의 얼굴을 찬찬히 들여다보았다. 그러자 소년은 처음으로 몸이 떨리는 듯한 행복감에 휩싸이며, 눈물이 나올 정도로 감격했다. 그 여자가 그렇게 교만하면서도 비현실적으로 아름다우며, 신비한 비밀에 감싸여져서 한층 더 매력적임을 더욱 진하게 깨달을 수 있었다.

소년의 정열적인 눈은 위를 향하고 있는 그 여자의 진한 회색빛 눈동자의 냉정한 홍옥수를 깊이 파고들어, 살짝 비칠 듯 한 광채 있는 뺨의 피부를 스쳐, 지금 힘 있게 다물어진 입술을 훑아보고, 금발의 머리 주변에 잠시 머뭇거리다가, 돌연 시선을 떨어뜨려 여자의 전체 모습을 파악하였다. 지금 이 순간까지 그는 그 여자를 모르고 있었던 것이다. 식탁에서 일어서는 그의 다리는 후들후들 떨렸다. 그 여자를 바라보는 동안 무언가에 취한 듯 정신을 차릴 수가 없었다.

아래층에선 벌써부터 그의 누이가 부르고 있었다. 아침 승마를 위해 준비를 마친 말들이 들떠서 발을 구르고, 참지 못하여 자갈을 깨물며 서 있었다. 한 사람씩 재빨리 안장 위에 올라타고, 일행은 화려한 행렬을 지어서 널찍한 정원의 가로수길을 지나 앞으로 달렸다. 처음에는 서서히 앞으로 나아갔는데, 그 단조로운 말굽 소리는 소년의 끓어오르는 열정에는 전혀 어울리지 않았다.

그러나 그 다음 문 밖으로 나가자, 그들은 고삐를 풀어 우루루 좌우로 벌려서 들판을 향해 돌진했다. 들판은 아직도 아침 안개로 흐릿했다. 간밤에 이슬이 많이 내려 베일을 씌운 것처럼 희미했고, 흔들거리는 이슬방울이 반짝이고 있었으며, 공기는 마치 폭포수가 바로 앞에라도 있듯 매우 냉랭했다. 한데 모여 있던 일행은 흩어졌다. 한두 기수는 벌써 언덕 너머로 사라져 버렸다.

말고트는 앞장선 기수 사이에 끼어 있었다. 그 여자가 좋아하는 것은 거친 도약이었고, 머리카락을 찢을 듯이 스치는 격렬한 바람의 울림이었으며, 날카로운 속보로 돌진할 때의 거칠 것 없는 쾌감이었다. 소년은 그 여자의 뒤를 따라서 달렸다. 그는 여자의 꼿꼿한 자태가 격렬한 동작으로 아름다운 곡선을 그리며 흔들리는 것을 보았다. 여자의 얼굴에는 가끔 붉은 기운이 살짝 드리웠고, 눈동자가 반짝반짝 빛나고 있었다.

그때 그는 그 여자가 온 힘을 다해 열정적으로 말을 재치는 것을 보고, 새삼스레 그때를 회상했다. 그러자 소년은 갑자기 사랑과 그리움에 사로잡혀 어쩔 줄 모르게 되었다. 여자를 부둥켜안고 말에서 끌어내려 자기 품에 다시 한 번 꼭 껴안아, 그 뜨거운 입술을 맛보고 흥분에 떨리는 심장의 격동을 자기 가슴에 받아 보았으면 하는 욕망이 불현듯 솟아났다.

말의 옆구리에 채찍을 가하니, 히힝 소리와 더불어 그의 말이 내달렸다. 얼마 안 있어 그는 그 여자와 나란히 달리게 되었다. 무릎이 닿을 듯 말 듯, 발받침이 서로 스쳐서, 가는 금속의 소리를 내었다. 지금 이때에 말하지 않으면 안 된다. 이 기회를 놓치면…….

"말고트!"

그의 목소리는 떨려 나왔다. 여자는 얼굴을 돌렸다. 날카로운 눈썹이 긴장하여 자기를 치켜보며 물었다.

"왜 그래요, 밥?"

아주 냉정한 말투였다. 그녀의 눈동자도 아주 냉담하게 반짝거렸다. 전율이 전신을 흘러 무릎까지 이르렀다. 무슨 말을 하려고 했던가? 소년은 생각이 안 났다. 그저 뭔가 중얼거렸을 뿐이었다.

"피곤해졌어요?"

그 여자는 약간 조롱 섞인 말투로 물었다.

"아니오, 딴 사람들은 퍽 뒤떨어져 버렸어요."

소년은 간신히 그렇게 말할 수 있었다. 그러면서 아직 잠깐은 여유가 있다고 느끼고, 뭔가 아주 대담한 행동을 저질러 버릴 것 같은 기분이 들었다.

갑자기 팔을 여자에게 내민다든지, 큰 소리로 울어 버린다든지, 손 안에 바들바들 떨리고 있는 채찍으로 그 여자를 친다든지 하는 돌발적인 행동을 하고 싶은 충동이 일었다. 갑자기 말을 뒤로 잡아당기자 말이 앞다리를 번쩍 들었다. 그 여자는 몸을 꼿꼿하게 세운 채 거들떠보지도 않고 그대로 달려가 버렸다.

다른 사람들도 곧 그를 따라왔다. 곧이어 명랑한 대화들이 주위에서 교환되었다. 그러나 그러한 담소도 그에게는 딱딱한 말굽소리처럼 아무 뜻 없이 스쳐갈 뿐이었다. 소년은 그 여자에게 자기의 사랑을 말하지 못하고, 그 여자의 고백을 드러내게 하지 못할 만큼 자신이 용기가 없음을 후회하며 스스로를 자책했다. 자책하는 마음은 이상하게도 그 여자를 정복하고자 하는 욕망으로 한층 끓어올라, 새빨간 아침 햇살처럼 땅

위로 드러났다.

'왜 그 여자의 교만한 태도를 나는 비웃어 주지 못했을까?'

소년은 정신없이 말을 달리며 비로소 약간의 안정된 마음을 얻었다. 그때 되돌아가자고 하는 다른 사람들의 부르는 소리가 들려왔다. 태양은 건너편 언덕 위로 올라왔다. 들판에는 부드럽고 훈훈한 미풍이 불어왔고, 눈부신 색채가 흘러와서 눈에 반사되어 용해된 황금같이 보였다. 대지 위에는 묵직한 기운과 텁텁한 기운이 가득 차고, 달리면서 계속 땀을 흘린 말들은 졸리운 듯 느릿느릿한 걸음걸이가 되어 뜨거운 콧김을 뿜으며 허덕이고 있었다. 기수들은 서서히 모여들고, 쾌활한 기분도 대화도 이제는 거의 줄어들었다.

말고트가 다시 나타났다. 그 여자의 말은 거품을 잔뜩 머금었고, 희끗희끗한 거품 찌꺼기가 여자의 승마복에까지 번져 있었다. 둥그렇게 말아올린 머리는 금방이라도 흩어질 듯했으며 간신히 머리핀으로 유지하고 있었다. 소년은 여자의 숨가쁜 모습에 매혹되어서 넋을 잃고 그녀의 금발을 바라보았다. 그 머리가 금세 풀어 흩어지지나 않을까 하는 생각이 소년의 흥분을 더욱 자극했다. 벌써 저만치 정원의 둥근 문이 햇빛에 빛났으며, 그 뒤로 널따란 통로가 저택으로 통하고 있었다.

소년은 조심스럽게 말을 몰아서 다른 사람들 사이를 지나 제일 먼저 문 안으로 들어가 말에서 뛰어내렸다. 하인들이 재빠르게 쫓아와서 말 고삐를 잡아 주었으며, 그는 일행이 도착하는 것을 기다렸다. 말고트는 마지막 일행 속에 끼어 있었다.
— 아주 천천히, 말을 몰고 상체를 힘없이 뒤로 젖힌 채 무슨 흥분된 일을 겪은 사람마냥 기진맥진한 것 같았다. '그럴 만도 하지' 하고 소년은 생각했다. 그 여자가 도취하여 그렇게 감각이 마비된 것이라면, 어제 저녁도 그제 저녁도 그러했음에 틀림없을 것 아닌가! 그런 회상이 소년으로 하여금 마음을 걷잡을 수 없게 만들었다. 그는 그 여자를 향해 달려갔다. 숨을 죽이고 그 여자를 말에서 부축해 내려 주었다.

발받침을 붙들고 있던 소년은 열에 들떠서 그 여자의 발의 가냘픈 관절을 어루만지며, "말고트" 하고 신음하듯이 그녀의 이름을 불렀다. 그러나 그 여자는 대답조차 하지 않고 한 번 내려다보더니, 거리낌 없이 소년의 내민 손을 잡고, 말에서 뛰어내렸다.

"말고트, 당신은 정말 멋있어요."

그는 더듬거리며 말했다. 여자는 날카롭게 소년을 노려보더니 눈썹을 다시 한 번 쌀쌀맞게 치켜떴다.

"당신은 꼭 술 취한 사람 같군요. 밥! 거기서 뭐라고 중얼거리고 있어요?"

소년은 그 여자의 태도에 화가 나고, 욕정에 이성을 잃어, 붙잡고 있던 여자의 손을 자기 가슴에 꼭 눌렀다. 그러나 그 순간 말고트는 얼굴을 붉히며 그를 홱 밀쳐내는 바람에 소년은 비틀거리며 물러섰다. 말고트는 재빠르게 그의 곁을 살짝 빠져나와서 가 버렸다. 그 모든 것이 번개처럼 빠르게 일어났기 때문에 주위 사람들은 알아차리지 못했다. 그리고 소년 자신도 그것이 불안한 꿈이었던 것처럼 생각되었다.

소년은 종일토록 얼굴이 창백했고, 흥분이 가라앉지 않았다. 그런 그의 모습이 이상해 보였든지 금발의 백작부인은 지나가는 길에 그의 머리를 쓰다듬으며 어디 아픈 게 아니냐고 물어보았다. 그는 낮에는 끙끙거리며 달려드는 개의 옆구리를 발길로 냅다 차 버릴 정도로 골이 났고, 트럼프할 때는 처녀들이 모두들 깔깔대고 웃을 만큼 실수를 많이 했다. 오늘 저녁에는 그 여자가 오지 않으리라는 생각이 그의 피를 거꾸로 치솟게 했고, 그를 불쾌하고 거칠게 만들었다.

차 마실 시간에 모두들 밖의 정원에 모여 앉았는데, 마침 말코트가 그의 건너편에 자리 잡게 되었다. 그러나 그는 소년을 쳐다보지도 않았다. 소년의 눈은 자석에 끌린 것처럼 떨리며 그 여자의 눈에 매달렸다. 여자의 눈매는 회색의 보석처럼 차고 딱딱하여 아무 반응이 없었다. 여자가 무뚝뚝하게 자기로부터 시선을 돌렸을 때는 저절로 주먹이 불끈 쥐어지고, 때려 눕힐 것 같은 기분에 사로잡혔다.

"어쩐 일이에요, 밥! 당신 얼굴이 아주 창백해요!"

그때 갑자기 그런 소리가 들려 왔다. 그것은 말고트의 여동생인 조그만 엘리자베스의 목소리였다. 그 여자의 눈에는 따스하고 부드러운 광채가 서려 있었으나, 소년은 그것을 알지 못했다. 그는 약점을 잡힌 것같이 느꼈고 자연스럽게 거친 말이 튀어나왔다.

"쓸데없는 걱정은 제발 좀 그만둬요, 제기랄!"

자신도 모르게 이런 말을 내뱉고는 얼마나 후회를 했는지 모른다. 엘리자베스는 얼굴이 새파래져서 그를 외면하고 눈물어린 목소리로 말하는 것이 아닌가!

"아까부터 당신이 퍽 이상해서 그랬어요."

모두들 위협하는 눈초리로 소년을 보았다. 소년 스스로도 자신의 실수를 느꼈다. 그래서 사과의 말을 하려고 했을 때, 마침 면도날처럼 날카롭고 차가운 말고트의 목소리가 식탁 건너에서 그의 말을 가로막았다.

"밥은 나이에 비해서 버릇이 좀 없어요. 밥을 신사나 어른으로 취급하는 것은 잘못이에요."

말고트, 바로 어제 저녁에 자기의 입술을 내맡긴 여자로서 할 수 있는 말인가! 소년은 자기의 주위가 허물어지고, 눈이 안개 속에서 흐릿해지는 것같이 느꼈다. 분노심이 전신을 엄습했다.

"어디 두고 봅시다. 당신은 얼마나 잘났나!"

그는 악의에 가득 찬 말투로 경멸스런 말을 하고는 자리에서 일어나 버렸다. 갑자기 일어나는 바람에, 뒤에서 의자가 덜커덕하고 넘어갔지만 돌아보지도 않았다.

저녁 때가 되자, 스스로도 어리석게 생각했지만 또다시 정원에 서서 그 여자가 와 주기만 기도드리고 있었다. 아마 그것도 어쩌면 과장과 반항뿐이었는지 몰랐다. 그러나 이제는 결코 여자에게 무엇을 물어본다든지 괴롭힌다든지 하지는 않으리라. 하여튼 그 여자가 오기만 한다면…… 그 부드럽고 촉촉한 입술을 다시 한 번 맛보고, 격렬한 욕망을 채우고 싶었다. 모든 의혹을 풀어 보지 못한다 하더라도…….

시간은 잠들어 버린 듯했다. 저택 앞에는 밤이 무슨 게으른 짐승처럼 늘어져 있었다. 시간은 한없이 지루하고 길기만 했다. 주위의 풀밭 속에는 가는 속삭임 같은 소리가 들렸으며, 그것은 마치 비웃는 소리가 합주하는 것 같았다. 살랑살랑 바람에 나부끼는 나뭇가지들은 달빛의 가냘픈 광선을 받아 그림자가 흔들흔들 움직여 마치 비웃는 사람의 손이 흔들리고 있는 것 같았다. 서로 엉켜서 낯설게 울려오는 모든 소리들은 고요함보다 한층 마음을 찔렀다.

건너편 고지에서 개가 한 번 짖더니, 하늘 높이 비스듬히 흔들리던 별똥별이 저택 뒤 어디엔가 떨어져 버렸다. 밤은 차츰 밝아지는 듯했고, 거리에 늘어진 나무 그림자는 어둠을 한층 더하는 것 같았다. 가냘픈 소음은 더욱더 얽히고 혼란해졌다. 그러자 흐르는 구름이 다시 한 번 하늘을 우울하고 거무스름한 빛깔로 물들였고, 고독감은 뜨거운 가슴을 더한층 고통스럽게 파고들었다.

소년은 점점 더 심하고 빠르게 왔다 갔다 했다. 화가 치밀어서 가끔 나무 기둥을 내려치고, 손톱으로 나무껍질을 잡아 뜯고 하였다. 홧김에 손가락의 피가 흐르는 것조차 몰랐다.

'아니다, 그 여자는 오지 않을 것이다' 하고 그는 중얼거렸지만, 그래도 그렇게 믿고 싶지 않았다. 오늘 저녁에 오지 않는다면 영원히 다시 오지 않을 것이기 때문이었다. 그야말로 그의 일생에 있어서 가장 고통스러운 순간이었다. 그래서 정열적인 그의 젊음은 축축한 이끼 위에 몸을 내던져 몸부림쳤고, 두 손으로 흙을 파헤치고, 뺨에는 눈물을 흘린 채, 소리 없이 흐느껴 울었다. 결코 어린아이로서 울어 보지 못한 울음이었고, 또한 이제 앞으로 다시는 울어 보지 못할 울음이었다.

그때 나무 사이에서 바스락 소리가 들려와, 소년은 절망으로부터 잠을 깨었다. 벌떡 뛰어 일어나서 어둠 속을 무작정 나아갔을 때, 다시 한 번 그는— 갑자기 가슴에 부딪친 따뜻한 충격은 얼마나 놀라웠던가— 꿈에 그렸던 그 육체를 다시 껴안고 있었다. 흐느낌이 물거품처럼 목에서 튕겨 나왔고, 그의 온몸이 여태껏 맛보지 못한 경련에 녹는 듯했을 때, 그는 이미 그 날씬하고 충만된 육체를 마음껏 끌어안고 있었던 것이다.

그 순간 그 낯설고 말없는 입술에서 신음 소리가 새어나왔다. 자신의 힘에 압도된 수수께끼의 여인이 내는 신음 소리를 듣자, 그는 비로소 여자를 처음으로 정복했음을 느꼈다. 이제는 어제 저녁이나 그제 저녁처럼 그 여자의 뜻에 따르는 포로가 아님을 깨달은 것이다. 그 여자를 벌주고 싶은 욕망이 불현듯 솟아올랐다. 자기를 몇 시간이고 괴롭혔던 그 고통에 대한 앙갚음이었다. 그리고 그 여자의 교만한 버릇을 고쳐 주리라는 생각— 사람들이 보는 가운데서 오늘 오후에 자기에게 모욕적인 언사를 한 것, 그 여자의 생활에 붙어 있는 허위의 유희— 그러한 것에 대한 복수였다. 여자에 대한 증오심이 그의 애정과 한 덩어리가 되어, 그 포옹은 사랑스러운 애무라기보다 오히려 투쟁에 가까웠다.

그는 여자의 가냘픈 손의 관절을 꽉 눌러서, 그 여자의 몸이 하늘하늘 떨리며 비틀거리게 했다. 그리고 다시 한 번 거친 포옹을 하자, 여자는 이제 몸을 움직이지도 못하고 그저 둔한 신음 소리를 낼 뿐이었다. 그것이 기쁨의 소리인지 고통의 소리인지는 알 수가 없었다. 그러나 끝끝내 그 여자로부터 한마디의 말도 끌어내지 못했다.

소년이 여자의 입술을 맹렬하게 탐하며, 힘껏 눌러서 그 둔한 신음 소리마저 막아 버리려고 했을 때, 그는 뭔가 따듯한 액체를 느꼈다. 피, 흐르는 피, 그 여자의 이가 입술을 그렇게 심하게 깨물고 있었던 것이다. 그리하여 그가 그 여자에게 고통을 가하는 동안에 자신의 힘이 다 빠져 버린 것을 느끼게 되었다.

마침내 뜨거운 정욕의 물결도 지나가고, 두 사람은 가슴을 맞댄 채, 격렬하게 허덕일 뿐이었다. 화염이 밤하늘에 떨어지고, 눈앞에는 반짝반짝하는 별들이 보였다. 만물이 어지럽게 뒤섞였고, 생각은 머리속에서 혼돈되어 뱅뱅 돌았으며, 모든 것은 뭉쳐서 하나의 이름을 이루었다.

"말고트!"

영혼의 가장 깊은 곳으로부터 끓어오르는 감격으로, 마침내 그는 그 한마디를 나지막하게 내지른 것이다. 그것은 기쁨과 절망, 동경과 증오, 분노와 애정, 그 모든 것이 동시에 한데 뭉쳐서 사흘 동안의 고통에서 폭발하는 단 하나의 부르짖음이었던 것이다.

"말고트! 말고트!"

그에게는 그 두 음절 속에 전 세계의 음악이 흔들리고 있는 것 같았다.

그때 하나의 타격처럼, 뭔가 전신을 꿰뚫고 지나가는 것이 있었다. 갑자기 포옹의 격랑이 응고되고, 거칠고 짧은 충격이 전해졌다. 흐느낌이 목에서 떨려 나오자, 다시금 여자는 불꽃처럼 몸부림치며, 마치 징그러운 물건이라도 닿았던 것처럼 빠져 나가려 들었다. 그는 놀라서 붙잡으려고 했으나 여자는 몸을 비틀었고, 얼굴을 가까이 해 보니, 노여움의 눈물이 그 여자의 뺨에 번지고 있는 것을 볼 수 있었다. 그리고 갸름한 전신이 뱀처럼 꿈틀거렸다. 그러자 돌연 그를 밀치고 빠져 나와 도망쳐 갔다. 희끗희끗 의복의 빛깔이 나무 사이에 보이더니, 어느새 어둠 속으로 사라지고 말았다.

위험한 광채 속으로

소년은 다시 홀로 서 있게 되었다. 첫날 저녁처럼, 놀라움과 혼란이 밀려오고, 두 팔에서 온기와 정열이 무너져 떨어지는 것을 느꼈다. 하늘을 쳐다보니 별들은 축축하게 미광을 발했고, 머릿속에서 뭔가 날카로운 송곳 같은 것이 이마를 찔렀다.

이게 어떻게 된 일일까? 그는 차츰 희미해진 나무의 줄을 따라, 손으로 더듬으면서, 정원 안쪽으로 걸어갔다. 거기엔 조그마한 분수가 물을 뿜고 있었다. 그는 물줄기를 손으로 어루만져 보았다. 은색으로 빛나는 물은 자기를 향해 가늘게 속삭였고, 구름 사이로 천천히 새어나오는 달빛은 그 모습을 현묘하게 비춰 주었다.

마침내 눈이 잘 보이게 되었을 때, 미지근한 바람에 날려 나무 끝에서 떨어지기라도 한 것같이, 심한 슬픔이 몰려왔다. 가슴으로부터 뭔가 따스한 것이 솟아나와 눈물을 불러내고, 지금 자기가 얼마나 말고트를 사랑하는지, 아까 정신없이 포옹하고 있을 때보다 한층 강하고 명백하게 느끼게 되었다. 지금까지 일어났던 모든 일이 꿈처럼 사라졌다. 그 여자를 소유했을 때의 도취와 전율과 경련 그리고 자기를 벗어났을 때의 알지 못할 노여움, 그 모든 것이 사라지고, 다만 감미로운 애수와 애정만이 그를 둘러싸고 있었다. 그것은 이미 격정을 벗어난, 고요하지만 그러나 강한 사랑이었다.

무엇 때문에 자기는 그 여자를 그렇게 고통스럽게 한 것일까? 그 여자는 사흘 동안 말로 표현할 수 없을 만큼 많은 것을 자기에게 베풀어 주지 않았던가? 자기의 생활이 어렴풋한 황혼에서 갑자기 눈부신, 그리고 위험한 광채 속으로 뛰어들게 되지 않았던가? 그 여자가 자기에게 애정과 사랑의 걷잡을 수 없는 전율을 가르쳐 주었기 때문이 아닌가? 그런데 그 여자는 눈물을 흘리고 노하여 가버린 것이다! 반항할 수 없는 부드러운 갈망이 마음속에서 타협하라고, 부드럽고 고요한 말을 해주라고, 간절한 요구가 되어 솟아올랐다.

그 여자를 팔에 껴안고 아무 바라는 것 없이 다만 감사하다고 말하고 싶었다. 사실 그는 그 여자에게 가서 아주 공손하게 고백하고 싶었다. 너무나 순수하게 그를 사랑하고 있으며, 다시는 이름을 묻지도 않고 아무런 질문도 강요하지 않겠노라고…….

분수는 은색으로 졸졸 흘러나오고, 문득 그는 그 여자의 눈물을 생각하게 되었다. 아마 지금쯤 혼자서 자기 방에 앉아 있겠지 하고, 그는 계속해서 생각했다. 모든 사람을 엿듣고 있지만 아무도 위안해 주지 못하는 그 속삭이는 밤만이 그 여자의 동정을 듣고 있으리라. 밝게 비치는 그 여자의 머리카락조차 보지 못하고, 더듬거리는 말 한마디도 제대로 듣지 못하고, 이렇게 멀리 떨어져 있으면서 가까이 있다는, 그런 얽히고설킨 마음과 마음이 부딪쳐 그에게는 참을 수 없는 고통이 되었다. 그뿐 아니라 그 여자의 곁으로 가고 싶은 마음이 절실해져서, 심지어 개가 되어 그 여자의 방문 앞에 엎드리든지, 거지 차림으로 그 창문 밑에서 보기라도 했으면 하는 마음뿐이었다.

소년은 어두운 나무 그림자에서 힘없이 걸어 나왔다. 이층의 그 여자 방에는 아직도 불빛이 빛나고 있는 것을 보았다. 희미하고 누르스름한 그 불빛은 은행나무의 넓다한 잎사귀를 간신히 비출 정도였는데, 그 나무는 손처럼 가지들을 내뻗어 유리창을 똑똑 두드리듯이 그 여자의 창문 곁에 바짝 서 있었다. 그리고 부드러운 훈풍에 나부끼며, 반짝이는 조그만 창문 앞에서 안을 엿보는 시꺼먼 거인처럼 보였다.

이 반짝이는 유리창 안에 말고트가 잠들지 않고 깨어 있다는 생각, 지금쯤 눈물을 흘리며 자기를 생각하고 있으리라는 생각이 소년의 마음을 들뜨게 하여 몸을 가누지 못하고 나무 기둥에 의지하게 했다.

소년은 홀린 듯이 위를 쳐다보며 멍하니 서 있었다. 하얀 커튼이 어두컴컴한 곳에서 바람에 흔들리며 팔랑거렸다. 때로는 방 안의 따뜻한 등불에 비쳐 오렌지 빛깔로 보였으며, 때로는 널따란 잎사귀들을 토해서 떨리는 달빛에 반사되어 은빛으로 빛나기도 했다. 방 안으로 향한 유리창 위에는 명암의 활발한 흐름이 물건들을 어설프게 반사시켜 주었다. 그러나 어두운 그늘에서 뜨거운 눈동자를 치켜뜬 채 유리창을 쳐다보는 열병 환자는, 그 밝은 유리창에 아로새겨진 것이 사건을 암시하는 루네 문자(수수께끼 같은 문자)처럼 느껴졌다.

흘러가는 그림자, 가느다란 연기처럼 반짝이며 유리창 위를 스쳐가는 은빛 광채, 그러한 광경은 그의 환상을 가득 채워서 마침내 가지각색의 자태가 눈앞에 떠오르게 되었다.

그는 말고트의 모습을 머릿속에 그려 보았다. 날씬하고 아름다운 몸매, 황금빛으로 출렁이는 머리칼, 그 머리를 풀어 헤치고 자신의 불안과 울분을 감춘 채 방 안을 이리저리 왔다 갔다 하는 모습, 정열에 들떠서 노여움과 우울함에 흐느껴 우는 모습. 소년은 마치 유리창 안을 들여다본 것처럼 그 높은 건물의 벽을 통해서, 그 여자의 일거일동을 보는 듯했다. 팔을 든다던지, 안락의자에 몸을 가라앉힌다든지 하는 조그마한 행동까지 명료하게 보는 듯했다. 심지어 유리창이 잠시 밝게 빛났을 때는, 불안하여 어쩔 줄 모르는 여자의 얼굴이 자기를 찾아서 잠든 정원을 내려다보는 것처럼 보이기조차 했다. 그러면 일시에 몰려든 소년의 거친 감정은 나지막한 소리로, 그러나 절실하게 여자의 이름을 부르지 않을 수 없었다. "말고트, 말고트!" 하면서…….

그때 반짝이는 유리창 위에 베일 같은 하얀 그림자가 스쳤다. '그게 무엇이었을까?' 확실히 소년은 그것을 본 것 같았다. 얼른 귀를 기울였다. 그러나 다시는 아무것도 움직이지 않았다. 뒤에서는 잠든 나무들이 가늘게 숨소리를 내는 것 같았고, 풀 사이에서는 미지근한 바람의 가느다란 속삭임이 멀리서 또는 가까이서 살랑거리는 따뜻한 파도처럼, 커졌다 작아졌다 하며 들려왔다. 밤의 숨소리는 계속 고요했으며, 창문은 색 바랜 그림을 담은 은빛의 사진틀처럼 침묵만 지켰다. 말고트는 내 소리를 듣고 있지 않는 걸까? 그렇지 않으면 내 말을 들어 주려고 하지 않는 걸까?

떨리는 창의 광채는 그를 몹시 혼란스럽게 만들었다. 그의 심장은 가슴 속으로부터 모든 그리움을 발산하고, 그것이 너무나 강렬한 정열이 되어 기대고 있는 나무껍질이 흔들릴 지경이었다.

그는 지금이야말로 그 여자를 꼭 만나서 이야기를 하지 않으면 안 되겠다고 생각하면서도, 다만 지금 이름을 부른다면 다른 사람들이 잠을 깨어 뛰어나올 것이 걱정되었다. 무슨 짓이라도 하지 않을 수 없는 느낌이었고, 꿈속에서처럼 모든 일이 쉽게 이루어져서, 어떠한 비현실적인 행동도 가능할 것 같았다.

그가 시선을 다시 창 있는 데로 돌렸을 때, 돌연 그는 기대고 있는 나무가 가지를 뻗어서 마치 길잡이처럼 창으로 향해 있는 것을 발견했다. 그는 대뜸 나무 기둥을 부둥켜 안았다.

그에게는 이제 모든 것이 명백해졌다.

'저 위로 올라가야겠다' 나무 기둥은 무척 넓었으나 만져보니 부드럽고 만만했다. '저 위에 올라가서 이름을 불러 보아야지, 그 여자의 창문에서 한 자도 안 되는 거리니까'

이렇게 생각하며, 그는 그 위에서 그 여자와 이야기를 하고, 그 여자가 자기를 받아 주기 전에는 결코 나무에서 내려오지 않으리라고 결심했다. 소년은 더 이상 우물쭈물하지 않았다. 오직 창문만을 쳐다보았다.

그것은 희미하게 빛나고 있었다. 자기 곁에 나무 기둥이 있는 것을 느꼈다. 든든하고 넓직했으며 몸을 실을 만했다. 한두 번 매달려 보고, 힘껏 솟구쳐서 위의 가지에 매달렸다. 두 손으로 매달린 가지를 힘껏 잡아당기니 몸은 가지 위로 올라섰다. 그리하여 꼭대기까지 올라가게 되었다. 제일 끝의 가는 가지에 올라섰을 때, 발밑에서 나뭇가지가 흔들려 무섭게 출렁거렸다. 파도처럼 흔들리며 내는 소리는 잎사귀마다 전해졌고, 앞으로 휘어진 가지는 더 한층 창으로 기울어져서 강하게 문을 두드렸다. 마치 아무것도 모르고 있는 그 여자에게 경고라도 해 주는 듯이.

기어 올라가는 소년의 눈에 벌써 그 방의 하얀 천장과 중앙에 켜진 전등의 누르스름한 테두리가 보였다. 그의 마음은 더욱 흥분에 떨리며, 다음 순간에는 그 여자의 모습을— 울고 있거나 조용히 흐느끼거나 그렇지 않으면 노골적인 육체의 욕망에 사로잡힌 그 모습을— 볼 것으로 생각했다. 그의 팔이 뻐근해졌다. 그러나 다시 한 번 힘을 내서, 천천히 그 여자의 창문으로 향한 가지를 따라 미끄러져 내려갔다. 무릎이 스쳐서 피가 약간 흘렀으며, 손에도 상처를 입었다. 그러나 그는 계속해서 앞으로 나아가 벌써 창문 앞의 빛에 비춰질 정도로 접근했다.

그러나 눈앞에는 축 처진 잎사귀들이 앞을 가리고 있어서 보고자 하던 그 마지막 광경을 가리고 있었다. 그래서 그 방해물을 옆으로 밀치려고 손을 들었을 때, 전기불이 반짝하고 눈을 쏘았다. 고개를 숙이고 몸을 떠는 순간, 중심을 잃은 그의 몸은 뒤뚱하더니 그만 밑으로 굴러 떨어지고 말았다.

무거운 과일이 떨어진 것처럼, 나지막하게 쿵 하는 타격이 잔디 위에 울렸다. 이층 창에서 여자의 모습이 나타나, 상체를 구부리고 불안한 듯이 내려다보았으나, 어둠은 그대로 고요하기만 하고 움직임이 없어서, 마치 물에 빠진 사람을 삼켜 버린 연못과도 같았다. 그 후 곧 이층의 등불은 꺼지고, 정원은 또다시 아주 희미한 미광으로 소리 없는 그림자를 띄웠다.

정신을 잃었던 소년은 이삼 분 후에 눈을 떴다. 잠시 이상한 듯이 하늘을 쳐다보니, 창공에는 몇 개의 별들이 차갑게 자기를 내려다보고 있었다. 그때 갑자기 오른쪽 발이 결리듯 무겁게 아픈 통증을 느껴 무의식중에 발목을 조금 움직여 보았다. 그 순간 외마디 비명을 지르지 않을 수 없을 만큼 격렬한 고통이 밀려왔다. 이제 그는 사태가 어떻게 된 것인가를 깨달았다. 동시에 말고트의 창문 바로 밑에 그대로 누워 있을 처지가 아니라는 것, 구원을 청할 수도 없고, 누구를 부른다든지, 소리를 내서 마구 움직인다든지 할 처지가 아니라는 것을 깨달았다. 이마에서는 피가 뚝뚝 떨어졌다. 잔디 위의 자갈이나, 또는 나무토막에 부딪쳤음에 틀림없다.

소년은 손으로 이마의 피를 씻어 내며 피가 눈으로 흘러들지 않게 했다. 그러고 나서 그는 왼쪽을 밑으로 하여 손을 땅을 휘저으며 간신히 조금씩 앞으로 나아갔다. 다친 다리가 어디에 부딪치거나, 또는 그냥 흔들리기만 해도 어찌나 아픈지 또다시 기절할 것 같았다. 그럼에도 그는 계속해서 천천히 기어갔다. 거의 반 시간이나 걸려서 계단 밑에 이르렀을 때, 팔도 거의 감각이 없어질 지경이었다. 이마에서 솟아난 식은땀이 쏟아져 나온 피와 한데 섞였다.

아직 최후의 난관은 넘지 못하고 있었다. 계단, 그 계단을 격심한 고통을 무릅쓰고 천천히 기어 올라가야 했다. 간신히 이층에 도착하여 떨리는 손으로 난간을 붙잡았을 때 그는 무의식적으로 숨을 헉헉 쉬었다. 한두 발자국 오락실의 문을 향해 기어갔을 때, 사람들의 소리가 나고 등불이 비치는 것을 보았다. 문의 손잡이를 붙들고 몸을 일으킬 찰나, 갑자기 그는 안으로 열리는 문에 매달려서 밝게 불이 켜진 방 안으로 내던져지고 말았다.

피투성이의 얼굴에다가 흙덩이가 마구 떨어지고, 철썩하고 바닥에 쓰러지며 방 안으로 들어왔을 때, 그 모습이 대단했던 모양이다. 신사들이 모두 벌떡 일어서서 의자를 넘어뜨리며 소년을 부축하려고 달려왔다. 조심스럽게 안락의자에 운반되어 갔을 때, 그는 불확실한 발음으로 공원에 가려고 나가다가 계단에서 떨어졌다고 그들에게 간신히 말했다. 그리고는 갑자기 새까만 장막이 눈앞에 가리워지고 이리저리 흔들리는 것처럼 느껴지더니, 나중에는 자기 몸을 싸는 듯한 기분이 되고, 마침내 의식이 사라져 버리고 말았다.

말안장이 준비되고, 즉시 가까운 의사를 부르기 위해 한 사람이 출발했다. 놀라움으로 긴장된 저택은 무시무시하게 활기를 띠었다. 복도에는 개똥벌레 같은 불들이 얼씬거렸다. 문틈으로 서로들 병세를 묻는 소리가 소근소근 들려오고, 하인들은 발소리를 죽인 채 졸린 눈을 꿈벅꿈벅하며 왔다 갔다 했다. 마침내 사람들은 의식을 잃은 소년을 그의 방으로 운반해 갔다.

꿈속에서만 만나는 사랑

의사는 진단 결과 한쪽 다리의 골절이라고 판명했고, 다른 위험은 없다고 사람들을 안심시켰다. 다만 환자는 상당히 오랜 기간 움직이지 않고 붕대에 감겨서 누워 있어야 한다고 했다. 소년에게 그런 사실을 말했을 때, 그는 그냥 슬며시 미소를 띠었을 뿐, 별로 실망하지는 않았다. 혼자서 오래도록 누워 있는 것이 그리 나쁘지 않았던 까닭이다. 떠들썩한 사람들로부터 격리되어서, 밝고 높다란 방 안에 누워 나무들이 가지 끝을 살랑살랑 흔드는 소리를 들으며, 사랑하는 사람의 꿈을 안고 있을 수 있기 때문이다.

조용히 한 여자를 향한 덧없는 꿈만을 좇으며, 모든 의무와 행위로부터 잠시 벗어나, 잠시 눈을 감기만 하면 금방 침대 곁에 나타나는 행복한 꿈의 모습과 단 둘만의 호젓한 이야기를 주고받을 수 있다는 것은 더없이 감미로운 기분이었다. 사랑 자체도 이처럼 흐뭇한 황혼의 꿈보다 더 나은 조용하고 아름다운 순간을 가질 수는 없을 것 같았다.

처음 이삼 일 동안은 고통이 심하게 남아 있었지만 동시에 그에게는 말할 수 없는 즐거움이 섞여 있었다. 사랑하는 말고트 때문에 그 고통을 겪은 것이라는 생각이, 하나의 커다란 낭만으로, 그리고 거의 넘쳐흐르는 듯한 만족감으로 다가왔다.

그는 심지어 상처를 바라기까지 했다. 그것은 마치 옛날 기사들이 사랑하는 부인이 좋아하는 색을 살에 새기고 다녔던 것처럼 자기 얼굴의 검붉은 피를 내보이며 다니고 싶은 생각을 할 정도였다. 그렇지 않으면 차라리 그 여자의 창 밑에 나가떨어져, 박살이 나서 영영 깨어나지 못하고 잠들어 있었더라면 얼마나 좋았을까! 그렇게 그는 계속해서 꿈을 꾸었다. 다음 날 아침에 그 여자는 자기 창 밑에서 떠들썩하니 서로 부르는 소리에 잠을 깰 것이 아닌가. 그리하여 호기심에 가득 차서 자기 창 밑에 자기 때문에 죽은 소년의 시체를 내려다 볼 것이 아닌가.

소년은 그렇게 상상을 하며, 그 여자가 외마디소리를 지르며 졸도하는 광경을 눈앞에 그려 보았다. 그는 귀에 쨍하는 여자의 울부짖음까지 들리는 것 같았고, 심지어 여자의 절망, 여자의 슬퍼하는 모습을 눈앞에 보았다. 마음에 상처를 입은 여자는 한 평생 새까만 상복을 입고, 우울하고 진지한 모습으로 돌아다니며, 사람들이 그 여자의 고통을 물어보면, 항상 입 가장자리에 약간의 경련을 띠게 될 것이다.

그는 하루 종일 자신만의 기분 좋은 꿈을 꾸며 지냈다. 처음에는 어두울 때만 나타나던 꿈이, 차츰 밝은 날에도 눈앞에 떠오르게 되고, 마침내 사랑하는 사람의 자태를 상상하는 기쁨에 몰두하게 되었다. 이젠 너무 밝고 너무 시끄러워서 그 여자의 모습이 나타나지 못하는 때는 전혀 없었다. 벽 위에 하얀 그림자처럼 그 여자의 모습이 나타나서, 자기에게로 달려왔고, 방문 밖에서 들려오는 그 여자의 목소리는 나뭇잎사귀들의 살랑거리는 소리나 날카로운 햇볕 아래 자갈 소리가 들리는 가운데서도 명백하게 구별할 수 있었다.

그는 그렇게 몇 시간 동안이고 단 둘이서 이야기했고, 때로는 그 여자와 더불어 여행을 한다든지, 근사한 항해를 한다든지 하는 꿈을 꾸었다. 그러나 가끔 그런 꿈에서 미친 듯이 깨어나 이런 생각을 할 때도 있었다.

'그 여자가 정말로 나를 위해 슬퍼해 줄까? 도대체 나를 그 여자가 생각해 주기라도 하는 걸까?' 하고…….

물론 말고트는 여러 번 병문안을 왔다. 가끔 그가 머릿속에서 그 여자와 이야기하고, 그 여자의 명랑한 모습이 눈앞에 서 있는 것처럼 생각될 때, 문이 쓱 열리며 날씬하고 아름다운 그 모습이 방 안으로 들어오는 것이다. 그러나 그 여자는 꿈속에서 보았던 여자와는 딴판이었다. 그렇게 상냥하지도 않고, 몸을 구부려서 자기 이마에 키스를 해 주지도 않았다. 꿈속에서 만난 말고트와는 달리 옆의 긴 의자에 걸터앉아 병세가 어떠한가, 고통이 심한가, 하고 물어볼 뿐이었고, 이것 저것 한두 마디 이야기를 해 줄 뿐이었다.

소년은 그럴 때에는 항상 그 여자가 자기 곁에 있다는 이유만으로 당황하며, 달콤한 놀라움에 빠져서 얼굴조차 쳐다볼 겨를이 없었다.

때로는 그는 눈을 감고 여자의 목소리, 그 말하는 음향을 더 깊이 빨아들였는데, 그 비길 데 없는 음악은 여자가 나간 뒤에도 몇 시간이고 생생하게 귓전에 떠돌았다.

그는 대답하기를 퍽 꺼려했다. 그것은 그가 그 여자의 숨소리를 듣고, 이 우주 공간 속에 단 둘이 존재한다는 기쁨을 마음속 깊이 느낄 때, 그 침묵을 무한히 즐기기 때문이었다. 그리고 여자가 일어서서, 문 있는 쪽으로 향하면 심한 고통을 참으면서도 몸을 일으켜 세웠다. 그 여자가 또다시 자신의 꿈속에서 불확실한 현실 속으로 떨어지기 전에, 다시 한 번 그 여자의 움직이는 자태의 모든 선 하나하나를 머릿속에 기억해 넣고, 다시 한 번 그 여자의 살아 있는 모습을 파악하기 위해서였다.

거의 매일같이 말고트는 병문안을 왔다. 그러나 병문안은 키티도, 작은 엘리자베스도 왔다. 더구나 어린 엘리자베스는 아주 놀란 표정으로 쳐다보며 온화하고 근심스러운 목소리로 "조금 더 나아지지 않으셨어요?" 하고 물어보는 것이었다. 소년의 누나도 매일 찾아와 주었으며, 다른 부인들도 모두 마음으로부터 자기를 도와주었다. 그들은 자기 옆에 머물면서 여러 가지 이야기를 해 주었다.

그러나 그들이 너무 오래 머무는 것을 그는 달가워하지 않았다. 그들이 옆에 있음으로 해서 그가 좋아하는 꿈을 꾸는 것을 방해하고, 사랑하는 사람을 고요히 생각할 적막을 깨뜨리고, 쓸데없는 이야기와 어리석은 수다로 그것을 몰아내 버리기 때문이었다. 소년은 어느 누구도 와 주지 않았으면 하고 생각했다. 다만 말고트가 오기만을 기다렸다. 그것도 단 한 시간, 아니 단 몇 분간으로 충분했다. 그 다음에는 다시 혼자 머물면서 아무에게 방해받지 않고 꿈을 쫓아서 부드러운 구름에 둥실둥실 떠가는 것처럼 애정의 사랑스러운 정경 속에서 가라앉는 아늑한 기쁨에 빠지고 싶었다.

그래서 누군가가 문의 손잡이를 잡는 소리가 들리면, 가끔 그는 눈을 감고 자는 체했다. 그러면 병문안하려던 사람은 발소리를 죽이고 나가 버렸다. 문이 닫히는 소리가 조심스럽게 들려오면, 또 다시 꿈 속의 즐거운 물결에 몸을 맡기고 그 부드러운 파도를 타고 매혹적인 먼 나라로 운반되어 가는 것이다.

사랑은 깊은 고통과 오해를 남기고

그리고 언젠가는 이런 일도 있었다. 말고트가 잠시 그 방에 와 있다가 곧 나가 버렸는데, 그 짧은 동안 머리카락에 정원의 향기를 가득 품고 와서 그에게 향긋한 내음을 풍겨 주었다. 지금 한창 피어오르는 자스민의 진한 향기와, 눈동자 속에 반짝이는 뜨거운 팔월의 태양을 전해 준 것이다. 그래서 그는 더 이상 사람이 오지 않기를 바랐다. 모든 사람이 말을 타고 멀리 놀러 나갔으니 이제는 아무에게도 방해를 받지 않고 밝고 긴 오후 내내 달콤한 꿈속에서 지내리라 생각했다.

그래서 문고리가 살그머니 움직였을 때, 두 눈을 감고 잠자는 체했다. 그러나 들어온 사람은 ―그 기색은 아주 조용한 방 안에서 명백히 들을 수 있었다― 다시 나가지 않았다. 소리 없이 문을 닫고는, 그가 잠을 깨지 않도록 조심조심 발을 끌며 다가온 것이다. 그는 아주 가냘픈 옷 끌리는 소리를 들었다. 그리고 그 여자가 자기 침대 곁에 앉는 것을 알았다. 그리고 그는 감은 눈을 통해서 여자의 눈이 자신의 얼굴 위에 불타는 듯이 스치는 것을 느꼈다.

소년의 가슴은 불안하게 두근거리기 시작했다. 말고트가 온 걸까? 그는 틀림없다고 느꼈다. 눈을 뜨지 않고, 그 여자가 자기 곁에 그대로 느끼기만 하는 것은 달콤하고, 걷잡을 수 없고, 들뜨고 남모르는 정욕적인 매력이었다. 그 여자는 대체 무엇을 하려는 걸까? 일 초가 한없이 길게 생각되었다.

여자는 계속해서 잠자는 그의 모습을 바라보기만 할 뿐이었다. 불안하고 그러면서도 황홀한 감정이 소년의 피부 털구멍 하나하나를 전기로 찌르듯 일어났다. 아무 방비 없이 맹목적으로 그 여자의 관찰에 내맡겨져 있다는 느낌과 지금 눈을 뜨기만 하면 자기의 눈으로 말고트의 놀란 얼굴을 망토처럼 둘러싸 줄 거라는 생각이 그렇게 피부를 찌르는 듯한 감각을 일으킨 것이다. 그러나 소년은 그대로 움직이지 않았다. 숨 막히는 가슴의 불안에 흔들리는 호흡 소리를 억지로 누르고, 그대로 기다리고 또 기다릴 뿐이었다.

그러나 아무 일도 일어나지 않았다. 다만 여자가 한층 더 깊이 몸을 구부린 것 같았고, 그래서 일찍이 그 입술로부터 맛보았던 라일락의 향기를 한층 얼굴 가까이서 희미하게 느꼈다고 생각했다. 그때 뜨거운 파도처럼 피가 전신으로 솟구치는 느낌을 받았다. 여자가 손을 침대 위에 올려놓고, 살며시 이불 위에서 그의 팔을 쓰다듬었던 것이다. 조용하고 지극히 조심스러운 애무였다. 그는 한층 더 전기에 닿은 것처럼 흥분하고, 피는 점점 거칠게 거꾸로 흐르는 것을 느꼈다. 흐뭇한 사랑스러움과 꿈과 같은 황홀경 그리고 동시에 찌르는 듯한 감각은 뭐라 말할 수 없는 이상한 느낌이었다.

천천히 거의 율동적으로 여자의 손이 그의 팔을 계속해서 쓰다듬었다. 그때 그는 몰래 실눈을 떠서 치켜보았다. 처음에는 불그스름한 빛이 흔들거리는 구름처럼 희미했으나, 잠시 후에 자기 몸을 덮고 있는 거뭇거뭇한 얼룩무늬의 이불을 볼 수 있었다. 그러자 멀리서 오는 듯한 쓰다듬는 손이 보였다. 그러나 그것은 아주 희미하게, 다만 하나의 하얗고 가느다란 불빛이, 마치 밝은 구름이 나타났다가 사라지는 것처럼 보일 뿐이었다. 소년은 조금씩 눈을 넓게 떠 보았다.

그러자 이번에는 도자기 모양으로 하얗게 빛나는 손가락을 볼 수 있었고, 그것이 부드러운 곡선을 그리면서 앞으로 스쳐 갔다가 다시 머뭇거리듯이, 그러나 내적인 생기를 가득 채우며 되돌아오는 것을 볼 수 있었다. 촉각처럼 그것은 다가왔다가 다시 되돌아갔다.

그 순간 그는 그것이 하나의 특별한 생물처럼 느껴졌다. 마치 사람의 옷에 몸을 문대는 고양이 같았다. 아주 조그맣고 하얀 고양이, 손톱을 쑥 집어넣고, 기쁘다는 듯이 끙끙거리며, 사람에게 달라붙는 고양이 같았다. 그래서 그 눈이 갑자기 반짝이기 시작했을 때도 놀라지 않았다. 쓰다듬으며 지나가는 하얀 물체에서 빛나는 눈동자가 보이지 않는 것일까? 아니다. 그것은 무슨 금속의 광채일 뿐이다. 그것은 빛나는 황금의 미광이었다. 그러나 그 다음 순간, 손이 다시 앞으로 쓰다듬어 올라갔을 때 그것을 똑똑히 볼 수가 있었다. 그것은 메달이었다. 팔찌에 매달려 있는 그 신비스러운 팔각형의 메달! 수수께끼 같은 동전 크기의 메달이었다.

이제 보니 자신의 팔을 쓰다듬어 주는 것은 말고트의 손이었다. 소년은 그 가냘프고 하얀 맨손, 반지도 끼지 않은 그 손을 자기 입술에 끌어당겨 키스하고 싶은 충동이 불현듯 솟아올랐다. 그러나 그 순간 여자의 숨소리를 느끼고 말고트의 얼굴이 바로 자기 얼굴 곁에 있는 것을 알았을 때, 그는 더 이상 눈꺼풀을 누르고 있을 수가 없어서 행복감으로 불꽃이 튀기듯, 눈을 반짝 떴다. 그리고 가까이 다가오는 얼굴을 쳐다보고는 그는 깜짝 놀라 얼굴을 들고 주춤하여 뒤로 물러섰다.

구부리고 있던 얼굴의 그림자가 흩어지고, 밝은 광선이 흥분된 표정 위에 깃들었을 때, 그는 그 얼굴이— 그때 소년의 몸은 한 대 얻어맞은 것처럼 꿈틀했다— 말고트의 동생 엘리자베스인 것을 알아본 것이다. 뜻하지 않았던 어린 엘리자베스! 이것이 꿈일까? 아니다. 부끄러움에 상기되어 눈을 머뭇머뭇 피하는 그 얼굴은 분명히 엘리자베스였다. 소년은 즉시 무서운 착각을 일으키고 있었음을 깨달았다. 그의 시선은 탐욕스럽게 그 여자의 손을 노려보았다. 거기에는 또한 분명히 메달이 달려 있지 않은가?

그의 눈앞에서 베일들이 빙글빙글 돌기 시작했다. 지난 날

졸도하여 쓰러지던 때와 똑같은 기분이 되었다. 그는 이를 꼭 깨물고 정신을 잃지 않으려고 힘을 줬다. 모든 것이 번개처럼 눈앞을 스쳐갔다. 말고트의 교만, 엘리자베스의 미소, 그리고 말 없는 손처럼 그의 마음을 흔들어 놓은 그 이상한 눈초리, 그 모든 것이 한 순간에 한꺼번에 떠올랐다. 아니다, 아니다, 이제는 아무런 착각이 있을 수 없다.

그때 단 하나의 엷은 희망이 마음속에 떠올랐다. 그는 메달을 응시하는 동안에 혹시 말고트가 그것을 오늘이나 어제 사이에 또는 그 당시에 동생에게 준 것은 아닌가 하고 생각했다.

그러나 그때 벌써 엘리자베스는 그에게 말을 걸었다. 그의 열중한 생각이 그의 표정을 일그러뜨렸던 모양이다. 그 여자는 근심스럽게 물어보았다.

"어디가 많이 아파요, 밥?"

그들 자매의 목소리는 어쩌면 그렇게 비슷할까 하고 그는 생각했다. 그래서 아무 생각 없이 대답했다.

"그래, 그렇지만 별로 심하지는 않아요……. 이제는 많이 나았으니까요!"

다시 조용해졌다. '저것은 아마 말고트가 동생에게 준 것이겠지' 하는 생각이 뜨거운 물결처럼 자꾸만 되풀이해서 달려들었다. 그러면서도 한편으로는 그럴 리가 없다는 것을 알고 있었다. 그러나 결국 묻지 않을 수 없었다.

"거기 가지고 있는 메달은 대체 뭐에요?"

"아, 이거요? 미국의 동전이랍니다. 자세한 건 몰라도 언젠가 로베르트 아저씨한테서 우리가 받은 거예요."

"우리라니?"

그는 숨을 죽였다. 이제 그 여자는 말을 할 것이다.

"말고트와 나요. 키티는 안 갖겠다고 했어요. 왜 그랬는지 나는 모르겠어요."

소년은 두 눈에 축축한 무언가가 끓어오르는 것을 느꼈다. 그는 조심스럽게 얼굴을 돌려서, 눈꺼풀 옆에까지 흘러나온 눈물을 엘리자베스에게 보이지 않으려고 했다. 그러나 이제는 그 눈물을 참을 수 없었고, 할 수 없이 천천히 뺨 위를 흘러가게 내버려 두었다. 무슨 말인가 하고 싶었으나 점점 복받치는 흐느낌에 눌려서 목소리가 울음소리로 될 것이 두려웠다. 두 사람은 상대방을 의식하며 말없이 한참을 있었다. 그러다 엘리자베스가 자리에서 일어서며 말했다.

"나는 이제 가겠어요, 밥! 빨리 나으세요, 네!"

그는 조용히 눈을 감았다. 문이 가늘게 소리를 내며 닫혔다.

놀란 비둘기 떼처럼 가지각색의 생각이 활개치며 마음속으로 날아왔다. 이제 비로소 오해의 무서움을 깨달았다. 자신의 어리석음에 대한 부끄러움과 불쾌감이 그를 사로잡았다. 그러나 그것은 동시에 심한 고통이었다. 그는 이제 영원히 말고트를 상실하게 될 것을 알았다. 그러나 자기 스스로는 변함없이 그 여자를 그리워하리라는 것을, 아마도 이제부터는 그것이 이룰 수 없는 절망적인 동경으로 변하리라는 것을 느꼈다.

그리고 엘리자베스……. 소년은 자기 머리에 떠오르는 엘리자베스의 모습을 화가 난다는 듯이 떨쳐 버리려 했다. 자신을 향한 그 여자의 모든 정성과, 지금에 이르러서도 변치 않는 그 여자의 정열의 억눌린 불꽃도, 이제는 말고트의 가벼운 미소만큼도 못하게 느껴졌으며, 자신을 한 번 살짝 건드려 주는 말고트의 가벼운 손의 접촉에도 비길 바가 아니었기 때문이다.

그 당시 처음에 엘리자베스가 나타났더라면, 그는 그 여자를 사랑했을지도 모른다. 왜냐하면 그때는 아직 소년의 정열이 굳어 버리지 않았기 때문이다. 그러나 지금에 와서는 말고트의 이름이 수 천의 꿈이 되어서 소년의 마음속 깊이 파고들어, 이제는 도저히 자신의 생활로부터 그것을 떼어낼 수 없는 상태가 되어 버린 것이다.

그는 눈앞이 캄캄해지고 끊임없는 생각이 차츰 눈물에 젖어 감도는 것을 느꼈다. 병상에 누워 있던 지난 여러 날처럼 기나긴 고독한 시간을 말고트의 자태를 눈앞에 그리며 지내려고 했지만 되지가 않았다. 자꾸만 무슨 그림자처럼 엘리자베스의 모습이 동경에 찬 깊은 눈빛을 한 채 말고트의 모습과 합쳐져서 모든 것이 혼동되고 뒤섞여졌다.

그래서 그는 또다시 깊은 고통 속에서 모든 과정을 되씹어 보지 않을 수 없었다. 그리고 그 당시, 말고트의 창 밑에 서서 그 여자의 이름을 부르던 것을 생각하면 깊은 수치심을 느꼈고, 그 조용한 금발의 엘리자베스에 대해서는 동정심도, 한 번의 눈길도 던져 보지 못했지만, 사실은 그 여자에게 감사의 마음이 불꽃처럼 타올라야만 했던 것이다.

다음 날 아침, 말고트는 잠시 그의 침대 곁으로 왔다. 그 여자가 가까이 있자 소년은 몸이 떨리고 얼굴을 쳐다볼 수도 없었다. 자신에게 무슨 말을 했을까? 그는 아무 말도 들리지가 않았다. 뒤통수에서 욱신욱신한 잡음이 여자의 소리보다 더 크게 들렸기 때문이다. 그 여자가 자기 곁을 떠나고서야 비로소 그는 그 여자의 모습을 동경에 찬 시선으로 잡으려 했다. 그는 지금만큼 그 여자를 사랑한 적이 과거에 없었다고 느꼈다.

오후에 엘리자베스가 왔다. 다정스러운 온기를 띤 손이 몇 번이고 그의 손을 스쳤다. 말소리도 대단히 가늘었으며 약간 더듬거렸다. 그 여자는 마음의 비밀이 폭로될까 봐 두려워하는 것 같은 일종의 근심을 띠고 자신과 소년에 대해 별로 중요하지도 않은 이야기를 했다. 소년은 자기가 엘리자베스에 대해 어떠한 감정을 가지고 있는지 스스로 잘 몰랐다. 마음속으로 소년이 느낀 것은 때로는 그 여자의 사랑에 대한 동정심이었으며, 때로는 그것에 대한 감사였다. 그러나 그 여자에게는 아무런 이야기도 할 수 없었다. 그는 여자를 속이게 될까 두려워하여, 감히 얼굴을 들고 쳐다보지 못했던 것이다.

그 후 엘리자베스는 매일같이 찾아왔으며, 와서는 더 오래도록 머물렀다. 두 사람 사이의 비밀이 명백해진 그 이후로 불안정한 기분도 사라져 버린 것 같았으나, 두 사람은 좀처럼 지난날 암흑 속 정원에서의 그 시간에 대해서는 한마디도 이야기하지 않았다. 언젠가 엘리자베스는 또다시 침상 곁의 그 의자에 앉아 있었다. 밖에는 밝은 태양이 빛나고, 바람에 나부끼는 나무 끝의 푸른 반사가 벽에 흔들리고 있었다.

그럴 때 엘리자베스의 머리카락은 저녁놀에 불타는 구름같이 보였으며, 살색은 하얗게 비치는 듯했고, 몸 전체가 어딘지 빛나고 사뿐사뿐한 인상을 주었다. 그늘 속에 위치하고 있는 그의 침대에서 쳐다보면, 광선이 거기까지 도달하지 못하는 빛으로 조명된 때문인지, 여자의 얼굴은 가까이서 미소 짓는 것처럼 보이고, 동시에 아주 먼 데 있는 것처럼 어렴풋이 보이기도 했다. 멍하니 쳐다보고 있노라니 그는 어느덧 모든 사건이 잊혀졌다.

여자가 소년을 향해 몸을 구부렸을 때, 눈은 한층 더 깊숙해 보였으며, 까만 나선형이 안으로 조여드는 것같이 느껴졌다. 소년은 팔로 여자의 몸을 껴안고, 얼굴을 자기에게로 잡아당겨, 그 여자의 좁고 촉촉한 입술에 키스했다. 여자는 심하게 몸을 떨었으나 반항하지는 않았다. 약간 수심에 젖은 듯이 살그머니 손으로 남자의 머리를 쓰다듬어 주었다. 그리고 나서 한숨을 길게 쉬고 애정에 찬 슬픈 목소리로 말했다.

"그러나 당신은 말고트만을 사랑하고 계신 걸요."

그 여자의 힘없는 말투가 그의 가슴을 찔렀다. 가냘프고, 반항도 못하는 절망의 말투였다. 동시에 말고트의 이름이 그의 마음을 마구 흔들어 놓았다. 그러나 이 순간에 도저히 거짓말을 할 수는 없었다. 소년은 아무 말도 하지 않았다.

엘리자베스는 다시 한 번 그의 입술을 남매간처럼 살짝 키스하고 말없이 밖으로 나가 버렸다.

사랑하는 것과 사랑받는 것

그들의 애정에 대해 이야기한 것은 그때 한번 뿐이었다. 이삼 일 후에는 벌써 회복되어가는 그를 사람들이 부축해서 정원에 내려 보냈고, 길 위에는 물들어가는 잎사귀들이 휘날렸으며, 일찍 찾아오는 황혼은 어느새 가을의 정취를 회상시켰다.

그 후 또 며칠이 지났을 때, 그는 혼자 정원에 나가 붉게 물든 나무들 사이를 마지막으로 산책했다. 지난 사흘 동안의 훗훗한 여름 저녁과는 달리, 지금은 나뭇가지를 흔드는 바람 소리가 한층 시끄럽고 거칠었다. 우울한 기분으로 소년은 그 장소로 가 보았다. 거기에는 눈에 보이지 않는 시꺼먼 벽이 마련되어 있는 듯했고, 그 뒤에는 자신의 소년 시절이 황혼 속에 몽롱하게 놓여 있으며, 그 앞에는 낯선 다른 나라가 위험스럽게 가로놓여 있는 것같이 느껴졌다.

그 날 저녁, 소년은 그 집과 작별 인사를 했다. 그때 그는 다시 한 번 말고트의 얼굴을 차근차근 들여다보았다. 마치 그 얼굴을 일평생 마음속에 아로새겨 간직해 두려는 듯이. 그리고 따뜻하고 절실하게 꽉 쥐는 엘리자베스의 손을 불안한 마음으로 살며시 쥐어 주고, 키티와 친구들과 누나의 얼굴을 슬쩍 쳐다보고 나오면서, 그는 한 여인을 사랑했지만, 정작 사랑받는 것은 다른 여인으로부터였다는 생각에 착잡한 마음을 금할 수 없었다. 그의 얼굴은 매우 창백했으며 거기에는 어린아이라고는 볼 수 없는 딱딱한 표정이 떠올라 있었다. 처음으로 그는 어른의 표정이 된 것이다.

그러나 이윽고 말이 끌려 나오고, 말고트가 태연스럽게 돌아서서 계단을 올라가 버리는 것을 바라보고, 한편 엘리자베스의 눈에서 갑자기 촉촉한 광채가 어리며 난간에 몸을 기대는 것을 보았을 때, 소년은 새로운 경험에 마음이 가득 차서, 마치 어린아이처럼 심하게 눈물이 흐르는 것을 참을 수가 없었다.

저택의 불빛은 점점 멀어지고 마차가 일으키는 먼지 속으로 어두운 정원이 점점 더 작아져 갔다. 마침내 모든 풍경이 보이지 않게 되었지만, 그가 경험한 일들은 한층 더 절실한 추억이 되어 그에게 다가왔다. 두 시간의 마차 여행 끝에 그는 가까운

역에 도착하여, 다음 날 아침에는 벌써 런던에 돌아와 있었다.

그 후 또 이삼 년의 세월이 지나, 그는 이제 소년이 아니었다. 그러나 그의 최초의 체험은 너무나 생생하게 마음속에 살아 있어서, 다시는 시들어 버리지 않았다. 말고트와 엘리자베스는 둘 다 결혼해 버렸지만, 조금도 만나고 싶지 않았다.

그는 그때의 추억이 몇 번이고 너무나 강력하게 닥쳐와서, 그 이후의 생활 전체가 그때의 강력한 인상에 비해 단지 보잘것없는 꿈이나, 환상인 것처럼 느껴졌다. 그래서 그는 연애라든가 여자에 대해서는 더 이상 아무런 관심을 갖지 못하는 사람이 되어 버렸다. 그것은 그가 인생의 한 순간에, 사랑하는 것과 사랑받는 것의 두 가지 감정을 동시에 함께 경험했기 때문에, 불안스럽게 내미는 소년의 떨리는 손 위에 너무나 일찍이 굴러들어온 사랑의 열매를 두 번 다시 맛보고자 하는 욕망이 사라져 버린 까닭이다.

그는 많은 나라로 여행을 했지만, 여자의 얼굴이나 여자의 웃음을 그저 묵묵히 차가운 눈으로 보고 지날 뿐이었다. 그래서 많은 사람들이 인정 없는 냉혈 인간으로 생각하는, 착실하고 냉담한 타입의 영국 사람이 된 것이다. 당연한 일이지만 그들의 눈에 보이는 그의 모습만으로, 그의 피가 마돈나 상을 비추는 영원한 서광처럼, 늘 끓어올라 마음속 깊이 스며들어 있다는 것을 어느 누가 알아주겠는가?

이제 나는 이 이야기가 어떻게 해서 내게 전해졌는지, 그 경로를 명백하게 알 수 있게 되었다. 오늘 오후에 읽은 책 속에 하나의 엽서가 끼어 있었는데, 그 엽서는 캐나다에 있는 친구로부터 보내온 엽서였다. 그 친구는 내가 여행 도중에 알게 된 젊은 영국 사람인데, 나는 그와 더불어 가끔 기나긴 밤을 밤새 이야기하며 보내곤 했다.

그런데 그의 이야기 중에는 가끔 먼 곳의 동상처럼, 두 사람의 부인에 대한 추억이 남몰래 빛나고 있었다. 그리고 그것이 그의 청춘의 어느 한 순간과 관련을 맺고 있을 것 같다는 막연한 짐작가는 바가 있었다. 그와 이야기를 한 것은, 벌써 오랜 세월이 지난 먼 옛날이었다. 그래서 그 이야기를 거의 다 잊어버리고 있었는데, 오늘 이 엽서를 받고 나니 여러 가지 내 자신의 체험과 뒤섞여서 새삼스레 되살아나, 마치 내가 그 이야기를 손에서 놓친 책에서 읽기라도 했거나, 또는 무슨 꿈속에서 보기라도 한 것 같은 기분이 되었던 것이다.

그런데 방 안은 어쩌면 이렇게 컴컴해졌을까? 그래서 당신과 나 사이가 이렇게 황혼 속에 멀리 떨어진 것처럼 된 것일까! 당신의 얼굴이 있을 듯한 자리에는 다만 희끗희끗 미광이 보일 뿐이고, 나는 당신이 미소를 띠고 있는지 슬픔에 잠겨 있는지조차 알 수가 없다. 당신이 미소를 띠고 있다면, 내가 우연히 알게 된 사람으로부터 이상한 이야기를 듣고, 또다시 그것을 그들 자신의 생활로, 그들 자신의 세계로 고요히 돌려보낸 것이 우습기 때문인가? 만일 당신이 슬퍼한다면 그 소년이 사랑의 곁을 스쳐 지나가, 한 시간 만에 달콤한 꿈의 정원에서 영원히 쫓겨난 것이 불쌍하기 때문인가? 사실을 말하면 나는 이 이야기가 슬프거나 어둡지 않기를 원한다.

나는 다만 갑자기 사랑에 마주쳐서, 사랑하는 것과 사랑받는 것을 한꺼번에 경험하게 된 한 소년의 이야기를 하고 싶었을 뿐이다. 그러나 저녁 때 하는 이야기는 모두가 애수의 좁은 골목으로 접어들기가 쉬우며, 그 위에 황혼이 장막처럼 덮어 씌워지면, 저녁 때 깃드는 모든 슬픔과 합치게 되고, 별 없는 하늘처럼 슬픔이 그것을 휩싸게 된다. 그렇게 되면 어둠은 이야기의 혈관 속에 스며들고, 그 속에 있는 모든 명랑하고 화려한 말들을 무겁고 둔중한 음향으로 만들어, 마치 그것이 우리들 자신의 생명에서 우러나온 것처럼 보이게 마련이다.